» LA GAJA SCIENZA «

VOLUME 1404

L'UOMO DEL BOSCO

Romanzo di
MIRKO ZILAHY

LONGANESI

www.longanesi.it

ISBN 978-88-304-4692-2

Questo libro è stampato col sole

Azienda carbon-free

Fotocomposizione Editype S.r.l.
Agrate Brianza (MB)

Finito di stampare
nel mese di aprile 2021
per conto della Longanesi & C.
da Grafica Veneta S.p.A. di Trebaseleghe (PD)
Printed in Italy

L'UOMO DEL BOSCO

Ai padri scomparsi

PROLOGO

2 febbraio 1990

I cinque arrivarono con la prima luce del giorno. Si tenevano per mano, formando una piccola catena umana. Gli occhi umidi di lacrime e nebbia.

Aveva nevicato tutta la notte e faceva ancora buio quando erano scivolati fuori casa. Lo avevano cercato per ore nel bosco, tra i rovi di more, nell'acquitrino a est, fra le baracche straripanti di corvi e di gabbiani. Avevano controllato nel rifugio sulle sponde del canale. E tra le acque. Avevano strillato il suo nome senza ottenere risposta. Poi erano usciti dalla boscaglia, sotto il manto di un cielo cobalto. Sul terreno innevato una grata copriva il pozzo di aerazione dell'impianto. Il buco si spalancava sul cuore palpitante della terra da cui emergeva una coltre di fumi e di vapori, simile a un sospiro spettrale.

Non dovevano spingersi fin lì, ma non c'era rimasto altro luogo. Severe come le parche, tre ciminiere d'acciaio li scrutavano sfidando i cirri più bassi. Sopra la boscaglia, un nugulo di storni gridò e un sussurro s'arrampicò dal centro dell'inferno, oltrepassò la griglia e dissolse la nuvola. In quell'istante, tenendosi per mano come una sola creatura, i bambini chinarono lo sguardo sopra la vertigine del pozzo. E la riconobbero: in mezzo a quella specie di graticola c'era una scarpa gialla. Si scambiarono occhiate vuote di speranza e si spostarono piano lungo il bordo. Qualcuno notò che aveva un laccio strappato. Un altro, il più grande di loro, indicò una chiazza di ghiaccio sulla grata. Era sporca di sangue.

Solo due notti prima, tutti e sei avevano trascorso la sera a raccontarsi storie, mangiare patatine e cantare a squarciagola nel relitto di una Renault Espace abbandonata sull'argine del canale. Finché, per puro caso o per destino, il fanale della macchina si era acceso penetrando nel fitto del bosco. Per un istante il fascio di luce aveva frugato tra le fronde. E in quel balenio d'istanti aveva inchiodato persino il tempo. Nessuno aveva fatto un fiato. Uno aveva visto *qualcosa*. Alla fine, se n'erano accorti tutti.

E *qualcosa* si era accorta di loro.

PRIMA PARTE
LA CITTÀ CHE MUORE

Il linguaggio è poesia fossile; come il calcare
consiste d'infinite masse di conchiglie,
così il linguaggio è fatto d'immagini che da tempo
hanno cessato di ricordarci la loro origine poetica.

Ralph Waldo Emerson

1

Viterbo, 17 aprile 2020, mattina

Due foglie s'inseguivano sul prato e l'olmo che le aveva abbandonate frusciava di una brezza senza forza. Un sole ancora schivo stiepidiva il cortile della Facoltà di Scienze Geologiche dell'Università della Tuscia mentre il cuore antico di Viterbo s'inondava di studenti e turisti.

Il professor Glynn affrettò il passo lungo il corridoio foderato di pannelli di noce e gettò un'occhiata all'Omega coi tre quadranti: l'ora, la bussola e il suo cuore. Erano le 11.15, si stava spostando verso ovest e contava 75 battiti al minuto. Si fermò di fronte al portone dell'aula magna e afferrò la maniglia gelida. Fuori, le foglie scomparvero dietro al tronco, lui prese un grosso respiro e abbassò la maniglia.

Nello scroscio delle luci e degli applausi, il viso di John Glynn apparve nella cornice della porta come un ovale di marmo strizzato dalla cravatta marrone sul completo di tweed color sabbia. Il professore era convinto che i colori della Terra gli conferissero un'aria solida e comunicassero, senza ombra di dubbio, il senso esatto delle cose. Qualunque fosse. Una donna dal viso felino lo attendeva sulla pedana al centro della cavea dell'aula magna. Sulle panche, lungo le scale laterali e nello spazio in fondo si trovavano colleghi, studenti e scienziati dell'Istituto Nazionale di Geofisica e Vulcanologia. La prima fila era il regno di tv e giornalisti. John avanzò piano e gli stivaletti morsero la pedana.

Dal pulpito, Cristina Sideri si schiarì la voce, aggiustò i capelli in favore delle telecamere e sfoderò un sorriso come una katana affilata sulla cote accademica.

« Lasciate che dia il benvenuto da parte dell'ateneo, a nome del rettore, del capo del dipartimento di Scienze Geologiche e degli studenti oggi presenti », fece un gesto plateale, « al professor John Glynn. »

I fotografi lungo i corridoi esterni dell'aula magna lo mitragliarono di flash mentre si sollevava un'altra ovazione.

« È un onore per noi annunciare che il professore insegnerà nella nostra antica università. Per il prossimo triennio sarà ordinario della cattedra di Geologia. »

« Almeno », la corresse John con un sorriso gentile. « Almeno per il prossimo triennio. »

Poi, Cristina Sideri fece un cenno alla camera che frugava tra i solchi del suo fondotinta e iniziò a predicare: « Il professore è uno stimato esponente della comunità scientifica, *visiting professor* in una dozzina di università americane, celebre divulgatore televisivo e autore del best seller *I misteri della Terra* che ha venduto cinque milioni di copie in tutto il mondo ». L'applauso stavolta fu più lungo e intenso e quando nell'aula regnò di nuovo il silenzio, Cristina Sideri si sbrigò a concludere: « Ma la ragione per cui oggi abbiamo convocato questa conferenza stampa la dirà John a cui lascio immediatamente la parola ». Allontanò il microfono e si aggiustò la gonna rossa con un gesto goffo.

Il professor Glynn, quarant'anni portati con garbo, il fisico asciutto e nervoso, era per metà italiano e per l'altra inglese. Abbagliati dai fari delle telecamere, i minuscoli occhiali dorati sfavillavano attorno alle iridi blu che, a sentire sua moglie, gli davano un'aria alla Jude Law, ma meno capriccioso. I capelli biondi erano corti e irregolari, per il resto la sua figura comunicava l'ostinata precisione del regno minerale, anche se suo padre Liam – pace all'anima sua – avrebbe giurato che in natura non ci fosse nulla di più metafisico dei sassi e delle pietre.

« Voglio ringraziare tutti i presenti e il pubblico a casa. Oggi sono davvero felice di essere qui. » Aggiustò il microfono ed estrasse dalla tasca della giacca un foglio che spiegò sopra il leggio, cercò il capo del dipartimento in fondo all'aula e infine guardò dritto nella telecamera. « E come nuovo docente di questo prestigioso ateneo ho trovato che fosse giusto e importante fare l'annuncio che sto per fare proprio da quest'aula. In quanto membro dell'Istituto Nazionale di Geofisica e Vulcanologia e capo di un'équipe internazionale che coinvolge studiosi del nostro Paese, dell'Inghilterra, della Francia e degli Stati Uniti, sono orgoglioso di informarvi che stiamo per concludere la lunga fase di sperimentazione di un nuovo prototipo di sonda geofonica assai performante. »

Sulla parete alle sue spalle comparve un'immagine che ritraeva un oggetto di acciaio brillante, piatto e circolare come un robot aspirapolvere, tempestato di luci e di display. Dalla sommità a cupola partiva una sottile antenna.

« Vi presento *SismoTime*. Insieme al programma di mappatura satellitare che stiamo testando, *SismoTime* consentirà ai sismologi di tutto il pianeta di rilevare i movimenti che avvengono a profondità sinora impensabili e 'prevedere' con un anticipo significativo le scosse telluriche. Ciò evidentemente permetterà di risparmiare vite umane e salvaguardare i tesori di questo Paese. Io spero con tutto il cuore che tra un paio di mesi tragedie come quelle degli ultimi anni in Italia siano solamente dei brutti ricordi. »

Cristina Sideri riprese il microfono: « Credo che questa sia una notizia straordinaria. Rappresenta, credo, il sogno di qualunque geologo ». Dal fondo dell'aula, tra i colleghi dell'INGV, si sollevarono dei mormorii e John colse qualche scrollata di spalle mentre una telecamera della Rai stringeva in un intenso primo piano il suo sguardo acquamarina. « Ora, se John è d'accordo, lascio spazio alle domande dei media. »

Un giornalista in prima fila venne prontamente inquadrato dalla telecamera di Sky Tg24. Sulla trentina, blue jeans e camicia bianca, iPhone in mano. « Possiamo sapere dove lo state testando? »

« Stiamo collaudando *SismoTime* nel quadrante nord-est della regione. Tra Bolsena e il confine con l'Umbria. »

Quello di fianco approfittò: « Ha qualcosa a che fare con i fenomeni che hanno terrorizzato gli abitanti di quella zona nelle ultime settimane? »

« Una domanda alla volta, per favore », s'intromise la Sideri.

Il 14 aprile, due minuti prima della mezzanotte, nel triangolo tra Viterbo, il lago di Bolsena e il confine con l'Umbria si era avvertito un enorme boato che aveva spinto gli abitanti di cinque piccoli comuni a riversarsi in strada. La Protezione Civile e i Vigili del fuoco si erano recati nell'area senza trovare ragione evidente per lo spaventoso frastuono. Inizialmente, data la potenza, il fenomeno era stato attribuito all'esplosione di un deposito di GPL ma, giunti sul luogo, i Carabinieri avevano constatato che il sito di stoccaggio era integro.

« Assolutamente no. » L'Omega al polso del professore vibrò una volta, poi una seconda, ma lui non batté ciglio. « Il fenomeno a cui lei si riferisce, e che i colleghi dell'INGV stanno passando al vaglio, è probabilmente legato all'attività vulcanica sotterranea della zona in questione. Quello che definiamo 'sifonamento carsico'. O, al limite, a una serie di scosse idrotermali a bassa profondità in grado di produrre un collasso degli strati litologici superficiali. »

« Un sinkhole », disse il primo giornalista.

« Una depressione morfologica », precisò John Glynn. « Il crollo di una cavità molto estesa può generare un boato del genere a cui, voglio ricordarlo, sono seguite delle scosse sismiche ma di bassa intensità. »

Nel video caricato su YouTube da un cacciatore della zona si udiva un improvviso fragore e qualche secondo dopo i sismografi dell'INGV avevano rilevato una lieve scossa di magnitudo 1,7 con epicentro a dieci chilometri di profondità tra il lago di Bolsena e la città di Orvieto. Lo stesso fenomeno si era presentato con la medesima dinamica e orario due notti dopo. Entrambe le volte *SismoTime* aveva rilevato un'enorme quantità di energia in movimento senza individuare il punto di propagazione, ma con le nuove sonde che aveva posizionato lo avrebbe stanato di sicuro. Entrambe le volte, nel pieno della notte, il professore era saltato nel suo letto scosso da quell'immenso ruggito primordiale.

« Da cosa è provocata? » Era il collega di Rai Scienza, un grissino in giacca e cravatta.

« Signori, non siamo qui per rispondere a domande su... » iniziò a obiettare Cristina Sideri, ma John la interruppe con un gesto gentile. Avrebbe risposto.

« Il sottosuolo del nostro Paese è interessato da un'importante attività idrica. Nella zona in esame, connotata dalla grande presenza di tufi e di argille, ciò produce flussi erosivi rivolti alla superficie. Questo, insieme agli impulsi generati da carichi sulla superficie terrestre come costruzioni in siti non idonei, scavi ed esplosioni, contribuisce e a volte determina i fenomeni in atto. »

Per un istante il professor Glynn perse il filo del pensiero. L'amo si staccò dalle labbra e volò da qualche parte in fondo alla memoria.

Il corrispondente spagnolo di *El País* sollevò un dito: « I metodi di previsione a disposizione sino ad oggi si basano sui precursori dei sismi per cercare di individuare luogo e intensità del fenomeno. Sappiamo però che è estremamente difficile. Da oggi, con questo nuovo strumento, sarà più facile? »

« Non oggi, ma... io spero che lo sarà molto presto. Finora abbiamo utilizzato gas sotterranei, scosse e deformazioni delle rocce che precedono il terremoto, la chimica dell'acqua, persino il comportamento anomalo degli animali... La Terra non ci dà segnali univoci se non a posteriori, purtroppo. La risposta, la *mia* risposta, è che dobbiamo andare più a fondo. Trovare il coraggio di scrutare nelle sue profondità. »

Cristina Sideri passò la parola a una inviata della carta stampata che John aveva già incontrato da qualche parte. La giornalista si alzò in piedi. « Nell'anteprima su *Science* di marzo abbiamo letto che il suo dispositivo geofonico è 'collegato' a un programma satellitare sviluppato con la collaborazione di varie agenzie internazionali e università prestigiose come il MIT, l'Imperial College di Londra e la Sorbona. »

« Corretto. »

« È qualche anno che i francesi hanno mandato in orbita il *Demeter*, convinti che si possa prevedere i sismi studiando il pianeta dall'alto. È a questo che siamo arrivati? »

« La forza di *SismoTime* è la triangolazione tra i dati che ci forniscono i cambiamenti della ionosfera e la mappatura profonda del sottosuolo. »

« Lei insiste su questo concetto e allora le chiedo: quanto profonda? »

« *Molto* profonda. » Lo sguardo di John perse un pizzico di luce. « Più di quanto sono riusciti a fare in Giappone, ad esempio, dove hanno registrato onde fino a 675 chilometri sotto la crosta terrestre. Sfortunatamente solo *dopo* che l'evento si è manifestato. »

« Quando è tecnicamente impossibile mettere in sicurezza alcunché... »

« Esatto. » Il professor Glynn sistemò gli occhiali con l'indice e bevve dal bicchiere sul pulpito. « Con *SismoTime* andremo a pescare nel mantello inferiore, a 2000 chilometri di profondità individuando in anticipo l'energia che si propaga dal cuore del pianeta per tutto il suo enorme corpo. In un certo senso, con *SismoTime* ci siamo dotati di uno strumento per fare lastre, ecografie e TAC al nostro Super Corpo. Attraverso la mappatura geofonica delle onde sismiche naturali, sarà in grado di prevedere con grande precisione, e con un anticipo significativo, gli sciami sismici su tutta la superficie terrestre mettendo insieme centinaia di rilevamenti nello stesso istante. L'acquisizione dei dati – epicentri, profondità, potenza, mappatura degli strati – e i rilevamenti satellitari della ionosfera permetteranno al programma di automigliorarsi continuamente.»

La giornalista in verde, la faccia larga e il naso da picchio, indicò il robot nell'immagine proiettata sulla parete dell'aula magna.

«Nel suo best seller lei sostiene che non si possono penetrare i misteri più profondi della Terra, ma oggi con questa conferenza ci presenta *SismoTime*, per cui, in un certo senso ci sta dicendo il contrario.»

John inquadrò la donna e ricordò dove l'aveva già vista. Aveva partecipato a un concorso a Edimburgo appena laureata, lui era nella commissione e non era andata bene, per lei.

«La Terra è l'unica verità che esiste, ma tutto quanto sappiamo a proposito dei materiali custoditi sotto la crosta terrestre, lo sappiamo attraverso prove indirette e su ipotesi e modelli a esse legati.» Gli occhi luccicarono nei teleschermi. «Vuol dire che, in fin dei conti, noi non sappiamo davvero, perché laggiù noi non ci siamo mai scesi.»

Sorrise dubbiosa: «Di cosa parliamo allora, professor Glynn? Di scienza o di letteratura?»

John accostò gli occhiali d'oro al naso con la punta dell'indice: «Non lo dica al capo del Dipartimento», Salgado gli lanciò un'occhiata dal fondo dell'aula magna, «ma le due discipline condividono un terreno essenziale. Il punto di partenza di ogni indagine umana, scientifica o filosofica, è il dubbio. Una grande domanda. Un'ipotesi apparentemente assurda. Perché», erano le 11.40, l'ovest si trovava dritto in fondo all'aula e il cuore del professore galoppava a 90 battiti al minuto, «tutto ciò che a oggi sappiamo *davvero* sul nostro pianeta riguarda *esclusivamente* i suoi strati superiori. La nostra conoscenza della litosfera terrestre è inversamente proporzionale alla profondità della nostra indagine. Ci è impossibile scendere *laggiù*... » un brivido gli pizzicò la nuca. « Ma i moderni metodi di ricerca sulle onde sismiche come *SismoTime*, possono aiutarci a *immaginarne* le profondità con maggiore precisione e più a fondo andando così a intercettare *prima* i vettori d'energia che, risalendo, provocano i terremoti. »

Dal fondo dell'aula Salgado col solito gilet blu scuro sulla camicia azzurra sollevò un braccio e tutti si voltarono indietro. Quando fu certo che anche le telecamere lo avessero inquadrato per bene, scoccò la sua freccia. « In ragione delle cose *interessanti* che hai raccontato oggi sul metodo d'indagine e sul nucleo del nostro pianeta, sono curioso di sapere cosa pensi dell'articolo di Alan Trick su *Science* a proposito dello spin di rotazione dell'asse terrestre. Secondo nuove misurazioni, che forse non consideri valide, sarebbe inferiore a quello del nucleo terrestre. »

Quell'articolo Alan glielo aveva mandato al principio di aprile, chiedendo di dargli un occhio prima che lui lo inviasse alla redazione di *Science*. Si conoscevano dai tempi del MIT dove John aveva trascorso un anno per il master in Geofisica. Se John aveva un amico nel mondo accademico quello era Alan con cui aveva trascorso nottate litigando su chi avesse identificato l'emimorfite o sul punto di rifrangenza del turchese.

« Super rotazione, la chiama così Alan, mi pare », rispose il professore. « È un'ipotesi affascinante e ci sono parecchi studi che ne confermano la validità. Abbiamo test nucleari condotti nei primi anni Settanta nell'ex Unione Sovietica che hanno fornito un alto numero di dati a proposito delle onde sismiche di ritorno dal centro della Terra. Ma, per rispondere alla tua domanda, io personalmente non lavoro con cariche nucleari, dinamite, o bombe carta. »

Tra le file un paio di studenti scoppiarono a ridere e la giornalista si rifece sotto: « Quindi non state usando cariche sotterranee per tarare *SismoTime*? »

«Assolutamente no. Nessuna esplosione.»

La donna dal viso felino lo fissò soppesando le parole: «Eppure non sarebbe il primo nella sua famiglia che ne fa uso per ricerche 'scientifiche'». Con indici e medi disegnò l'orribile segno delle virgolette in aria.

Il professore si schiarì la voce mentre un sibilo sottile gli risuonava da qualche parte nella testa, il cuore perdeva un colpo e l'Omega vibrava di nuovo. Una, due volte. «Quello che intendo e che ogni geologo coscienzioso sa, è che non possediamo strumenti di misurazione *diretta*. Ogni singola conoscenza sulla natura degli strati al di sotto della crosta è l'esito di indagini indirette.»

Cristina Sideri stava per intervenire ma un vecchio giornalista, con tanto di taccuino e lapis smozzicato in mezzo all'aula, andò dritto al punto: «Questa teoria deriva in qualche misura dagli studi che suo padre, il geologo Liam Glynn, ha condotto dagli anni Ottanta fino alla *tragica* scomparsa nell'esplosione del Sambre?»

John si fermò un istante e soppesò le parole: «Come ho detto molte volte in precedenza ai media, io non ho niente a che fare con gli studi di mio padre».

I brusii si sollevarono come api da un campo di papaveri e il professor Glynn si sentì al centro di una grande gabbia. «Ci troviamo in una nuova era per la Geologia, ma dobbiamo fare i conti con i vecchi misteri. *SismoTime* è un occhio potente posato sulla superficie della Terra che ci consentirà di 'vedere', traducendo le onde in immagini fino a profondità finora impensabili. La conformazione del mantello, silicio, magnesio e ossigeno, e del resto degli strati è definita attraverso incrementi e decrementi della velocità sismica rispetto a quella della crosta terrestre... Immaginiamo che il nucleo terrestre sia caldo come il sole. C'è un sole dentro alla Terra? Non lo sappiamo. Siamo bambini con un giocattolo più grande di noi in cerca della crepa giusta per aprirlo, per vedere come funziona.»

« Quindi la Terra è il suo giocattolo? »

« Non ho detto questo », la voce graffiò. « Per conoscere, bisogna scendere, ma non è possibile bucare abbastanza la crosta terrestre. Per questo usiamo le onde che sono ipotesi indirette. »

« Ma il nucleo incandescente della Terra... »

« Lei lo sa? » L'eco delle tre parole risuonò per l'aula. « Lo ha visto, lo ha toccato? »

« Ma professore, tutti sappiamo... »

« Cosa? Cosa sa, lei? Nessuno è in grado di scendere laggiù. Nessuno potrà *mai* sapere cosa c'è nel cuore del nostro pianeta. »

I brusii s'interruppero.

« Io sono uno scienziato. Credo solo nelle prove. Dirette, se possibile. E con questo la conferenza stampa è terminata. » Mentre ripartivano gli applausi e le telecamere stringevano su di lui, rimise il foglio nella giacca ma prima che scendesse dal pulpito, la giornalista in verde piazzò l'ultima stoccata: « Professore, quando potremo leggere qualcosa di nuovo? »

John si fermò contemplando l'improvviso silenzio dell'aula. « Presto. » Fece il segno della zip sulle labbra. « Molto presto », disse appiccicandoci un sorriso di plastica e si allontanò scomparendo dietro la grossa porta di ciliegio.

2

Casa circondariale di Viterbo
17 aprile 2020, sera

Quella sera – erano le 18.15 e la giornata era quasi finita – la spia rossa sul telefono del commissario Trivelli lampeggiò e l'apparecchio prese a gracchiare. Fino a un attimo prima, l'uomo brizzolato, la mole e lo sguardo da orango, teneva le mani strette attorno alle sbarre della finestra e guardava di sotto come se fosse uno dei suoi carcerati. Stava seguendo i movimenti giù nel parcheggio dove il furgone della ditta di pulizie caricava delle grosse ceste identiche a quelle che i forni usavano un tempo per consegnare il pane agli alimentari.

Il sole aveva ancora un po' di strada da fare prima del tramonto e sporadiche folate di vento arruffavano le chiome degli eucalipti mentre Rico Trivelli continuava a contare.

Era arrivato a otto ceste, bianche e rettangolari, due metri per un metro e mezzo, quando comprese il motivo della sua curiosità. Sicuro, le aveva viste in un film. Un'evasione dal carcere che somigliava parecchio a quello che stava andando in scena a una cinquantina di metri da lui. *Nick mano fredda*? *Fuga da Alcatraz*? *Prendi i soldi e scappa*?

Il raglio del telefono gli strappò la risposta di mente.

«Chi è?» rispose sollevando la cornetta dalla base.

«Agente Vitti.»

«Che vuoi?» Vitti era l'occhio del carcere, lo chiamava dalla sala di videosorveglianza, il che voleva dire per lo più cattive notizie. «Cosa è successo?»

«Abbiamo un problema.»

«Chi?»

«Novenovenove», sbottò Vitti.

Il Mammagialla era un lungo blocco di cemento grigio. La pattumiera della regione Lazio. Pestaggi, omicidi d'onore, autolesionismo. Impiccati, sgozzati, gente che inghiottiva lamette nel cellophane o ci si affettava i polsi. Il carcere dei suicidi, lo chiamavano. Un inferno per cui non c'era colpa che ne perdonasse l'esistenza. Un alveare ronzante di anime: 700 per 432 posti. Metà dei quali assegnati a stranieri. 50 i condannati al 41 bis. Un centinaio di reclusi psichiatrici. E poi c'era quell'uomo. Il suo numero, 999, compariva sul certificato di detenzione accanto alla formula: *fine pena*. Come se per lui la misura della reclusione si perdesse da qualche parte in fondo all'universo.

«Che ha fatto?»

«Ha parlato.»

«Come è possibile?»

«Non lo so», la voce di Vitti tremolò.

«E che ha detto?»

«Ha detto che esce.»

Louis Caròn – il suo nome fuori da quel mondo senza luce – aveva 74 anni e viveva nell'ultima cella dell'ala ovest. Mangiava poco, non usciva per l'ora d'aria e non riceveva visite. Soprattutto 999 non apriva bocca da... Rico scorse a ritroso il calendario appeso allo scaffale. Quasi tre mesi.

«Esce quando? Vitti, hai bevuto di nuovo?»

«Commissario, è qui, di fronte a me.»

Al Mammagialla non c'era istante senza che un carcerato strillasse la propria innocenza con la faccia digrignata tra le sbarre, ma Caròn non si era mai dichiarato tale e non aveva mai protestato per una sentenza ingiusta. Di più, non aveva mai detto niente di sé, della sua vita, del suo lavoro, di una donna o altro e quando andava bene – era successo il 2 febbraio di quell'anno – scambiava quattro parole in croce con un secondino. In ogni cella c'era una telecamera a infrarossi dotata di microfono accesa notte e giorno. L'agente Vitti lo seguiva dalla sala video come da consegna del commissario Trivelli che per lui aveva un occhio di riguardo, anche se Vitti non si spiegava il perché. Poteva essere l'ennesimo colpo di testa di un poveraccio, ma Trivelli non ci credeva. Caròn non era un delinquente comune e, ogni volta che passava davanti alla sua cella, Rico si sentiva attratto da una forza magnetica. Allora si affacciava e lo trovava sempre allo stesso modo, seduto con le gambe incrociate sul letto, gli occhi chiusi. Più passavano i minuti, più Rico percepiva una potenza violenta e silenziosa scaturire da quel corpo sfinito dall'età.

« Sei sicuro? »

« Sì, ha detto 'Oggi esco, commissario'. Lo ha detto alla telecamera. »

« Ha detto 'commissario'? »

« Lo ha detto, sì. »

Un'onda gli sollevò i peli sul braccio fino alla mano stretta alla cornetta. « Cristo. Aspetta. Scendo. »

Trivelli si sistemò la camicia nei pantaloni, lanciò un'occhiata all'addetta alle pulizie nell'uniforme arancione – l'aveva vista mille volte beccarsi insulti e profferte dagli ospiti del carcere mentre era china a lavare i corridoi – e abbassò la maniglia. Succedeva sempre nei giorni di festa, con il personale ridotto all'osso. Uscì nel corridoio e si ritrovò di fronte alla porta di metallo su cui spiccava una targhetta d'ottone: Flavio Gentili. Il direttore del carcere era a Roma per il corso del Ministero sulla sicurezza negli istituti di detenzione e, tanto per cambiare, tutto il casino se lo sarebbe beccato Trivelli.

Incrociò due infermieri di corsa: « Dove? » domandò.

« Palestra », risposero scappando. Uno con la cintura di pelle in mano, l'altro con una grossa siringa. Li seguivano due agenti, Mamone e Rinaldi, alla fine di un turno di sedici ore su tre piani. Normale amministrazione, accadeva di continuo uno scambio di vedute tra carcerati. Anche Louis Caròn aveva subito violenze da parte dei colleghi di pena perché sulla sua scheda, vicino al nome e al numero, c'era una sigla che suonava come una maledizione alle orecchie dei carcerati comuni. Per il resto Caròn non aveva mai fatto un fiato, mai avuto niente a che fare con lo smercio di alcol, droghe e medicinali. E sì che ne giravano di psicofarmaci. Era così che venivano 'spenti'.

Primo comandamento del Mammagialla: *stordiscili.*

Tutto quello schifo il commissario lo aveva affrontato ogni santo giorno negli ultimi otto anni. Ne aveva viste di cose. Soprattutto, le aveva sentite. In quel labirinto arrancavano vite svigorite, strascicando versi e guaiti soffocati. Quel vento lacrimoso devastava la mente al punto che chi usciva di prigione se lo portava dietro come un'ombra. A casa, qualunque cosa significasse 'casa' dopo il Mammagialla, li braccava la memoria del tempo smarrito e dell'orrore, o li inseguivano spettri di lenzuola con cui impiccarsi nella pace di una stanza d'albergo.

Anche se Trivelli stava dall'altra parte, quella roba se la sentiva addosso come un sottile velo di sudore. E lavorava ogni giorno per non farsi mordere dall'angoscia di quel luogo senza speranza. O per ignorarne i segni.

«Allora?» disse entrando in sala video.

«Se ne sta lì», bofonchiò Vitti sulla poltroncina girevole col dito sullo schermo. Le labbra appiccicate a una sigaretta spenta.

Trivelli abbassò la testa come un toro prima della carica. In piedi di fronte alla finestra c'era quel vecchio coi capelli bianchi sulle spalle come un indiano. Con lo stesso sguardo assente, come se solo il suo corpo fosse prigioniero, Louis Caròn al mattino guardava la tv sul piccolo Philips, alle 13 in punto lo spegneva e non lo accendeva più fino al giorno dopo. La sera interrogava il sole calante e quando l'arancia di fuoco scivolava oltre l'edificio delle lavanderie, l'ombra delle sbarre gli riempiva il viso. Solo allora si sdraiava sulla branda. Era così tutte le sere, Trivelli lo aveva mandato a memoria.

Rico si accomodò sulla sedia di fianco all'agente: « Cos'ha detto? Ripeti ».

Vitti non fece in tempo a rispondere che dall'altoparlante venne un tonfo. Si scambiarono uno sguardo.

« Dov'è? » chiese il commissario affacciandosi allo schermo. « Allarga. »

Zoomò ma l'immagine ingrandita non cambiava la sostanza dei fatti. La cella era come al solito, in bianco e nero. Quattro metri per quattro, un lavabo e un wc nell'angolo a sinistra, dietro un inutile séparé di lino. Un lettaccio con la coperta che gli aveva dato Rico e una specie di comodino con il minuscolo televisore e un bicchiere. Sul muro un poster con un paesaggio montano. La stanza adesso era vuota.

Trivelli si alzò e raggiunse la porta. « Sbrigati! »

Percorsero i corridoi dell'ala ovest diretti all'ultima cella.

Dov'è?

Sentiva le gocce di sudore sul petto, sotto la camicia azzurra. Malgrado l'età, infatti, Louis Caròn era un uomo pericoloso. Tre anni prima aveva avuto a che fare con il Tunisino che voleva lavargli la schiena e con un inglese con un coltellaccio. Ne era uscito con uno sgarro sul petto e tre lustri in più da scontare. Da allora Trivelli gli aveva fatto avere una cella da solo e aveva iniziato a guardarlo con occhi diversi. Era riuscito a scambiarci due parole in croce in quegli anni, ma sapeva che quell'uomo aveva un mistero che gli batteva nel petto. E Rico aveva bisogno di conoscerlo prima che fosse tardi.

« Apri questa porta », urlò a Vitti che armeggiava con il mazzo di chiavi alla cintura.

L'agente pescò quella giusta, la infilò nella toppa d'acciaio e girò quattro volte. Poi si fece da parte.

Rico entrò e si guardò attorno. La cella era a posto.

« Chiamo rinforzi? » disse Vitti.

« No », lo zittì il commissario e sollevò il braccio per fermarlo.

Dov'è?

Una calma improvvisa lo invase. Raggiunse il centro della cella. Si voltò a guardare la telecamera in alto e la rimise a posto, sbirciò dietro al séparé. Si avvicinò alla piccola finestra, afferrò le sbarre e inspirò l'aria di fuori mentre gli eucalipti ronzavano scossi dal riverbero del vespero. Un'idea apparve e scomparve. *Dio, no.* Si girò verso il letto. Si accostò e alzò la coperta che sfiorava il pavimento. Allungò un braccio sotto alla rete e rimase in attesa.

L'agente Vitti lo guardava. « Chiamo rinforzi? » ripeté.

Il commissario tirò indietro la mano: « Troppo tardi ». A Vitti la voce grossa del commissario parve un sussurro. « Se n'è andato. »

3

Viterbo, 17 aprile, tarda mattina

Santa Maria in Gradi era un complesso edificato a metà del Duecento, con uno splendido giardino, un chiostro maestoso e una fontana rinascimentale. Ospitava l'amministrazione, il rettorato dell'università e l'ufficio del prestigioso professor Glynn.

« Diavolo! »

Il professore entrò, si chiuse la porta alle spalle e diede due mandate mentre per la terza volta l'Omega emetteva il suo doppio richiamo. John scoprì il polso, silenziò l'orologio e notò che i battiti erano ancora alti. Se l'era sbrigata velocemente, la conferenza stampa, ma quel maledetto segnale...

Lo sguardo attraversò l'ufficio che avrebbe occupato per quel triennio. Somigliava a un grosso salone in stile vittoriano per la tappezzeria e la carta da parati rossa con minuscoli motivi araldici, ma indulgeva in un gusto rustico nella scelta delle cornici, del pavimento in ciliegio e per i particolari in roccia viva del (finto) camino. Ovviamente quella roba era stata un'idea del capo del Dipartimento, Luca Salgado, l'uomo che lo aveva voluto e che alla prima stretta di mano John aveva classificato come certi minerali poco nobili: « non trasparente ».

Raggiunse il MacBook che aveva lasciato aperto solo mezz'ora prima quando, incredulo, aveva visto accendersi uno dei sette bottoncini d'argento che segnalavano la presenza delle sonde geofoniche nel comparto interessato dal fenomeno del sinkhole. Cazzate! Non era « una depressione morfologica », come aveva detto urbi et orbi. In quella mezz'ora *Si-*

smoTime aveva rilevato una potente fonte di energia sotto la crosta terrestre e il suo Omega, collegato al programma, aveva continuato a richiamare la sua attenzione.

Lo schermo si accese rivelando una pagina bianca sormontata dal titolo « Conclusioni » che brillava con un'intensità disarmante. La ridusse e comparve la mappa della app. In alto a destra la schermata sfoggiava il logo del *SismoTime* con una clessidra obliqua circondata da apici che la facevano sembrare in movimento. Per il resto funzionava come una mappa satellitare su cui compariva la morfologia dettagliata dell'intero globo terrestre seminato delle sonde geofoniche che il professor Glynn aveva progettato, costruito e disposto. Ce n'erano 74, 17 in Italia, le 7 tra l'alto Lazio e l'Umbria meridionale le aveva posizionate con il suo assistente una per una.

In fondo allo schermo una tabella riportava il numero di matricola di ciascuna sonda, le coordinate corrispondenti al punto in cui si trovava e uno spazio vuoto per la rilevazione della quantità di energia mossa dalle onde sismiche e una per la registrazione della profondità delle scosse.

Scostò la poltroncina e si mise ai comandi della sua *Enterprise*. Non appena mosse il puntatore sul display, *SismoTime* gli chiese la password, John la inserì e fece un check immediato delle prime sei sonde. Dormienti. La casella della numero 7 invece, quella che aveva sistemato da solo nel bosco a pochi chilometri da casa sua, continuava a brillare e se John non avesse silenziato il volume avrebbe udito quel fastidioso scampanellio. Fece un appunto mentale, doveva cambiarlo. La scossa iniziale, prima della conferenza stampa, aveva fatto registrare un'energia in movimento a 998 m di profondità, ma ora *SismoTime* rilevava le due scosse che gli avevano fatto vibrare il polso, rispettivamente a 1080 m e 1200 m. « Sempre più giù », commentò tra sé e sé quando all'improvviso l'icona argentata numero 7 scomparve dalla mappa. Il professore zoomò sul punto in cui fino a un istante prima pulsava la sonda quando due potenti colpi alla porta lo fecero balzare sulla sedia.

« John! »

Chiuse al volo il Mac e lo ficcò, insieme alle bozze del suo nuovo best seller, nella borsa sul divano di pelle. Poi andò ad aprire e si ritrovò di fronte un uomo calvo, gli occhi iniettati di sangue, la pelle secca attorno alle labbra sottili e impertinenti.

« Sei stato grande Johnny », blaterò Luca Salgado.

Johnny?

« Ma ti disturbo? C'è qualcuno? Ho sentito un rumore. »

« Pensavo ad alta voce. »

Salgado si finse divertito. « Be', sono passato per farti i complimenti. Posso? »

« Ma certo, sei a casa tua... » Non riuscì a finire che Salgado era già dentro.

Si sedettero. « Complimenti per come hai risposto a quella provocatrice. La domanda su tuo padre... Non avrei saputo fare altrettanto. »

Eppure avrebbe potuto rispondere meglio. Semplicemente non aveva voluto. « La questione 'Liam Glynn' non era pertinente. » L'aveva derubricata dalle cose importanti secoli prima.

Salgado lo scrutò con occhi da roditore, posò le mani sulle ginocchia e disse: « Be', volevo anche dirti che aspettiamo tutti le bozze del nuovo libro in anteprima ».

Quando si accorse che John si limitava a sorridergli, Salgado aggiunse: « C'era questa tra la corrispondenza in segreteria. Deve essere arrivata la settimana scorsa, ma ora la posta ti sarà recapitata nella cassetta che ho fatto mettere qui fuori ».

John la guardò – non vedeva una lettera vera... da quanto? –, la mise nella sacca di pelle tra le bozze e colse uno sguardo di Salgado: « Prendiamo un caffè? » chiese pescando le chiavi dalla tasca. « Ho voglia di fare due passi. »

La viuzza dava su piazza San Lorenzo, cinta dal Palazzo dei Papi sede dei conclavi nel XIII secolo. Dalla sedia laccata di bianco del bar, John godeva dello scorcio sulla Loggia delle Benedizioni da cui si affacciavano i cardinali per annunciare l'elezione del pontefice.

« Quando posso leggerlo? » ripeté Salgado accomodandosi.

« Ancora non lo so », dall'interno del bar, Radio Rock lanciava *Uprising* dei Muse.

Si studiarono per un attimo, poi Salgado proseguì: « So che stai per finirlo », gli brillarono gli occhi di desiderio. « Voglio leggerlo. »

« Te ne faccio avere una copia appena... »

« Subito, se per te non è un problema. »

John che stava bevendo una fumante brodaglia americana si fermò. « Non l'ho terminato e... »

« Non importa, vedi, io ti ho voluto qui più di chiunque altro e sai bene che l'Università ha fatto uno sforzo *enorme* per averti. » Sottolineò la parola con l'espressione di un gattone che si lecca i baffi. « Ho scomodato un sacco di gente al Ministero per ottenere il contratto che hai. »

John spezzò un biscotto nel piattino e lo lasciò andare nella tazza, pronto a ripescarlo prima che si sfaldasse nel caffè.

« E io sono stato felice di accettare la tua proposta. Come sai, ho messo a disposizione dell'università il mio tempo, i miei strumenti e sono stato felice di presentare qui in anteprima *SismoTime.* » Con un gesto involontario scoprì il polso. Niente. « L'anno prossimo inaugureremo il nuovo laboratorio di mineralogia e insomma, per quello che posso », *che c'è nel contratto*, « io sono qui. »

« Ma io voglio aiutarti. »

Eccolo, pensò John, che viene allo scoperto.

« Voglio scrivere qualcosa per te. Non so, un'introduzione, qualcosa. »

Il professore era abituato a personaggi del genere. Non doveva lasciargli troppo spazio. « Lo hanno già chiesto a Tozzi, che è un buon amico », scosse il capo con un sorriso affilato: « Siamo stati chiari sin dall'inizio. Ho un contratto con l'editore che sai », *e che ti ha rifiutato* Terra e futuro, *un saggio moralista sulla sorte del nostro pianeta dopo il nefasto passaggio dell'uomo. Hai avuto il coraggio di mandarmelo insieme al contratto per l'incarico e mi sono dovuto sorbire cinquecento pagine di nulla e nozioni e scriverti la prefazione all'edizione che alla fine stamperai, come tutte le tue cose precedenti, con EdizioniMinerali, l'editore che gestisce i fondi del Dipartimento.* « Non posso divulgare nemmeno una pagina prima della pubblicazione. »

« Che avverrà? » chiese Salgado che sembrava infastidito.

Il contratto con il più grande editore italiano, dopo la fortuna de *I misteri della Terra*, era blindato, e a ottobre alla Frankfurter Buchmesse – erano passati già sette mesi – i diritti erano stati venduti in quaranta Paesi. Per la prima volta in vita sua il prezioso professor Glynn – copertine e interventi sulle maggiori riviste di settore e non (*Science* e *Time* si erano contesi una sua intervista da pubblicare sul numero di fine 2018) – era pressato da una deadline impostata sul MacBook con un countdown che lo scrutava dall'angolo dello schermo. Ogni volta che apriva il portatile, le cifre arancioni dentro il cilindro di dinamite lampeggiavano. Nonostante il sottile ticchettio della bomba, John Glynn non aveva terminato quello che ancora si intitolava *IMDT2*.

John spostò la polvere di biscotto che galleggiava nella tazza. « Manca poco. »

« Ho capito... ma in quanto editore di EdizioniMinerali mi piacerebbe che tu scrivessi... »

« Appena lo chiudo. Promesso », rispose alzandosi.

« Ah, be', certo. » Salgado si raddrizzò. « Ma sai, pensavo... »

« Mi dispiace. »

« Be', almeno promettimi che scriverai un pezzo per la rivista. »

Da marzo Salgado era diventato il direttore di *GeoTuscia*, il periodico del Dipartimento.

« Ci provo la prossima settimana, okay? » rispose in automatico mentre il suo cervello sintetizzava l'ansia e la traduceva in un pensiero semplice: c'era solo un modo per sapere cos'era successo alla sonda numero 7, vedere con i suoi occhi. Ricordava l'area boschiva dove l'aveva sistemata e per essere certo aveva lasciato, come faceva da ragazzino, due segni su un albero vicino.

« Pensavo che sarebbe interessante una comparazione degli approcci, dei metodi e degli strumenti. In fondo tuo padre è stato un grande... visionario? Possiamo definirlo così? » continuò Salgado.

« Preferirei lasciare da parte Liam », disse avvertendo un'improvvisa sensazione di vuoto allo stomaco seguita da un minuscolo ronzio.

Se per molti colleghi, il professor John Glynn era un grande nome da spendere per il lustro dell'università, Liam era stato per l'Unione Internazionale di Scienze Geologiche quello che era stato Giordano Bruno per la Chiesa di Roma e malgrado la grande pazienza, questo John doveva concederglielo, alla fine Liam aveva deciso di mollare tutto per dedicarsi al lavoro sul campo. O avrebbe dovuto dire sotto.

John aveva impiegato tutta la vita per dimenticare il padre e lo scienziato che Liam era stato e nel tempo aveva imparato a rispondere con un sorriso a domande inopportune o cattive. Perché John non era suo padre, tutt'altro, e la sua attività scientifica stava lì a dimostrarlo. Non aveva tempo da sprecare con quella faccenda. Scoprì il polso e tagliò corto: « Devo andare ». *Subito.*

Un'increspatura affiorò sul viso di Salgado. « Ma certo, John. Non ti preoccupare, qui faccio io », concluse, mentre il professor Glynn si allontanava a lunghi passi verso il parcheggio della facoltà.

4

Centro di Bolsena
17 aprile 2020, 21.20

La Golf turbodiesel friggeva le gomme sull'asfalto e una morsa di ferro spaccava le tempie del commissario Trivelli. Quella mattina aveva lasciato il blister di Moment a casa, sicuro che se la sarebbe presa calma l'ultimo giorno di lavoro prima delle ferie. Due settimane di pausa durante le quali avrebbe tenuto gli occhi chiusi tutto il tempo, sdraiato sul divano, tentando di non pensare a niente. Anche se il suo bel chiodo in fronte ce l'aveva eccome.

Se c'era una cosa che Trivelli credeva di aver capito da quando era arrivato al Mammagialla otto anni prima, era che Louis Caròn *doveva* vivere. Anche se non aveva parenti, un lavoro, né un futuro, data l'età e l'entità della pena che gli dondolava sul capo come una mannaia, c'era qualcosa che lo aspettava fuori, nel mondo degli uomini. Era quello il segreto che aveva avvolto nel suo silenzio. Qualcosa per cui valeva la pena vivere. Era come se avesse un appuntamento. A cui, pensò con dispiacere Trivelli, non sarebbe più giunto.

Abbandonò la macchina bianco sporco – l'aveva lavata tre volte in quindici anni – davanti al passo carrabile e salì al secondo piano. L'aria nell'appartamento era calda e irrancidita. Le persiane accostate da tanti di quei giorni che non se lo ricordava. Lasciò la giacca sull'attaccapanni, chiuse la porta e attese un attimo. Voleva davvero accendere la luce? Si toccò il ginocchio che aveva picchiato per terra qualche giorno prima inciampando nel tappeto all'entrata e diede una manata al muro. Il lampadario si accese sui resti di una dozzina di cene in solitaria. Le dita di Rico cercarono l'interruttore per smorzarne la vista ma si fermarono. Il tavolo stracolmo di carte, il divano letto aperto e sfatto nella grande sala su cui affacciavano cinque porte. Tutte chiuse.

« Bentornato », disse con una punta di amarezza nella voce.

Tolse i polacchini in finta pelle e si mise a sedere alla scrivania contro la parete a sinistra, tra il bagno e la cucina. Frugò dietro al router e lo accese, aprì il portatile e abbassò la maniglia della porta a vetri. Tutto perfetto. Non una briciola, non una stoviglia fuori posto. Il frigo pieno di ricette, magneti e disegni colorati. Si alzò, lo aprì e prese una lattina di Coca, pescò due Brufen dalla ciotola sulla mensola e li buttò giù. Scrutò tra i volantini e afferrò il telefono.

« Un kebab piccante, tanta cipolla e salsa yogurt », attaccò. Se era costretto a starsene da solo, poteva almeno ordinare ciò che voleva.

Intanto l'HP si era acceso. Trivelli aprì il cassetto della scrivania e tirò fuori la custodia degli occhiali da pc. Li inforcò. Tossì nel silenzio della casa mentre aumentava il font finché non riuscì a leggere. Era pronto per il solito tour: qualche minuto sul sito dell'Ansa e su quello del sindacato di Polizia dove si parlava da anni di un aumento in busta paga e forse era arrivato il momento di riscuotere. Come commissario capo gli spettavano 87 euro al mese in più, mica una sciocchezza. Chiuse il giro con un quotidiano della Tuscia che promuoveva escursioni in grotta e sul lago di Bolsena e l'annuncio di test per un nuovo tipo di sismografo sul territorio della Provincia. Si stava dedicando a sport.sky.it quando il vecchio citofono suonò e la cornetta si staccò dal supporto.

« Super Kebab. »

« Secondo piano », rispose al ragazzino e preparò i soldi.

Invece, quando aprì la porta c'era una biondina. La figlia di Hakan, il proprietario di Super Kebab in fondo a via Roma. Le diede dieci euro, la congedò con un sorriso muto e un po' gli dispiacque.

L'odore di panna acida riempì l'ingresso mentre Rico incrociava il proprio viso nella specchiera all'ingresso e riconosceva le crepe ai margini della bocca. Scivolavano verso il mento e gli avrebbero dato un'aria da vecchio bambolotto se non avesse avuto la faccia appena asimmetrica e un dito di barba nera che ingrigiva sul mento. Sulla testa da polpo i pochi capelli rasati. Interrogò la fatica negli occhi senza rimorso. Nel complesso la faccia di Rico Trivelli aveva un che di bonario che non si sposava un granché col suo lavoro al Mammagialla.

Buttò giù l'ultimo boccone con una sorsata di Coca. E ora? La solitudine era una brutta bestia. Sull'altro lato della sala c'era la libreria che custodiva il sogno di carta di Rico. Manuali di criminologia e scienze comportamentali, la Bibbia di John Douglas *Mindhunter* (aveva appena finito di vedere la seconda stagione su Netflix). C'erano i romanzi di Thomas Harris, e un centinaio di dvd. Un intero universo criminale, scientifico e immaginario, lo scrutava dagli scaffali. Caracollò sulle ginocchia malconce e raggiunse la libreria scorrendo l'indice sulle coste dei volumi. Ne prese uno celeste. Era di tela e in alto al posto del titolo e del nome dell'autore c'era scritto con una bic: *La luce nera* di Emerico Trivelli.

Gli faceva sempre effetto leggere il proprio nome per esteso, di più su un libro, anche se quel libro lo aveva stampato, fatto impaginare e rilegare lui per trenta euro. Sorvolò su quel pensiero e vi tuffò gli occhi dentro. Delle duecento pagine che lo componevano, la maggior parte erano dedicate ai detenuti con cui, in una maniera o nell'altra, Trivelli aveva avuto a che fare. Assassini, violentatori, truffatori e camorristi, matricidi e qualche grosso spacciatore. Nel suo libro, Rico non aveva lasciato nemmeno una riga per i pedofili, ma ai criminali presenti aveva dato lo spazio che meritavano. Un capitolo ciascuno con una scheda personale, in qualche caso una piccola foto recuperata dai registri del carcere o stampata e ritagliata dal sito di Polizia del Mammagialla, infine eventi o comportamenti che lo avevano colpito e una parola che racchiudeva l'anima, la luce, che abitava quelle creature. Niente di che, informazioni e qualche impressione personale. Il tutto stampato con un carattere bello grande. Aveva lasciato una trentina di pagine bianche per Louis Caròn a cui, una volta in pensione, avrebbe riservato un intero volume. Intanto aveva preso a scrivere qualcosa a matita.

Louis Caròn, fermato il 5 febbraio 1990 in una località presso il comune di Bagnoregio (VT) sprovvisto di documenti di riconoscimento e i vestiti sporchi di sangue. Tradotto presso la Questura di Viterbo con l'accusa di omicidio di un minore scomparso nei giorni precedenti in zona, si è rifiutato di collaborare ed è rimasto in silenzio.

Condannato (sentenza del 15 settembre 1990) a due ergastoli per sottrazione di minore e omicidio di minore, è stato tradotto nell'OPG di Montelupo Fiorentino. Nel 2017 è stato spostato al Mammagialla dove l'anno dopo ha subito un aggravio di pena per l'omicidio di due detenuti della struttura carceraria con conseguente isolamento (disposizione condivisa con il direttore).

Segni particolari: uno e novanta per settantacinque chili. Non tossicomane, non alcolista. Tatuaggi da hippie, qualche cicatrice. Si rifiuta di tagliare i capelli e di uscire per l'ora d'aria. Guarda solo le notizie del tg regionale.

Istituti di detenzione: OPG di Montelupo, Mammagialla.

Residuo pena: 999

Note: registrazione video locale docce (13-4-2018). Il detenuto ha afferrato con una mano i capelli del collega detto il «Tunisino» tirando indietro mentre con l'altro braccio lo strozzava. C'è stata una torsione potente, lo schianto cervicale ed era finito. Con la mano piena di capelli ha schivato l'affondo dell'altro e gli ha sfasciato la faccia sul muro, gli ha rotto il collo. Due gesti piccoli, a vederli e rivederli, eseguiti con una rapidità e con una forza spaventose per un uomo di quell'età. Una rabbia potente e silenziosa. E una luce: una scintilla fredda in fondo a un tunnel.

« Si è ucciso », aveva confermato l'infermiere dopo che Rico lo aveva ritrovato sotto al letto. Quella frase, « Oggi esco, commissario », pronunciata con una voce rotta dal disuso e gli occhi sulla telecamera a infrarossi.

« Si è avvelenato », Sallusti, il medico più anziano, aveva indicato la schiuma agli angoli della bocca. « Non lo ha ammazzato nessuno, Rico. Non c'è bisogno dell'autopsia. C'era una boccetta di Tiopental tra le lenzuola. »

« Dove l'ha...? »

« Ne manca una dall'infermeria. Ho controllato, abbiamo la segnalazione di Jenny. » Una delle cinque donne che lavorava al Mammagialla, se si escludeva la mensa e l'addetta alle pulizie.

Sallusti gli aveva passato il foglietto della segnalazione. « Ho informato il direttore anche via sms, ma non ha risposto. È ancora a Roma. » Rico lo aveva fissato con un'occhiataccia. « Rico, eri già a casa e qua dentro scompare un pezzo al giorno, lo sai. Mi dispiace, ho provato a recuperarlo con la tiamina ma se n'era già andato all'altro mondo. »

Già, ma qual era il mondo di Caròn prima del Mammagialla? E quale segreto aveva nascosto in anni di silenzio e pochi gesti sempre identici? Tra quei due interrogativi forse Rico avrebbe scovato la risposta alla domanda che più gli stava a cuore. Cosa lo legava a Louis Caròn?

La fastidiosa mosca del dubbio non rispose e riprese a giocare a nascondino con i neuroni mentre Trivelli rimetteva a posto il libro dei suoi criminali. Dall'altra parte del salotto la pagina sull'HP si era ricaricata e Rico rimpallò con indolenza dalla libreria alla sedia. Sullo schermo c'era la foto di un locale, *L'Inferno*, che Rico frequentava secoli prima: rock pesante dal vivo, una griglia di due metri per due e fiumi di birra. Da allora aveva cambiato gestione una dozzina di volte, e anche la donna con cui ci andava era scomparsa dalla sua vita. Il titolo di fianco alla foto recitava: « Ucciso il proprietario del locale. Con lui anche la compagna. Gli inquirenti seguono la pista del delitto passionale. Non si esclude l'aggressione di un balordo. L'indagine sarà coordinata dal commissario Pietro Russo della UACV di Roma ».

« Merda », gli sfuggì assieme al pugno sul tavolino. In un soffio Rico si scordò di tutto quanto lo aveva afflitto fino a quell'istante. Perché Pietro Russo era l'uomo che gli aveva rubato le due cose più preziose della sua vita. Il sogno di lavorare all'Unità di Analisi del Crimine Violento. E le sue donne, Eva e Sonia, anche se questo veniva dopo.

Rico, stupido lui, aveva rinunciato alla carriera per inseguire il miraggio della famiglia che si era tramutato in un incubo a occhi aperti. Era stato sposato quindici anni con Eva, conosciuta allo sportello Aci di Roma, poi era arrivata Sonia, l'unica « donna » di cui fosse mai stato, pericolosamente, innamorato – sua figlia – e subito appresso un bell'arrivederci, quando Eva aveva conosciuto Russo alla cena tra funzionari che organizzava il sindacato di Polizia tutti gli anni per Natale.

Emerico Trivelli si era fatto le ossa all'Antidroga a Tor Bella Monaca. Tre anni di appostamenti e intercettazioni ambientali tra le buche della peggiore periferia romana. Quando si era stufato di quella vita aveva compilato un quintale di scartoffie per il concorso all'UACV e aveva iniziato il training. Non era stata una passeggiata ma doveva ammettere che erano una bella squadra loro cinque. Siri, Trivelli, Mancini,

Mascolo e Russo. Tutta gente che aveva fatto bene anche all'estero. Rico si era dovuto impegnare il doppio. Il cervello già gli funzionava a singhiozzo, aveva perso la freschezza dei giorni migliori, ma alla fine Rico era arrivato all'ultimo gradino: il test psicoattitudinale. Davanti alla commissione riunita nel grande centro sulla Tuscolana, Trivelli aveva scoperto di soffrire di un disturbo diffuso tra i poliziotti col nome di stress post traumatico cronico. Senza battere ciglio, Rico era tornato alla sua famiglia e ai suoi detenuti.

Per quanto si sforzasse, Rico non riusciva a evadere dalle mura di quella paranoia: Eva lo aveva mollato per uno che incarnava il suo sogno. O almeno era così che se la raccontava. Alla fine si era trovata un profiler, uno con cui Trivelli aveva persino studiato per il concorso. Però Russo era finito all'UACV e sulle scene del crimine dell'intero stivale, mentre lui aveva fatto il tour delle prigioni di mezza Italia. Per cosa? Per tenerli buoni, sorvegliarli, fare da filtro con le istituzioni che se ne sbattevano di una scatola di cemento stracarica di feccia. Lui, anche questo faceva parte della storia che si raccontava per provare a mandarla giù, ci era finito per cercare un bagliore in fondo agli occhi di quei dannati. *L'unica famiglia che mi resta.*

Dalla risacca dei pensieri affiorarono i capelli ricci di sua figlia Sonia, il viso sottile, i colori chiari. E la frustrazione lo incupì mentre il sorriso perfetto di Russo che cercava di ingraziarsi le simpatie di sua figlia lo morse alla gola. Passò la lingua sul buco al posto del molare e le gambe presero a tremolargli dal nervoso. Come molti padri separati avrebbe aspettato la domenica per rivedere Sonia.

Ma cosa aveva Russo più di lui? L'aspetto curato e giovanile nonostante i cinquantacinque anni – erano coetanei –, la faccia scaltra e affilata dell'uomo di successo. Era uno di quelli che attraversano la vita sul tappeto rosso ma tenendosi alla larga da qualsiasi affetto o simpatia, attirando consensi e ammirazione. Rico invece c'incespicava sul sentiero della vita e il massimo che poteva attirare era una qualche comprensione umana.

D'improvviso Trivelli si trovò a fare i conti con un'altra idea. Se fosse stato al posto di quel figlio di una buona donna, se avesse avuto a disposizione uomini e mezzi, avrebbe aperto un'indagine con le palle sulla morte di Louis Caròn e avrebbe rivoltato il carcere come un calzino. Ma lui non era Russo e godeva a malapena del rispetto dei propri sottoposti. Perciò decise che il profiler che teneva nascosto al mondo doveva agire diversamente scavando nell'abissale memoria del web in cerca delle tracce di Caròn, dato che sul luogo di detenzione di cui era stato «ospite» prima del Mammagialla non aveva informazioni dirette.

Si guardò attorno e per un istante si sentì smarrito, il soggiorno somigliava all'atrio di una stazione della metropolitana stracolma del pattume che la sua vita rigurgitava senza sosta, e tutta la casa era l'immagine della sua modestia. Almeno il Brufen cominciava a fargli effetto. Finì la lattina di Coca e si ributtò a corpo morto davanti al pc finché non ebbe riempito un file di informazioni che gli sarebbero state utili nei giorni appresso.

Erano le due passate quando si fece strada tra le cartacce, si buttò sul divano e puntò la sveglia alle cinque. Appoggiò la testa sul cuscino e due minuti dopo Rico Trivelli sprofondava in un sonno senza sogni.

5

Strada Provinciale 131
17 aprile 2020, pomeriggio

« L'acufene è una patologia frequente per chi è esposto a rumori molto forti, chi lavora nel sottosuolo in situazioni non protette », aveva sentenziato il medico soltanto due giorni prima estraendo dall'orecchio destro del professore un apparecchio che sembrava il joystick della Playstation di Jim. John aveva trascorso la mezz'ora precedente attaccato a una cuffia in ascolto di suoni dalle frequenze disparate. Il professore si era asciugato l'orecchio sporco di crema con un fazzoletto. « Dottor Franchi, io non faccio il minatore, non lavoro sotto terra e non mi sono mai esposto a onde sonore generate da un'esplosione, se è a questo che si riferiva, glielo assicuro. »

« Capisco », aveva risposto quello, pensoso. « Ricorda di aver subito un trauma alla testa, o al collo negli ultimi giorni? »

« Nessuno. »

« Be', potrebbe esserci un piccolo danno alle cellule ciliate, i ricettori sensoriali nella parte più interna dell'orecchio, ma abbiamo bisogno di un tipo di ricerca molto approfondita. Gli strumenti non rilevano alcun calo dell'udito. Fa uso frequente di farmaci? »

« No. »

« E allora non resta che acufene da stress emotivo. Può accadere alla sua età, in maniera intermittente, poche ore al giorno, o anche meno. »

« Di solito sono pochi istanti, poi passa, ma adesso ho l'impressione di sentirlo durante il sonno. »

« Mi diceva che è un periodo di grandi cambiamenti. »

Il professore annuì all'uomo in camice.

« È uno dei paradossi dell'acustica. In situazioni di stress il nostro cervello interpreta male la differenza di segnali percepiti solitamente dall'orecchio, creando così una percezione sonora che in realtà non esiste. »

« Il mio fischio. »

« Si è già affezionato? » rise di gusto, da solo, il dottor Franchi. Ma smise di fronte alla faccia seria di John. « Ma si ricordi, l'uomo sente con il cervello, non con l'orecchio, professor Glynn. Perciò si riposi e vedrà che con la bella stagione questo fastidio le passerà. »

Malgrado fosse un'assurdità John non poteva ignorare il fatto che i primi disturbi del sonno si fossero manifestati quando, all'inizio di aprile, aveva raggiunto moglie e figlio a Civita e che « il suo fischio » fosse comparso la notte che aveva firmato il contratto con Salgado che sanciva, nero su bianco, il suo ritorno nella Tuscia. Era il frutto del caso, ovviamente, e il professor Glynn credeva soltanto nelle prove, ragione per cui aveva stabilito di non farne cenno a Lucia che invece, finalmente, trascorreva le notti in un perfetto stato di quiete.

Il pensiero lo placò, le cose stavano andando tutte al proprio posto: Jim aveva iniziato a ingranare con i compagni di scuola, Lucia si dedicava al terreno su cui stavano costruendo la nuova casa, e lui stava mettendo ordine alla ricerca, all'insegnamento e al libro. *Più o meno.*

Il professore guardò oltre il tettuccio trasparente della Volvo l'oceano di nubi che allagava il cielo e quando giunse al terzo tornante rallentò per fermarsi davanti al cartello « Civita di Bagnoregio ». Era crivellato di cartucce di fucile e dietro una grossa roccia calcarea si trovava una stradina sterrata. Conservava un vago ricordo del punto in cui aveva sistemato la sonda settimane prima, ma quella notte si era appuntato le coordinate sul cellulare. Aveva perfino installato la app del

SismoTime, che però gli ripeteva il solito refrain: scomparsa. Perciò aprì Google Maps e inserì le coordinate della sonda geofonica numero 7. Mise in prima e le ruote del Suv masticarono la terra del sentiero che si perdeva nella macchia scura. Inserì il 4×4 e avanzò lentamente infilandosi nel sottobosco. Dopo due chilometri, la macchina si arrestò di fronte al blocco di cemento anti passaggio. Spense il motore e scese. Il cielo era limpido ma lì sotto faceva freddo. Girò attorno al blocco e s'incamminò seguendo il sentiero con il cellulare in mano. Dove diavolo l'aveva sistemata? L'erba gli arrivava alle ginocchia, i pantaloni erano già bagnati. Doveva essere a qualche centinaio di metri a nord-est. Sull'Omega il battito si era stabilizzato sui 90 e John stava procedendo nella direzione giusta.

Il sentiero proseguiva stringendosi e salendo oltre una piccola altura coperta di arbusti. Si rimise in piedi e la voce di Google Maps recitò: « La tua destinazione è a 950 metri ». Scavallò la collinetta addentrandosi in una depressione coperta dalle chiome di aceri e castagni. S'impigliò a un rovo spinoso tagliandosi i pantaloni all'altezza dell'inguine. « 500 metri. » Il cammino si apriva un poco e la vegetazione si diradava sfociando finalmente in una radura senz'alberi. Il sole aveva girato oltre la montagna che aveva di fronte. Probabilmente era passato per un sentiero diverso, la volta precedente, ma di certo era lì che l'aveva lasciata perché sulla corteccia di una grossa betulla c'era inciso un suo segno.

« Sei giunto a destinazione. »

Il professore passò a *SismoTime* ma il segnale della sonda numero 7 non c'era.

Sulla parete rocciosa si apriva una volta ostruita da alberi caduti e dai residui di una frana che, a giudicare dal colore e dalla cresta duecento metri più su, doveva essere abbastanza recente. Da un mucchio di macerie, sulla destra, emergeva un lungo pezzo di ferro verde scuro. Si fece più vicino: era lo scheletro sghembo di un vecchio semaforo. Sorpreso da un pensiero indefinito scese dal cumulo di sassi, raccolse un bastone e scavò con un senso di orribile necessità addosso finché l'intuizione non vide conferma: sotto una decina di centimetri di terriccio c'era un pavimento d'asfalto. Lì c'era stata una strada e quella che aveva di fronte era una galleria con un semaforo.

L'idea era impossibile ma salì lo stesso sulle macerie mentre una fuga di ciottoli per poco se lo portava giù. Afferrò sassi e detriti e prese a scagliarli dietro di sé per qualche minuto. Si muoveva come se dovesse liberare una vita dalle macerie. Non c'era nessuno lì sotto ma forse... Affondò la mano ferendosi il pollice e con un grande sforzo sollevò la radice di una pianta che si portò dietro un blocco di terra. La lasciò andare e si accorse che dal buco, proprio accanto alla lanterna semaforica, emergeva un pezzo di metallo.

L'aveva trovata.

Era rimasta sotto il crollo del costone. Impiegò dieci minuti per fare spazio attorno e la afferrò con entrambe le mani puntandosi con le gambe sul declivio. Strappò due, tre volte, e finalmente il pezzo di ferro venne fuori.

Aveva il fiatone ed era completamente bagnato, respirava a fatica nell'aria greve. Con le braccia indolenzite, la camicia sudicia e il cuore in gola John Glynn si rese conto di non aver recuperato la preziosa sonda numero 7.

Quella che aveva davanti era solo una lastra di alluminio grossa come un... cartello stradale. La afferrò con entrambe le mani e la rivoltò. Nel clangore che riempì lo spazio della radura il professor Glynn riuscì a leggere la scritta nera sul cartello giallo.

E si ritrasse inorridito.

6

Bolsena
17 aprile 2020, pomeriggio

Sulle colline di Bolsena la terra era secca e scolorita. Le zolle si rompevano sbuffando la polvere contro i riflessi del lago a fondo valle. Ogni giorno Lucia percorreva la strada provinciale per raggiungere il suo piccolo campo e quando finalmente superava il cancello si sentiva come gli sciocchi braccianti dei romanzi di Caldwell, sempre in cerca di un tesoro invisibile.

Sollevò la testa e si asciugò la fronte con la manica della camicia in un gesto che le parve antico e innaturale. Accanto alla vigna aveva piantato due file di verdure e attendeva i primi germogli con l'apprensione di una madre. John doveva ancora sbloccare la pratica al Comune per il pozzo, perciò il terreno lo bagnava la pioggia e quel po' che ne restava nella cisterna di raccolta. Lucia posò le mani in cima alla vanga, guardò Bolsena adagiata sulla sponda dello specchio liquido e prese un respiro profondo e regolare.

A settembre avevano lasciato Roma in cerca di un po' di pace ma John aveva insistito per sistemare la sua casa di Civita di Bagnoregio, a 13 chilometri da lì, dove avrebbero abitato in attesa della consegna della villa prevista per fine maggio. Era aprile e ormai c'erano quasi. Un brivido di felicità la attraversò mentre gli occhi indugiavano sulla silhouette del casale che era sorto dalle macerie del rudere. Il tetto spiovente di rovere dava alla villa un'aria elegante e il portico che le correva tutt'attorno la cingeva nel conforto di un abbraccio.

Aveva fatto un affare. E tutto era accaduto così in fretta. Se ci ripensava le sembrava impossibile. A maggio 2019, navigando sul web in cerca di una bolla d'ossigeno dove infilare la testa per prendere un respiro, Lucia aveva scovato quel fazzoletto di terra a pochi chilometri dal lago di Bolsena a un prezzo ridicolo. Aveva atteso il momento giusto per parlarne con John e lo aveva trovato una sera di fine ottobre con l'acqua che cadeva dal cielo senza sosta.

Quando Jim s'era addormentato era tornata a tavola e gli aveva detto scandendo ogni parola: «Io devo cambiare». Non si aspettava un sì tanto veloce e la risposta l'aveva stupita. «E io devo fermarmi», aveva replicato John con un sorriso. «Ho avuto un'offerta dall'Università della Tuscia. Avrò il tempo per mettere a punto *SismoTime*, per finire quel maledetto libro. E per stare insieme, certo.»

Così quell'idea strampalata si era fatta strada, aveva messo radici nelle chiacchiere, coltivata come un sogno a portata di mano. Per *loro tre*.

Avevano fatto qualche uscita nei weekend per prendere confidenza con le campagne della provincia di Viterbo e lei aveva subito sentito che qualcosa si spostava, che l'aria era respirabile, i colori pacificanti, i suoni della natura la placavano, e si era resa conto tutt'assieme che Roma non andava più bene. A fine maggio avevano trascorso due giorni a Civita di Bagnoregio, dove John possedeva una casetta e tanto era bastato per lasciarsi convincere che uno più uno facesse veramente due, che fosse davvero possibile ricostruire una vita. *In tre*.

«Potremmo trasferirci nella mia vecchia casa», aveva detto lui, «solo finché non sarà pronta quella nuova.» Così l'estate prima avevano impacchettato tutto ed erano partiti lasciandosi dietro spifferi e fantasmi.

Una scheggia le tormentava il pollice, Lucia posò la vanga sulla spalla per osservare il dito. Le mani erano sporche e segnate. Aveva abbandonato il lavoro di psicoterapeuta, anche se John lo aveva sempre considerato qualcosa di più simile alla stregoneria, e i brutti pensieri che l'assediavano. Non sarebbe tornata indietro.

Aveva fatto sistemare gli interni della villa e allacciato le utenze; mancavano le rifiniture del portico in mattoni, con la tettoia spiovente che dava sulla valle del lago, e restava da dare l'impregnante alla recinzione e attendere la consegna dei mobili – tranne la camera di Jim che avevano fatto montare nella abitazione di Civita.

Lontano, il lago intorbidiva scambiando l'azzurro col cobalto e Lucia pensò a quell'acqua immota e rovinosa. Si strinse nelle spalle per allontanare la brezza immaginaria, afferrò la bottiglia termica e bevve un sorso di tè verde provando a mandar giù il groppo. Aveva desiderato con tutta se stessa un altro figlio ma sulle prime John non se l'era sentita – i primi tre anni di Jimmy erano stati devastanti – poi non ci erano riusciti, e alla fine avevano smesso di provarci.

Come in una favola, a metà ottobre 2018, Lucia era rimasta incinta. A Natale, il tempo degli incubi innocenti, Lucia aveva perso quella creatura un attimo prima che la sua mente di madre ne partorisse il nome.

Il groppo le cadde da qualche parte dentro al petto e Lucia sentì che la sua piccola famiglia e quel pezzo di collina resuscitato un metro alla volta l'avevano salvata da un'ossessione stremante. Dopo l'intervento era rimasta due mesi a letto nel buio della camera, in attesa che la vita tornasse a visitarla. Che un segno le desse la forza per ricominciare. Ma era davvero cambiata, aveva smarrito la luce. Stava meglio eppure le mancava aderenza con il mondo. Marito e figlio le stavano accanto, ma non comprendevano il corpo di una madre straziato da un buco nella carne e quella vita perduta dentro di sé.

Guardò le mani sporche e screpolate, e pensò a come, solo un anno prima, fossero tanto diverse. Dopo la convalescenza aveva provato a riprendere lavorando solo al mattino, ma quando suonava il cellulare per un appuntamento, un'ansia prepotente le scuoteva la mente. Così aveva cominciato a trascurare i pazienti rimandando prima, cancellando poi, molte sedute, e alla fine aveva deciso di chiudere lo studio di Roma. Come psicoterapeuta Lucia si era sempre occupata di idroterapia, e nel tempo aveva messo a punto una disciplina che preferiva chiamare con un nome più romantico e profondo: « Rinascita ». Nella piccola piscina sull'Aurelia, Lucia si prendeva cura di pazienti affetti da ogni tipo di dipendenza e stress emotivo, attraverso la sua versione del rebirthing. Nell'acqua a 38 gradi i corpi dei suoi pazienti galleggiavano abbandonati tra le braccia di Lucia che li cullava con poche parole ripetute fino a scioglierle nella calda percezione del nulla a cui le membra, rasserenate, si abbandonavano. Respirando in maniera profonda e ininterrotta, le tre dimensioni dell'essere umano, la sfera fisica, psichica ed emotiva tornavano a comunicare. Sospese nel liquido amniotico, le menti si staccavano dallo stato di coscienza scordando in pochi istanti persino di essere al mondo. Così Lucia curava lievi forme di depressione, dipendenze e attacchi di panico dei suoi pazienti pacificando persino se stessa con quelle lunghe giornate di immersione nel tepore rassicurante delle acque.

La sera s'adagiava sopra l'orto e lei si accorse di aver perso la cognizione del tempo. Ciò che era stata *prima* non contava e lei aveva bisogno di se stessa, di suo figlio, di stare accanto a John anima e corpo, di sentirsi corpo, innanzitutto. E quella terra bassa e rinsecchita era la prova che a tutto si può sopravvivere, quando sei fatta di corpo. Quando il corpo chiede fatica. Si osservò attorno, confusa. Il sole aveva smesso di scaldare e il sudore era una pellicola fredda sulla pelle chiara. Un filo d'aria sul viso e il bosco oltre il terreno prese a bisbigliare. Lucia si tirò su e rimase in ascolto come una cerva che annusa l'aria, mentre i tronchi si facevano di vetro.

Mancavano tre metri alla fine del filare, dieci minuti di lavoro ben fatto. Scrutò le reti di filo spinato, poi il cancello e si tranquillizzò. Si riabbassò e proseguì lanciando occhiate alla boscaglia e all'orologio che aveva nella tascona della salopette.

Quando giunse all'ultima zolla la colpì col taglio della vanga con tutta la forza che le era rimasta. Il legno le tremolò nella mano e cadde. Il contraccolpo le infiammò la spalla. Un altro maledetto sasso. Questo doveva essere grosso perché dopo qualche secondo ancora le doleva il polso. Si piegò per frugare con le dita. Era grosso, certo. Cercò il secchio e si accorse di averlo lasciato parecchio indietro.

La capanna degli attrezzi era cinquanta metri a destra mentre la cisterna, che gocciava in una pozza, ce l'aveva di fronte a una dozzina di passi. In quell'istante d'incertezza Lucia avvertì una stretta allo stomaco e udì la voce del lago alle sue spalle.

Allora riconobbe il morso: era sola. La paura era lì da qualche parte, in agguato. *Perché nel bosco dell'inconscio c'è sempre qualcosa che ci aspetta.*

Si rizzò in piedi impugnando la vanga con forza, sollevandola davanti a sé per ammonire la foresta che si allargava come una macchia d'inchiostro vegetale tra i colli di Bolsena. Le fronde si mossero e Lucia lasciò andare l'attrezzo. Infilò la mano nella salopette e prese il cellulare per chiamare John. Cosa gli avrebbe detto? Che aveva bisogno di aiuto? No, non adesso che le crisi di panico stavano scomparendo. *Sul serio?* Si richiamò all'ordine mordendosi l'interno della guancia. Realtà, aveva bisogno di realtà. Mancavano dieci minuti alle sei. Doveva andare a prendere Jim da un amichetto e passare al supermarket: quella era la realtà.

Fece un altro sorso dal thermos mentre le palpebre danzavano sugli occhi. Una, due, tre volte. *Maledizione.* Li chiuse forte e rimase in attesa che passasse. Ma dentro la sua testa, il debole soffio della brezza si colorò di odori. Le querce e le betulle, il minuto mormorio degli insetti, tutto sapeva di arancio. Un brivido azzurro le pizzicò la nuca. Ovunque, il vento sussurrava il suo male alle fronde. Si sforzò di aprire gli occhi sulla terra che scuriva. Era così, era caduta in fondo a un crepaccio di dolore e isolamento.

« È alle spalle. È finita », si spronò togliendosi quel giogo dalla gola.

E mentre il sorriso che aveva imparato a indossare cercava spazio sul viso, tra le zolle rivoltate e le radici le parve di vedere un'ombra color cemento. Era un oggetto tondo e in cima, dove il grigiore si faceva pallido, era scheggiato.

Allora Lucia parlò di nuovo: « È solo un sasso », ma non ci credeva davvero.

Il bosco mugolò e lei diede le spalle alla vigna mentre quel mondo si trasformava in una palla di vetro in cui Lucia correva immobile, come in un sogno, per scappare dalla cosa che emergeva dalla terra.

Lontano, oltre il declivio boscoso, li scrutava l'occhio liquido del lago mentre Lucia correva sulla stradina bianca verso il cancello oltre il quale vedeva la macchina. Raggiunse il cancello e lo superò battendo un gomito sul ferro. Spalancò la portiera della Polo e tuffò le mani nella borsa. Trucchi, specchietto, portafogli, agendina scivolavano come riso tra le dita che sentiva enormi, ingombranti. Rigirò la borsa sul sedile e intercettò la scatolina con le pillole che inondarono la bocca di metallo.

Nel fondo dei suoi occhi illacrimati Lucia *vide* la testa di un bambino che emergeva dalla terra per urlarle contro tutto il suo disgusto. Afferrò lo sportello e lo tirò a sé col sudore che affogava i singhiozzi mentre allo specchietto osservava la donna con la ciocca colorata, le sopracciglia acute sopra i grandi occhi neri, la pelle di porcellana. Senza riconoscerla. Abbassò la sicura e guardò fuori. La foresta era muta e quando finalmente la realtà chimica tornò a rassicurarla, le querce erano alberi e il sasso se ne stava laggiù, fermo in mezzo al solco che Lucia aveva scavato tra il mondo, e loro *tre*.

7

Viterbo
17 aprile 2020, pomeriggio

La memoria è una vecchia signora che gioca a scopa con la vita degli uomini. Tiene il mazzo in mano e bara tutto il tempo. Questo pensava il professore mentre parcheggiava la Volvo e si affrettava, sperando di passare inosservato, verso il suo ufficio all'università. Entrò e si chiuse la porta alle spalle. A chiave. I pantaloni erano rotti e sporchi e lui sembrava emerso da un incubo a occhi aperti. Raggiunse il bagnetto, si spogliò e si lavò con l'acqua fredda.

« Maledizione. »

Senza occhiali era identico a suo padre. Scosse la testa e aprì il trolley con il cambio, un paio di jeans e una polo rossa. Con un peso invisibile sul petto il professore rientrò in ufficio e si accorse che la stanza era stipata di libri che si era fatto spedire dalle università con cui aveva lavorato sino a quando aveva capito di doversi fermare. Anni nel frullatore, una trottola tra cinque continenti, convegni e conferenze, poca famiglia e le prime avvisaglie di un'indolente nebbia mentale che aveva diradato assumendo al mattino un leggero ansiolitico di Lucia.

Sopra al tappeto persiano – Salgado doveva averlo preso a una svendita televisiva – il professore aveva sistemato sismografi e dispositivi di profondità come i trofei di un cacciatore del sottosuolo. Ma erano strumenti che non avevano mai assaggiato il campo. Proprio accanto alla finestra, mezza coperta dalla pesante tenda di velluto quella mattina era stata consegnata la lavagna su cui aveva insegnato a Cambridge nel 2005. L'aveva imballata lui e ora, lentamente e con metodo, praticò incisioni dall'alto in basso con il taglierino finché la composizione non gli parve un fiore di plastica e ardesia. La liberò e allargando le braccia afferrò i montanti su cui girava, li strinse tra le mani poi, con un gesto composto, chiuse gli occhi e posò la fronte sul piano inclinato. I granelli di polvere di gesso scivolavano ammonticchiandosi sul bordo di legno mentre un'ombra se ne stava immobile, sospesa tra la sua coscienza e il mondo dei morti.

Prese un respiro, staccò la testa dalla lavagna e accese il cronometro, poi afferrò i gessi colorati appesi a pezzi di spago alla gamba di legno. Uno dopo l'altro presero a ticchettare mossi da un'energia invisibile mentre nelle orecchie di John nasceva un minuscolo sibilo.

Interruppe il cronometro: « 9.42', è un ottimo tempo, figliolo », disse a se stesso.

E mentre John si chiedeva se alla sua età Liam gli somigliasse come diceva sua madre, fece un passo indietro e osservò incuriosito la lavagna piena di colori. Sullo sfondo nero era comparsa un'enorme Terra, scomposta come un corpo sul tavolo autoptico, che dava mostra delle proprie grazie nascoste. Allora il professore impostò di nuovo la voce in modalità « Liam » e recitò tutto d'un fiato: « Dobbiamo studiarne il corpo, sezionarla e comprenderla ».

Scosse il capo e si spostò sul divano. Prese il portatile che aveva infilato nella borsa quando Salgado aveva compiuto quello che, ne era certo, sarebbe stato solo il suo primo assalto. Aprì la app di *SismoTime* ed ebbe conferma dei suoi sospetti. La sonda che poche ore prima lampeggiava sullo schermo non c'era più.

Ogni singolo dispositivo era corazzato, alimentato da potenti batterie al litio ed era stato testato per resistere a emergenze del genere. Eppure per qualche ragione doveva essere morta anche lei sotto quella frana. All'improvviso però qualcosa iniziò a lampeggiare in alto sullo schermo. Non era la sua sonda, ma il candelotto di dinamite che gli ricordava: Due settimane alla consegna di *IMDT2*! Chiuse il portatile e lo buttò nella borsa aperta.

Il professore raggiunse la scrivania e aprì il cassetto. Frugò finché non trovò una chiave piccola, piatta. Si accostò alla cassettiera su cui aveva messo il bollitore, una scatola zeppa di thè e due tazze. La infilò nella serratura e tirò. Il cassettone scorse in fuori con un po' di fatica. Sul fondo c'era un vecchio registratore e un contenitore di audiocassette: « Sette lezioni per il nuovo secolo » c'era scritto sopra.

Erano articolate in due blocchi; il primo raccontava l'esperienza di Liam Glynn con i pilastri teorici della Geologia – *Elementi di Geologia – Cristalli e Minerali – Silicati* – ed era stato registrato nella due giorni di lezioni alla Sapienza nel 1986. Non le ascoltava da quando le aveva imballate negli scatoloni, ma gli pareva di sentire il fremito della prima volta, quando sua madre gliele aveva consegnate, con il solito tempismo, il giorno della laurea. Erano le basi della disciplina ed erano rivolte a un pubblico di studenti.

Ma era il secondo blocco che, da solo, valeva la fama di suo padre, nel bene e nel male: *Antropocene – Geopsiche – Ipotesi Gaia*. Estrasse la prima TDK, aprì il registratore e la inserì cliccando subito su play.

Dal piccolo microfono emerse un fruscio, poi una voce arrochita dal tabacco prese ad aleggiare nell'ufficio. « Sin dall'Ottocento scienziati e geologi discutevano a proposito del loro periodo ecologico come 'l'epoca umana'. Oggi ovviamente sappiamo di più, conosciamo gli effetti dell'impatto dell'uomo sul sistema terrestre. »

Era stata l'intuizione più importante di Liam. Quella che lo aveva reso un nome di primissimo piano delle scienze geologiche negli anni Ottanta e che, subito dopo, lo aveva condannato a un esilio autoimposto. « Le placche tettoniche, le eruzioni vulcaniche e persino l'impatto dei meteoriti sono giocattoli rispetto a quello che siamo riusciti a fare noi che siamo a tutti gli effetti un agente geologico, una potenza tellurica spaventosa capace di mutare il corso dell'evoluzione del pianeta. Ed è per questo che credo sia giunto il momento di inserire, nella scala delle ere geologiche, l'Antropocene.»

Erano state tesi pionieristiche, ma ormai era un dato di fatto. Polimeri plastici, trilioni di tonnellate di metallo e cemento, 85% delle specie ridotte all'estinzione, il numero delle foreste dimezzato, migliaia di miliardi di tonnellate di anidride carbonica in aria. «Se ci estinguessimo tra un anno, i prodotti materiali che abbiamo disseminato sotto varie forme sul pianeta svanirebbero in diecimila anni, ma le alterazioni biogenetiche dei cicli del carbonio, fosforo e azoto ci sopravvivrebbero per milioni di anni trasformati in sedimenti geologici.»

Mandò un poco avanti il nastro.

«La superficie terrestre è suddivisa in segmenti rigidi, le placche tettoniche che si spostano sulla superficie in periodi lunghi diversi milioni di anni. La parte interna, quella che definiamo attiva dal punto di vista geologico, è costituita da uno spesso strato solido o plastico, il mantello, e da un nucleo ripartito in nucleo esterno, dove si genera il campo magnetico, e quello interno solido, composto da ferro e nichel.»

Ci fu un'altra interruzione. La bronchite era stata una fedele compagna di suo padre. «Però...» John se lo immaginò di fronte a un centinaio di studenti con la sua faccia secca e le occhiaie perenni alla Jack' o' 'lantern. «... tutto ciò che riguarda la composizione della parte interna della Terra resta una teoria indiretta ovvero mancante di verifica e osservazione diretta.»

Hai passato la vita sottoterra per dirmi questo? Che non è possibile guardare laggiù? Se solo tu potessi vedere lo strumento che ho creato.

Quello di suo padre era un vecchio approccio alla Geologia. Un approccio materico – scavare, scendere, osservare – superato. Certe idee di Liam, poi, lo avevano messo in imbarazzo nel codino ambiente accademico tanto che qualcuno gli aveva velatamente suggerito di cambiare cognome, mentre altri lo avevano lodato per la distanza netta che aveva messo tra sé e Liam.

Nonostante tutto, quelle cassette e un pugno di sassi erano l'anima e il corpo di Liam, tutto ciò che gli restava di lui. Per anni le aveva ascoltate e con quella voce registrata il professor Glynn aveva parlato, conversato, persino litigato. E a quella voce tornava ogni volta che qualcosa dentro di lui s'incrinava, e lo faceva traballare sull'orlo di un dirupo viscerale. L'aveva cercata quando aveva attraversato l'oceano, quando si era sposato con Lucia e il giorno in cui era nato Jim.

Quella voce gli mancava più di qualunque gesto, persino più del suo ultimo abbraccio. Ma in tutto quel tempo – erano già passati trent'anni – tra loro non c'erano state che quelle lezioni alle matricole della Sapienza registrate nel 1986. L'unico corso che Liam Glynn avesse mai accettato. Tanti anni dopo alla Sapienza, John Glynn ci era andato a scovare le orme del padre, a studiare Geologia, come se frequentarne le aule e i corridoi potesse riempirlo dell'energia trasparente del suo fantasma. Tutt'altro.

Dal registratore Liam riprese: « In definitiva, il nucleo esterno e quello interno del nostro pianeta sono mere ipotesi, modelli geofisici, equazioni, echi delle onde sismiche, inconoscibili se non attraverso la mediazione di altri dati, altre supposizioni. Perché più scendiamo, più l'occhio della scienza si fa miope ».

Proprio in quegli anni Liam aveva perso il favore della comunità scientifica e si era sottratto alle pastoie dei cervelli accademici per rifugiarsi tra le pieghe della crosta terrestre. Il lavoro lo aveva sempre strappato all'affetto di John e di sua madre, Maria. In questo, John se lo ripeteva spesso, erano molto diversi. Da Liam aveva ereditato la rigorosa struttura mentale e il grande trasporto per la Terra, tanto che una parte di sé restava timidamente ancorata all'incanto dei luccicanti tesori sotterranei. A differenza di suo padre, però, John non era stato rapito dagli scavi, dalle discese tra i segreti della Terra. No, John non sentiva il richiamo del sottosuolo, e se Liam aveva deciso di sporcarsi le mani, lui aveva scelto di studiare, scrivere e insegnare i «sassi» e la loro solida struttura chimica. Ogni singolo pezzo assumeva una forma soggetta a invariabili leggi chimico-fisiche e in quella relazione stabile tra ioni, atomi e molecole John fondava la solidità del suo mondo interiore. Nei romboedri, nelle lamine e tra i prismi dei cristalli lui intuiva la minuta simmetria dell'universo. Dietro a quella scelta c'era il rifiuto del buio che suo padre aveva frequentato per tutta la vita. E sì, John non si era mai sporcato le mani e non avrebbe rinunciato alla famiglia per il suo lavoro.

Non più.

Aveva deciso di fermarsi proprio per quella ragione. Be', quella era una parte della verità. E per finire il suo libro, certo. E poi c'era l'altra parte della verità. Perché, almeno in questo John era d'accordo con Liam: «se ti metti a scavare, prima o poi trovi qualcosa».

L'orologio sulla torre dell'università rintoccò cinque volte. Stanco e indolenzito John si abbandonò sul divano ma non appena chiuse gli occhi lo sfondo del grande teatro mentale si tinse di giallo per riempirsi, una dopo l'altra, di sette lettere nere. Ardevano come tizzoni cambiando colore mentre John avvertiva un peso insostenibile sulle palpebre.

Rimase per qualche minuto intontito a contemplare quella parola come se non fosse reale, come se non l'avesse vista. E invece era lì. John aveva davvero trovato qualcosa. Uno stupido cartellone stradale su cui tra graffi e ammaccature si poteva ancora leggere una parola che il professor Glynn non pronunciava da una vita.

8

Montelupo Fiorentino
18 aprile 2020, mattina

Le quattro torri della Villa Medicea scrutavano la riva sinistra dell'Arno e la distesa della piana tutt'attorno. Quattro erano pure gli ulivi secolari fuori dalle mura che cingevano il cortile abbandonato. Nell'aria l'aroma di una primavera acerba e il fiume che incontrava le acque della Pesa e le spingeva lontano, verso il Tirreno.

Rico Trivelli attraversò il cortile sterposo e si ritrovò all'entrata del « Gabinetto di storia naturale », com'era inciso sullo stipite della larga porta d'accesso. Ci aveva messo poco più di due ore in macchina da Viterbo – a dire il vero la sveglia del piccolo Casio non aveva nemmeno scalfito il suo sonno preistorico – ma ne era valsa la pena. Anche perché quella dell'ospedale psichiatrico criminale di Montelupo Fiorentino era la sola pista che gli restava per gettare luce sulla storia di Louis Caròn.

La struttura, come le altre cinque sul territorio italiano, era stata chiusa definitivamente nel febbraio 2017 dalla Commissione Giustizia del Senato ma durante la sua lunga esistenza, almeno da quando era un OPG, aveva assolto al compito di « custodire e curare » uomini e donne a cavallo di quella doppia natura, folli e criminali. Quale fosse il discrimine tra le due parti lo avevano deciso giudici, poliziotti e psichiatri, e Rico era nella Villa Medicea dell'Ambrogiana per capire a quale delle due appartenesse Caròn e perché dopo tanti anni fosse stato spostato in un carcere di massima sicurezza come il Mammagialla invece che in un istituto per delinquenti fuori di testa. Sempre che Caròn appartenesse alla categoria, cosa su cui Rico nutriva i suoi dubbi.

Un vento percorse il cortile alle sue spalle e la carrucola del pozzo fischiò. Acquistato e ristrutturato nel Cinquecento da Fernando de' Medici, un secolo dopo il maniero era stato la residenza prediletta di Cosimo III che ci aveva voluto una corte d'arti e personaggi. Su Francesco Redi – per alcuni il più grande biologo moderno messo a capo del Gabinetto – Rico aveva letto qualcosa su Wikipedia prima di partire. Autore di *Osservazioni intorno alle vipere* e *Esperienze intorno alla generazione degli insetti*, il primo trattato scientifico a smentire la vulgata che le mosche si generassero spontaneamente, Redi aveva rivoluzionato la parassitologia ed era stato un benefattore delle patrie scienze. Quei successi non lo avevano però esentato da critiche e pare che in nome del suo « metodo sperimentale » avesse eseguito incroci tra rare razze d'uccelli e di bestiole riprese d'ogni parte del mondo.

Con una punta di cinismo Trivelli considerò che nei secoli il Gabinetto di Francesco Redi aveva solo cambiato « destinazione d'uso », ma dei grotteschi capricci barocchi – ibridi e bestie bicefale – era sopravvissuta una sorta d'intenzione strutturale. Rico immaginò la Villa ancora piegata sotto il fardello di quel disegno, come se un'energia inquieta avesse affondato le radici in quei giardini, nel cortile ornato di colonne, tra le figure di putti e gli scarichi di ferro arrugginito. Lo scheletro, i muscoli, la linfa della Villa ne avevano mantenuto vivo il mistero alimentando – attraverso nobili, istituzioni e potenti – la brama di controllo ed esibizione sul mondo dei diversi. Penitenziario, manicomio, laboratorio delle meraviglie, ragionava Rico quando qualcosa si mosse alle sue spalle.

« Commissario Trivelli? »

Un anziano in uniforme da guardia giurata gli tendeva la mano. Alto un metro e sessanta, Rico riconobbe Adriano Rugani, l'ispettore superiore dell'OPG fino alla chiusura della Villa, restituita poi dal Ministero di Grazia e Giustizia al Demanio e al centro di un contenzioso tra enti locali e privati.

« Rico va bene. Siamo colleghi. »

« Grazie. » Rugani abbassò il cappello come fosse ancora in servizio e Rico si accorse che era calvo con la pelle oliva e le mani grandi e curate.

« Trentasette anni ci sono stato qui dentro. Sono venuto da Napoli nel 1980 con tutta la famiglia », iniziò con un accento che non sapeva più di Sud, « e dopo che mia moglie se n'è andata », sollevò gli occhi e Rico si domandò se fosse morta o scappata con un altro, « sono rimasto qua, dottore. »

Con un sorriso, l'uomo gli fece cenno di seguirlo e s'incamminò. Rugani era un settantenne ancora in forma che se la spicciava facendo da guida a curiosi e visitatori a cui raccontava aneddoti sulla Villa come una guida turistica. « Dopo i moti insurrezionali del 1848 », procedevano affiancati per i corridoi del piano terra, « fu abbandonata da Leopoldo II d'Asburgo Lorena, l'ultimo Granduca di Toscana. » Ogni tanto spalancava una porta svelando l'abbandono in cui versavano le stanze: attrezzature, letti e pareti scrostate. « Da allora è stata utilizzata come 'Spedale dei Dementi Acuti', ricovero dei minorenni, e nel 1886 è stata adibita a Manicomio Criminale, il primo del regno d'Italia », concluse come se fosse una cosa sua.

Trivelli aveva letto qualcosa ma ricordava bene che tra quelle mura c'era morto Giovanni Passannante, l'anarchico che aveva attentato alla vita del re Umberto I, dopo anni di inumana prigionia nella torre Martello di Linguella, all'Elba. « Bene », Rico ne aveva abbastanza del tour, « se non le dispiace ho qualche domanda. »

« Prego, dottore. »

« Quanti ospiti c'erano? »

« Poco meno di duecento », rispose svelto Rugani. Un altro sbirro ammaestrato, pensò Rico. « In camere fino a sei letti. Quando sono arrivato era l'epoca delle anfetamine, dei giovani allucinati con danni irreversibili al cervello. Però ci stavano anche semplici deviati, criminali, maniaci, psicotici.»

Salirono per una grande scalinata, ventitré gradini di marmo, contò Trivelli con un po' d'affanno. «E voi quanti eravate?»

«Poco più di trenta. C'era il personale medico e quello infermieristico di supporto, psicologi, educatori, volontari del Comune e di associazioni private. Noi ci occupavamo di sveglia, apertura, chiusura, conta dei detenuti e di mantenere l'ordine, quando ce n'era bisogno. Senza esagerare», ci tenne a precisare. «In tutto eravamo settantaquattro. Pochi per una bestia del genere», disse sollevando gli occhi alla torre ovest.

Si affacciarono su un'ampia balconata da cui il ruggito dell'Arno rombava e un pontile sgangherato frignava sferzato dall'acqua. I flutti schiumavano e Trivelli si allontanò dal parapetto.

«Mancavano la biancheria, le lenzuola, l'attrezzatura per lavare i pazienti, il materiale medico, i medicinali. Tutto. Ma c'erano un sacco di strumenti di costrizione. Non ne avevo mai visti prima di entrare qui e i primi tempi credevo facessero parte del museo del vecchio Spedale.»

«Ma non era così», annuì seguendo Rugani per un'altra scalinata con la cravatta penzoloni come la lingua di un San Bernardo. Malgrado vent'anni di differenza, il vecchio era decisamente più in forma di lui.

«No, commissario.»

«Camicie di forza e mordacchie?»

«Anche», rispose Rugani spalancando una doppia porta a vetri satinati. Gli fece cenno di entrare e Rico lo superò. Rugani se la chiuse alle spalle con un botto e la mano destra di Rico corse alla fondina.

«No, non si preoccupi, non c'è nessuno», si affrettò a spiegare Rugani.

« Mi scusi, è una questione d'abitudine. »

Sotto le scarpe del commissario si stendeva un tappeto di polvere e intonaco alto mezzo dito. Rico avanzò fino all'ovale brillante al centro della stanza, la sagoma dell'unica finestra in alto, e si guardò intorno.

« Era il magazzino tecnico », lo anticipò l'ex ispettore avvicinandosi.

Sulle pareti erano fissati scaffali e mensole di metallo annerito dal tempo. Raccoglievano corde, cinghie e legacci. Nell'angolo sotto la finestra c'era un tavolo di legno grezzo. Rico s'accostò all'apparecchio che vi poggiava sopra. Sembrava una ricetrasmittente della seconda guerra mondiale.

« È una TEC? » la mise a fuoco Rico nella penombra.

L'altro si tolse il cappello come se passasse all'improvviso un corteo funebre e annuì stringendo le labbra.

Trivelli s'irrigidì. « Fino a quando? » Fino a quando era andata in scena l'agghiacciante crudeltà conosciuta col nome scientifico di terapia elettroconvulsivante o quello popolare elettroshock?

Adriano Rugani fece spallucce e scosse la testa.

Fino alla fine, si rispose Rico da solo.

« Le ho detto al telefono che sto cercando informazioni su Louis Caròn. È stato qui », estrasse un'agendina rossa spiegazzata, « da metà settembre 1990 fino alla chiusura della struttura nel febbraio 2017. Corretto? »

L'altro annuì. « Ovviamente questa non è un'indagine di polizia, corretto, commissario? » gli fece il verso.

« Già », rispose Trivelli con le mani che iniziavano a formicare. « E lei, se ho capito bene, non è più in servizio, non ha un permesso per... », indicò tutt'attorno. « Non è una guida perché questo posto non è aperto al pubblico. »

Dopo un istante in cui si scrutarono, il commissario riprese: « Ha avuto contatti diretti col detenuto negli anni del suo soggiorno qui? »

« Be', sì. Per la conta dei pazienti mattina e sera. Poi quando lo portavamo qui », fece un cenno col capo verso il tavolo.

Rico conosceva i segni circolari sulla testa di Caròn come se in quel punto la pelle fosse stata cotta da qualcosa. Ce l'aveva davanti la risposta: la macchina per l'elettroshock. « Ho letto la scheda del paziente. Schizofrenia, perdita di memoria a breve termine, insonnia. È così? »

« Se c'era scritto... Non sono uno psichiatra, commissario. Ma una cosa gliela posso dire, di testa quell'uomo stava meglio di lei e di me. Era furbo. Intelligente. Se ne stava da solo, zitto, ma pure a me piace starmene zitto per giorni interi ora che non lavoro », s'incupì.

Trivelli insisté: « Il vero motivo per cui stava qui dentro! »

« Quando è arrivato ci hanno detto che aveva ammazzato un ragazzino in un raptus di follia e che al processo gli avevano dato l'infermità. Ma io non lo so... se posso permettermi, a me non è mai sembrato matto. Né un assassino, commissario. »

« Louis Caròn è deceduto due giorni fa. »

« Come? » domandò Rugani con la faccia impassibile.

« Il medico ha detto che si è suicidato col Tiopental. »

Sulla fronte di Adriano Rugani comparvero tre onde incavate. « Mi scusi, dottore. È che ne ho viste qua dentro e anche io ho imparato a riconoscere gli uomini dentro quei corpi. E io, ecco, non lo avrei mai detto che uno come quello... »

« Nemmeno io. È per questo che sono qui. Ho bisogno di tutto quello che sa di lui. Nel dossier del Ministero ci sono poche righe. Ho letto le carte del processo. Una dozzina di pagine appena per un uomo condannato di corsa per un omicidio e finito in un OPG, ma in base a cosa? »

« Questo non glielo so dire », rispose Rugani rimettendo il cappello sul capo.

« Quanto spesso gliela facevano? »

La porta si spalancò spinta da un'aria improvvisa poi una mano invisibile la richiuse leggera. « Ogni settimana per i primi due anni.» Lasciò cadere lo sguardo dalla vergogna. «Due volte a settimana.»

Trivelli si era sempre immaginato nel punto più basso del sistema carcerario italiano, l'enorme macchina che triturava, compattava ed espelleva la feccia della società, ma quel giorno per la prima volta si sentì di mettere in discussione quel primato.

«Qual era la prescrizione?»

«L'elettroshock si somministrava ai depressi e, sa, lui se ne stava sempre zitto, però...»

«Però non era depresso, corretto?»

Rugani fece di sì con la testa.

Trivelli non doveva cedere al desiderio di trattare l'uomo che aveva davanti come se fosse stato lui a inchiodare Caròn alla TEC. Passò oltre: «Cos'altro gli facevano?»

«Barbiturici, antiepilettici, e le docce ghiacciate. Non era l'unico, c'è un bagno di sotto con una decina di vasche di legno. Ma lui era l'unico che non protestava, come se l'acqua fosse tiepida.»

«Era malato di nervi?»

«Direi di no. Ma certe abitudini sono dure a morire, commissario», strinse le palpebre, «e quello che non prescrivevano i medici spesso lo facevano gli infermieri. Altre volte lo sedavano e basta.»

Trivelli si mosse e in un attimo era alla porta. La spalancò bloccandola con un pezzetto di legno per terra. Lentamente tornò indietro. «Allora, vediamo se ho capito. Caròn non era epilettico, non soffriva di nervi, non ha mai dato segni di depressione patologica. Eppure veniva sedato come uno psicotico e si beccava la TEC due volte a settimana. Tutto insieme?»

«Sì.»

Rico gli fece cenno di continuare.

«Io credo... i secondini e gli infermieri, tutti avevano paura di lui e se devo essere sincero», si toccò il cuore con un gesto esagerato, «metteva a disagio anche me.»

« No », Trivelli scosse la testa da gorilla.

« Cosa? »

« Non è così. »

« Ah no? » s'insospettì Rugani. « E com'è? »

« A me sembra il tentativo di mettere a tacere un uomo. Senza ucciderlo. »

Era il punto attorno al quale ronzava la sua mosca mentale. Nessuno poteva togliergli di testa che Caròn fosse stato messo in mezzo, che lo avessero incastrato. Ma allora perché non aveva parlato con lui in tutti quegli anni? Eppure Rico ci aveva provato, gli aveva fatto capire che l'avrebbe aiutato. Non c'era stato verso e l'unica cosa che ancora lo teneva in pista erano le ultime parole che gli aveva rivolto attraverso la telecamera investendolo di quel mandato morale.

Rugani lo guardò di sbieco: « E chi? »

« Non lo so, magari può dirmelo lei. »

Adriano Rugani abbassò la zip del giubbotto antiproiettile sotto la divisa e tirò fuori un quaderno nero piegato a metà per lunghezza. La superficie di pelle era rovinata.

« Cos'è? » Rico allungò la mano. Stava perdendo la pazienza e non andava bene, ma erano arrivati dove entrambi volevano arrivare. Prima i convenevoli, ora dritti al sodo. Tutto come previsto.

Rugani strappò la mano dalla sua con un gesto brusco. « Mi lasci », ma subito si ricompose. « Quando mi ha chiamato ho pensato di fare un giro nell'ufficio del direttore. È chiuso a chiave da quel febbraio. »

« Ma lei ha sempre avuto le chiavi. »

« Sempre », stirò le labbra come un cane.

Rico lo immaginò volare per terra dopo il gancio che stava trattenendo da un pezzo, ma Rugani gli sarebbe stato utile con la testa sulle spalle e quell'immagine restò solo un desiderio. Trivelli inghiottì a secco e accennò un sorriso: « Quanto? »

« Non mi fraintenda, commissario. È che non ho altro che

questo lavoro », si guardò attorno, « la pensione se la prendono mia moglie e mia figlia. »

« Ho capito », lo capiva, « quanto? »

L'altro cambiò espressione e Rico non attese che si chiudesse a riccio per fare la sua mossa. Infilò una mano in tasca e gli allungò un piccolo rotolo di banconote da venti in un elastico. Senza battere ciglio. Non ce n'era bisogno, aveva visto e fatto di peggio in vita sua. Rugani non parve stupito da quel gesto. Dal momento in cui lo aveva rintracciato al telefono Rico sapeva che sarebbe stata una questione di soldi. Era stata la voce stridula e questuante di quel mezz'uomo a dirgli chi era.

Con lo scatto di un animale liberato dalla trappola, Adriano Rugani afferrò il denaro e si allontanò il giusto per non rischiare. Contò il denaro poi, soddisfatto, disse: « Dentro ci sono dei foglietti ». Allungò il braccio e Rico acciuffò il quaderno e si trattenne dall'istinto di colpire Rugani e riprendersi il mezzo stipendio racchiuso in quell'elastico.

L'indecisione fu ricompensata. « Se ha altre domande, può provare qui. » Adriano Rugani gli passò un biglietto con un indirizzo e un nome. Fece un mezzo saluto militare e scomparve attraverso la porta.

Se Trivelli avesse saputo cosa lo aspettava nella sua ricerca, forse non sarebbe andato avanti e si sarebbe fermato ai pochi fatti certi che quella giornata di metà aprile gli aveva regalato. Ma Rico era il tipo d'uomo per cui il mondo e la vita erano fatti di cose che accadevano o non accadevano. E quando erano accadute non si potevano in alcun modo ignorare.

9

17 aprile 2020, sera

I trenta chilometri di strada regionale che separavano Viterbo da Civita erano brutti e male illuminati. C'erano buche grosse come trattori e la Volvo XC90 – uno dei benefit che il professor Glynn aveva accettato, declinando invece l'invito a trasferirsi in un appartamento nel cuore di Viterbo – avanzava in preda a un leggero imbarazzo.

John attraversò Montefiascone e s'immise sul boa grigio della SR71. Sulla destra le colline straripavano d'uva bianca, mentre a sinistra lo specchio nero del lago sbriciolava i tenui bagliori lunari.

Dopo quella giornata assurda, John era salito in macchina e aveva guidato in preda a un fastidioso vuoto mentale. Allentò la pressione sul gas e si fece rapire dalla visione del grande lago nero. Un brivido lo attraversò, sbandò e frenò recuperando la macchina per fermarsi nella rientranza della curva. Abbassò il finestrino e l'aria fresca spazzò via la sensazione strisciante. Lo sguardo indugiò sulla sagoma dell'isola Bisentina, un pezzo di roccia macchiato di verde che pareva un'iride nell'orbita del lago.

Ripartì sgommando e mezz'ora dopo, quasi senza accorgersene, si ritrovò sotto casa. Le luci erano accese al primo e al secondo piano e dietro la sagoma del piccolo edificio spiccava la cresta petrosa di Civita di Bagnoregio. John si chiuse il portoncino blindato alle spalle e appese le chiavi al muro. Tolse la giacca, le scarpe e infilò le ciabatte per non far rumore. Ma era troppo tardi.

« Papà? »

In soggiorno, sul grande divano angolare c'era suo figlio, dieci anni e mezzo, la testa bionda e il visetto pizzuto, con il tablet in mano e le cuffie al collo.

« Papà! »

« Jimmy », rispose John con un sorriso privo del calore che avrebbe voluto. « Ho fatto tardi... »

« Non importa. »

John gli si sedette accanto. « Ce ne andiamo a letto adesso, che dici? »

« Ti aspettavo per leggere qualcosa. »

« Va bene. » Lo accarezzò e allargò le braccia. Subito Jim ci si infilò e iniziarono a salire le scale abbracciati. Il pigiama di cotone rosso frusciava, petto contro petto, respiro sul respiro. « Cosa leggiamo stasera? »

« *Viaggio al centro della Terra.* »

« Ancora? Non è meglio *Il signore degli anelli*? »

« Lo so a memoria, papà. »

« Milleduecento pagine? »

« Sono milletrecentosessantacinque! »

« Va bene », il tono rassegnato. « La mamma si è addormentata? »

« Da un pezzo. »

« Arrivo », e indicò la porta della camera matrimoniale. Si affacciò. Lucia era sdraiata su un fianco dalla sua parte del letto, la mano sotto la guancia, come una bambina. L'altro lato era coperto di magliette stirate. Si avvicinò alle sue labbra per sfiorarle come faceva sempre. Tuffò gli occhi in quelli di lei, che però erano chiusi. John strizzò le palpebre come se potesse operare un incantesimo, come se potesse proiettarsi nei suoi sogni.

« Allora, hai scelto? », domandò una volta tornato, sperando suo figlio avesse cambiato idea.

« Vieni qui », Jimmy batté sul materasso e gli fece spazio.

Sistemò i due cuscini come sapeva che piacevano a suo padre, l'uno accanto all'altro, piegati.

John tolse le ciabatte mentre Jim posava il tablet sul comodino. Un'ora al giorno, non di più, aveva imposto Lucia. « Vengo, certo che vengo », gli fece il gesto delle mani ad artiglio e finse di fargli il solletico.

Jimmy bofonchiò una risatina: « Dove sei stato? »

John mise la testa sul cuscino vicino alla sua. « A Viterbo. All'università. »

« A fare cosa? »

« Lavoro. »

« Lavori sempre, papà. »

John si voltò su un fianco per guardarlo bene in faccia. Aveva lo stesso viso triangolare alla sua età. E ripeteva le stesse cose che lui diceva a Liam.

« È necessario. »

« Perché? »

« Tesoro. Bisogna lavorare. »

« Perché? »

« Perché la casa, la macchina, il cibo, la scherma, il tuo tablet », sorrise piano, « l'energia che lo anima. Tutto si paga a questo mondo. »

Jim rimase in silenzio con gli occhi nei suoi. « E in quell'altro? »

« Quale? Oh, Jim, dai. »

« Finalmente hai presentato il tuo superrobot? »

« Pare di sì. Ma ancora non funziona bene. Lo stiamo provando. »

« Mamma ha detto che ne hai messi un sacco da qui fino a Roma. » Gli brillarono gli occhi ma nessuno dei due disse nulla. « Ma... posso farti una domanda? »

« Spara. »

« Dove li metti, cioè, nel senso, sotto terra o sopra? E se li metti sopra poi si vedono? E se qualcuno te li ruba? Hai speso milioni di euro... »

« Ehi, frena, Jimmy », rise John, « non sono i nostri soldi, stai tranquillo. »

« Per fortuna. E dove li hai messi? »

« Li ho infilati in piccole buche tra i boschi o nei prati tra l'erba alta, dove nessuno li scoprirà. Ci ho pensato io. »

« Ed è vero che puoi vedere sotto terra? »

« Diciamo di sì. Attraverso le onde sonore. »

« E puoi anche ascoltare? »

« In che senso? »

« Il tuo robot sa ascoltare la Terra? »

Si fermò a riflettere: « Sai che non ci avevo mai pensato? »

Il figlio agitava il libro come un ventaglio. « Dai, dai! »

« Okay. »

Jim aveva iniziato a leggere presto ma solo l'estate precedente si era immerso nel romanzo di Verne, dopodiché aveva divorato Tolkien in pochi mesi. A differenza dei compagni di « Atreiu », il gruppo di lettura fantasy della nuova scuola, tutti per Aragorn, lui amava Thorin e il regno sotto la montagna, l'antica storia delle gemme e i segreti più profondi di quei mondi. Poi era stata la volta di *Nessun dove*, il libro di Gaiman con Richard Mayhew nella Londra sotterranea dove vivono gli scarti del mondo di sopra, quello reale. Per la verità gli ricordava il sottosopra di *Stranger Things* che però aveva smesso di guardare perché sua madre lo tormentava: « Hai una cotta per Undici! »

Jim aspettava con il libro in mano e per un momento John si rivide piccolo, davanti alla porta dello scantinato dove Liam trascorreva notte e giorno quando non lavorava all'impianto di estrazione. Ore ad ascoltare le dita del padre che picchiavano sulla macchina da scrivere, pagine e pagine di relazioni tecniche sull'avanzamento degli scavi.

Un senso di colpa che sapeva di assenza lo investì in pieno petto. *Io non sono così.*

« Scendiamo nello Sneffels? » Jim sgranò gli occhi. « Sai che c'è gente che dice che la Terra è cava? Li ho visti su

YouTube, sono fuori di testa. Però sarebbe bello, no papà? Te l'immagini, la luce nera, spettrale. Rettili preistorici, magari pure King Kong », scoppiò a ridere e si mise la mano sulla bocca per non svegliare la mamma. « Non vedo l'ora che venga domenica! »

« Domenica? » chiese John mentre tutto gli tornava in mente. La gita alle grotte di Castro con la classe di Jimmy.

« È un mese che lo sai! »

John sollevò gli occhi al cielo. « Leggiamo. » Raccolse dalle mani del figlio *Viaggio al centro della terra.* « Dove eravamo arrivati? »

Jim indicò il segno, caricando l'entusiasmo nella voce. « Capitolo 27, papà. »

10

Civita di Bagnoregio
17 aprile 2020, notte

Nemmeno mezz'ora più tardi, Jim dormiva e Lucia russava cullata dal tepore di due Tavor.

John si trovava al piano di sotto. La luce del lampione all'esterno rischiarava un poco il soggiorno con la libreria di vetro e metallo carica di tomi e di riviste scientifiche. Sul tavolo troneggiava un iMac in standby. Aveva scordato la borsa in ufficio con il portatile e le bozze, e non poteva lavorarci su. Uscì e si sdraiò sul dondolo dove sprofondò nel grande cuscino color panna.

L'antico profilo di Civita giaceva sotto a un cielo nero e d'asterischi. L'aria era carica d'umido e dalla chiesa di San Donato si alzava il lieve scampanio mosso dal vento. Cullato dal dondolo, John lasciò vagare lo sguardo tra i tetti del paese finché non calò un gran silenzio. Era sul punto di sprofondare nel sonno quando invece si ridestò. Posò le dita sulla nuca mentre si alzava in fretta. Raggiunse il parapetto del terrazzo. Si sporse in cerca di un movimento nella valle poi chiese conferma alla campana ferma nel tronco petroso della torre. Eppure, davanti ai suoi occhi stanchi la valle era scossa da un suono disperato.

Possibile che Lucia e Jim non si fossero svegliati?

Ma nulla si muoveva. Chiuse gli occhi, li stropicciò e li riaprì. Lieve e ostinato il sibilo danzava sull'orlo dell'assenza: reale o immaginario? Non c'era movimento, frana o terremoto.

Civita se ne stava immota come un presepe sul tappeto di muschio, né viva né morta, quando un bip lo richiamò dalle sue spalle.

L'iMac si era illuminato.

John volò alla scrivania e si accorse che l'icona dell'INGV stava lampeggiando. Ci cliccò ed ebbe accesso alla mappa globale dei sismi.

In quell'istante, in tutto il mondo, i sistemi di rilevamento ne registravano 1440, nessuno di grave entità. Il professore zoomò fino all'Italia: 35 lievi scosse negli ultimi 20 minuti sul territorio nazionale. Ma quando finalmente ebbe sott'occhio la situazione del Lazio si accorse che qualcosa non tornava.

Nel comparto nord-est, tra il lago di Bolsena e Orvieto, la zona in cui si trovava Civita di Bagnoregio, casa sua, non c'era segno di movimenti tellurici. Non era possibile. I sismografi dell'INGV non avevano rilevato il boato a cui John aveva appena assistito. Aprì la app *ST* e cliccò sulla mappa della Regione, riducendola fino a inquadrare l'area in cui aveva sistemato i dispositivi del *SismoTime*. Davanti allo schermo del computer gli occhi di John ardevano di attesa.

Ed eccola. C'era una sonda accesa. Una di quelle che aveva piazzato lui per tutta la valle dei Calanchi. Era la numero 6 e si trovava tra Bagnoregio e Bolsena dove, tre minuti prima, *SismoTime* aveva rilevato un'energia in movimento a 1333 chilometri di profondità. Della numero 7 non c'era traccia. Un ronzio improvviso rizzò i peli sulle braccia di John. Si sollevò meccanicamente e sentì le gambe molli. L'aria era ferma, Civita era una nave in bonaccia sopra il rumore del buio.

Afferrò il cellulare e digitò un messaggio: « Controlla parametri sonda numero 7. Arrivo domani ».

Lo inviò, mise il telefono in tasca e si aggrappò al corrimano del parapetto. Frugò con gli occhi nella spianata tutt'attorno alla rocca e stavolta gli parve di udire il sospiro ritmato di un grande insetto. Non c'era altro che una gigantesca assenza, un silenzio paradossalmente capace di scardinare le leggi dell'acustica. E su quella quiete pura e intollerabile la mente di John proiettò il ricordo di una voce che rimontò stringhe di parole galleggianti.

« L'anatomia della Terra, Johnny, è di questo che ci occupiamo. Dobbiamo studiarne il corpo, sezionarla e comprenderla. »

« Come un'autopsia? »

« Già. Anche se non è morta. »

« Dorme? »

« Lei... riposa. »

« E qualche volta si sveglia? »

« Se le facciamo male, sì. »

« La Terra sente dolore? »

« La Terra sente tutto. »

« E se le facciamo male che succede? »

« Che si accorge di noi. E si vendica. »

Una folata carica di bruma inondò il terrazzo e gli occhi di John vacillarono, ma non caddero. Perché quando Liam si era messo a scavarne fuori i misteri, la Terra si era vendicata per davvero. E di quello John non aveva mai perdonato suo padre.

11

Montelupo Fiorentino
18 aprile 2020, mattina

Nemmeno un'ora dopo il dispendioso colloquio con l'ex ispettore Rugani, il commissario stringeva tra le mani – in quello che stava diventando un gesto ricorrente e simbolico – l'inferriata di un cancelletto appena fuori dal centro abitato di Montelupo Fiorentino.

Guido Baldi era andato in pensione nel 2010 ma era il direttore sanitario dell'OPG quando Louis Caròn era arrivato, nel settembre 1990. Se c'era uno che conosceva vita morte e miracoli degli ospiti, probabilmente si trovava nella villa col prato rasato che la circondava. Sotto la tettoia una Mercedes col bagagliaio aperto da cui spuntavano una serie di buste della spesa. Nani da giardino e uno scivolo colorato dicevano: bambini, magari i nipoti di Baldi. La piscina oltre la siepe confermava l'idea che s'era fatto Rico dell'uomo che stava per incontrare.

Trivelli udì qualcuno vociare e si voltò verso il vialetto che dalla porta di casa conduceva al garage. Una donna sui quaranta con una coda di cavallo bionda e una bambinetta sui quattro anni si avvicinavano ridendo.

Rico non se l'aspettava, e quando si fermarono davanti al cancello ammutolendo, l'unica cosa che riuscì a dire fu: « Non vi preoccupate. Sono un poliziotto ». Infilò la mano in tasca e recuperò il distintivo.

« Cosa vuole? » la donna strinse la mano alla piccola.

« Cerco il direttore », Rico era del partito di quelli per cui il titolo contava, ma quando vide che non aveva effetto sulle due, aggiunse « il dottor Guido Baldi. »

« È il mio nonno », disse la piccola.

« È mio padre », confermò la madre. Aveva un aspetto sportivo e il viso affilato ma dolce come il profumo che gli arrivò sul dorso di un sospiro di brezza. Musk, Rico lo riconobbe con un groppo in gola. « Cosa desidera? »

« Dieci minuti. Qualche domanda sulla Villa Medicea. Sto facendo un'indagine su una onlus del posto che vuole farci un enorme ricovero per senzatetto e, non so, magari il direttore ha qualche informazione sulla struttura che può essermi utili per prevenire... »

« Entri », tuonò il citofono accanto all'orecchio di Rico. Poi scattò la serratura e il cancelletto si aprì.

« Posso? » Rico si rivolse alla donna.

« Entra », ripeté la piccola.

« Come ti chiami? »

« Rita. E tu? »

« Rico. Trivelli », precisò rivolto alla madre.

« Che nome è? »

« Un nome piccolo, come il tuo », le sorrise chinandosi. « che significa perla. »

Rita ci pensò un istante e interrogò la mamma con gli occhi, poi tornò sull'omone con la barba incolta: « E il tuo significa che sei ricco? »

« Magari, Rita. »

All'interno la villetta era divisa in due. Una parte per Dalia e Rita col marito, un medico del distretto sanitario locale, e l'altra, leggermente più piccola, ospitava Guido Baldi e sua moglie che era immobilizzata nel suo letto e attaccata a un respiratore.

« Le complicanze di una lunga malattia cerebrale », commentò Baldi di fronte alla moglie che batté le palpebre. In una delle sue schede criminali Rico avrebbe sintetizzato l'aspetto di Guido Baldi in due parole che racchiudevano l'anima del vecchio medico: scarno e diffidente.

« Venga di qua, nel mio studio. »

Scesero due scalini ed entrarono in una stanza tutto sommato essenziale, con scaffali e mensole di alluminio che potevano ricordare l'ufficio di un ospedale.

« Mi piace così », gli lesse nel pensiero Baldi. « Sono un uomo semplice, commissario Trivelli. Per me le cose sono bianche o nere, può essere un difetto ma nella mia vita, nel mio lavoro, mi è stato utile avere sempre le idee chiare. »

Gli fece cenno di sedersi a un tavolo sgombro se non per lo schermo di un pc, due cornici di cui Rico non vedeva le foto e un portapenne di cristallo con una Montblanc di porfido rosso.

« Allora, mi dica cosa vuole. Perché è venuto fin qui, commissario? Il vero motivo, la prego. »

Trivelli aveva di fronte un uomo diverso da Rugani. Baldi era stato un funzionario e non sarebbe servito a niente tirarla per le lunghe. Rico pescò i fogli che teneva in tasca e li aprì di fronte a Baldi.

« Cosa sono? » indossò gli occhiali che teneva attaccati a una cordicella gialla sul gilet blu.

« Certificati medici emessi dalla sua struttura. Lei è stato il direttore sanitario della Villa, corretto? »

« Sono un medico, e ho esercitato le funzioni amministrative che mi erano richieste. » Prese un foglio e accese la lampada accanto al pc. « Questo è molto vecchio. »

« 1990 », disse Rico, fermo.

« Anche questi. »

« Settembre, ottobre e novembre 1990. » Rimase in attesa di un cenno. « Se lo ricorda? »

Baldi sbirciò per qualche istante i pezzi di carta invecchiata. « Louis Caròn... No non me lo ricordo. »

« Lo immaginavo. Il primo è un foglio di entrata firmato da lei. »

« Sa quanti pazienti ho avuto in custodia? »

Rico proseguì. « Il secondo è la perizia psichiatrica fatta da Luca Vichi, un suo collega deceduto nel 1992, per conto del Tribunale di Viterbo. »

Baldi la lesse. Se il profilo penale di Caròn recitava « sequestro di minore e omicidio volontario aggravato » processato per direttissima, la perizia psichiatrica parlava di « psicosi da shock » a cui erano seguiti « vaneggiamenti onirici, afonia, perdita della memoria, insonnia, calo del peso corporeo ».

« Allora? » chiese staccando gli occhi dal foglio.

« Louis Caròn è stato condannato dal Tribunale di Viterbo. In due settimane. Mai sentita una cosa del genere da che sono in servizio. E per via di quella perizia è stato mandato in un ospedale psichiatrico criminale... Dottore, io sto cercando di rendergli giustizia. »

« Ho capito di chi sta parlando. Quell'uomo era un assassino, che giustizia vuole rendergli? Guardi, ne ho centinaia di storie toccanti da raccontarle. »

« Perché l'avete tenuto dentro ventisette anni? »

« Lo ha letto, era psicopatico e depresso », tolse gli occhiali, « E ha tentato il suicidio due volte. »

Trivelli accusò il colpo.

« Non lo sapeva, vero, commissario? Ha cercato di buttarsi di sotto. »

Rico inspirò come un toro prima della carica. « Magari perché faceva due TEC a settimana? Stamattina sono stato alla Villa Medicea. Ho parlato con l'ispettor Rugani. » Stavolta fu Baldi a stringere i denti.

« La TEC comporta benefici e rischi », cominciò il dottore.

Trivelli lo zittì sventolando una manona nell'aria. « Anche io mi sarei buttato da quel posto che è peggio di qualunque prigione », stava alzando la voce.

« Adesso mi dica dove posso trovare la cartella clinica che per legge lei deve aver firmato e 'conservato illimitatamente' », citò Rico, « in formato cartaceo fino all'anno 2000 e in file di testo in seguito dato che rappresentano un atto ufficiale che garantisce la certezza del diritto e costituisce una preziosa fonte per le ricerche di carattere storico-sanitario. »

« Cosa sta insinuando? »

« Io non so se Louis Caròn abbia ammazzato un ragazzino ma gli ho tenuto gli occhi addosso notte e giorno, e non era un matto psicotico o roba del genere. »

Baldi gli restituì i fogli attraverso la scrivania e fece per alzarsi.

Ma Trivelli non lo mollava: « Mi dica, che tipo di terapie psichiatriche avevate previsto per un depresso come lui? »

Baldi esitò.

« Glielo dico io. Nessuna. Come c'è scritto qui. 'Non necessita terapia psichiatrica.' Lo riprenda. Guardi. Lo ha scritto lei. Ora, dottor Baldi, voglio sapere dove si trova la cartella clinica di Louis Caròn. »

« Non c'è nessuna cartella, commissario. Né qui né alla Villa. »

Trivelli afferrò il portapenne e si vide al *ralenti* mentre lo spaccava sul tavolo e le schegge sfavillavano sul muso di Baldi in una granata di luce.

« L'esondazione dell'Arno nel febbraio 2016 ha distrutto l'archivio. Purtroppo era cartaceo. Se controlla i giornali del tempo ne troverà notizia. »

« E come avete ovviato fino al febbraio del 2017? »

« Dovevamo chiudere per decreto del Senato dal 2015, sarebbe stato inutile e credo che il suo uomo sia semplicemente stato smistato. Non ha avuto la fortuna di altri che sono finiti nella REMS di Volterra. E si è ritrovato al Mammagialla, tutto qua. »

Trivelli si alzò sostenendo il ginocchio malandato. Riprese i certificati in mano e allungò l'altra al dottore: « Grazie lo stesso, lei sa che ora dovrò aprire un'indagine con questi. Be' », si corresse, « non io, ma sono un buon amico del sottosegretario di Stato alla Salute e conosco qualcuno in Giustizia ovviamente», azzardò.

«Allora conosce certamente la moglie del sottosegretario Fabbri», Baldi lo scrutò sollevandosi. Rico non aveva notato quanto fosse ricurvo.

Un sorriso illuminò la facciona di Rico. «Lara ha studiato con mia moglie a Firenze. È una cara amica di famiglia.» Aveva preso le sue informazioni e imparato la parte. «Siamo stati...»

«Commissario», Baldi lo raggiunse e aprì la mano come se mendicasse una moneta. «Sono vecchio, ho lavorato tutta la vita lì dentro. Ne ho viste di cose e le assicuro che non c'è niente che...»

Rico aprì la giacca, scostò la cravatta e prese il quaderno nero che gli aveva dato quella mattina Rugani. Soldi ben spesi, pensò quando vide la pellaccia del vecchio sbiancare. Si fermarono entrambi, in attesa di una mossa. Rico aveva avuto il tempo per sfogliarlo e non c'era niente di utile per l'indagine a parte il denaro che Baldi aveva ricevuto, gonfiando i pagamenti di materiale, perizie e medicinali, in quegli anni. Era un registro delle entrate in nero. Piuttosto consistente.

L'altro si fermò, come se la vista del quaderno lo avesse tramutato in un sasso. «Cosa vuole per quello?» tagliò corto.

«Era pazzo?»

Baldi abbassò lo sguardo e fece di no con la testa.

«Perché le terapie, perché l'OPG?»

«Io non posso...» abbassò la voce. «Alla REMS di Volterra non sarebbe stato sotto controllo come da noi», confessò. «E non parlo di cure mediche.»

«Il magistrato aveva paura che il vecchio scappasse e glielo faceva sedare?» disse ma dentro di sé Rico rivide la scena delle docce con Caròn che uccideva due uomini in pochi istanti.

«Non lo so», bofonchiò.

«Dottore, lei sapeva che era sano e ha eseguito per anni quegli ordini terapeutici criminali? Chi glieli dava?»

« Non lo so », ripeté improvvisamente svigorito. « Lo apra. » Baldi indicò il quaderno nelle mani di Rico. Trivelli obbedì e il dottore fece segno di scorrere avanti le pagine. « Ecco. »

Il commissario si fermò a leggere. Accanto a una serie di cifre Baldi mostrò una parola: « prod.cur.spec. »

« Cos'è? »

« Una sigla fittizia, 'produzioni cure speciali'. Non so chi ci fosse dietro, mi creda. Ma ho ricevuto ogni anno del denaro per occuparmi del suo uomo, commissario. La prima volta fui contattato per telefono. Mi dissero dove avrei trovato i soldi, nello stanzino nella soffitta. Mi rifiutai, all'inizio. Poi andai a controllare e trovai un milione di lire in una busta da lettera assieme alle istruzioni e a una pallottola. Mia figlia era piccola e mia moglie mostrava i primi sintomi della malattia. Nel nostro campo se ne fanno di cose, e quello era un assassino di bambini. Insomma... »

« In cambio cosa doveva fare? »

« Avevo il compito di tenerlo sotto controllo, e di tenerlo buono. »

Trivelli assentì e si mosse urtando la sedia. Baldi allungò le mani verso il quaderno. E Rico glielo diede. Aveva riempito il cellulare di foto, pagina per pagina. Lo sapeva anche l'altro che dopo un istante di gioia si rincupì. « C'è una cosa che ricordo bene. »

Trivelli si voltò quand'era già sulla soglia e già pensava alla faccia della persona che avrebbe contattato per provare a capire chi si nascondeva dietro alla sigla 'prod.cur.spec'.

« Quando abbiamo disposto il trasferimento di Caròn da voi, nel 2017... »

« Era il 15 marzo. »

« Già, be', lui ha parlato. »

« Cos'ha detto? »

« 'La mia roba'. Voleva i suoi effetti personali. »

Rico era certo di non aver mai visto un oggetto o un indumento tra le cose di Caròn in carcere. Ora che ci pensava, era uno dei pochi detenuti che non aveva niente nel magazzino che chiamavano Cantina. Era stata una delle prime cose che aveva fatto Trivelli, controllare tra le sue cose per capire chi fosse.

« Non aveva niente, ho controllato il registro matricole. Ne sono sicuro. »

« È strano », replicò Baldi, « perché sono stato io a dare la scatola di Louis Caròn a Flavio Gentili », accennò un sorriso che a Rico non piacque, « il direttore del suo Mammagialla. »

12

Civita di Bagnoregio
18 aprile 2020, notte, 01.20

La selva s'intrica a ogni passo e incombe tutt'attorno. Nel sogno John ha le gambe giovani come quelle di Jim e le vede zampettare sotto di sé. Ma continua a correre, le gambe vanno da sole, sanno dove, sanno perché. Non c'è rumore però in questa foresta, i piedi pestano le foglie senza rumore. Nemmeno il fiatone si sente, anche se lui vede l'aria che si condensa davanti alla bocca. Le gambette prese a morsi dai cespugli, come Biancaneve che vedeva da piccino con sua madre, quello della Disney.

Deve sbrigarsi.

Non sa perché, forse lo sanno le gambe. E allora avanza, in salita su una montagnetta che conosce. L'anima adulta fuori dal sogno glielo suggerisce come una voce fuori scena: è quella dell'altro giorno. È quella, e ora sa anche dove lo sta portando.

Scende, accelera e incontra la radura, l'aria è improvvisamente fredda e si muove contro di lui. Una brezza che lo picchia in faccia. L'erba è verde chiaro, il piccolo John alza la testa e la vede. La galleria lo aspetta, ma nel sogno è aperta e di fianco c'è quel cartello giallo colla scritta nera. Le gambe non si fermano anche se lui vorrebbe aspettare, guardare meglio. Perché, di questo è assolutamente certo il piccolo-grande John, lui non vuole entrare. Ma quelle due sceme vanno da sole. E lo portano a pochi metri dalla galleria.

John ce le ha davanti, le vede. Le lettere sul cartellone, sembra enorme adesso, bruciano come tizzoni ardenti. Alle sue spalle, invece, si alza nuovamente il vento. La schiena di ghiaccio, l'inferno sul viso. E poi la voce. Gli gira attorno come un vortice. E John deve spostarsi. Per qualche ragione sa che gli è concesso solo procedere. Mentre le sette lettere avvampano sul cartellone lui arriva sulla soglia della galleria ma quando spinge lo sguardo al suo interno si accorge che non ce la fa. Non può passare la soglia. Perché il tunnel, vede sempre meglio, non prosegue dritto per i sette chilometri e trecento metri che conducono dall'altra parte. No. Oltre la soglia c'è un trabocchetto, una botola, un pozzo. La testa pesa più del corpo, dice sempre la mamma, non ti sporgere. E invece quella stupida testa si sporge e allora la coscienza di John, quella fuori dal sogno, strizza a morte le palpebre. Non c'è verso, però, di mentire al mistero più profondo.

E la voce emerge dall'inferno.

«No!»

Lucia si voltò e si accorse che John sussultava nel sonno. Era a pancia in giù e le spalle si sollevarono ancora per ricadere un secondo dopo: «Mmm», gemette.

Dopo il boato era andato a letto e si era addormentato come un sasso. Respirava con affanno e dal fondo della gola si levava un debole suono gutturale. «John, tesoro, stai bene?»

Non rispose ma si placò. Era la seconda volta quella settimana che si agitava e Lucia aveva creduto di sentirlo piangere nel sonno. Impossibile. L'uomo che conosceva da vent'anni non aveva mai versato una lacrima. Mai. Qualcosa però era cambiato da quando si erano trasferiti e anche con Jim nelle ultime settimane le era sembrato distante. Rincasava tardi e a tavola parlava poco. La sera leggeva svogliato qualche pagina al figlio prima di scomparire, troppo presto, sotto le coperte. Anche la sua pagina Instagram *Gemme e Minerali*, che contava 270.000 follower, era ferma da un pezzo.

«Chi è?!» gridò all'improvviso John. Aprì gli occhi e li schermò col braccio per proteggerli dalla luce della luna. Erano leggermente incavati come quelli di suo padre, lo stesso per le lentiggini che insieme ai capelli biondissimi e gli zigomi sporgenti erano il marchio di fabbrica dei Glynn.

« Shhh, sveglierai Jimmy. »

« Lucia. » Sembrava stupito. Fece due grossi respiri e accostò la testa al suo fianco. Restarono così per qualche secondo, entrambi incapaci di parlare.

« Cosa hai sognato? » chiese lei dopo un po'.

La parola gli ballava tra la bocca e i polmoni, ma scosse il capo: « Che ho detto? »

« Ti lamentavi. Come l'altra notte. »

« L'altra notte? » si tirò su.

« Che succede, John? »

Aveva gli occhi segnati, si mise seduto e avvertì la maglietta bagnata di sudore. Passò la mano sul viso, mentre in testa ronzava il vuoto di chi è appena uscito da una sbronza. « Niente, sono solo stanco », disse e l'immagine del sogno gli passò davanti agli occhi come una cosa viva, palpitante. « Ho rifatto il mio incubo. »

« John. » Gli si fece vicina. « Io sono qui. Vuoi raccontarmelo? »

Lui annuì senza convinzione. « Correvo in un bosco, in mezzo ai cespugli e sono arrivato di fronte a... Be', ieri sono stato a cercare una delle nuove sonde che si è guastata, giù al terzo tornante, e ho trovato una galleria. Era crollata, laggiù in quella macchia. E devo averla sognata. »

John titubava e Lucia lo incalzò: « Ricordi altro del tuo incubo? »

« D'un tratto ho sentito qualcosa, nel sogno, credo, e i detriti della frana, tutte le macerie erano scomparse e qualcosa mi invitava ad avvicinarmi. E l'ho fatto. Ma mentre avanzavo l'interno della galleria esplodeva al rallentatore, le fiamme bruciavano e sentivo quel calore. »

Non aveva mai visto John tanto in pena.

« Poi sono comparse due dita. Ma più guardavo, più si facevano grosse e all'improvviso ho capito. Erano labbra. Era una bocca enorme.»

Lucia inghiottì senza fiatare e John faticava a parlare. «Io stavo là e la fissavo e finalmente la bocca ha parlato, ma non capivo. Ha continuato a ripeterlo sussurrando. Non era una voce umana, ma cresceva e quando si è trasformata in un grido, allora è stato chiaro.»

John parlava con lo sguardo di un ragazzino che vive un incubo a occhi aperti: «Nel sogno la bocca è diventata più grande, o forse ero io che mi avvicinavo e il caldo mi bolliva la faccia, Lucia. Finché non ha urlato quella parola». Ci pensò un attimo, incerto, forse incredulo: «*Caduta*».

«Cosa?»

«*Caduta.*»

Un'eco immateriale risuonò da qualche parte nella testa di Lucia. Il pensiero si disfece davanti al volto sofferente di John. Lucia sentì il cuore farsi di carta, non ci volevano anni di professione psicoterapeutica per capire che il fantasma oltre le quinte era lo spettro del padre di John. Ed era tornato. O peggio, non se n'era mai andato dalla mente di suo marito.

In tutti quegli anni Lucia non era riuscita che a carpire poche parole su Liam. Era accaduto una notte, a Roma, forse due mesi prima che avessero Jim. John era astemio ma quella sera Lucia lo aveva trovato sul divano in uno stato imbarazzante. Biascicava lamenti e parole simili a quelle rapprese in quell'incubo ora. «La terra trema. Si solleva. Si riabbassa come un lenzuolo, il boato assordante, il fuoco liquido. La prigione di fiamme...» aveva soffiato fuori l'aria cacciandole in faccia uno sbuffo caldo di whisky «... le fiamme lo hanno dissolto.»

Da qualche parte a migliaia di chilometri da lì, era morto Liam Glynn ed era nato il fantasma del padre. Non ci voleva una psicologa per capire che da un'esperienza del genere suo marito non poteva uscire illeso. Dopo di allora John non ne aveva più parlato e anche Maria Glynn non aveva mai preso il discorso con lei. Così Lucia aveva voluto credere che fosse solo un brutto pensiero.

Alla fine disse: « Vuoi sapere cosa penso? »

« Sì che lo voglio. »

La psicoanalisi viveva nella metafora del profondo e il suo sogno era la rappresentazione dello stress che aveva accumulato in quegli anni dopo la scomparsa del padre nella miniera. « Per il tuo subconscio Liam è stato vittima di una 'caduta' e probabilmente la bocca del sogno è la sua che te lo sta dicendo in modo che tu possa liberarti di questo peso e del fatto che non lo hai più visto. »

John si fermò a osservarla, e la rivide. Era lei, la sua Lucia.

« E domani è quel giorno, John. »

La fronte di John sfiorò quella di lei.

« Che giorno? » disse mentre la risposta gli compariva sulle labbra piegate.

« Sono trent'anni che è morto tuo padre. »

Annuì lentamente mentre il respiro rallentava assieme a quello di Lucia.

« Come ho fatto a dimenticare? »

« Sei preso da tutto questo. »

Già, era nel pieno del vortice della nuova vita, dei grandi progetti e della famiglia e si era scordato dell'anniversario della morte di Liam.

« Mi dispiace », riuscì a malapena a dire.

Tolse gli occhiali e le dita di Lucia trasportarono il tepore sul collo, sul petto, sul ventre di John che si sciolse in un languore senza tempo. Piano, le unghie di Lucia iniziarono a disegnare linee sulla pelle chiara di John, graffiandolo e scavando per estrarre il cuore nero che lo affliggeva. Nel silenzio della loro stanza, fecero l'amore attenti a non svegliare le paure sopite. Lucia scivolò piano sul collo di lui con il fiato dolce che gli carezzava l'orecchio e tra lacrime e sospiri si impastarono i pensieri dei baci lontani, le immagini di migliaia di giorni trascorsi, la notte in cui era nato Jim, la memoria dei loro corpi e l'eco vibrante del cuore. Il linguaggio del loro sesso era sempre stato quell'emozione, il sapore di buono nei baci e le distanze sconfitte quand'erano uno nell'altra. Gli occhi sgranavano gli occhi, in uno stupore perpetuo.

Per un'ora si nutrirono l'uno dell'altra e si sciolsero quand'erano ormai esausti. Poi John chinò la testa sulle sue gambe e chiuse gli occhi, in ansia per il sogno in agguato tra le pieghe della notte. Come aveva fatto a dimenticare quella data?

« Io ci sarò », sussurrò lei mentre lui s'abbandonava a un sonno profondo come la terra che continuava a cercarlo.

Quando si fu addormentato, Lucia si ritrovò sola con i suoi pensieri, la testa di John sulle sue gambe e un senso di pace che la conquistava lentamente. In fondo, stavano tutti bene, presto avrebbero finito i lavori nella casa nuova, e il giorno appresso c'era la gita di Jimmy con la sua classe di ragazzini scalmanati. Sarebbe andata così, come sempre d'altronde, avrebbe scacciato i suoi fantasmi, e quello di John, nell'unico modo possibile: vivendo.

Attratta da un'aura primordiale, Lucia guardò fuori della finestra.

Oltre il sottile ponte di cemento, Civita era avvolta da sospiri di nebbia come un picciolo sopra una mela d'argento. Tutt'attorno, la Valle dei Calanchi era spruzzata di polvere di cristallo. Riavvolse lo sguardo nello stesso istante in cui una mano invisibile le afferrava la gola. E mentre quelle dita immateriali stringevano piano, sulla parete di fronte al letto dove finalmente riposava suo marito, il cervello di Lucia proiettò la bocca di Liam Glynn che continuava a ripetere il suo oscuro presagio.

13

Civita di Bagnoregio
18 aprile 2020, mattina

Un drone galleggiava sopra Civita di Bagnoregio, il paesino adagiato su una coltre di nebbia come una visciola sulla panna montata. La rocca, graffiata da un artiglio primordiale, sorgeva al centro della Valle dei Calanchi, un canyon preso a morsi dal tempo e dalle acque. Un'isola in mezzo a un mare di tufo e d'argilla unita alla terraferma da una gracile lingua di cemento.

Dall'alto, la telecamera trasmetteva le immagini al furgone della Rai duecento metri più giù mentre, fuori campo, una voce femminile recitava: « Oggi, questa minuscola acropoli conta venti case, nove residenti, la chiesa di San Donato e una nutrita colonia felina. L'unico collegamento con la cittadina di Bagnoregio, un comune di tremila abitanti, è il ponte sospeso che state vedendo alle mie spalle ».

Sull'altro versante, Lucia suonò tre volte il clacson e parcheggiò la Polo. Poi scese dall'auto mentre Jimmy che arrivava per aiutarla con la spesa le domandò: « Chi sono quelli? »

Sulla porta di pietra di Civita c'era la troupe televisiva. « Sembra la tv. Ma che ci fanno qui? »

Lucia afferrò le buste e s'incamminò verso il palazzetto dal quale, le aveva raccontato John, più di un fotografo aveva immortalato le anime di quel luogo mistico: dal verde e dal castano pastello al bianco spettrale dell'inverno quando la neve si ammucchiava sui tetti, in cima al campanile della chiesa e riempiva i versanti scoscesi come zucchero a velo.

« Andiamo a vedere! » Il ragazzino era partito in quarta.

« Posiamo la spesa, Jimmy », lo bloccò la madre.

« Va bene, mamma. » Tornò indietro e si chinò nel bagagliaio pescando il resto dei sacchetti. Emerse e i capelli biondi fino alle spalle sbuffarono nell'aria del pomeriggio. « Eccomi. » Nell'ingresso al piano terra c'erano un guardaroba, la cucina e l'ampio soggiorno con balcone mentre al terzo si trovavano le due camere da letto che davano sul terrazzo più grande.

Quando Lucia ebbe sistemato, chiuse pensili e frigo e chiamò Jim a tutta voce, senza ricevere risposta. Così prese le scale e salendo si accorse che dalla stanza del figlio veniva una voce di donna. Lucia fece capolino.

Su Rai Tre c'era la rocca di Civita, stavano trasmettendo in diretta, e le fece strano immaginare che quella cosa stava « accadendo » due volte nello stesso momento.

« Dove sei? » La stanza aveva un bagnetto. Lucia bussò e aprì. « Jimmy? » L'asciugacapelli era sulla cesta stracolma di panni da lavare. *Domani.*

L'inquadratura passò a un primo piano sulla giornalista, una bionda sulla trentina che girava tra le vie del paesino con la gente che la seguiva e salutava in camera. Quel sorriso luminoso era stato allenato a morte, pensò Lucia.

« Sono qua. » Le tende si scostarono e Jimmy comparve sul balcone. In mano teneva il binocolo che usava per cercare gli animali quando se ne andava a « ispezionare » la collina.

« Ma che fai? »

Lo raggiunse e nel sole del mattino le lentiggini di Jim scintillarono: « Aspetta che lo dica a papà! »

« Che cosa? » Gli sorrise.

« Che stanno facendo un documentario su Civita. »

« Di che ti meravigli? Siamo in un posto unico, una meraviglia visitata ogni anno... »

Jim sollevò un sopracciglio che dava sul rossiccio: « Mamma, non ci provare! Roma è una meraviglia visitata ogni anno da *milioni* di persone. Non scherziamo». Ma subito virò sul buono. Anche lui era sull'altalena dell'euforia e del rimpianto. «Hanno trovato una specie di tomba da qualche parte là sotto, l'ha detto quella bionda in tv.» La madre lo scrutò, e lui aggiunse di proposito: «Mica male, la ragazza, no?»

Lucia era gelosa e Jimmy era cresciuto in fretta dopo *l'incidente.*

Si voltò a guardarla sulla soglia: «Papà quando torna?»

«Doveva essere già qui. È quasi ora di pranzo.»

«Ho fame», confermò Jim ficcando gli occhi nel binocolo. Di colpo lo lasciò e corse di fronte alla tv. «Chissà se Diego a Roma lo sta vedendo.»

«Perché no? È il tg regionale», rispose Lucia prendendo il telefono dal comodino di Jim. Chiamò John, ma lui non rispose. «A giugno vuoi invitare Diego qualche giorno da noi?»

«Qui? A fare cosa? Avevi detto che potevo andare io da lui.»

A Jim la sua cameretta piaceva da morire, l'aveva scelta col letto a castello in stile marinaro ma moderna, senza le lanterne o le maniglie nodo margherita. Sulla parete celeste c'erano due fioretti incrociati, sulla poltroncina i guanti e la maschera da scherma insieme al joypad della Play che era collegata a uno schermo sulla parete del letto di sopra. Sotto c'era la scrivania. In alto sulla mensola-comodino Jim teneva una pila di fumetti, di libri fantasy e di avventura. La maglia bianca di Edin Dzeko troneggiava incorniciata vicino all'abat-jour. Gliela aveva firmata il gigante bosniaco quando suo padre lo aveva portato al campo di allenamento della Roma, l'estate prima. Lucia ricordava l'espressione di Jim quando le aveva raccontato dell'incontro col suo eroe. «Abbiamo fatto due foto! E mi ha firmato il pallone!» Se l'era fatte stampare a colori e le teneva sotto il cuscino, ma da quando si erano trasferiti erano scomparse. Nonostante non avesse mai protestato apertamente, Lucia sapeva che suo figlio non era felice. «D'estate la gente fugge da Roma e tu ci vuoi *tornare*? » si fece scappare.

Ma Jimmy non ne approfittò per farle pesare una scelta che gli andava stretta. « Tecnicamente giugno non è estate, mamma », disse col piglio polemico che indossava dall'inizio dell'anno scolastico.

« Smettila. » Spostò la ciocca colorata con un soffio, un tentativo di sintonia che la fece sentire improvvisamente vecchia. « Potete giocare nel campetto, andare nel bosco. Puoi mostrargli i passaggi segreti della rocca. »

Dal televisore la donna cambiò voce: « Stiamo scendendo nel cuore di Civita, l'antico borgo etrusco ».

Una stretta scala di tufo sul versante ovest della cittadella conduceva in basso e la cronista si muoveva sui gradini coperti di muschio. La giornalista si strinse nelle spalle e l'inquadratura svelò l'entrata di una spelonca.

« La scoperta di questa piccola tomba perfettamente conservata proprio sotto la rocca è una delle più importanti degli ultimi anni nella Tuscia, ma è una grande notizia per tutta l'Italia e getta un'ombra misteriosa su Civita già nota come 'La città che muore' per via dell'erosione che ogni anno consuma cinque centimetri di roccia tutt'attorno. »

« Uau », esclamò Jim.

Lucia notò la mano che teneva il microfono: la pelle morbida, le unghie curate. Osservò le sue, scottate dalla terra.

« Ma di questo e di molto altro parleremo nello speciale che andrà in onda domani dopo il tg regionale delle 14 e che ovviamente troverete su RaiPlay. » La giornalista chiuse la diretta con un sorriso di plastica.

14

Mammagialla
18 aprile 2020, sera

Ogni recluso aveva a disposizione sei colloqui *de visu* al mese, un'ora ciascuno, in una stanza con pavimento e pareti « verde ospedale ». Potevano incontrare familiari o conviventi e cumulare le ore residue. Andava bene a chi riceveva visite da molto lontano.

Flavio Gentili in persona concedeva l'autorizzazione per i detenuti processati, altrimenti stava al magistrato. Stesso trattamento per le telefonate. Nessun cellulare, ovviamente, in carcere. C'era un'altra stanza arancione con un apparecchio fisso. Nella domanda scritta doveva essere segnalato giorno, orario e la lingua della conversazione. I carcerati potevano ricevere fino a quattro pacchi al mese – cibo, lenzuola, abiti – consegnati a mano dalle persone ammesse ai colloqui o riceverli per posta controllata.

Tutto questo non valeva per i condannati sottoposti al 41 bis le cui lettere erano sottoposte a censura dal magistrato competente e riposte insieme alla montagna di roba arrivata durante la detenzione. Tutto quello che apparteneva loro, e di cui sarebbero tornati in possesso nel mondo di fuori, semmai fossero usciti sulle loro gambe, era custodito dall'agente Borelli nel magazzino del Mammagialla.

Rico lo chiamava « la Cantina », un luogo in cui si ammucchiavano oggetti di esistenze lontane. Ogni cosa lì raccontava un pezzetto della vita di prima, scomparsa nell'istante in cui avevano varcato la soglia del carcere e la porta titanica aveva emesso la sua sentenza metallica. Nella Cantina del Mammagialla quelle cose attendevano che il tempo degli uomini volasse per ricongiungersi ai propri padroni. A volte accadeva: alcuni detenuti buttavano tutto per schivare i ricordi di un tempo smarrito; altri erano talmente cambiati che non si riconoscevano più con l'orologio al polso o nella foto della patente scaduta. A volte invece non accadeva affatto e quella roba finiva ai parenti del defunto o al macero, in una grande pressa per i rifiuti che la prigione aveva vicino alle lavanderie.

Sarebbe stato il destino della scatola di Louis Caròn, se nella Cantina ci fosse stata una scatola, pensò Rico entrando dopo altre due ore di macchina. Gli aprì l'agente Borelli. « Io non so niente, commissa' », mormorò sdraiato sulla poltrona reclinata. Poi riabbassò il cappello d'ordinanza sugli occhi e si rimise a russare. Era un brav'uomo, single, come gli piaceva ricordare quando si parlava di farsi una serata tra colleghi. Ma Trivelli beveva solo Coca e non era in cerca di donne, se non delle sue.

Sugli scaffali della Cantina finivano soprattutto gli indumenti civili tolti agli « ospiti » nell'ufficio Matricola, un attimo prima di assumere la divisa carceraria. Trivelli seguì l'ordine alfabetico fino allo spazio riservato al suo uomo. Vuoto. La scatola non c'era e, suo malgrado, Rico considerò la peggiore delle alternative: che laggiù non ci fosse mai arrivata e che, sperò, si trovasse ancora nell'ufficio del direttore. Tra le cose che non tornavano infatti Baldi gli aveva confessato che Flavio Gentili era andato di persona a prendere Caròn e i suoi effetti personali.

Perciò Rico era salito al secondo piano e si stava muovendo facendo il massimo silenzio possibile.

« Chi c'è? » l'eco arrivò dal fondo del corridoio.

Una luce sventagliò e Rico riconobbe la voce di Dany Capone, un figlio di buona donna delinquente che si divertiva a usare la sua stazza da cinghiale e il manganello con i detenuti.

Trivelli lo aveva sempre tenuto a distanza, nonostante Capone si offrisse per servizi non richiesti. Come le bottiglie di grappa che gli lasciava sulla scrivania dell'ufficio. Rico le aveva messe in uno scatolone con su scritto in rosso: RESTITUIRE A CAPONE e lo aveva lasciato davanti alla sua porta. Da allora non correva buon sangue tra loro. Capone era un rompipalle, e un ricattatore astuto e Rico non voleva cadere nella sua rete.

Dal bagno l'agente ripeté più forte, « Chi c'è? », e Rico scivolò nel suo ufficio infilando le chiavi dall'interno per impedire che Capone usasse il passe-partout per controllare che non ci fossero intrusi.

Dopo cinque minuti di silenzio totale Trivelli decise che era il momento di usare il suo di passe-partout. Come un'ombra si proiettò fuori dalla stanza e pochi secondi dopo era in quella del direttore del Mammagialla, Flavio Gentili.

Rico s'era fatto un'idea precisa. Accese la torcia del cellulare. Aprì il cassetto metallico dello schedario e lo estrasse posandolo sulla scrivania. Lì sotto ci aveva nascosto le bottiglie che Capone aveva regalato anche a lui.

Se n'era accorto due settimane prima durante una riunione con i capo piano del carcere quando aveva visto un'etichetta che sporgeva nel piccolo spazio tra il pavimento e l'angolo inferiore dello schedario. Era un uomo semplice, Gentili, uno che guardava dritto davanti al naso e se ci trovava una convenienza allora avanzava per la sua strada. Ma se lo avesse beccato lì dentro lo avrebbe licenziato e denunciato senza pensarci un secondo. Non si piacevano – ma Rico non piaceva che a un paio di secondini e a qualche detenuto – ma ciascuno era sempre rimasto al proprio posto. « Siamo rotelle diverse dello stesso ingranaggio », gli ripeteva Gentili sbuffandogli addosso il fumo di un grosso cubano.

Sul fondo dello schedario c'erano due cartoni di grappa su uno dei quali Rico riconobbe la sua calligrafia. Sulla destra riconobbe dei sacchetti di tela rossa. Li tastò. Sopra c'era scritto in nero Beretta 92-FS, Gentili le aveva in serbo in caso di emergenza. Rico frugò ancora senza trovare nient'altro che qualche regalo. Rimise a posto e si guardò attorno. Nei cassetti della scrivania c'erano documenti e cartoleria. Nell'armadio una divisa e un vestito per le cerimonie.

Illuminò metro per metro il pavimento e le pareti con la torcia del Nokia. Poi, sopra la massiccia porta di metallo, Rico adocchiò una crepa. Faticò a spostare la grossa poltrona di pelle che Gentili teneva per gli ospiti e ci salì sopra. Scricchiolò mentre lui provava a mettere a fuoco quella specie di buco nell'intonaco. Era profondo, come se ci fosse stato piantato un chiodo. Trivelli bussò piano. Era vuoto. Dapprima pensò di far leva con qualcosa, poi ragionò che non sarebbe stato saggio allargarlo. Si alzò sul bracciolo della poltrona che mugolò più giù. In bilico Rico guardò nel buco e si accorse che era una toppa. Ergo: serviva la chiave.

Scese dalla poltrona e tornò a frugare la scrivania quando i passi di Capone risuonarono nel corridoio. Rico s'immobilizzò con le mani nel cassetto, continuando a rovistare con la punta delle dita. Sudava freddo. In un corpo a corpo avrebbe potuto abbattere quella bestia di Capone, ma poi? Gentili doveva avere la chiave con sé, a meno che... Raggiunse l'armadio e tastò i due vestiti. Nei pantaloni, nelle tasche delle giacche, niente. Si stava spostando al centro della stanza quando si rese conto di non aver messo il passe-partout nella serratura della porta. Che infatti stava girando.

La prima cosa che Rico vide fu la canna di una Beretta che faceva capolino dallo spiraglio. Subito, Capone spalancò la porta che colpì la poltrona e rimbalzò indietro come un martello. L'agente mandò un guaito improvviso e volò per terra con un tonfo sordo.

Trivelli attese qualche secondo e si avvicinò. Capone era svenuto e aveva il naso rotto, ma era certo che non avesse avuto il tempo, né lo spazio, per vederlo. Poteva stare tranquillo. Si abbassò, lo prese per i piedi e lo trascinò sudando come un bue nel suo gabbiotto due porte dopo il bagno. Stava chiudendo la porta quando un'idea gli attraversò il cervello come una lama. Improvvisa e gelida.

Sbottonò il giubbotto di Capone e afferrò l'anello di ferro con le chiavi del secondo piano. Caracollò nell'ufficio di Gentili e faticò a rimettere la poltrona sotto la porta. Solo allora iniziò la giostra delle chiavi ma Rico era un mago con quella roba e individuò una Zeiss che poteva corrispondere al buco nella parete. La infilò e sentì la resistenza di una grossa serratura girare nel cuore del muro. Quando arrivò il rassicurante *clac* dell'apertura, la tirò a sé. Era uno spazio grezzo, ricavato a colpi di mazzetta, profondo come l'intero braccio di Rico e largo una cinquantina di centimetri.

Sul fondo, le dita tozze di Trivelli incontrarono una superficie liscia che emise il suo *tud*.

15

Gran Sasso d'Italia
18 aprile 2020, mattina

Il portale s'illuminò spalancando le braccia d'acciaio e la Volvo del professor Glynn penetrò nel cuore della montagna. La macchina avanzò piano lungo la galleria e si fermò al segnale dell'uomo in arancione.

« Devi venire », gli aveva detto al telefono quella mattina Riccardo Felici. « Scusami per l'ora, ma devi venire a vedere con i tuoi occhi. »

In realtà John aveva dormito malissimo, funestato da quell'incubo assurdo che lo aveva continuato a inseguire dentro e fuori dalla veglia. Dopodiché era salito in macchina e per tre ore non aveva fatto che guidare.

« Dove sei? »

Felici si trovava in uno dei luoghi più misteriosi del Paese. Aveva provato a trattare, John, ma alla fine aveva dovuto cedere e aveva attraversato tre Regioni per raggiungere il suo più stretto collaboratore. Solo mezz'ora prima il professore si era fermato nella piazzola di sosta ad Assergi e aveva buttato giù un paio di compresse di Xamamina con mezza bottiglietta di Sprite. Poi aveva affrontato l'ipnotico budello del tunnel del Gran Sasso e adesso era stato digerito nel ventre petroso della montagna, circondato dal silenzio lucente dell'Istituto Nazionale di Fisica Nucleare.

Lasciò l'auto all'uomo e insieme scomparvero in una nicchia che si era appena aperta e già si richiudeva. Una donna con un tailleur grigio gli venne incontro: « Professore, è un piacere. Riccardo la sta aspettando». La seguì lungo un corridoio foderato di acciaio sui cui lati si aprivano vetrate di laboratori e uffici che sembravano formicai in sezione. In fondo voltarono a destra e scesero le scale di ferro per due piani. John sollevò gli occhiali e asciugò la fronte, poi controllò il cellulare. Zero campo. E l'orologio, 95 battiti al minuto.

Da una piccola scatola a vetri, il professore individuò la sagoma imponente di Felici in movimento tra una serie di schermi su due lati del laboratorio.

«È lì», indicò la donna con un sorriso accomodante. «Buon lavoro», aggiunse e risalì le scale velocemente. Sulla porta c'era attaccato un foglio A4:

Lab. SismoTime
Prof. J. Glynn – Dott. Felici

Felici viveva in quel bunker ormai da due mesi e si occupava del rilevamento satellitare dei cambiamenti della ionosfera che avvengono prima degli eventi sismici. Il più del suo lavoro consisteva nell'incrociare i dati in tempo reale con quelli registrati delle sonde geofoniche del professor Glynn per triangolare i parametri del *SismoTime*. Mancavano pochi giorni alla fine dei test ma quel fenomeno – durante la conferenza stampa il professor Glynn si era sbrigato a derubricarlo dagli oggetti d'analisi del programma – stava sballando i parametri che avevano messo insieme negli ultimi due anni.

«Mi hai fatto venire», spalancò la porta senza bussare, «fino a quaggiù», la chiuse alle spalle e si abbracciarono.

«Nel cuore del tuo regno!»

«Già... Spero che ne valga la pena.»

«Certo che ne vale la pena. Come ti ho detto, ho trovato la tua sonda.»

«La numero 7?»

Felici annuì e il professore serrò i pugni.

«Vieni.» Si affiancarono di fronte allo schermo più grosso

e il professore notò l'espressione sul viso di Felici. « È quella che avevi interrato a pochi chilometri da casa tua. »

« Ma? Perché c'è un ma... »

« Ma sta succedendo qualcosa che non riesco a controllare. Guarda qui. » Cliccò e sullo schermo comparve la schermata di *SismoTime* – il corrispettivo geomorfico di Google Earth che pescava le immagini dal satellite francese *Demeter* –, invece dell'omino di Maps c'erano dei bottoni d'argento che segnalavano le posizioni delle sonde. Felici indicò un segnale molto vicino a Civita di Bagnoregio. « È successo l'altra notte, quando c'è stato l'ultimo fenomeno. »

« Una forte energia a milletrecento chilometri dalla superficie terrestre », sistemò gli occhiali sul naso, « coordinate: 42.63:12.16. »

Felici rimase a guardarlo. « È così. Ed è proprio... »

« Vicino a casa mia. Ho assistito al fenomeno. Era mezzanotte e sono quasi certo che la terra non abbia neppure tremato. »

« Quasi certo? »

« Non c'è stata una scossa, ma una specie di vibrazione dell'aria, un rumore innaturale. Non sono riuscito a individuare la fonte, era come se il suono fosse fermo. Ho controllato con i miei strumenti... È buffo, è stato come udire il lamento di una grande creatura millenaria. »

« Può essere davvero uno di quei sinkhole? »

« Se è così », sorrise a mezza bocca, « deve essere bello grosso. »

« Be' », proseguì Felici, « ti confermo che i sismografi al piano di sotto hanno registrato una scossa insignificante: 0,9. Ma poi, ed è per questo che ti ho chiesto di raggiungermi, sono venuto a controllare e ho trovato la sonda che brillava qui, in questa zona. Ci ho messo una bandierina rossa, vedi. »

Era a un paio di chilometri a est dal terzo tornante dove John aveva lasciato la macchina in cerca della sonda e invece aveva trovato la galleria franata. E quel nome sul cartello. In breve raccontò a Felici del tunnel omettendo la parte insensata della vicenda.

« Ma adesso il segnale sotto la bandierina è scomparso », stirò le labbra Felici.

« Torna indietro », disse John.

Felici allargò l'immagine del *Demeter* che si sollevò ridefinendo magicamente la geografia dell'area.

« Spostati a est. » John distingueva il rilievo roccioso sotto il quale passava quel tunnel. La cresta si allargava ad arco da ovest a est fino alla nuova massa verde del bosco. « Dammi un secondo. » Prese i comandi e iniziò a tracciare linee con il mouse tra punti appuntando le distanze mentalmente. « Dall'imbocco ostruito della galleria a questa zona sono sette chilometri e trecento metri. »

« Ma qui non c'è niente. Solo alberi, ed è impossibile che una scossa o una frana abbiano spostato la sonda di sette chilometri. »

« È impossibile. » *SismoTime* strinse sulla macchia nera. Poi venne il trillo. Un cerchio d'argento palpitò sullo schermo e un cinguettio risuonò nel laboratorio. Fuori, un uomo in uniforme bianca e mascherina si girò a guardarli prima di proseguire lungo il corridoio che pareva avvolto in un foglio d'alluminio. Sullo schermo la sonda pulsava nuovamente come una cosa viva.

« È tornata! » disse Felici.

Il professor Glynn zoomò finché l'immagine del satellite non fu al massimo. Oltre la montagna, in mezzo alle rocce della valle, dall'altra parte della galleria, c'era un'area verde scura. Il satellite francese *non vedeva* le case, le strade, la scuola, non c'era più niente. Neppure la mole gigantesca dell'impianto. Solo il bottoncino d'argento del *SismoTime* brillava intermittente. Accanto comparve un numero.

« Guarda, John. La sonda ha rilevato un movimento negli strati profondi. È a 1488 chilometri », esclamò Felici.

« Aspetta. » Il professore liberò il collo dal morso della cravatta e si spostò. Mosse il mouse del computer accanto che si accese sulla stessa schermata di quello principale. John uscì dal programma, poi dal sistema dell'INFN.

« Che fai? »

« Provo a escludere il nostro satellite e a collegarmi a quello americano... »

John resettò il computer e quando ebbe la schermata iniziale entrò su Google e scrisse: Civita di Bagnoregio. Quando il satellite americano trasferì l'immagine sullo schermo, John cliccò su Maps. Il comune di Bagnoregio, le strade, il ponte e la rocca di Civita dall'alto erano un volto di pietra deturpato.

« Vai a controllare i dati dei sismografi. Vedi se la terra si sta muovendo. »

Felici uscì dal laboratorio e prese la scaletta scendendo di corsa.

Sul computer più piccolo il professore spostò il puntatore fino a raggiungere il punto in cui, sullo schermo grande, *SismoTime* ancora palpitava. Ingrandì finché il satellite di Google non mise a fuoco la conca verde oltre la galleria. Non c'era nessuna didascalia, perché in quel luogo non c'erano case, strade, edifici, negozi, era un'area vuota. Indistinta e impenetrabile persino all'occhio del satellite, pensò John. *Nera*. John si guardò alle spalle. Felici non era ancora risalito e l'Omega diceva 100 battiti, come le gocce che gli colavano sulla schiena. Doveva uscire da lì sotto.

Col puntatore del mouse afferrò Pegman, il pupazzo arancione di Maps, e in preda a un assurdo senso di colpa lo trascinò sopra a quel vuoto. Con precisione. Di fronte ai suoi occhi incerti Pegman precipitò in un mondo chiamato Street View. E per un attimo, prima che l'omino risalisse trascinato da un errore virtuale, John Glynn riconobbe una strada, una serie di villette a schiera e il portone rosso di casa sua. A Titania.

16

Mammagialla
18 aprile 2020, notte

Nel buio della notte sotterranea Trivelli si muoveva come uno scarafaggio. Conosceva nicchie e pertugi del piano meno uno, e persino bendato avrebbe rintracciato una crepa nel muro o un graffio nel cemento.

In quel tour de force notturno, nemmeno dieci minuti prima e con la speranza che Capone non si svegliasse e desse l'allarme, Rico era entrato nella sala video. Dall'inizio dell'anno la direzione non riusciva a coprire le ore tra mezzanotte e le cinque per mancanza di personale. L'agente che se ne occupava, Vitti, arrivava all'alba e controllava le registrazioni, ma ultimamente lo faceva solo se c'erano segnalazioni – un post-it sulla porta o un sms – e per lo più lasciava tutto com'era.

Rico così aveva riguardato i quindici secondi in cui Louis Caròn si avvicinava alla telecamera, la fissava e diceva piano: « Oggi esco, commissario ». Il microfono era integrato e non dava il senso della profondità della voce, ma avrebbe giurato che ci fosse un che in quelle tre parole sussurrate. Aveva riguardato quei quindici secondi finché « oggi esco, commissario » aveva perso senso svelando la sua qualità sonora. Aveva abbassato le palpebre, Trivelli, le aveva ascoltate andare come un ritornello. *Gg sc c mm ss r.* Aveva riaperto gli occhi e si era accostato allo schermo scrutando da vicino quel sussurro. Poi era volato di sotto dove di solito si scendeva per i documenti nell'archivio, per i libri nella biblioteca o per la pompa dell'acqua che occupava una grossa sala nell'ala est.

Percorse il corridoio con il cellulare acceso. L'umidità aveva divorato mezzo impianto elettrico e anche se conosceva quei luoghi a memoria, non voleva finire come Mastini colpito alla tempia da un detenuto con lo spigolo di *Addio alle armi*. Quando raggiunse la porta flessibile in PVC e la aprì, Trivelli si ritrovò di fronte a un piccolo magazzino. Una lampadina attaccata a una presa per terra mandava una luce fredda dal basso. Si coprì naso e bocca con il gomito mentre gli occhi cercavano il corpo di Louis Caròn.

Due giorni prima, nel suo certificato Sallusti aveva optato per un decesso per cause naturali: arresto cardiaco. « Era fuori di testa. Non parlava da anni, Rico. Si è suicidato. Chissà che rimorsi di coscienza che aveva. » Rico lo aveva guardato di sbieco e si era tenuto le considerazioni sulla coscienza dell'uomo che aveva di fronte, lo stesso che praticava « stordimenti » coatti ai danni dei carcerati più vivaci. Poi gli aveva fatto firmare il permesso con cui si disponeva il prelievo del cadavere per la mattina appresso ma non ci sarebbe stato funerale, ergo nessuno a reclamare la salma e a pagare le esequie.

Ora Trivelli aveva di fronte otto tavoli di legno e due di marmo che sostenevano una dozzina di corpi. Sulla sinistra riconobbe dal colore più caldo quello di Caròn. Non gli avevano ancora messo il cartellino all'alluce e lo avevano lasciato con i pantaloni della divisa carceraria. In un altro « contesto » si sarebbe meritato un esame autoptico, ma lì dentro era solo un pluriergastolano, un uomo ombra.

Si accostò al corpo e gli posò la scatola che aveva trovato nascosta nell'ufficio di Gentili – chiusa da due giri di nastro per pacchi – sull'addome. Era gonfio e aveva il petto, dal collo allo sterno, coperto di tatuaggi sbiaditi fatti in carcere e una serie di sottili cicatrici sul ventre. Riconobbe quella che gli aveva lasciato Shane Barry e i segni del maledetto elettroshock.

« Fottiti », sussurrò alla faccia di Baldi.

La prima cosa che Rico aveva pensato quando aveva trovato Caròn sotto il letto nella sua cella era che si fosse messo giù come faceva quando meditava, o qualcosa del genere. Era certo che appena lo avesse toccato quello avrebbe aperto gli occhi e gli avrebbe parlato come non aveva mai fatto. Invece si era ammazzato, e questo proprio non riusciva a mandarlo giù, perché Trivelli ne aveva visti di mostri e di sconfitti lì dentro. C'erano quelli che ti minacciavano perché avevano orrore del carcere, quelli che ti aggredivano alle spalle, oppure i mansueti che non sapevi quando sarebbero esplosi. Era difficile prevedere tutto, individuare ogni segnale latente. Eppure, gran parte del suo mestiere consisteva in quello. Una cosa che Rico aveva imparato giorno dopo giorno, cella dopo cella, un uomo dopo l'altro. A leggerli. A leggere l'esiguo barlume nelle pupille di quella gente. Quelli col fuoco della disperazione negli occhi tremolanti. Gli assassini nati che nascondevano una furia animale anche nei momenti di latenza, quand'erano bloccati nelle celle 4×4 e sembravano innocui, quella era una brace arancione. E quelli che negli occhi custodivano un punto di luce nera.

L'anima del male.

Rico la conosceva. Ed era certo che Caròn non fosse uno di loro. Quell'uomo non sarebbe mai stato capace di uccidere un bambino. Eppure il segreto che conservava nel mondo reale, quello di fuori, sarebbe rimasto chiuso per sempre tra quelle labbra.

O forse no.

Riprese il cellulare dalla tasca e riaccese la torcia studiando la faccia del vecchio, era un pezzo di terra segnata e arida come quella di un sioux, con le sopracciglia folte, bianche come i capelli lunghi dietro la schiena. Passò un dito sui segni della TEC e avvertì un senso di impotenza. Se non poteva più avere giustizia per quel pezzo di carne sul tavolo, doveva almeno cercare la verità. Qualcosa che gli spiegasse la strana malia che gli dava quell'uomo. Quando avvicinò la luce alle labbra ebbe la sua risposta. Gli infermieri non gli avevano chiuso la bocca. La punta della lingua era tra i denti consumati.

La scossa gli irrigidì il braccio. « Cristo. » La torcia del Nokia si spense e il commissario imprecò di nuovo. Un whatsapp. NON SONO ARRIVATI GLI ALIMENTI Firmato: Eva. L'ex moglie.

Ci credo, non te li ho mandati.

I soldi voleva darli a Sonia, anche se aveva undici anni e la legge, la stessa che lui avrebbe dovuto far rispettare in ogni sede e forma, era chiara: 800 euro ogni primo del mese. « FAN... » prese a digitare, ma poi cancellò. Eva lo avrebbe fatto leggere a Sonia e lui non voleva turbare la bambina.

Il giorno dopo che se n'erano andate dalla sua vita, Rico era rincasato dal Mammagialla e per prima cosa aveva raggiunto la camera di Sonia. Ricordava il *toc* metallico della maniglia. Sul letto a castello c'era lo zainetto koala. Le orecchie di paillettes grigie e rosa e il cuscino con le foto di un ragazzino biondo, un cantante. Sulla scrivania il bicchiere col suo nome in oro, stracolmo di penne. Il venerdì prima aveva chiesto mezz'ora a Eva per parlare da solo con Sonia. Mezz'ora che neppure in carcere era un'unità di misura. Si erano salutati lì, lei sul letto di sopra, lui affacciato come se fosse un balcone.

« Giulietta », aveva scherzato. Perché era lei l'unica donna del suo cuore.

Sonia gli aveva lanciato un sorriso splendente: « Romeo, Romeo, perché sei tu Romeo? Rinnega tuo padre e rifiuta il tuo nome », aveva esclamato col dorso della mano sulla fronte.

« E tu », Rico s'era fatto di cera, « rinnegherai tuo padre? »

Ma Rico aveva messo troppo cuore in quella domanda e Sonia aveva chiuso il mento sul petto, muta per un po': « Mai, papà ».

« Mai », aveva ripetuto Rico. E le aveva preso la mano. « Non cambia niente. Staremo insieme. »

Quando Sonia aveva alzato gli occhi nei suoi, lui aveva ten-

tennato. Sapeva che non sarebbe andata così. Ma come faceva a dirglielo. Come faceva a essere onesto? Non ce n'era stato bisogno. Sonia aveva fatto spallucce: « Ci proviamo, vero? »

« Ci riusciamo. Insieme. »

Riusciva a sentire la sua faccia affondare nel cuscino morbido di Sonia. Profumava ancora di lei, della sua bambina. Trasse un respiro tanto profondo che gli parve l'ultimo della sua vita.

Azzannato da quel ricordo, Trivelli si ridestò con ben altro profumo nelle froge. Riaccese la torcia. La accostò al volto dell'uomo e per un istante assaporò il brivido dell'agente Sterling davanti all'*acheronta atropos*. Buffo, ma era nato lì il suo sogno di poliziotto prima che naufragasse sull'isola carceraria.

Scacciò anche quel pensiero e separò le labbra maleodoranti del cadavere: nessun lepidottero. Avvicinò indice e pollice respingendo il tanfo con l'altra mano. Pizzicò il bordo di qualcosa e tirò piano, estraendola con un disgustoso suono palatale. Era umida, grande come una moneta, ma era di carta. La posò sul bordo del tavolo di marmo, strizzò gli occhi e la mise a fuoco. Era un pezzetto di carta piegato. E quello era il messaggio che il vecchio gli aveva lasciato prima di andarsene.

Immerso nella luce sepolcrale, Rico inforcò gli occhiali e lesse. Ma non trovò un senso ai segni che la mano incerta di Caròn aveva vergato pochi istanti prima che lui si togliesse la vita.

17

19 aprile 2020, mattina

« Siamo in ritardo! » Lucia scampanellò le chiavi di casa dall'ingresso. « Forza! »

« Eccoci », la voce di Jim si affacciò al corridoio. Era aggrappato al collo del padre. « Pronti, mamma. »

« I compagni e le maestre ci aspettano tra dieci minuti davanti alla scuola. »

« Papà non riusciva a infilarmi la maglietta. »

« Ci sono quegli stupidi bottoni a clip », rispose John allacciando una scarpa al figlio. Lo posò a terra e si sollevò per incontrare le labbra sorridenti di Lucia che lo cercavano. « Possiamo vederci lì, se volete. »

Nella sua tuta, Lucia rispose con uno sguardo interrogativo poi disse: « Andiamo tutti insieme con il pullman dell'istituto. Passano a prenderci apposta, Johnny ».

L'istituto era la scuola elementare di Bolsena e la classe era la 5a F che quella mattina avrebbe percorso una trentina di chilometri per raggiungere le grotte di Castro dall'altra parte del lago. L'idea era stata di Jim, e la gita faceva parte del progetto scuola-famiglia per cui ogni bambino avrebbe coinvolto un genitore che avrebbe raccontato il proprio mestiere alla classe. John aveva demandato subito a Lucia che lo aveva rimpallato: « Come no? Una bella seduta collettiva nel tendone dove fanno ginnastica! »

John tolse le scarpe da trekking dalla scatola scostando la velina che ancora le ricopriva e le infilò. Qualcosa stava crescendo dentro di lui, una sottile nebbia grigia offuscava i pensieri e in pochi secondi la sensazione di pace che si era portato dietro da quella notte con Lucia svanì lasciando il posto a un turbamento strisciante.

« Le maestre e la preside mi hanno pregato di coinvolgerti », insisté lei.

Abbassò il tono di voce. « E tu dovevi dire di no. Che avevo da fare col lavoro. Non sono una guida turistica. Non sono preparato. Non è roba per bambini. Sono cose tecniche, noiose. Come se tu dovessi spiegare loro Jung. »

Non era un paragone peregrino, rifletté Lucia. Poi allungò la mano per stringere quella di Jim. « Inventa, usa la fantasia. Divertiti. »

« Ho scelto questo mestiere per non usarla la fantasia », gli uscì più brusca di come avrebbe voluto.

« Sono solo due ore, Johnny. » Lucia si infilò il k-way sopra la camicetta. La tuta non era riuscita a mettersela, non era da lei.

La faccia di John si stirò: « Solo due ore? E va bene, spiegherò a quei bambini i caratteri geologici, geomorfologici, idrogeologici, geopedologici e geotecnici... »

« Smettila », sorrise senza entusiasmo. « Non devi parlare tutto il tempo, non devi fare una lezione. Passeggeremo nella grotta, chiacchiereremo. »

« Ma è pericoloso passeggiare e chiacchierare in una grotta. Lo sanno tutti. »

« E tu lo sai da un mese », rispose Lucia e mentre lo diceva pensò che gli incubi di John erano cominciati allora. Sul viso aperto e chiaro come la porcellana gli occhi smarrirono un poco di luce. Gli sussurrò: « So perché non vuoi andarci ».

« Non vedo l'ora! » li interruppe Jim uscendo sul pianerottolo.

« Tuo padre », sussurrò Lucia. « Quei brutti sogni, John. »

Una stringa di parole color fuoco lampeggiò davanti agli occhi di John Glynn che fissavano sua moglie. *19 aprile*

1990, 19.00, RAI UNO. Esplosione nella miniera. Nessun sopravvissuto.

Fu la voce di Jim, già sulla rampa delle scale, a ridestarlo: « Andiamo papà! »

Lucia chiuse la porta a chiave dietro di loro. « Ci divertiremo, Johnny. » Gli fece una carezza sul viso e lo fissò dritto negli occhi. « Va bene? »

Per quel giorno si sarebbe sforzato di ignorare la punta di coltello che gli graffiava lo stomaco. Possibile che fosse tornata quando lo avevano incastrato per una *stupida* gita in grotta? Era quella la causa latente dei suoi incubi? E Titania, riemersa da un oceano di memorie naufragate, avvolta nel fruscio della risacca? John scosse il capo per scacciarla come si scaccia una mosca insolente. Si stava davvero smarrendo come aveva confessato a Lucia? Chi era davvero John Glynn, quello che ricordava o quello che aveva dimenticato?

Sorrise contro lo smarrimento che gli riempiva gli occhi e si lanciò sul figlio, lo sollevò e lo baciò sulla pancia mentre le risate del bambino invadevano la tromba delle scale.

« Ci divertiremo », ripeté.

La bocca della caverna era una grande volta chiara che staccava quaranta metri da terra. Era lì che la ciurma fanciullesca e le maestre lo stavano aspettando.

« Ci troviamo all'interno di uno dei più importanti complessi carsici del Centro Italia. In quest'area potete notare le formazioni calcaree che conferiscono il tipico colore opalescente alle pareti e al soffitto », recitò superandoli.

Dietro di lui c'erano venti ragazzini tra gli otto e i nove anni, due maestre e tre mamme, compresa Lucia. « E le formazioni calcaree laggiù sulla destra », il professor Glynn indicò una piccola depressione immersa in una pozza, dove gocce di pietra colavano dal soffitto, « testimoniano del lavoro lungo 150 milioni di anni che roccia e acqua hanno messo insieme. »

« Sembra una gabbia », commentò la maestra con una bambina araba in braccio.

« Come potete vedere dalla cartina che vi ho dato, le grotte si estendono in cinque direzioni, formando quelli che i geologi chiamano 'gli artigli'. »

« Ecco il nome della caverna », sottolineò un'altra insegnante.

« La grotta degli artigli... uhh », fece Jimmy avvicinandosi. Era quello che poteva permettersi più domande e i compagni gliene avevano fatte un sacco durante il viaggio in pullman. Ma ce n'era una che li aveva trovati tutti d'accordo. « Papà... a parte roccia, stalattiti e stalammiti », Jim pronunciò con la m doppia, « c'è qualcosa in questa caverna? »

« A che ti riferisci, Jim? »

« Qualcosa di interessante. »

Glynn fece finta di non capire, lanciò un sorriso a Lucia: « Ci sono degli stupendi laghetti sotterranei più giù, fra poco andremo a vederli ».

« No, papà. Volevo... noi volevamo sapere se ci sono... »

So che stai per dirlo.

« Cose. »

John Glynn scrutò la maestra bionda che annuiva in fondo al gruppetto.

« Cose, Jimmy? »

« Qualcosa, animali... »

Si vergognava di dirlo, ma lui sapeva che lo pensava. Che pensava a quella parola. Lo pensavano tutti i ragazzini della sua età.

Ripeté: « *Qualcosa* ».

« Parli del *Miniopterus schreibersii*? » Si accucciò.

Il figlio impallidì: « Cosa? »

« Già », annuì risollevandosi. « Lo vedrete tra un attimo. Vieni con me. Venite tutti. »

Il gruppo si mosse dietro la bandierina come un grosso animale servile mentre lasciava la grotta. Le corde seguivano il percorso del primo tunnel e arrivarono a una camera di raccordo dalla quale partivano due cunicoli.

Il professore passò una mano sul collo freddo: « Qui le pareti sono del grigio cenere tipico dell'ossido di manganese e la volta, che in questo punto è alta la metà della prima sala... »

Guardarono tutti in su. Due secondi dopo giunsero i primi gridolini soffocati.

« Pipistrelli », disse una bambina.

« Vi presento i vostri *mostri*. »

Eccola la parola.

« La più grande colonia italiana di *Miniopterus schreibersii.* » Jim aveva cambiato faccia, e così anche le maestre che lo osservavano. Il padre se ne accorse. « Topi con le ali. Ti assicuro che sono le uniche creature che troverete nelle profondità di queste grotte. »

Jim era imbarazzato, si voltò un attimo indietro: « Papà, io pensavo a qualcosa... non so, come il Proteo delle grotte di Postumia ».

« Bravo », il professore avvertì la voce graffiare il cuore di suo figlio e se ne pentì, ma era stremato. « Lo hai detto tu. Si trova in Slovenia, solo lì. E malgrado il nome di 'piccolo drago', non è altro che un anfibio urodelo grosso come una mano. »

Due bambini alzarono il braccio mentre John si voltava per prendere un respiro. La vista appannata, il minuto chiacchierio dei pipistrelli.

Lucia gli si fece di fianco. « Come stai? »

« Sto bene », mentì senza guardarla.

« Mi dici cos'hai? »

« Niente », rispose prima di allontanarsi di qualche passo.

Le maestre stavano rimettendo in fila per due i ragazzini. Jim discuteva con un bambino coi capelli rasati più alto di lui.

« Andiamo », disse al gruppo agitando la bandiera.

Prima che iniziassero a seguirlo, Lucia gli fece un cenno. « Sei un geologo, John. Hai studiato anni e vieni da una famiglia di minatori inglesi, tuo padre era geologo e anche se capisco che la sua morte ti abbia sconvolto... »

« Qui sotto, io... »

« Cosa? »

« Non mi sento bene. »

Il gruppo, guidato da un'insegnante bionda con una ciocca blu, si era spostato per mostrare ai ragazzini i pipistrelli da un punto migliore.

« L'ultima stanza, giusto? » Lucia guardò la mappa.

Lui fece di sì con la testa: « Alla fine di questo tunnel c'è una bella sorpresa ».

Lo seguirono come i topi col pifferaio lungo il tunnel che digradava per cinquanta metri. « La terza sala è la più bella dell'intero complesso. »

Due laghetti accostati formavano un otto al centro del quale c'era un passaggio chiuso al pubblico. Sulla destra una cascata compiva due salti sopra una colata di calcite che John indicò con la bandierina. « Le luci svelano il verdazzurro dei muschi e il rosso di concrezioni ferrose sul fondo. Qui, due anni fa, è stato ritrovato lo scheletro di un animale. »

Gli occhi dei ragazzini si accesero.

« Che animale? »

« Un animale preistorico. »

« Davvero? »

« Chi viene con me? »

Una bambina e due altri, uno grasso e uno con la faccia incavata e le occhiaie, si fecero avanti. John cercò Jim che venne fuori dal gruppo e infilò la mano nella sua. Un attimo dopo avanzavano verso il centro dell'otto.

« Qui », disse lui voltandosi, « è profondo quattro metri. E il passaggio al centro è coperto d'acqua. State attenti », continuò spostandoli per muoversi fra le transenne che proteggevano i due lati. Superarono lo stretto. Lontano, Lucia si stava dando da fare con le maestre.

« Come vi chiamate? »

« Elena. »

« Dario. »

« Alex. »

« Sono Jim, papà. »

« Certo. » Gli carezzò la testa, poi fece lo stesso con gli altri tre. « Okay ragazzi. Avete tutti le galosce? »

« Sììì », risposero.

« Bene, avviciniamoci. » Additò un faretto che proiettava la luce in un punto nel bacino di destra. « Vedete? »

« Cos'è? » domandò Elena saltellando sul posto.

C'erano ossa animali e si vedeva chiaramente un cranio. « È una specie di orso preistorico. Quello è un calco, ma è identico all'originale conservato nel museo che visiteremo tra poco. » *Tra poco.*

« Guarda che denti », commentò Dario. « Si può toccare? »

Poi fu la volta di Alex: « Ma quello è un pozzo? »

A tre metri dal gruppetto c'era una parete con un faretto che puntava giù. In quel punto del pavimento si apriva un buco di un paio di metri di diametro il cui contorno appariva liscio e stondato.

Il professor Glynn si scosse. « Sì. È un pozzo naturale. » Aveva i capelli appiccicati sulla fronte e sul collo.

« Uau, un pozzo », mormorò Alex.

« Uau », gli fecero eco gli altri.

« Possiamo visitarlo? » azzardò Jim.

« No », rispose John mentre le gambe si facevano della stessa materia del luogo.

« Non ci sono scalette », indicò Dario. « Nemmeno una corda. Come si scende? »

« È profondo, è il percorso rosso », riuscì a dire John.

« Che vuol dire? »

« È per speleologi esperti. » John si stava guardando indietro in cerca di Lucia.

« È tanto profondo? »

« Ventisette metri il primo livello. » Lo aveva letto mentre si preparava per quella buffonata ma non ricordava che fosse in quel punto. « Poi giù fino a quarantotto. »

Alex lo superò a sinistra e si affacciò. La frangetta si sollevò sospinta da una corrente fredda: « È pericoloso laggiù? »

Laggiù.

Rieccola, la voce attraversava i cunicoli del tempo.

Laggiù rischiamo la vita ogni giorno. Perché il giorno e la notte sono una cosa sola.

Anche stavolta il professor Glynn era sicuro che la voce non giungeva dagli strambi viluppi della memoria. Aveva sempre continuato a immaginare che in una sala sotterranea, a pochi chilometri da Charleroi, come un moderno abate Faria, Liam stesse scavando in cerca di una via di fuga. Per tornare a casa, da lui. *Torno presto.*

« Venite via », abbaiò all'improvviso John. Poi prese Alex e lo spostò dietro di sé.

Ma anche stavolta, la paura gli agguantò le caviglie e lo tirò verso il pozzo nella grotta in cui John non avrebbe mai voluto entrare. Le mani del fantasma diteggiarono fino alla gola e strinsero finché una polvere di luce gli affogò le pupille.

Cristo, no.

« Senti che aria. » John udì chiaramente la voce del figlio. Ma non lo vedeva più.

Perché in un tempo piccolissimo John Glynn aveva scoperto il peso degli strati di roccia, del calcare, dei minerali, udiva la voce dell'acqua, il fragore dell'ossigeno che frusciava via dai polmoni. Finché tutt'attorno l'aria non scomparve come in un sacco sotto vuoto.

Un attimo dopo, l'ingombro sul petto era scomparso. Si era spostato sul braccio sinistro. Gli strizzava la mano come se ci fosse un macigno attaccato. John guardò in basso. Era sopra al pozzo. Stretta alla sua mano ce n'era un'altra. Jim era appeso alle sue dita. Ma John non lo vedeva davvero. Fissava con orrore il buco nero sotto alle gambe zampettanti di suo figlio, perché quei bordi si stavano trasformando nelle labbra di una bocca enorme.

« Papà! » gridò qualcuno dal basso mentre il fruscio dell'acufene rinasceva tra l'orecchio e il cervello.

« Jimmy! » urlò Lucia alle sue spalle e la carne dentro di lui si frantumò. « Aiuto! » Tra le volte rocciose, il grido della madre divenne un'eco confusa, un orribile frastuono: Auooooo. Auuutooo. *Ca... duuu... to.*

Sarebbe bastato poco. Ma John non c'era più, gli occhi vuoti di forza e di speranza. La mano piccola come quella che non riusciva più a trattenere. Il suo piccolo Jimmy. Poi, l'aria lo abbandonò, la voce dal basso esplose e la luce che aveva nel cuore si spense.

Perché *laggiù* il buio aveva vinto di nuovo.

18

SS 675
18 aprile 2020, notte

La Fattoria era una bettola sulla Strada Statale viterbese che i Tir percorrevano notte e giorno. Tre camionisti se ne stavano sul portico davanti al parcheggio di ghiaia ravvivata da una grossa luna piena. Fumavano e bevevano l'ultima Peroni dopo cena e prima di riprendere l'eterno su e giù per lo stivale. Le prime gocce di una pioggia insolente.

Trivelli li superò stringendo la scatola sotto il braccio e mise piede sul portico della *Fattoria*. Dentro, i tavoli erano tutti liberi. Il commissario si andò a sedere nell'angolo in fondo, sotto il televisore acceso su Sky Tg24. Fece un cenno e il vecchio dietro al bancone gli rispose con un sì. Catturò una dozzina di tovagliolini di carta dal contenitore d'alluminio e si tamponò la testa.

Dopo il cappuccino e le due bombe alla crema Rico era pronto. Mise il contenitore sul tavolo e si pulì la bocca piena di zucchero. Era solo una scatola blu che sapeva ancora di scarpe, ma dentro c'era tutta la storia di Caròn, per quel che ne sapeva Rico. Con le chiavi tagliò il nastro isolante che formava una croce e sollevò il coperchio rettangolare. Tirò fuori l'oggetto e constatò che non c'era nient'altro. Lo osservò rigirandoselo tra le dita. Una vhs? Non proprio. Era una mini videocassetta rigurgitata direttamente dai lontani – e mai abbastanza rimpianti – anni Ottanta. Non aveva la custodia, Rico la inclinò sul dorso inferiore, fece scattare la sicura e controllò il nastro. Era al suo posto e non sembrava rovinato e in un lampo di lucidità gli fu chiaro che aveva sottratto possibile materiale probatorio. Eppure nessuno se ne sarebbe accorto perché a nessuno importava nulla di un vecchio assassino morto in carcere come si meritavano quelli come lui. In quella faccenda, come in tutte le faccende importanti, Rico era rimasto da solo.

Era quasi Natale e lui ed Eva erano alla cena della Polizia in un locale sulla Cassia. Rico non era un compagnone, o forse i colleghi non valevano lo sforzo, ma aveva deciso di starsene tranquillo e osservava la campagna oltre la grande vetrata del ristorante quando aveva sentito scoppi di risa al capo della sala dove Pietro Russo se ne stava in piedi su una sedia. Rico aveva appizzato l'orecchio e tra gli schiamazzi aveva colto apprezzamenti poco eleganti. Quando si era avvicinato al gruppetto di colleghi era calato un silenzio imbarazzante. « Ops », aveva esclamato l'ispettore Mastini spostandosi appena, ma lui era rimasto piantato dov'era. Russo lo aveva fissato come se aspettasse quel momento: « Hai una faccia, Rico. Quanti te ne sei fatti di quelli? Vai, che tanto è tutto gratis ».

Aveva cercato le parole per rispondere quando la ciurma di Russo lo aveva sommerso con una risata colossale. Rico era un tipo per niente sportivo ma aveva abbozzato: « Di chi parlavi, Pietro? » Il volto di Trivelli aveva virato sul rosso e la vena sul collo si era gonfiata come quella di un bue che tira l'aratro nel fango. Pietro Russo gli aveva risposto con un'occhiata che lo scavalcava e si perdeva in fondo al locale. Rico si era voltato seguendo la parabola dello sguardo e aveva scoperto Eva con la moglie di un collega. Teneva lo stesso bicchiere di vino da quando erano arrivati, due ore prima. Lui invece aveva approfittato di bar e buffet con la solita furia, benché lei si fosse raccomandata prima di uscire di casa. Il vestitino rosso forse era corto ma quanto era bella e un ingenuo moto di orgoglio lo accese. Era la sua Eva, con tutte le difficoltà del caso: la bambina, i soldi, le noie del matrimonio. Poi, Rico aveva riavvolto il filo elettrico che legava gli occhi di Pietro al culo di sua moglie per scoprire che Russo non era più in piedi sulla sedia.

Quando lo aveva messo a fuoco era così vicino che Trivelli aveva sentito l'alito alla maionese dei tramezzini del buffet. Rico odiava la maionese. E odiava Russo. Immerso in un'oscura coltre d'ovatta aveva udito i tacchi di Eva alle sue spalle, la bocca che vomitava parole disgustose davanti a lui e le due file dei colleghi ai lati. Allora le braccia di Rico si erano sollevate in quella che gli era parsa una bracciata a farfalla – doveva tornare in piscina per buttare giù quei quindici chili – e invece dell'acqua avevano incontrato le mandibole di Russo in un doppio *crash* che aveva spento quella bocca sudicia e aveva acceso un gran casino tutt'attorno.

Dopo una settimana di ferie durante le quali aveva sbattuto la testa sul manuale per l'ultima parte dell'esame, « Gestione della risposta fisica e verbale in situazioni di stress », il pass per il suo sogno di profiler all'UACV, Rico si era quasi scordato del fattaccio se non fosse stato per la scenata che gli aveva fatto Eva appena rientrati a casa. Ma la mattina del colloquio era un venerdì piovoso e il pensiero delle vacanze – aveva preso dieci giorni di ferie per portare Sonia a EuroDisney – gli riscaldava il cuore. Era talmente su di giri che si era accorto che nella commissione c'era un posto vuoto solo quando era arrivato di fronte alla cattedra. Rico aveva messo anche la cravatta marrone sul completo avana che Eva gli aveva bocciato senza riserve e l'aveva subito macchiata col caffè, ma tanto era marrone. La giornata non era nata bene e Rico pensò che sarebbe andata a finire peggio quando dalla porta entrò Pietro Russo. Era in uniforme come gli altri tre e aveva indossato il sorriso più luminoso sulla faccia ancora gonfia, poi si era seduto in mezzo: « Da quanto tempo è sposato, dottor Trivelli? » era partito a razzo.

« Come? », Rico aveva cercato conforto nello sguardo degli altri.

« Risponda per favore. »

« Sono sposato da dieci anni. »

L'altro scosse la testa: « Ed è sempre stato fedele? »

Due giorni dopo lo psicologo al comando di Viterbo da cui era stato costretto ad andare dopo l'attacco di rabbia – in preda a un'ira incontenibile aveva distrutto la sua sedia contro il pavimento, ma solo perché avrebbe potuto colpire gli altri – aveva blaterato: « Stress post traumatico cronico ». Anche se il trauma lo aveva sfiorato Russo che stavolta si era salvato grazie all'intervento degli esaminatori. Così Rico era tornato con la coda tra le gambe a casa da Sonia ed Eva, che poche settimane dopo l'avrebbe tradito proprio col suo peggior nemico. Da allora, la biglia di metallo aveva smesso di schizzare da una parte all'altra del flipper e Rico aveva messo l'anima in pace.

Malgrado il suo sogno si fosse trasformato nell'incubo di qualunque sbirro con un po' d'amor proprio – i delinquenti gli arrivavano già belli impacchettati, processati e condannati –, al Mammagialla Rico era convinto di aver trovato la sua vera famiglia. Lì si sentiva un uomo rispettato, un padre severo e generoso, ma come si sa, in ogni famiglia c'è sempre un figlio prediletto. Certo, il suo era un vecchio matto che chissà perché gli aveva lasciato un messaggio che non sapeva neppure leggere.

Tornò con la mente al presente con un senso di stanchezza sul cui sfondo Rico avvertì il tepore di un pensiero felice. Memorie, fatti, ricordi cari a quell'uomo erano lì a portata di mano. Immagini tanto importanti che Caròn aveva dedicato loro le uniche parole emesse in metà della sua vita: quelle rivolte a Baldi affinché lo seguissero dalla Villa Medicea al Mammagialla.

Quell'indagine, si grattò il capo e prese l'agendina dalla tasca del jeans, aveva tre filoni. La aprì alla prima pagina e sotto al titolo « WGT22 » contemplò lo spazio riempito da un grosso punto interrogativo. Cosa diavolo era quella sigla sul biglietto che Caròn si era ficcato in bocca? L'aveva cercata su tutto il web per due ore senza trovare niente di niente. Poteva essere la combinazione di una cassaforte ma in quel caso sarebbe stato impossibile scoprire qualcosa di utile.

Passò oltre e nella seconda pagina scrisse in alto « prod.cur. spec. » e sotto le informazioni che aveva reperito da Rugani e da Baldi.

Nella terza pagina appuntò « VHS-C » e gli brillarono gli occhi.

Sto per entrare nel tuo mondo, vecchio. E ne era davvero convinto, perché poteva trovarsi solo lì dentro il segreto di Luis Caròn. Qualcosa che svelasse chi era e cosa aveva fatto per sopportare la sua maledizione. Qualcosa che gli spiegasse perché in quegli occhi Trivelli aveva scovato una potenza irresistibile e misteriosa. Non fece in tempo a complimentarsi con se stesso per non aver ceduto alle lusinghe della tecnologia – in camera sotto il televisore al plasma con usb, internet e dvd teneva un videoregistratore AKAI con cui guardava film registrati negli anni Novanta – che subito si maledisse. Non aveva un adattatore per quel formato.

L'orologio sulla parete listellata segnava le 00.20. Troppo tardi persino per quei poveri cristi di Amazon e lui non aveva voglia di aspettare, visto che il Prime lo aveva disdetto da un pezzo.

A meno che.

Un pensiero improbabile fece capolino tra le meningi affaticate di Trivelli. Afferrò il cellulare e scorse i messaggi. « Ti aspetto? » gli aveva scritto un paio d'ore prima. « Mi manchi », era un altro dei messaggi che Rico aveva ricevuto nell'ultima settimana da Rosy. Digitò velocemente qualcosa sulla chat di Facebook su cui Rico aveva scelto il nome Clarice Foster con una foto di Anthony Hopkins in maschera mentre sulla bocca gli si formava un sorriso sbilenco.

« Hai ancora quella telecamera? » digitò.

La risposta non lo fece attendere. « Facciamo un bel film? ☺ »

« Ti aspetto alla *Fattoria*, quel posto sulla viterbese. »

« Vieni a casa... please... »

Non ci sarebbe ricascato. Non stavolta, non dopo il dolore che aveva sopportato per l'addio di Sonia ed Eva. Quando sua figlia gli aveva chiesto se era vero che lui aveva un'altra, Rico aveva abbassato gli occhi sulle mani di lei e aveva mentito con un sorriso e gli occhi più sinceri che poteva: « No ». Quella bugia lo aveva condannato a un orribile inferno morale. Però aveva giurato a se stesso che non ci sarebbe ricascato. E che se Eva stava distruggendo matrimonio e famiglia era perché lei si era invaghita di un altro sbirro, migliore di lui. Quelle due bugie si erano legate nella sua grossa testa da orso con un bel fiocco e da quel momento Rico aveva tagliato i ponti con Rosy perché era così: se le cose non le vedi non esistono. Mai più.

Rosy Collini indossava dei pantaloni di pelle rosa con una maglia nera con paillettes e teneva i capelli biondi raccolti in una crocchia. Possedeva un viso semplice, le narici tonde e i sottili occhi nocciola. La pelle era scura e sul mento aveva una cicatrice rotonda da varicella. Lavorava a Roma e faceva tre ore di treno al giorno per andare e tornare dall'ufficio dei servizi sociali a Palazzo Piacentini a Trastevere.

Sulla soglia, Rico si allentò la cravatta e il collo strabordò.

« Che hai fatto? Sei zuppo. »

Lo prese per mano e lo tirò dentro nell'ingresso illuminato. Si guardò attorno e la casa gli parve come sempre, accogliente e colorata come la sua ospite.

Gli tolse le scarpe mentre lui se ne restava gocciolante nell'ingresso. « Vieni », Rosy gli carezzò una guancia e Rico sollevò lo sguardo come faceva da piccolo verso la madre che gli asciugava i capelli e quell'attimo di tenerezza si trasformò in un morso d'affetto, nel bisogno immediato di un gesto di affetto. La guardò e rivide l'ultima notte di sesso, proprio lì nella camera accanto al bagno, prima che decidessero di non vedersi più. Prima che tutto iniziasse a sbriciolarsi. Lei ricambiò lo sguardo con un incerto tremolio degli occhi. Nell'aria si leggeva chiaramente che sarebbe potuto succedere in un attimo. Ma non accadde.

In cucina, Rico sedette sullo sgabelletto da cui la scrutò come un orso sul triciclo. Era bella e lui aveva bisogno di amore, subito. E Sonia? Un brivido di solitudine si arrampicò sulla schiena. Non gli restava che la chiassosa, disperata compagnia dei settecento detenuti del Mammagialla? E quella, doveva ammetterlo, non era una gran consolazione. Allora fece quello che faceva quando lo prendeva quella stretta alla gola.

« Me la offri una birra? »

Rico terminò la Bud in un lungo sorso e venne al dunque. Aveva bisogno della vecchia telecamera sperando che la vhs-c di Caròn ci andasse bene. Un po' delusa – era certa che tra loro fosse ancora in sospeso, in attesa dell'occasione giusta – Rosy la tirò fuori dal ripostiglio e si sedettero nel salottino. Sviluppò i cavi attorcigliati attorno alla Hitachi e collegò i cavi al televisore, inserì la spina nella presa e la telecamera mandò un bip. « È viva », si compiacque. « Ho un sacco di cassette di quando ero piccola. »

Ma Rico non aveva occhi che per lo schermo e Rosy fremeva per un altro di quei brevi momenti d'intesa, per lasciarlo entrare nella sua vita come lui non aveva mai voluto fare. Non si era sentita mai usata, ma quella sospensione a metà tra un rapporto e una serie di notti di sesso non le somigliava. Eppure c'era scesa a compromessi. Almeno fino ad allora. Lui mise la vhs-c nella telecamera e chiuse lo sportelletto, poi fece cenno a Rosy di passargli il telecomando.

« Accendi la tv. » Schiacciò il tasto AV e comparve una schermata blu. « Ora la telecamera. »

« Che roba è? » chiese lei improvvisamente preoccupata. Con la punta dell'indice pigiò il play e rimase in attesa. Roba del carcere? Rosy odiava il mondo di Rico, spaventata dal fatto che lui ci vivesse a contatto.

Rico lasciò il divano e si accostò al teleschermo mentre un fischio esplodeva nella stanza.

« Abbassa », protestò piano Rosy. Il padrone di casa aveva la camera dei figli proprio dietro la parete del suo salotto.

Rico le obbedì, si voltò e le scoccò un sorriso, poi tornò alla tv e rimase in attesa.

Lo schermo produsse un effetto neve, migliaia di puntini neri e bianchi che fremevano impazziti. Rosy armeggiò col cavo video, inutilmente. Invece del fruscio di fondo persisteva quel sibilo. E in alto a destra il timer segnava i secondi che scorrevano, come se fosse partita la riproduzione della registrazione.

« Com'è possibile? » Rosy indicò lo schermo.

« Non lo so. »

Quando il fischio morì, lo schermo si fece nero, poi verde. Rico e Rosy si ritrovarono a fissare un prato appena falciato. Nell'inquadratura apparve una grossa tavola. C'era una tovaglia bianca di lino e una torta al cioccolato al centro.

« Sono nove », disse contando le candeline azzurre.

Cosa diavolo era quel filmino? Dov'era il suo uomo?

« Nove », ripeté Rico. Poi si videro i bambini, ma lui aspettava la faccia, magari senza rughe, di Caròn. Erano sette. Erano diversi. Sembravano felici. Una musichetta in sottofondo.

« Chi sono, Rico? », Rosy percepì un pizzico d'ingenuità nella sua voce, ma proseguì: « Amici di tua figlia? »

Rico non disse nulla. Era un filmino vecchio, si vedeva dalla qualità dei colori e dalla schermata iniziale che era roba datata. Quei bambini dovevano avere almeno quarant'anni, adesso. Scoppiarono le voci: « Scarta la carta! » e Rico avvertì un fremito che gli cambiò espressione.

« Che succede? È una festa tra bambini. È un compleanno. » Gli mancava Sonia, era quello?

L'inquadratura ricadde nel prato e tutto scomparve di nuovo. In alto sulla destra il timer continuava a scorrere sullo schermo nuovamente nero. Poi tornò anche quel fischio e con uno scatto la cassetta si bloccò. Lo schermo si fece blu, senza data, né ora. La videocamera sputò fuori la piccola vhs. Rico si asciugò con la manica e la estrasse. Accostandola alla luce della lampada di cartone sopra al tavolino si accorse che sul riquadro in cui sarebbe andata l'etichetta c'era un segno.

« Che succede? » Rosy si accorse che sudava freddo.

« Niente. » La testa trottolava. « Che birra mi hai dato? »

Ma Rosy era preoccupata. « Che c'è? » domandò e lo abbracciò. « Forse dobbiamo andare al Pronto Soccorso per questa ferita. »

Rico sentiva le mani bollenti di Rosy sulla schiena. Ma non udiva la voce. Era la febbre? « C'è scritto qualcosa. »

« Dove? »

Rico scosse la testa: « Non si vede ». Inforcò gli occhiali con le dita molli. « Ma se la inclini così contro la luce... viene fuori qualcosa. »

« È scritto nero su nero. »

« Guarda tu. » Le passò la videocassetta mentre le facce di quei bambini lo tormentavano. Gli occhi in festa, i colori, la torta sbilenca e le urla di gioia. Il piccolo festeggiato però, con un grosso pacco in mano, aveva gli occhi velati. Era il suo compleanno e non sembrava affatto felice.

Rosy spostò l'oggetto, spense la lampada e prese dal cassetto sotto la tv la lucina a clip per leggere di notte. « Ora va meglio. » La porse a Rico: « Prova così ».

Trivelli annuì senza capire e finalmente ci mise gli occhi sopra. A fatica riusciva a seguire le lettere che la mano incerta aveva tracciato sulla plastica, e si stupì che fossero arrivate fino a lui dopo tutti quegli anni. In effetti Caròn non l'aveva toccata per quasi trent'anni, come minimo.

« Questa sembra una l », rifletté ad alta voce.

Una dopo l'altra, in ordine sparso, Rico e Rosy decifrarono tutte le altre lettere. E il brivido che lo aveva sorpreso qualche attimo prima si trasformò in una scossa elettrica. Perché lui quel nome lo aveva già sentito.

19

19 aprile 2020, 13.00

L'ambulanza si fermò all'imboccatura delle grotte di Castro, e la gente che affollava il sito si aprì come il burro contro una lama bollente. Contemporaneamente giunse il camion rosso dei vigili del fuoco per facilitare l'accesso al pozzo numero 8. Una donna, la madre del bambino precipitato, era affacciata e le guide non riuscivano ad allontanarla dal bordo da cui non riusciva più a vedere il corpo di suo figlio. E un'eco triste e ininterrotta riempiva la caverna: « Jim, Jimmy, dove sei? »

Gli occhi della madre frugavano il buio senza successo. Riuscivano a vedere un lungo cunicolo verticale con una piccola conca che si apriva nella parete ovest. Ed era un salto che la sua mente non riusciva a misurare in termini di lunghezza, ma di dolore e paura.

Due paramedici la spostarono mentre i vigili del fuoco accendevano le lampade alogene che illuminarono la volta a giorno.

« Il bambino non risponde », disse uno dei due.

« Caliamoci. » L'altro srotolò la scala di corda che risuonò con un toc vuoto da qualche parte. « Sono almeno venti metri », disse assicurando il casco sotto il mento, poi si calò ondeggiando vistosamente dopo i primi metri. « È più grande, c'è uno spunzone di roccia. Sotto c'è una stanza a volta che sprofonda per una cinquantina di metri », salì la voce cambiata dalla roccia.

Passarono i minuti e il silenzio nella parte superiore della grotta si fece mortale. Poi un vago richiamo si alzò dal pavimento: « L'ho trovato! »

« Jimmy! » gridò prima di tutti Lucia svincolandosi dalle braccia della paramedica che l'aveva coperta e le aveva dato una soluzione d'acqua e zucchero.

Quando raggiunse il buco scorse l'uomo che era quasi risalito.

« È vivo », scoppiò in un pianto disperato Lucia.

Annuì e si issò, senza mai guardarla negli occhi. Lucia gli mise le mani addosso e cambiò colore, lo stesso della roccia, quando lo sentì dire: « Serve la barella ».

Un'ora dopo Jim venne imbracato e portato via su una barella di contenimento con il collo, il busto, il bacino e le gambe bloccati. In posizione verticale, attraversò la gola del pozzo di fronte agli occhi persi della madre. Per un puro caso – in quelle settimane, e nelle successive, quella parola assunse una parte importante nella storia – nessun altro bambino si era fatto male. L'ambulanza si allontanò con le sirene che strillavano in preda al loro panico meccanico. Nelle ore successive Jim Glynn subì un'artroprotesi totale dell'anca e del femore sinistro e scivolò in un coma farmacologico.

Adesso si trovava in terapia intensiva all'ospedale di Belcolle di Viterbo in un letto sorvegliato dagli occhi disperati di una madre.

Dal canto suo, il professor Glynn non ricordava quasi niente perché assieme alle dita del figlio quella mattina erano scivolati nel vuoto anche i suoi sensi ed era finito su un'altra barella.

Nel cosmo brumoso della memoria risplendeva come un sole nero il grido straziante di Jim che ancora gli vibrava in testa; a tratti i timpani tuonavano scossi da quel fischio d'orrore, disegnando sul fondale oscuro della mente ibridi origami molecolari. Un gigantesco big bang spazio-cerebrale da cui ora procedevano tutti i suoi pensieri e vorticavano le emozioni in un confuso moto d'angoscia. In quel boato siderale, un attimo prima di riaprire gli occhi a bordo dell'ambulanza, il professor Glynn era certo di aver udito una parola.

Quella parola: « *Caduta* ».

« Come? » gli domandò l'infermiera, per zittirlo immediatamente: « È svenuto. Ha battuto la testa, ma è solo una piccola commozione cerebrale », poi gli lanciò uno sguardo pieno di pena.

Nel ventre dell'ambulanza il professore, che aveva la faccia indolenzita come se avesse fatto una dozzina di round sopra a un ring, si tirò seduto. « Dov'è? » strillò di colpo con una irriconoscibile voce di gola e in un attimo le lacrime iniziarono a scrosciargli giù per la faccia come se pure gli occhi non fossero i suoi.

« Si calmi », tentò di rimetterlo giù mentre John si strappava il cerotto nell'incavo del gomito.

« Dov'è mio figlio? » annaspava, disperato.

« È qui, nell'ospedale. Noi siamo al Pronto soccorso. » Solo allora John si accorse che le portiere dell'ambulanza erano aperte sul viale d'accesso per le emergenze di Belcolle.

« Devo andare. » L'ago a farfalla venne via con uno *zip* e il medicinale schizzò come una minuscola pompa d'acqua.

« Non può uscire di qui, deve restare sotto osservazione. » La donna gli posò le mani sulle spalle ma nemmeno il tranquillante in vena lo teneva giù.

« Lucia! » strillò.

« Stia calmo, professore. »

La squadrò. Quella donna lo conosceva?

Lei comprese: « L'ho vista l'altro giorno in tv, ma ora stia calmo. Sua moglie è con suo figlio, professore ».

È vivo? Mio Dio, Jim è vivo.

Scosse il capo per ribellarsi al senso d'oppressione che gli premeva dappertutto. Doveva trovare Jim. E Lucia. *Jim e Lucia.*

« Dove sono? » Si tirò in piedi barcollando verso l'uscita dell'ambulanza.

« Non lo so, in rianimazione credo. »

« Dove? » Gli occhi di un padre straziato dal dolore, un dolore che proprio lui aveva causato a se stesso e alla sua famiglia e da cui non sarebbero più usciti, fiammeggiarono in faccia alla donna che fece un passo indietro finendo sulla console degli strumenti di misurazione della frequenza cardiaca.

« Al piano meno tre, vicino alla sala operatoria. Venga », lo afferrò per un braccio, « almeno si faccia accompagnare. »

E fu un bene perché John Glynn non era in grado di scendere dal veicolo, di camminare fino all'entrata e di studiare l'enorme cartello dei reparti.

Si mossero insieme, lui appoggiato al braccio dell'infermiera, e quando furono nell'atrio il professore si staccò, perché improvvisamente si era sentito – Dio, come faceva anche solo a pensarlo? – colpevole di aver quasi ucciso suo figlio. Quella sensazione lo minacciava ogni mezzo sospiro e la domanda che gli frullava in testa come un fringuello in gabbia era orribile solamente a immaginarla: *Come è accaduto? Come è accaduto? Come è accaduto?* Sotto quel refrain l'altra voce continuava a sibilare la sua verità: *Hai paura, Johnny, hai sempre avuto paura. E la tua paura, quella che ti porti dentro, ha quasi ucciso tuo figlio. Non potrai più conviverci. Dovrai affrontarla. E dimmi, piccolo John, come riuscirai a guardare tuo figlio dritto negli occhi?*

Il cellulare vibrò una volta nella tasca dei pantaloni scacciando le voci dalla testa. Strizzò gli occhi che sentiva ancora pesanti mentre l'infermiera diceva: « Ecco sua moglie ».

Erano scesi con un ascensore internamente foderato di metallo e per tutto il tempo si era chiesto cosa fosse. « Piombo », aveva sussurrato alla donna quando erano usciti di fronte a Medicina Nucleare.

« È lì, ma non può sentirla. Resti qui. »

Si trovava in un largo ambiente rischiarato da una luce falsa che inondava il linoleum avana del pavimento. John si staccò dalla donna e avanzò sicuro mentre il cervello si concentrava sull'immagine che gli occhi provavano a interpretare. La parete verso cui si muoveva come un'anima verso la luce senza tempo era una grande lastra di vetro oltre la quale s'agitava un termitaio di tende e camici blu.

Al centro, in una posa quasi ieratica, c'erano la madre e il figlio. Lucia era ai piedi del letto di spalle rispetto a John, le braccia appese lungo i fianchi e gli occhi, lui poteva solo immaginarli, fissi sul corpo. Una macchina traeva verso l'alto entrambe le gambe di Jim che sembrava così piccolo, un bambolotto tra le lenzuola.

John si accostò al vetro.

« Non può sentirla », ripeté l'infermiera, ma non ebbe il coraggio di fermarlo.

Una fasciatura copriva la parte superiore della testa di Jim e una maschera con l'ossigeno gli ostruiva il viso. Per un attimo John riuscì a immaginare il cuore di suo figlio dentro a quel petto che si alzava e si abbassava quasi per finta.

La superficie trasparente era fredda a contatto con i palmi caldi del professore. Accostò il viso e abbandonò la fronte contro il vetro ma non servì a scacciare il vigoroso senso d'impotenza che lo aveva riempito all'improvviso. Una folata d'istinto gli urlò di battere forte contro il vetro per richiamare sua moglie. Ma John Glynn non le obbedì. Perché aveva bisogno di abbracciarla ma non aveva la forza di guardarla in faccia.

« È un miracolo che non abbia riportato fratture alla colonna. » John si voltò e vide un uomo in verde, il chirurgo ortopedico che stava già parlando da qualche secondo: « Se fosse caduto più giù non ce l'avrebbe fatta. Ma abbiamo dovuto ridurre una grossa massa di sangue che premeva sul cervello », si toccò la nuca. « Ora dobbiamo aspettare che esca dal coma. Ma siamo fiduciosi, professore. »

John annuì accennando un sorriso mentre quello continuava a tessere il suo tappeto di parole inutili. E intanto, attratta da una forza invisibile, oltre la vetrata Lucia si voltò.

Allora John comprese, come se tutto il pianeta glielo stesse dicendo, che nell'istante in cui Jim era sprofondato nel pozzo numero 8, l'urlo di suo figlio aveva straziato l'aria, urtato le volte calcaree della grotta e insozzato per sempre quel cuore di madre. E di moglie. Perché in fondo agli occhi senza forza di Lucia accanto al chirurgo che aveva salvato suo figlio si rifletteva l'immagine di un uomo senza volto.

E quando le pupille indugiarono sulla testa bionda lei seppe, come sa solo una madre, nella carne, che quello sarebbe stato per sempre *l'incidente* che le aveva spezzato la vita a metà.

20

19 aprile 2020, 14.00

Belcolle era un vecchio ospedale e aveva subìto più di altre strutture del viterbese l'usura del tempo e dell'incuria. Gli edifici, l'abbraccio di due virgole di cemento, esibivano la pelle rugosa grigio e arancio e sul muro all'ingresso, proprio sotto all'insegna, qualcuno aveva scritto in grande: « Lasciate ogni speranza o voi che entrate... »

Lucia attraversò il dedalo di corridoi come una formica sulle tracce chimiche della sua povera stirpe e quando riemerse dal reparto di Terapia Intensiva si ritrovò a fronteggiare il sole del primo pomeriggio.

Il piazzale posteriore dell'ospedale brulicava di moschini incattiviti dalla fame: davanti al piccolo bar nugolavano camici verdi, bianchi e blu da cui si sollevavano fili di fumo e chiacchiericcio. In sottofondo, Lucia udiva l'acciottolio delle stoviglie e l'odore di toast bruciati mentre lo stomaco s'incartapecoriva di fame e di dolore. Ma non aveva spazio per nessun tipo di dolore. Doveva pensare. Doveva continuare a guardare avanti. Avrebbe sistemato la camera di Jim e sarebbe passata a comprargli la nuova maglietta della Roma anche se dopo l'ospedale avrebbe dovuto cambiarla con una taglia in meno. Avrebbe stipato i pensili della cucina di schifezze, benzina per le maratone tv a cui si sarebbe dedicato in estate. Perché non c'era dubbio che quella estate sarebbe stata diversa. Anche per lei. Ogni attimo della sua vita a venire – lo aveva giurato nel momento in cui suo figlio aveva lanciato quell'urlo straziante – lo avrebbe dedicato a Jim. Avrebbe fatto qualunque cosa per riaverlo come prima quando si fosse svegliato dal coma. Perché Lucia non riusciva neppure a immaginare che non sarebbe accaduto.

« Ne prenda una. »

Non si era accorta dell'ombra ingombrante sull'asfalto e, senza davvero sapere perché, prese la sigaretta e scrutò l'uomo che gliela offriva.

« Lei è la mamma del ragazzo della grotta? » domandò e allungò la mano tozza attorno al minuscolo accendino BIC. « Mi scusi, sono il commissario Trivelli », estrasse il tesserino.

« Sono io », esitò Lucia aspirando forte la prima boccata da quanto, vent'anni? « È qui per l'incidente? » farfugliò.

Lui scosse il capoccione: « Sono venuto per un'informazione », bisbigliò mentre si accendeva l'ultima del pacchetto che accartocciò e lanciò dietro di sé, per terra.

Lucia tirò una seconda boccata e avvertì i primi scricchiolii di un sistema nervoso che aveva retto all'urto della tragedia, solo poche ore prima.

« Il professor Glynn è suo marito? »

« Sì », rispose automaticamente ma Rico percepì un filo di turbamento nella voce. « Come lo sa? »

« L'ho letto su internet. »

« Non capisco. »

Le lanciò uno sguardo e Lucia rinserrò le braccia al petto. « Mi perdoni », si grattò la testa, « ricomincio daccapo. Sono il commissario di polizia penitenziaria del carcere Mammagialla. Ho letto il nome di suo marito su un quotidiano online, per via del SismoTime, si chiama così?, e poco fa ho sentito alla radio la notizia della gita alle Grotte di Castro finita male. »

Male. Lucia non si scostò di un millimetro.

« Mi perdonerà, ho una figlia anch'io e so come vanno le cose in questi casi. Ecco, ho scambiato due parole col dottore che ha operato suo figlio e, be', all'inizio era un po' restio, ma insomma... ha detto che già domani lo risveglieranno dal coma farmacologico. Ho pensato di dirglielo dato che è stata tutto il tempo lì con lui e non ho visto suo marito nei paraggi... »

« Cosa vuole, commissario? » Che ci faceva lì fuori? Quel turbinio di eventi l'aveva già portata fuori dal mondo che si era costruita a fatica. Doveva tornare da Jim.

A Rico restavano poche battute di un dialogo che aveva ripassato a memoria e quando si accorse che la donna tentennava affondò il colpo. Estrasse una scatolina nera dalla giacca come fosse una Beretta. « Vorrei parlare con suo marito. »

Lucia ci mise un attimo per metterla a fuoco: non era una scatolina ma una piccola videocassetta. E quell'uomo gliela stava porgendo.

« Vede qui? » proseguì l'uomo, scagliando via la cicca divorata.

Lucia prese la vhs-c e guardò il punto che le indicava il poliziotto. Sopra un'etichetta nera s'intravedeva una scritta a penna, anch'essa nera: « Professor Glynn ».

« Cos'è? » Gliela restituì e fece un passo indietro per spegnere la sigaretta nel portacenere in pietra. Poi rimase dov'era.

« Signora, non deve preoccuparsi, sono un uomo di legge e anche se ho l'aria del farabutto, le assicuro che ho subito più torti di quanti ne ho fatti, in vita mia. Questo è un vecchio filmino di quelli che si facevano una volta. » La fissò dritta negli occhi. « E per qualche ragione si trovava tra gli oggetti personali di un mio detenuto... »

Lucia registrò le ultime due parole come fossero una rivelazione. Era possibile possedere qualcuno più di quanto facesse un carceriere con un suo prigioniero?

« ... che è scomparso pochi giorni fa. »

« È morto? »

« Suicidato. »

La bocca di Lucia si fece amara e si passò la lingua sulle labbra screpolate.

« Perciò forse ora capisce perché sono qui. »

In un soffio, Lucia si *perse* com'era accaduto nel suo piccolo campo sulle colline di Bolsena. E prima ancora in quella fredda mattina di dicembre, un anno e mezzo prima, e sentì che sotto gli strati della pelle tutta la carne, tutta la sua carne, si scioglieva trasformandola in una creatura molle e scontornata.

« Che nome è? » le domandò Rico.

Lei sollevò il mento.

« Glynn, da dove viene? »

« Se facesse bene il suo lavoro lo saprebbe, commissario. » Rico sorrise e annuì mentre lei rispondeva: « Inglese, di Torquay in Cornovaglia ».

Solo in quel momento notò che quell'uomo aveva gli occhi gonfi e iniettati di sangue. Sembrava sudicio e la barba gli dava un'aria goffa da Tenente Colombo.

« Gliela lascio, la videocassetta. »

« Non la guarderò, la tenga lei, commissario. »

« Non è curiosa di sapere com'era da piccolo? Chi erano i suoi amichetti e che torta gli piaceva? »

« Da piccolo? » Per un secondo la figura di Jim sul letto la portò altrove.

« Suo marito. Lì dentro c'è la sua festa di compleanno. »

In tutti quegli anni John non le aveva mai parlato della sua infanzia, almeno della parte che precedeva la morte di suo padre, Liam. Fece di no, che non le importava, ma un pensiero invisibile strisciò tra le pieghe della sua mente e un'immagine, John affacciato sul pozzo numero 8 con il braccio teso nel vuoto e gli occhi, quegli occhi che lei conosceva così a fondo, chiusi sull'imminente tragedia di suo figlio.

« Non sono curiosa. Ma una cosa la voglio sapere. »

« Spari. » Rico si tastò in cerca di un altro pacchetto di Marlboro.

« L'uomo che si è tolto la vita... »

Tra le sopracciglia di Rico si formò una profonda V. Non

c'era bisogno che la signora Glynn continuasse. « Era dentro per omicidio. » Trivelli aveva i suoi metodi, antiquati magari, ma efficaci quando serviva. E studiava a morte per vincere il suo perenne senso d'inadeguatezza. Perciò sapeva che la donna che aveva di fronte era scossa dall'incidente a suo figlio, che era determinata a riportare la sua famiglia alla normalità ma che, lo aveva trovato spulciando sulla biografia nella pagina Wikipedia del professore, in un passato recente era stata una psicoterapeuta e non poteva aver smarrito quell'attitudine. E tornando a guardarla negli occhi stanchi ma battaglieri, aggiunse: « Da trent'anni ».

« Ho capito. »

« Accusato del crimine più atroce. »

Lucia fu attraversata da un brivido blu.

« Infanticidio. »

« Non posso. »

« Mi dispiace. Non voglio turbarla più di quanto non sia già. » Ma Trivelli conosceva la luce in fondo agli occhi di vittime e carnefici e qualcosa gli disse che doveva insistere: « La prego, la dia a suo marito ». Gliela mise tra le mani e Lucia sentì che erano ruvide. « Quell'uomo, vede, io sono certo che fosse innocente. E suo marito è l'unico che mi può aiutare a risolvere il mistero che si è portato nella tomba. »

Il coniglio era ancora nel cilindro. Lo aveva preparato prima di individuarla lì nel piazzale. Era rischioso ma era il momento di provarci. Estrasse il foglio dalla tasca e lo piazzò sotto gli occhi della donna. Un corpo di marmo con la pelle istoriata di segni su cui posava un viso da selvaggio. « Lo conosceva? »

Lucia distolse lo sguardo. « No. »

« Quest'uomo mi ha lasciato un messaggio e ho bisogno di suo marito per capire. »

Lucia titubò.

« Prenda anche questo. » Le porse un bigliettino e si rivoltò puntando verso il tabacchi del bar dell'ospedale.

Rimase imbambolata, poi li infilò nella tasca della felpa rossa che indossava ancora sopra la tuta con cui poche ore prima erano andati alle grotte.

In alto, poche nuvole s'infrangevano sullo sfondo di un cielo celeste e mentre Lucia affondava nel ventre solido dell'edificio, due stelle cadenti le attraversarono l'oscura volta mentale.

Dove sei, John? Perché c'è il tuo nome sopra quella videocassetta?

Ma subito si accasciarono sulla superficie del suo cuore stanco come due cose abbandonate sul ciglio della strada che l'avrebbe riportata ai piedi del letto di suo figlio.

21

19 aprile 2020, 15.00

Un sole sfacciato inondava il pavimento del soggiorno lambendo le gambe lignee del divano. Lento e intontito come un ubriaco, John Glynn accese la lampada da terra e rimise le mani in grembo per paura di vederle tremare di nuovo.

Sul mobiletto indiano aveva abbandonato la sua borsa e il cellulare. Lo aveva staccato appena uscito dall'ospedale in preda a un terrore a cui non voleva dare un nome ma che aveva gli occhi spenti di Lucia.

Rifuggì da quell'assurdo senso di vuoto, tolse gli occhialetti dorati e tuffò il viso tra le mani sfregando forte come se potesse lavare via tutto il dolore di quella maledetta giornata. Inutilmente, perché il collare rigido che gli sosteneva il collo stava lì a ricordargli tutto.

In un gesto automatico afferrò lo smartphone e lo accese. Subito lo sentì vibrare inondato da una cascata di notifiche. Una chiamata senza risposta. *Non è Lucia.*

Poi vide un sms con lo stesso numero che lo aveva chiamato. Solo mentre lo stava aprendo si accorse del prefisso 0044 e dell'intestazione, « Sospetto Telemarketing », e si ritrovò a scrutare lo schermo: « Ehi amico! » Sotto c'era uno smile giallo con baffetti e copricapo orientale. *Spam.* Il professore si sbrigò a schiacciare due volte il tasto per cancellare il messaggio e posò il cellulare. Dalla tasca dei pantaloni prese la scatolina di compresse che gli avevano dato all'ospedale quando aveva firmato per uscire. Per *scappare* lontano dal terrore che giaceva nel letto della terapia intensiva e dagli occhi ciechi di Lucia.

« Non può guidare, professore », gli aveva detto la caposala del Pronto Soccorso, così aveva preso un taxi ed era tornato a casa perché lui in quel posto non ci poteva restare. Non poteva immaginarsi vicino alle viscere della terapia intensiva dove suo figlio era finito *per colpa sua.*

L'enorme schermo del televisore s'accese di fronte al suo sguardo stupito. Jim e Lucia avevano comprato un modello supersmart per vedere le serie tv con tanto di impianto stereo e suo figlio doveva aver programmato qualcosa da vedere a quell'ora, ma non c'era e il pensiero del suo letto e di Lucia lo azzannò alla gola e strinse fino quasi a soffocarlo. John si sbottonò il colletto della camicia per prendere un respiro mentre il televisore segnalava la sveglia che Jim aveva chiamato: « Civita con papà! »

John strinse i denti e schiacciò play sul telecomando mentre, con le lacrime in sospensione sulle palpebre, l'immagine di una sedia a rotelle attraversava i suoi pensieri e scompariva nel magazzino delle idee impossibili, e spaventose.

Una giornalista si trovava di fronte a una specie di spelonca, poi ci fu uno stacco con una panoramica a volo di gabbiano sulla rocca di un paese... « La scoperta di questa piccola tomba perfettamente conservata proprio sotto la rocca è una delle più importanti degli ultimi anni nella Tuscia, ma è una grande notizia per tutta l'Italia e getta un'ombra misteriosa su Civita già nota come 'La città che muore' per via dell'erosione che ogni anno consuma cinque centimetri di roccia tutt'attorno. »

John si mosse sul divano in preda a un'ondata di ansia fulminea. Quel servizio lo avevano girato a poche centinaia di metri da lì? La giornalista si trovava nella cripta e l'inquadratura indugiava sul soffitto. C'era una pittura sbiadita. L'ambiente non era più ampio di una ventina di metri quadrati. Le luci delle telecamere lo rischiaravano a giorno.

Un'altra vibrazione accanto a sé lo distrasse. Sul cellulare apparve ancora il numero di telemarketing. Rifiutò la chiamata e subito arrivò l'sms: « Ricevuta? ». Tolse anche la vibrazione al Nokia e tornò al servizio della Rai.

« Somiglia all'area archeologica di San Giuliano », disse la giornalista mentre compariva il suo nome in sovraimpressione: Luisa Castiglioni. « Una rupe di tufo tra Cerveteri e Orvieto, dove è stata da poco rinvenuta un'enorme necropoli etrusca risalente al VII secolo a.C. » La ripresa si abbassò e comparvero due colonne doriche che sorreggevano la volta scavata nella pietra. Sotto, al centro dell'ambiente, un tavolo di marmo. « Ma la scoperta forse più grandiosa è il ritrovamento, in questa stupenda camera sepolcrale nel cuore della città che muore, di un sarcofago. »

« La città che muore », ripeté John ipnotizzato mentre l'inquadratura stringeva sull'altare rettangolare. Era sormontato da un pesante coperchio a rilievo su cui giaceva una figura umana addormentata.

« Proprio qui, come potete vedere alle mie spalle, un'équipe di studiosi di varie discipline », ammiccò, « si sta occupando del reperto. »

Più che un'équipe, quelli alle spalle della ragazza con la gonna scozzese e la frangia bionda sembravano due operatori muniti di tute protettive, neanche fossero della Scientifica, che giocavano con pennelli e minuscoli scalpelli a favore di camera.

« Nelle prossime ore il sarcofago sarà analizzato con una avanzatissima », lo disse inclinando la testa, « macchina ai raggi X che consentirà agli studiosi di esaminarne il contenuto. »

A un cenno convenuto uno dei due alle sue spalle si avvicinò. Aveva un copricapo e una mascherina sul viso.

« Lo chiediamo al nostro esperto. Innanzitutto, dove ci troviamo, dottor...? » chiese.

L'uomo si tolse la mascherina e il cappuccio e l'inviata non riuscì a trattenere un momento di imbarazzo per la sorpresa. Era un uomo di colore.

Dall'altra parte dello schermo John avvertì la punta delle dita vibrare.

« Giuliani », rispose l'uomo piantando gli occhi neri in quelli slavati di lei. Il professor Glynn scivolò in avanti sulle ginocchia sul pavimento in cotto per guardare da vicino quello che sembrava uno dei suoi brutti sogni.

L'uomo in tv si pulì il viso da un po' di polvere. « Ci troviamo in un tipo di tomba etrusca detta *hypogea* dato che è stata ricavata in una cavità naturale preesistente. L'ospite del sepolcro era un nobile. Lo deduciamo dagli affreschi che lo ritraggono a una tavola imbandita e a cavallo con una lancia in mano, dal che ricaviamo anche il sesso maschile. Ma anche dalle suntuose colonne costruite a simulare la grandezza della sua abitazione in vita e, in ultimo, dalla raffigurazione del bassorilievo sul coperchio della cassa che ritrae il defunto ornato di monili. Malgrado il suo sonno eterno ha un'espressione radiosa, gli angoli della bocca sollevati, gli occhi chiusi ma grandi. Tutto ci indica il suo lignaggio. »

Quella voce.

« Ci vuole dire qualcosa sulla tecnica che utilizzerete per *guardare* », sollevò le sopracciglia per enfatizzare l'idea, « dentro? »

« Si chiama tomodensitometria ed è un metodo d'indagine medico-diagnostico che applicheremo alla spoliazione degli strati di pietra del sarcofago per guardare al suo interno e non distruggere eventuali reperti presenti. »

« Tutto questo lo farete qui, sul posto, intendo? »

« Sì. »

« In cerca di? » si sbrigò la giornalista che riceveva segni dalla regia.

Il dottor Giuliani fece un mezzo passo indietro, lasciandole il microfono accanto alla bocca: « Oggetti personali, monili, corredi. Addirittura il proprietario», disse con un filo di voce.

«Bene, ringraziamo il dottor Giuliani e chiudiamo», sospirò, «con una possibile datazione della tomba.»

«V secolo prima di Cristo.»

Lo scrutò fingendosi colpita: «Benissimo, ringrazio il dottor Giuliani e direi che con questo dalla necropoli di Civita, è tutto».

Non è possibile, sei veramente tu? Il professore fissava lo schermo come si fissa un'astronave calata dalla notte astrale.

Al centro dello schermo comparvero due figure demoniache. Dèi inferi della tradizione etrusca, disse la giornalista. Il primo sollevava un enorme martello, l'altro teneva una lampada in mano. Entrambi avevano un sorriso scomposto sul volto. Gli occhi del terzo – quello al centro, quello che stavano trascinando dentro a un buco disegnato nella volta – erano spalancati in una smorfia che ne trasfigurava ogni tratto d'umanità. Il terrore che trasforma l'anima in ombra, pensò John un momento prima che l'immagine fosse inghiottita dal jingle pubblicitario di una pasta che non scuoce mai.

Era trascorsa mezz'ora e il professor Glynn giaceva stremato dal dolore al collo e alla schiena e da un senso di impotenza metafisica. Aveva ricevuto decine di mail da parte dei colleghi e messaggi sulle sue pagine social che aveva ignorato senza remore. Poi aveva mandato un sms a Lucia provando subito a chiamarla ma era *irraggiungibile.*

«Come sta? Appena esci chiamami», era stato tutto ciò che era riuscito a blaterare in un vocale su Telegram.

Accese di nuovo il cellulare cercando un messaggio di risposta che non c'era. Lentamente l'antidolorifico iniziava a fare effetto e insieme al lieve torpore che si portava addosso, il professore avvertì un assurdo senso di fatalità che lo riempiva fino all'orlo. Spostò la testa per trovare una posizione comoda contro il bracciolo del divano e inquadrò la borsa da cui spuntava un angolo di carta bianca. Erano lì. Inesorabili, che lo osservavano. Le bozze di *IMDT2* tenute assieme da due elastici in croce. E lì sarebbero rimaste.

In poche ore ogni intenzione, progetto e desiderio erano scivolati in un buco nella terra. La mano destra, quella che aveva trattenuto Jimmy finché l'orrore non lo aveva spento, tremolò come una foglia e per vederla scomparire dallo sguardo John la ficcò nella borsa perdendovi dentro lo sguardo. La mano frugò sul fondo ed estrasse delle buste. In uno stato di sospensione tra le azioni banali che il suo corpo compiva meccanicamente e la coscienza alterata dal confronto con le conseguenze di quello che era accaduto, il professore strappò il bordo della prima bolletta.

Era l'allaccio della luce nella nuova casa in collina, mentre nella seconda c'era la pubblicità di una finanziaria. Come se in quel modo potesse derogare dalla realtà John frugò in fondo alla borsa: c'era un grosso lapis, un metro allungabile e il picconcino da scavo. Infine scoprì la lettera che gli aveva lasciato Salgado. Sempre meglio che affrontare il pensiero che lo divorava.

Spostò gli occhiali sulla fronte e la avvicinò strizzando le palpebre, l'indirizzo della Facoltà e il suo nome erano scritti a mano con un tratto nero e sciatto. Sul retro non c'era il mittente.

Non aprirla, sibilò la vocina nella sua testa.

Ma il professore non credeva alle voci e stracciò il bordo ritrovandosi con una lettera per mano. Nella destra una busta identica ma con la carta ingiallita. Una lettera nella lettera. Il francobollo nella busta esterna era del 2020 ma John non trovava il timbro postale. L'altro invece, quello della busta interna, era un rettangolino secco e sbiadito con una macchiolina grigia al centro. Lo accostò alla lampada. L'inchiostro era invisibile e nella parte in basso il timbro circolare recava un numero. Una tagliola lo addentò e strapazzò le viscere. *1990*.

Ignorò il numero, posò l'altra e saggiò la consistenza della lettera tra indice e pollice. Era ruvida, impolverata, *spaventosa*. Le braccia si piegarono e le palpebre si chiusero e quando la carta sfiorò la punta del naso, allora John cercò il coraggio per andare incontro a quella sensazione spettrale che lo attendeva solo a un istante da sé. Inspirò e l'odore di muffa lo rispedì nel cosmo della memoria sonora.

Rimettila a posto.

Con un gesto crudele John eluse il consiglio della voce, riaprì gli occhi e sollevò il lembo della busta come se stesse per scoperchiare il vaso di Pandora liberando tutti i mali del mondo sulla Terra. Il foglio era piegato in tre. Lo squadernò e, in preda a un'emozione incomprensibile, lesse.

Caro Johnny,

è tanto che ti volevo scrivere. Qui le cose vanno bene, il nuovo impianto è una bomba. Presto il mio lavoro sarà finito, tornerò a Titania e questa estate ce ne andremo al mare. Aiuta mamma, studia forte e non smettere mai di sognare. Ricorda che ci sono tre grandi misteri che dobbiamo indagare. Il primo è disperso nell'alto dei cieli, il secondo è celato nel ventre della terra, l'ultimo riposa nel cuore di ognuno.

Ti voglio bene.
Papà

22

19 aprile 2020, 16.00

« Eccomi... Jimmy sta bene... abbastanza. Lo risvegliano domani, al massimo dopodomani ma ha tutti i parametri nella norma e toglieranno anche il drenaggio per la riduzione dell'ematoma alla testa. Volevo dirti che sto tornando a prendere i pigiami e la biancheria. Oddio John... Come è potuto accadere? »

La voce che John riascoltava per l'ennesima volta non gli sembrava neppure quella di Lucia. Se n'era andato senza una parola. Pieno di un sentimento che non era vergogna e nemmeno colpa, ma consapevolezza di aver trasformato la vita di tre esseri umani con un solo gesto. Con l'assenza di un gesto semplice e necessario. Ogni istante della loro vita insieme avrebbe assunto l'aspetto di una piccola prigione di rancori, d'imbarazzi e di ritegni. Il tempo, tutto il tempo a venire non sarebbe stato uguale a quello del mondo. Un'immagine emerse dalla memoria con un'ancestrale potenza simbolica. Una serie di cerchi concentrici che si rimpicciolivano verso il centro incalzato dalla vertigine del tempo. Da piccolo quei cerchi gli sembravano enormi serpentoni lentissimi, quando le giornate si succedevano tra i piccoli giochi e le grandi scoperte. Se però andava indietro nella memoria c'era un giorno preciso che aveva accelerato quella coscienza del cambiamento, perché certi giri di boa acceleravano la vertigine del tempo. Invecchiando si facevano stretti e veloci. Ma da dove la vedevi la vedevi: la fine era sempre la stessa, giù nella paziente bocca del Maelstrom. E in quella bocca era caduto suo figlio, e trent'anni prima, Liam. Certe notti credeva di vedere le lingue arancioni sollevarsi dai pozzi di aerazione come nelle immagini in tv. «Ancora bruciano», aveva detto l'inviato della Rai in quel giorno maledetto mentre il camion giallo dei pompieri annacquava invano l'inferno.

Non è possibile.

John era un uomo razionale in cerca di corrispondenze, rapporti di causa ed effetto tra i moti e gli elementi della Terra per stanare la bestia del dubbio e portarla alla luce della verità scientifica, eppure adesso si trovava di fronte a un sottile groviglio di fili di cui percepiva la massa inestricabile tra i polpastrelli. I boati nella notte immota di Civita lo avevano preso per mano e condotto sulle tracce della sonda geofonica, smarrita tra le macerie di una galleria che un tempo collegava il paesino con un luogo dimenticato. Sotto quei detriti si muoveva un corpo palpitante. Lo aveva liberato sasso dopo sasso strappandolo agli strati della sua memoria fossile: un banale cartello stradale, quasi distrutto, con lo stesso nome che aveva ritrovato tra le righe di quella lettera. Un brutto scherzo proprio nel giorno della *sua* memoria.

Si sollevò in uno scatto di ribellione. L'istinto, o chi per lui, gli urlò di ridurre la lettera a brandelli. *No.* L'avrebbe bruciata, il fuoco avrebbe consumato le parole di suo padre come ne aveva consumato il corpo in quella miniera, per sempre. Poi, sarebbe tornato in quel posto nel bosco e avrebbe distrutto anche il cartello, seppellendolo a faccia in giù perché il professor Glynn credeva solo nelle prove e quelle erano le uniche ridicole prove dell'esistenza di un fantasma. Dio, cosa gli stava accadendo?

Chiuse gli occhi e vide la macchia oscura che si allargava, più nera del nero sipario della mente. E le labbra che sussurravano quella parola immonda. Erano le labbra di suo padre, come aveva detto Lucia? Che scherzi gli faceva il cervello?

All'improvviso gli eventi dell'ultima settimana gli sembravano puntare inesorabili al fondo di quel gorgo fatale.

Uno sconforto paralizzante si fece largo dalle viscere verso l'alto, prese i polmoni, raggiunse la sede del comando e spense la mente: avrebbe abbandonato la ricerca sul maledetto *SismoTime*, rassegnato le dimissioni dalla maledetta università e buttato le bozze del suo maledetto libro. Perché la verità era una sola e lui in qualche modo la conosceva. Era lì con lui da sempre, sopita nel buio della sua coscienza. John Glynn, il geologo più celebre del pianeta, aveva paura di scendere sottoterra. No, il terrore.

Un pensiero lo colse impreparato: era per questo che aveva costruito il *SismoTime*? Per ripercorrere le orme di suo padre evitando di scendere tra le pieghe della Terra? Quel segreto ora lo affliggeva come un pungiglione nel cuore.

Si diresse alla finestra che dava sul balcone e uscì boccheggiando. Perché era sceso nella grotta mettendo a rischio la vita di suo figlio e di tanti altri se dentro di sé conosceva quel terrore?

Si affacciò scrutando il profilo petroso di Civita e seguì la linea sottile del ponte mentre l'immagine della tomba etrusca e di quell'uomo di colore sfarfallarono davanti agli occhi e il vuoto si apriva oltre la ringhiera del balcone ai suoi piedi. Il sibilo gli attraversò la testa da orecchio a orecchio e quando scomparve John posò lo sguardo sulla valle solitaria e avvertì un'increspatura nell'aria tiepida del pomeriggio. Uno slittamento dei piani dell'esistenza, un'incrinatura che si era aperta con la caduta di Jim. E che non si sarebbe più ricomposta.

23

19 aprile 2020, sera

Lucia guidava oltre il limite di velocità consentita sulla Statale. Uscendo da Belcolle aveva preso un tramezzino e una Coca e si era messa al volante, direzione casa. Jim aveva bisogno di biancheria e pigiami estivi, ma gli avrebbe portato anche il tablet e le cuffie per quando si fosse svegliato.

Il sole tramontava dietro agli Appennini in lontananza quando finalmente scese dalla macchina. Ai suoi piedi la Valle dei Calanchi sbuffava dita di nebbia che ghermivano il ponte di Civita trascinandolo giù tra le brume più fitte. La luce limone dei lampioni tra le viette della rocca baluginava e l'incanto che Lucia percepì mentre si avviava verso casa le parve un potente segno primordiale, una calda speranza di rinascita.

Jim era fuori pericolo e sarebbe stata dura abituarsi alla nuova vita, certo, avrebbero dovuto accelerare con i lavori della villa a Bolsena perché la casa di Civita su tre piani aveva troppe scale per Jim. Ma ce l'avrebbero fatta. Lei e suo figlio. Ma con John? Cosa sarebbe accaduto? L'incontro con quel poliziotto aveva spostato l'ago della bilancia e Lucia aveva bisogno di guardare suo marito negli occhi per capire se poteva ancora sostenere la sua presenza accanto a sé.

Ma quando le chiavi girarono nella toppa, Lucia comprese che John non c'era. La casa era spenta e muta, come se avesse perso qualcosa e fosse sbigottita. Si tolse il cappottino e salì, entrò in camera di Jim e spalancò l'armadio e il primo cassetto del comò, mise sul letto tutto quello che gli sarebbe servito e acciuffò lo zaino di scuola, lo svuotò e lo riempì con i panni puliti. Lo posò davanti alla porta ed entrò in camera sua. Il letto era rifatto come lo aveva lasciato poche ore prima. Riavvolse il nastro mentale di quella giornata infinita certa di poter riiniziare daccapo. Ma non era così semplice. No davvero.

Colta da un improvviso smarrimento scese le scale di corsa e si fermò nel soggiorno. La borsa di John era sul divano e il televisore era acceso su RaiPlay. Prese il telefono e lo chiamò. Il trillo si sollevò vicino, e Lucia lo seguì fino alla portafinestra. Era socchiusa. La spalancò posandovi una mano e varcò la soglia.

Il balcone era un disegno a pastelli sporcato con un panno umido: oltre la linea del parapetto la rocca sprofondava smarginata dai raggi di un sole povero. Intanto Lucia teneva il telefono all'orecchio e cercava la fonte di quel trillo che risuonava tutt'attorno.

Quante volte gli aveva detto di cambiare suoneria?

«John?» tremolò. *Dove sei?*

Le gambe guidavano e Lucia raggiunse il parapetto in uno stato mentale che aveva riconosciuto poco prima di venir via da Belcolle. Stavolta però aveva preso subito la sua medicina e non doveva avere paura di niente. Non c'era niente di strano, nulla di cui spaventarsi. Nulla che sarebbe emerso dalla terra porosa della valle come dai solchi del suo piccolo campo. Ma esitò. E si sporse come fosse in cima a un grattacielo. Era da lì che proveniva la suoneria del cellulare? Guardò meglio dieci metri più in basso, dove finivano le mura della casa e iniziava la parete scoscesa della valle. La casa dei Glynn era l'ultima abitazione prima del ponte, l'ultimo avamposto del mondo reale prima della passerella che attraversava la valle magica fino a Civita.

Scattò la segreteria telefonica, e il trillo, ovunque fosse, si smorzò. Lucia rifece il numero e ripartì la segreteria di suo marito. Rientrò in casa di corsa, uscì dal portoncino e seguì la stradina in discesa che girava attorno alla palazzina cielo-terra. Rifece il numero, senza successo. A pochi metri da lei i montanti del ponte di cemento bucavano la costa di tufo e di calcare.

« Sei lì John? » sussurrò scrutando la rocca punteggiata di luci e di buchi neri.

Sollevò il capo e vide il balcone su cui si trovava un minuto prima. Solo pochi metri più giù eppure tutt'altra prospettiva. Fece un passo all'indietro, attenta a non avvicinarsi al dirupo, e notò, per la prima volta da quando si trovavano a Civita, una minuscola finestrella sul tetto spiovente della casa. Doveva trovarsi sopra il soggiorno, ma non c'era nessuna scala. Tornò dentro. Raggiunse il corridoio al secondo piano, accese la luce e rimase col naso all'insù finché non vide un segno nel soffitto. Era un gancio di metallo pitturato e perciò invisibile. Recuperò l'afferra-oggetti dall'armadio e afferrò il gancio tirando forte. I montanti della scaletta a libretto si posarono sul pavimento e Lucia mise il piede sul primo piolo. La struttura di metallo leggero tremolò e Lucia infilò la testa nella penombra, come se varcasse la soglia di un altro mondo.

Granelli di polvere danzavano nell'aria satura della soffitta come lucciole nella nebbia. E sotto la finestrella che aveva intravisto dalla stradina adesso c'era un bambino. Lucia si stropicciò gli occhi, mentre pensava a dove aveva lasciato le sue pasticche. La luce che feriva la penombra colpiva la piccola sagoma alle spalle distorcendo la mole e i contorni.

Sei tu, Jim? Ma poi lo rivide sul letto con le macchine attaccate e inghiottì a secco.

A quattro zampe per una ragione che stava tra la paura e l'infanzia, Lucia si avvicinò in silenzio ipnotizzata dal brulichio di polvere sul corpo immobile finché non ci girò attorno. Di fianco, sul pavimento brullo c'era una foto. Un uomo dai capelli biondi pettinati all'indietro sorrideva in maniche di camicia blu. Aveva il colletto sollevato e gli occhi grandi e infossati facevano pendant con il capo di buona di fattura. In bocca una piccola pipa di mais.

Accucciato con le gambe incrociate, il ragazzino teneva gli occhi chiusi e in mano una grossa cornice a giorno senza vetro. Lucia gli si sedette di fronte, imitandone la posizione.

« Johnny? » chiese come se avesse bisogno di sapere se era davvero lui.

Le labbra di suo marito si sollevarono in un breve sorriso, aprì gli occhi e le porse la cornice nuda.

Lucia la prese. Era mezza pagina di un vecchio giornale. Le lettere sbiadite e la carta ingiallita e dura.

Corriere della Sera
20 aprile 1990

TRAGEDIA NEL SOTTOSUOLO

A più di trent'anni dalla sciagura di Marcinelle – dove l'8 agosto 1956 persero la vita 262 minatori, 136 dei quali italiani ivi grazie al protocollo italo-belga – un'altra drammatica esplosione riporta alla cronaca la questione della sicurezza sul lavoro e, si capirà solo più avanti, delle conseguenze ambientali.

LA MINIERA – Si trova sulla sponda orientale della Sambre a una ventina di chilometri a sud-ovest della cittadina di Charleroi, ed è stata inaugurata il 5 aprile. Era il fiore all'occhiello della PSC, colosso britannico nell'estrazione e la lavorazione di carboni, acciai e metalli.

L'ESPLOSIONE – Erano le 4 del 19 aprile quando il boato e le vibrazioni del suolo hanno svegliato il paese di Thuin – nell'area tra Charleroi e il confine con la Francia – dieci chilometri a nord-ovest dalla miniera. Testimoni oculari hanno riferito di aver visto una fiammata di quaranta metri pochi secondi dopo la scossa. La spianata su cui si trovavano le torri di aerazione dell'impianto si è « sollevata e poi abbassata come una coperta sbattuta ».

BILANCIO INCERTO – Centoquindici gli operatori presenti nel sito al momento dell'esplosione – ingegneri, fisici, geologi, minatori e operai specializzati tra le vittime. Una ventina i connazionali italiani. La Farnesina è al lavoro per fornire l'elenco di nomi per quello che si prospetta come il secondo peggior disastro sotterraneo del secolo.

M.Z.

« Deve averlo conservato mia madre ed è finito qui dentro. »

La sera che Lucia aveva conosciuto Maria, sua suocera aveva raccontato tante cose che avevano diradato la nebulosa attorno alla famiglia dell'uomo che avrebbe sposato. Sull'insegnamento – era stata maestra elementare – e ovviamente su John. John che odiava farsi pettinare al punto che non poteva avvicinarsi con la spazzola in mano, che l'estate prendevano in affitto una casa al mare a Cerenova ma John non faceva il bagno perché lui e Liam passavano tutto il tempo tra buche e castelli e che – questo sì l'aveva colpita – certe volte Maria si sentiva di troppo. Lucia si ritrovò a guardare l'uomo nella foto e a pensare che sin da quella prima sera Liam Glynn era stato un'enorme presenza invisibile. Una massa di materia oscura che aveva continuato a esercitare un'energia drammatica, proprio come recitava quel vecchio articolo.

« Fu il TG1 a mandare le prime immagini. Era il compleanno di papà. Come oggi... Doveva rientrare due giorni prima per festeggiare insieme. » John fissava il giornale e parlava con un graffio alla gola. « So che è incredibile ma tutto questo », scosse la foto come se non ci credesse nemmeno lui, « non esisteva, fino a oggi. »

« La memoria è una macchina altamente selettiva. » Lucia si accorse che aveva gli occhi gonfi. Invece di provare pena per suo marito, all'improvviso desiderava sapere solamente per chi fossero quelle lacrime in sospeso sul bordo delle palpebre.

Ma lui era già oltre: « Ti ho detto che sono stato in quel bosco dopo il terzo tornante ».

Lei chinò il capo.

«Non ti ho detto che sotto le macerie ho trovato un cartello stradale. Era sepolto e l'ho scavato fuori, e anche se era rovinato, ne sono sicuro, Lucia, sopra c'era scritto 'Titania' e, Dio, per un attimo si è spalancata una porta qui nel cervello.»

«Titania?» Lucia non faticava a credere che John avesse occultato tra le pieghe della memoria ricordi dolorosi che lo avevano segnato e che ora tornavano a galla spinti dallo shock per quello che aveva *fatto* a suo figlio. A *loro* figlio.

«È come se avessi scordato tutto dopo che siamo venuti qui con mia madre.» John fissava un punto tra le grosse travi di noce. «E dei nostri giorni in questa casa ricordo solo che lei già faticava a fare tutte queste scale. Durò poco, perché a settembre ci trasferimmo a Roma.»

Maria Glynn era una donna riservata e le era sempre sembrata una figura in sospeso tra due esistenze, tra la vita prima – il marito, il figlio piccolo, il mestiere di maestra – e quella dopo il lutto che aveva subito. E ora che la miastenia l'aveva inchiodata dentro casa con una badante, Lucia provava una grande pena. In fondo a John era accaduto qualcosa di simile: il canale di comunicazione con l'inconscio di quasi tutti i bambini si interrompeva attorno agli otto anni, al momento in cui i rapporti a scuola, a casa e fuori s'erano moltiplicati e lo avevano allontanato dalla nebulosa infantile. Ma lui aveva subito una cesura drammatica.

«È come se *qualcosa* mi avesse rivoluto qui. Come se mi avesse guidato passo dopo passo.»

Era John Glynn quello con cui stava parlando di memoria e destino? Non c'era mai stato un millimetro nella sua vita per niente che non fosse misurabile.

Tra gli scatoloni nell'angolo della soffitta la bocca del sogno ghignò.

«Pensaci, Lucia: prima il nostro *incidente*, poi, il pezzo di terra che abbiamo preso a Bolsena, la chiamata all'università di Viterbo, persino il posto che si è liberato nella classe di Jim due giorni prima che facessimo domanda. Quanta roba si è incastrata per...? »

« Per questo? » allargò le braccia. La zavorra razionale di Lucia si oppose a quell'idea strampalata: « Siamo semplicemente venuti qui in vacanza e tu già possedevi questa casa. E tu mi stai dicendo che tutto questo ti ha portato... ci ha portati, qui. Per arrivare a cosa? Per vederti perdere tuo figlio cento metri sotto terra? Cosa stai cercando di fare, John? Tu, proprio tu, stai inventando questa storia per *giustificare* quello che è accaduto stamattina in quella maledetta caverna? »

Lui fece di no col capo: « L'ho capito quando ho scoperto quel cartello ».

« Fermati John. Non c'entra niente il cartello, e nemmeno il tuo incubo, santo Dio. Quello che è accaduto *oggi* ha solo riaperto la voragine che hai ignorato per tutto questo tempo. Ci hai girato attorno facendo finta che non esistesse e ora ci siamo caduti dentro. Credo che tu sia venuto qui sopra perché avevi bisogno di fare i conti... »

« Ma quel sogno, Lucia? »

« È solo l'inconscio di un bambino che a distanza di anni si spurga di un trauma attraverso le ghiandole dell'incubo. »

« Io sono venuto quassù... perché io non ricordo niente, Lucia. Ed è come se non sapessi più chi sono. Come se tutto quello su cui ho costruito la mia vita fosse crollato o peggio, fosse invisibile. »

« Io sono qui. Guardami », disse catturando lo sguardo di suo marito, « noi siamo qui. »

« Lo so. Ma di tutto il resto... io non sono più sicuro. Dimmelo, Lucia, perché non sono riuscito a tenere la mano di mio figlio? Come ho fatto a non tirarlo su? Era come se la mia mano fosse rimpicciolita.

Allora Lucia disse: « Quante cose mi tieni ancora nascoste? Dillo, John. Dillo di cosa hai paura, una volta per tutte. Raccontami tutto. Ma fallo adesso. Dillo e io ti ascolterò, ma poi usciremo di qui e tutto », lo fissò con gli occhi di una madre disperata, « tutto, tornerà alla normalità. Domattina verrai da Jim e *dopo* lui si sveglierà! Hai capito? Si sveglierà. E tu dovrai essere pronto! »

Le mani s'intrecciarono stringendosi forte, strappandosi via, l'un l'altra.

« Della terra. » La mascella era tesa e gli occhi azzurri sgranati. « Ho paura della terra. » Rimase a guardarla e riconobbe la stanchezza sul viso di sua moglie. Sottile, penetrante. « Non ero mai sceso in una grotta prima, Lucia. »

Le dita si staccarono dalla mano di John, incredule. « E le avventure che ci racconti? Le miniere in Tirolo e in Argentina? »

« Non ci sono mai stato. Ve le ho raccontate come faceva papà. Ci saremmo dovuti andare insieme. E io non ho mai potuto farlo da solo. »

Gli occhi di suo marito si riempirono di una nebbia immateriale e Lucia lo rivide davanti alla bocca nelle Grotte di Castro. Le sue urla si confondevano con quelle di Jim che rimbombavano dal basso. Si era precipitata cadendo nell'acqua tra i due laghi e alla fine si era affacciata certa di trovarlo attaccato alla mano del padre. Ma Jim non c'era più. John lo aveva *lasciato andare*. Perché non era possibile perdere un figlio in quel modo, non poteva semplicemente scivolare via, impossibile non trovare la disperazione per trattenerlo. Quell'immagine di resa era tutto ciò contro cui Lucia aveva combattuto da quando aveva perso sua figlia.

« Perché non mi hai mai detto delle tue vertigini? »

« Perché non ne ho mai sofferto, Lucia. Quando ero studente non ho mai partecipato ai corsi di speleologia sul campo, mai. Ora so che ho sempre avuto paura di scendere sotto il livello della crosta terrestre, ma non lo sapevo davvero. Eppure ho fatto quello che ho fatto, sono uno scienziato, un geologo. Ma quando penso a Jimmy, alla sua mano appesa alla mia io *vedo* le parole del sogno. »

Caduta.

« E mi chiedo: è andata come *doveva* andare? Perché allora, se è così, sono io la causa di tutto. »

« Avrei potuto aiutarti se tu mi avessi parlato. » Era sconsolata.

« Lucia, io non lo sapevo. Non ero mai sceso oltre la soglia », ripeté.

Era così? John non aveva retto il peso di suo figlio perché aveva rimosso il dolore della scomparsa di suo padre tanti anni prima? Perché quel dolore si era solidificato nell'ambra del terrore per il sottosuolo?

« E se è così... tutto perde di senso... il mio lavoro, la nostra vita insieme, i libri, l'università. »

Lucia si sollevò di scatto, sfiorando il tetto spiovente e ad alta voce disse: « Non è così. Non hai perso niente. Noi non abbiamo perso niente. Non dirlo mai più! »

« Ho costruito una macchina per guardare dove non avevo il coraggio di andare, per essere lo scienziato che non è stato mio padre. È così? » emise un grido soffocato.

Lei intrappolò i suoi occhi senza dargli altro spazio e disse quello che pensava da tanto: « Johnny, possibile che tu non lo abbia davvero capito? Hai impiegato anni della tua, della nostra vita, non solo per il bene di tutti, per evitare che un terribile fenomeno naturale uccida e distrugga ancora in tutto il mondo. Tu hai pensato e messo insieme anni di ricerca e sudore e sacrifici perché non hai mai smesso di cercare Liam Glynn. Il *SismoTime* non è altro che questo, Johnny, lo strumento che hai immaginato per ritrovare la voce di tuo padre nel cuore della sua tomba ».

Il professore teneva le mani strette perché sentiva che Lucia aveva scovato qualcosa che lui aveva avuto sotto il naso tutto il tempo. Si tirò in piedi ed entrambi furono investiti dal rettangolo di luce polverosa.

« Ed è per questo che devi scavare, John. Tutti dobbiamo farlo, tu più di chiunque. È scritto nel tuo destino, nella storia della tua famiglia e ora», indicò l'articolo di giornale, poi gli prese le mani nelle sue, «in quella di tuo figlio. Glielo devi, John. Perché quando Jim tornerà a casa, quando tutto riprenderà esattamente da dove si era interrotto, allora tu dovrai essere pronto. Forte, per tuo figlio. Per me. E per farlo devi scavare nel tuo passato, nella memoria e nella paura. Devi trovare il coraggio di guardare negli occhi il tuo mostro. Qualunque esso sia.»

Rimasero a fissarsi come se si vedessero dopo un anno. Come se dovessero riprendere le misure della loro vita. Poi John parlò con tutta l'onestà che poteva: «Non so cosa mi sta accadendo, Lucia», infilò una mano in tasca ed estrasse un pezzo di carta spiegazzato che aveva recuperato dal cestino, glielo porse e lei lesse senza muovere un muscolo. «L'ho ricevuta in ufficio. È uno scherzo di cattivo gusto. Qualcuno che ha saputo dell'anniversario.»

Non era possibile che tutto stesse accadendo proprio *quel* giorno. «Chi può essere stato?»

«Chiunque, Lucia. Un docente, un collega infuriato per il *SismoTime* o per via del libro. Ce ne sono a decine sul web di vecchi articoli come questo», ributtò la cornice coll'articolo nello scatolone. «Eppure quando l'ho letta, ho creduto che fosse lui a parlarmi, di nuovo. Come se la bocca del mio sogno incontrasse queste parole.»

Lucia fece un passo e infilò le braccia sotto quelle di John, stringendosi a lui senza filtri né dolori. Eppure lui non riusciva a fare lo stesso.

«Ho visto il documentario di Jim. E tu non crederai che io sia serio, ma anche lì dentro... io credo di aver riconosciuto qualcuno.»

«Qualcuno?»

«L'uomo che ha scoperto quella tomba etrusca, c'è stato un tempo in cui io lo conoscevo.»

«Quando, John?» Lucia s'interruppe perché aveva sentito uno scricchiolio perso nella vecchia soffitta inumidita. «Prima? » domandò e a John fu chiaro che sua moglie aveva compreso il suo prima e il suo dopo. Le parole uscirono da sole: « In ospedale è venuto un uomo. Un poliziotto. Cercava te ».

« Cosa voleva? »

« Credo che tu... Mi ha dato questa. » Dal tascone della felpa prese la piccola vhs-c.

John non la toccò ma vide chiaramente l'etichetta col suo nome sopra e un flash sbiancò la tavola della memoria per un battito di ciglia. Poi il nero tornò a dominare.

« Ha detto che è una festa di compleanno, e che ci sei tu da piccolo. »

John la tirò a sé per portarla di sotto. Scese e le tenne la scala di metallo e quando furono entrambi con i piedi per terra lui riuscì a dire: « Aiutami ».

« Noi siamo qui », ripeté Lucia abbracciandolo più forte.

24

La Repubblica

22 aprile 1990

A tre giorni dalla disgrazia di Sambre emergono elementi, non ancora ufficiali, dall'indagine che gli inquirenti di Bruxelles e di Roma stanno coordinando.
I PARTICOLARI – L'incendio è stato domato dai pompieri belgi con le pompe aeree e immettendo l'acqua del vicino fiume Sambre direttamente nel pozzo di aerazione principale. La Farnesina rende noto che non ci sono superstiti confermando la prima, tragica, ipotesi. Fonti locali affermano inoltre che i primi soccorsi sono arrivati in mezz'ora, ma sono rimasti bloccati di fronte alle fiamme e alle esalazioni.

È apparso subito evidente che gli edifici vicino alla Galleria 9 erano stati distrutti dall'esplosione. Le squadre d'intervento sono state impegnate due notti a rimuovere i detriti. Sono ancora centinaia i carrelli della miniera che bloccano il passaggio, se non ai soccorsi, quantomeno all'estrazione delle vittime.
LE CAUSE – A quasi quattro anni dal disastro di Chernobyl la comunità scientifica e l'opinione pubblica si interrogano ancora sulla sicurezza di questi impianti. D'altro canto si parla di Europa Sociale da quando la CECA (l'Alta Autorità della Comunità Europea del Carbone e dell'Acciaio), dopo il disastro di Marcinelle del 1956 ha varato le prime norme per la regolamentazione del lavoro in miniera. Ma la domanda rimane la stessa: a che pro?
FARNESINA – « La Farnesina conferma la presenza di venti cittadini italiani nelle strutture sotterranee e di superficie

dell'impianto al momento dell'esplosione.» È quanto si legge in una nota diffusa dal Ministero in cui si sottolinea che l'Unità di Crisi, attivata immediatamente, è in contatto con le famiglie per fornire loro informazioni certe e continuare a prestar assistenza. A quanto si apprende, al momento non ci sono sopravvissuti alla tragedia e appare ardua l'identificazione dei corpi.

25

19 aprile 2020, notte

John e Lucia avevano cercato dappertutto, ma nella vecchia casa di Civita non c'era una telecamera, un adattatore VHS-C e nemmeno un videoregistratore. La tecnologia era desueta e quel pezzo di plastica con il nastro era un dinosauro nell'universo digitale e visto che quell'accesso alla memoria era impedito, l'unica maniera in cui Lucia poteva immaginare di aiutare suo marito era concedergli un accesso ulteriore. Un viaggio nella coscienza più profonda alla ricerca dei misteri remoti dell'infanzia.

Quando Lucia entrò nel grande spazio buio, John si arrestò sulla soglia. La piscina era coperta da un grande soffitto con un mosaico celeste con decine di pesci e le vetrate davano sullo sfondo blu del lago di Bolsena illuminato dalle barche ondeggianti dei pescatori.

« Dove siamo? »

« Nell'unico posto in cui potrai scendere serenamente *dentro* », si toccò il petto con il pugno chiuso, « e io ti prometto che sarò sempre con te. »

L'aria ridondava di cloro e l'orologio di John segnalava i battiti in aumento.

« Ma non è qui, vieni. »

« Dove? » le chiese prendendole la mano che lei gli aveva teso. Avanzarono lungo il bordo della grande vasca e una volta in fondo Lucia aprì una porta bianca che conduceva all'esterno. Una stradina di ciottoli proseguiva in mezzo a un prato tagliato da poco girando attorno all'edificio. Quando furono di fronte allo spogliatoio Lucia fece un cenno verso la vasca da cui salivano nuvole di vapore acqueo: « Lo faremo qui ».

Erano una trentina di metri quadrati di acqua calda tra quelle che John riconobbe come rocce artificiali. Si cambiarono nello spogliatoio, in silenzio, lentamente. « Vieni », disse infine Lucia precedendolo lungo la scala di marmo che scompariva tra le acque sobbollenti. « Fai come me », disse Lucia immergendosi fino al mento.

John le obbedì mentre il tepore lo prendeva dappertutto e il respiro si placava un poco. Poi le mani di Lucia lo sfiorarono accompagnando la testa che ancora gli doleva sulla superficie calda. John respirava e scrutava il cielo nero come quel buco in cui era scivolato Jim, cercava ristoro tra le infinite ipotesi degli astri e intanto fluttuava sopra un tappeto d'acqua calda percependo uno spazio infinito sotto di sé.

Poi le braccia di Lucia lo avvolsero. « Chiudi gli occhi e abbandonati. » Gli passò una mano sulla fronte verso il basso. « Inspira ed espira con la bocca, lentamente, a pieni polmoni. Sotto di te senti il calore della vita. Sopra il respiro della tua terra. Non sono le mie braccia che ti sostengono, perché ora il tuo corpo galleggia sulla superficie del tuo io. Non ci saranno bocche, labbra o fiamme laggiù, ma solo la tua voce. »

Così Lucia lo fece scivolare nel sottomondo che John aveva rifiutato per tutta la vita. Perché l'unico modo di conoscere il mistero è scavare con le unghie e cavarlo fuori dalla terra di carne. Quella che si era spalancata sotto i suoi piedi il 19 aprile del 1990, la stessa che aveva inghiottito Jim quella mattina e che si stava portando via la pace dei loro cuori affranti. Tra le chiome oscure dei pensieri e il basso intrico delle pulsioni, John sprofondò nei meandri della memoria abissale cullato dalla voce di Lucia. Tutt'attorno un mormorio di fondo, perché i ricordi ronzano come alveari.

« Dove siamo? », stavolta lo chiese lei, e in un istante il buio prese forma. John si trovò addosso i suoi dieci anni e in quello stato sospeso cominciò a raccontare.

SECONDA PARTE

LA CITTÀ FANTASMA

Anche le città credono d'essere opera della mente o del caso,
ma né l'una né l'altro bastano a tener su le loro mura.
D'una città non godi le sette o settantasette meraviglie,
ma la risposta che dà a una tua domanda.

Italo Calvino

1

In quell'inverno gelido e nevoso al principio degli anni Settanta, la squadra di tecnici al soldo di una grossa compagnia siderurgica scoprì un'enorme vena di titanio nelle antiche profondità di una valle – nemmeno cento chilometri quadrati – nel cuore verde del Paese. Per mesi la neve si ammonticchiò sulle trivelle che perforavano gli strati di calcare, tufo e argilla nella conca, mentre con gli stessi materiali di risulta e il legno delle querce e dei castagni gli uomini erigevano il corpo dell'impianto attorno al pozzo principale della miniera.

Trascorsero più di due anni, e una mattina di maggio, oltre il querceto a sud dell'insediamento industriale, giunsero i camion carichi di gabbie di ferro arrugginito. Erano state recuperate dalle macerie di un sisma qualche centinaio di chilometri più su e sarebbero divenuti gli scheletri per le case dei minatori. Con metodi all'avanguardia, gli studiosi della PSC individuarono la vena di titanio più grande d'Europa, e quando i primi minatori, distrutti da turni massacranti e condizioni infami, iniziarono a lasciarci braccia, occhi e qualche volta la pelle, arrivarono i tir carichi di uno splendido marmo color latte con cui fu edificata la razionale Piazza degli Estrattori, il primo luogo pubblico della neonata Titania. Un pallido eczema sulla carne verde della conca.

Da allora, ogni inverno la neve s'arroccava sulle ciminiere dell'impianto, sui tetti sbilenchi dei palazzacci e sui cancelli delle ville dei capi dell'impianto. Si posava in alto sopra le cime smussate della catena montuosa a forma di ferro di cavallo all'ingiù che abbracciava il lato nord della miniera. A sud era protetta da un fitto bosco di querce e lungo il corno est della

U rovesciata correva il canale di raffreddamento della miniera mentre da ponente una stradina bucava l'altro braccio montuoso collegando Titania con il comune di Civita di Bagnoregio. Sette chilometri di galleria spesso interrotti per i danni che provocavano le perforazioni.

In un tempo breve e silenzioso la coppia di falchi pellegrini che dimorava sulle morbide alture aveva assistito alla magia dell'uomo capace di trasformare il suolo in un alveare paludoso. Nelle lunghe stagioni piovose la depressione di Titania veniva invasa dalle acque del torrente e gli acquitrini a est gonfiavano i polmoni esalando miasmi brumosi. Di notte il manto smeraldo della valle si velava di un sottile sudario di cristallo.

Era talmente giovane e minuscola, dimenticata da Dio e dagli uomini, che Titania non compariva neppure sulle cartine appese alle pareti delle aule scolastiche. Eppure il piano era chiaro: ampliare la città grazie alla ricchezza che il titanio avrebbe assicurato per oltre mezzo secolo. E a ben vedere le cose andavano nella direzione giusta perché alla fine degli anni Ottanta Titania contava quattrocentonovanta abitanti, un negozio di alimentari (senza insegna), un giornali-tabacchi-libri-giocattoli, un (mezzo) edificio scolastico, una ferramenta-farmacia, un bar, un minuscolo ufficio postale e un pronto soccorso che a dirla tutta era più simile a un ospedale da campo.

Tutti gli abitanti del borgo erano impiegati in un modo o nell'altro nell'estrazione del titanio o nei servizi per la comunità. Lavoravano, si incontravano al bar, qualcuno andava a caccia, la domenica a messa, e la sera si cenava a casa davanti alla tv. Perché se c'era una cosa che funzionava a Titania erano le antenne, alte e protese verso il cielo malinconico.

Ma quando il minerale si esaurì, tutto si fermò in un istante, come se il tempo avesse deragliato dal corso stabilito e lo spazio si fosse schiantato contro mura ciclopiche. E all'improvviso Titania si svelò per quello che era, un ibrido tra un villaggio industriale in rovina e una El Paso posticcia dei film western. I palazzi dei minatori dovevano essere di otto piani ma si erano fer-

mati al terzo, le villette del comparto sud-ovest erano rimaste a calce, le strade sterrate erano polverose d'estate e fangose d'inverno. La scuola – materna, elementare e media, nel medesimo plesso – era stata eretta per metà e dal tetto, come grosse cicogne rugginose, spuntavano le sbarre di ferro del cemento armato. Uno sfondo cristallizzato in un'immagine di insuccesso.

All'alba degli anni Novanta il nostro era un piccolo sobborgo industriale senza passato né futuro, al centro di un'Italia sulle montagne russe post Unione Sovietica. Tutti vivevamo le nostre vite in un perenne stato di sospensione e mangiavamo davanti al tg in attesa che un po' di mondo entrasse dallo schermo e la magia aprisse un varco tra la valle di cui eravamo prigionieri e la realtà. Fino ai terribili eventi che funestarono i primi mesi del 1990, pochi in Italia avevano sentito parlare di Titania, delle sue tre ciminiere e delle bizzarre figure che, piovute da qualche asteroide di passaggio, iniziarono a popolare i nostri boschi.

Perché fino alla notte del 2 febbraio 1990 lo spettacolo itinerante della Morte non aveva ancora messo le tende nella nostra cittadina, mostrando a ognuno di noi il suo volto più atroce.

2

Liam Glynn era il geologo di prospezione di una multinazionale mineraria britannica, la PSC. Si occupava della ricerca geofisica per l'estrazione del titanio e delle autorizzazioni sismiche preventive che, a sentir lui, erano la parte più noiosa del lavoro. Di giorno era sempre al lavoro, di notte si chiudeva nello scantinato, per sfruttare, era questa la parola che usava, la sua insonnia.

Tra i colleghi e gli amici del bar era celebre per le grandi occhiaie e mia madre ironizzava chiamandolo Jack, perché era magro, aveva il testone e gli occhi infossati come la zucca di Halloween.

Il suo sogno era portarci via da quel buco nella terra e trasferirci al mare dov'era nato: « Lo iodio e la salsedine sono persino meglio del tabacco », diceva sventolando la mano di fronte alle volute di Old Dublin che appestavano casa.

Malgrado le nottate a lavorare, papà trovava la voglia per aprire un libro e leggermi qualcosa, di sera, prima che mi addormentassi. Ce n'erano tanti che mi piacevano, soprattutto quelli che lui non voleva che leggessi.

« Lo iniziamo insieme quest'estate », mi rispondeva quando indicavo un volume di Verne con la copertina colorata.

Così io sceglievo sempre « Atlante dei minerali e delle pietre preziose *». Lo posavo sulla pancia e lo aprivo a caso e da lì lui iniziava a leggere, improvvisando per non annoiarmi con le proprietà chimico-fisiche di quegli splendidi sassi. Inventava storie, parole, con cui poteva raccontarmi dei viaggi, della sua vita, quella lontana da noi, quella sotto terra. Un mondo oscuro di labirinti da cui sorgevano acque sulfuree o spuntavano vene* *di rame, come a Bingham Canyon nello Utah, oppure tra i filoni d'argento a Schwaz in Tirolo: « La cosa più incredibile che abbia mai visto con i miei occhi, Johnny ».*

« Quando mi ci porti? »

« Presto, e vedrai, scenderemo con il trenino rosso giù, fino a ottocento metri, per raggiungere la volta della camera centrale della miniera. E lì », era il suo refrain preferito, « assisteremo allo spettacolo del cielo stellato dentro la terra. Immagina, Johnny, milioni di asterischi d'argento sulla volta nera della grande grotta di Schwaz. »

Gli brillavano tanto gli occhi che sembravano esplodere di quella stessa luce che provavo a immaginare con tutto me stesso e che mi faceva sentire così felice, perché sapevo che appena fossi cresciuto abbastanza, quel sogno sarebbe divenuto reale.

Ma quando si accorgeva del mio sguardo perduto tra le nebbie dei sogni papà mi metteva in guardia: « Non è tutto oro quello che luccica, Johnny ».

« È pirite! » scherzavo.

« L'oro degli... »

« Sciocchi. »

« E da cosa è composta? » mi incalzava.

« Ferro e zolfo. Per questo puzza! »

« Una sua applicazione? » insisteva.

« L'acido solforico! »

« Bravo. Ma dimmi... qual è la quintessenza della pirite? »

Era la domanda finale, la più difficile. La più bella. Ci avevo messo un sacco di tempo per imparare il senso di quella cosa, e ne andavo fiero: « La pseudomorfosi, papà ». Rispondevo con una strizzata d'occhio per giustificare l'accento sbagliato.

« Benissimo, John. E cosa vuol dire? »

« Che è uno pseudo... morfo. Un minerale », ruotavo le dita uncinate come se avessi un cubo magico tra le mani, « che ha una composizione fisica propria ma la forma e la struttura di un altro minerale. »

« Good boy. » Mi carezzava la testa e io sentivo un caldo che m'inondava i polmoni.

Una volta, nell'entusiasmo del momento, dissi: « Praticamente è come Linda che è una femmina ma si veste sempre con roba da maschio ».

« Be' », si mise a pensare, « immagino che sia qualcosa del genere, Johnny. » Poi tornò serio e riprese il suo ammonimento: « Sotto terra fa freddo, c'è tanta polvere e rumore. Cambiano l'aria e la luce, e più lavori sulla roccia più lei ti erode. Lì dentro il tempo non esiste e si rischia la vita ogni giorno, perché il giorno e la notte sono una cosa sola. Perché si lavora con le cariche esplosive e... »

« ... C'è poco ossigeno. Ma anche tu rischi la vita, papà? »

Mi guardò con un sorriso bello che gli prendeva tutta la faccia. « No, Johnny. Io no. »

Io però mi preoccupavo lo stesso. Perché il pericolo non era solo dentro l'impianto dove non vedevo l'ora di andare e dove, ovviamente, papà non mi voleva portare per nessuna ragione al mondo. Il pericolo era tutt'attorno all'impianto.

Qualche giorno prima, mentre andavamo in macchina a Civita, da lontano avevo visto un cane sotto la pioggia. Era bianco, aveva il naso ficcato per qualche centimetro dentro la terra e abbaiava forte. Non li ho mai amati, i cani, e quando ce n'era uno libero o magari di fronte a un cancello aperto nella via dove abitavamo me la facevo sotto. La bocca, i denti, la coda, gli scatti mi terrorizzavano anche quand'erano solo per gioco. Mi disturbava più di ogni altra cosa lo scalpiccio dei polpastrelli sull'asfalto. Una volta, mentre giocavo a pallone dietro casa, avevo sentito il vento che sollevava un fruscio di foglie e sassolini sull'asfalto dietro di me. Ma quando mi ero voltato avevo trovato la testa di un bastardo nero come la morte che mi fissava dritto negli occhi. Ed ero quasi svenuto.

Quel giorno in macchina ci misi un attimo a metterlo a fuoco e subito urlai: « Attento! », e chiesi a papà di fermarsi. Rallentò e vidi chiaramente la bestiola che si tirava indietro puntandosi con le zampe anteriori sulla terra che gli scivolava via. Con un suono osceno che mi ricordò un gigantesco gulp, *la piccola palude se lo ingoiò. Muso, zampe e corpo svanirono dentro al buco. Prima c'era, dopo non c'era. Fine del cane bianco.*

« No! » gridai mentre papà accelerava e si affrettava a dire: « È uno smottamento superficiale. Vedrai che te lo ritroverai a gironzolare attorno casa ».

Mamma, che era rimasta zitta tutto il tempo, lo interruppe e strillò: « Guai a te se ti avvicini a questa maledetta strada ». Stava esagerando, era spaventata. Senza capire rimisi il naso sul finestrino appannato.

Dallo specchietto retrovisore papà mi vide e si fermò, girandosi. Aveva gli occhi dispiaciuti. Si affacciò nello spazio tra i sedili della Opel Kadett rosso scarlatto: « Ha ragione la mamma, qui è pericoloso, gli strati di argilla si gonfiano, la terra respira ».

Anche se non la vedevo ero certo che mamma stesse piangendo in silenzio.

« Mamma... »

Papà mi prese la mano nella sua ma io non riuscivo a guardarlo in faccia: « Johnny, mi dispiace per quel cane, lo hai visto, la zona è piena di faglie, e non vogliamo che ti capiti niente di brutto ».

« È colpa del tufo e dell'argilla? » risposi.

« Sì, John », cambiò discorso mentre ripartivamo, « è per questo che nella zona tra Viterbo e Civita gli etruschi costruivano le loro tombe. »

« Le necropoli? » chiesi con un po' d'entusiasmo.

« Yes. »

Il mondo etrusco era l'altra grande passione di Liam che negli anni aveva collezionato libri, foto e piccoli cimeli rinvenuti per tutto il territorio viterbese.

Ma era proprio per via del tufo e dell'argilla che la PSC aveva dovuto spostare l'impianto a nord, a ridosso della montagna.

I punti di perforazione inutilizzati erano stati chiusi con materiale di risulta e pozzolana ed erano invisibili perché sopra c'era cresciuto un prato fitto fitto e tutta la conca di Titania si allagava appena faceva due gocce d'acqua. Erano trappole capaci d'inghiottire un cane. Magari un uomo, di sicuro un bambino.

3

14 dicembre 1989

Me lo ricordo il giorno che arrivò l'inverno a Titania. Era il 14 dicembre 1989, eravamo a scuola e giocavamo a pallone nel campetto dietro alla grande finestra della classe.

Avevo il sole negli occhi ma non potevamo cambiare porta perché ce n'era una sola e anche le zolle, ingiallite dal gelo, arrivavano fino a un certo punto.

Quando c'erano le partite serie, dall'altra parte mettevamo gli zaini e non credo ci sia mai stata tanta ansia come quando si faceva la conta per palla o campo. Segnare nella porta con la rete era tutta un'altra cosa. Le righe laterali le avevamo tirate con due chili di farina bianca che aveva portato Chen e Naira lo aveva cazziato per lo spreco.

Comunque sia, quel giorno stavamo giocando alla tedesca, passaggi e tiri al volo e se facevi gol scalavi i punti al portiere. In porta c'era Linda, era la più forte perché giocava a pallavolo con la squadra delle ragazze, anche se le ragazze non le piacevano. Io e Chen stavamo ai lati e Marco, che era più piccolo, al centro. Naira ci guardava seduta sulla panchina con le gambe incrociate e la faccia annoiata, teneva in braccio un gatto tigrato e ogni tanto spostava la frangia dall'occhio con un soffio.

Ci scambiammo il posto con Chen. «Hai scavato un canyon», mi sgridò indicando i solchi nella pozzolana.

«Milleottocentocinquantasettemetri.» Mi spostai sul dischetto del rigore. «Il punto più profondo del Grand Canyon, Arizona!»

Linda sollevò le sopracciglia: «E che palle».

Non risposi e mi preparai a punirla. Da sinistra, Chen, che era mancino e aveva un buon piede, mi piazzò un cross perfetto sulla fronte.

Linda era rimasta con cinque punti e se avessi segnato di testa l'avrei fatta fuori. Mi dispiaceva, perché lei era una dritta – era pure carina, ma non potevo dirglielo perché mi avrebbe preso a pallonate – anche se non era sempre simpatica. Ma dipendeva dal fatto che doveva stare dietro a Marco, che aveva sei anni e una madre « inaffidabile ». Lui indossava gli occhiali blu arrivati via posta da Viterbo. Era un bambino divertente e gli volevamo tutti bene. Ripeteva la parola finale e ogni tanto se ne usciva con una frase buffa che diventava subito un tormentone.

Quel pomeriggio, con il sole negli occhi e la pozzolana per aria, si muoveva in cerca del pallone come un gufo di giorno: « Vedo tutto scancellato », ribadiva quando sbagliava un tiro. Però lui, anche se la mandava fuori, tra i pali non ci andava mai.

Insomma, ero pronto a staccare di testa e a sbattere Linda fuori dalla lotta per la vittoria quando lei fece due passi verso di me per chiudermi lo specchio della porta. Dietro, il sole si oscurò e la mia zazzera bionda oscillò senza pietà. Il Tango finì sul palo e Linda esultò senza ritegno: « Sei una pippa, Johnny! »

Ecco, quella era una cosa che non sopportavo di lei, era sboccata e infieriva, ma solo con me e con Chen. E poi nessuno poteva chiamarmi Johnny, a parte papà. Stavo per replicare ma non feci in tempo. Appeso alla traversa dietro Linda, c'era qualcuno.

Marco e Chen si erano fermati.

« Chi è? » urlò Marco stropicciandosi gli occhi.

Chen si avvicinò al palo con la mano tesa sopra la fronte alla Tarzan, mentre Linda si voltava.

La figura lasciò andare la traversa e cadde in piedi. Era alto, quello lo notammo subito. Ed era nero come il pozzo della miniera d'argento di Schwaz in Tirolo. Fece per avvicinarsi e Lin-

da lo bloccò con le braccia tese in avanti. Sulla panchina Naira si mosse e il gatto saltò via, fissandola deluso.

« Chi sei? » disse Linda, ma io sapevo che lo aveva visto in corridoio il giorno che Chen le aveva prese da Giulio. Be', anche io, in effetti, le avevo prese.

Il ragazzo la osservò e scrutò ognuno di noi con lentezza. Si fermò su di me e rispose con un mezzo sorriso: « Io sono Mal ». Fece un passo ondeggiando e dietro di lui una nube di terra impoverì il sole. Poi, ripeté alla James Bond: « Mal Giuliani » e qualcosa tintinnò al suo fianco.

Era una cintura piena di sonagli e altri oggettini. Delle piume colorate e un coltellino. Si accorse che stavamo fissando la zampa che gli pendeva dalla tasca sinistra e annuì soddisfatto.

Quando Marco, che si stava asciugando il sudore con la manica della felpa, la vide, partì a razzo. Era innamorato degli animali tanto quanto lo ero io delle pietre, e con Linda e Naira gli avevamo costruito delle gabbiette in giardino. Poca roba, due papere, un mezzo bassotto, due topi e un coniglio nano. Ma lui era contento e la sera si affacciava dalla finestra della cameretta e gli dava la buonanotte.

Mal lo fece avvicinare e quando Marco sollevò la faccia, lui si staccò il portachiavi a cui era attaccata e gliela diede.

« È un tasso? » chiese Marco mentre leggeva quelle dita ungolate tra i polpastrelli, come fosse braille.

« Questo ha le unghie più lunghe, Marco. »

Conosceva il suo nome.

« È un istrice », esultò il piccolo. « Istrice », ripeté.

Mal tirò fuori dalla tasca un pezzo di legno lavorato. Ci soffiò dentro e produsse un suono sgraziato. Poi si abbassò e prese a svuotare la piccola pipa dal tabacco secco. « Un istrice », annuì alla fine.

Marco gli si fece accanto con una carezza sul viso, sull'occhio sinistro.

Mi avvicinai e sentii che Mal gli diceva a bassa voce: « Non è niente». Fu così che mi accorsi del bozzo sullo zigomo e del labbro gonfio.

Intanto anche Naira si era fatta sotto. Era arrivata al limite dell'area piccola, teneva le braccia conserte e lo guardava, incuriosita e diffidente. Se ne stava zitta, come al solito. Mi lanciò un'occhiata, serve una mano? Mi scappò un occhiolino che voleva dire «me la cavo da solo, baby». Lei mi rimise a posto con un'alzata di sopracciglio. Eh sì, Naira Barr aveva un'energia silenziosa che mi scombussolava tutto, come i cristalli di quarzo che mandavano tanti colori diversi anche se sembravano trasparenti.

«Al canale c'è la sua tana, vicino alla mia carovana», fece Mal.

«Lamiacarovana», l'avevo sentito così tutto attaccato e quel suono mi era sembrato magico. Adagio, aprì il giubbotto smanicato da cui occhieggiò lo sguardo di un lupo e tolse un lungo aculeo. Era grigio e screziato d'avorio: «Se volete vi ci porto».

Mi sono sempre chiesto perché Mal quel giorno fosse venuto nel campetto da noi. Ci aveva scelti per salvarci dal nostro isolamento o era parte di un disegno più grande di noi? Insomma, ero certo che qualcosa ci avesse messo insieme, qualcosa che aleggiava, come un respiro strozzato, dappertutto nella conca di Titania.

Quel pomeriggio il sole si era appollaiato sopra la traversa della porta e di lì a un paio d'ore sarebbe sceso oltre il boschetto lasciando Titania all'algida desolazione della notte. Fiacca, la luce dei lampioni avrebbe lambito le lamiere dei cantieri, scoperto il bivacco delle gru sull'ospedale, bagnato il campanile sopra il cubo grigio della chiesa. E sulla nostra piccola città avrebbe soffiato uno spirito mortale, come se da qualche parte sopravvivesse un'immagine, una memoria inesplicabile. Qualcosa che mi stupiva e mi turbava. Qualcosa di prodigioso. O di funesto.

Come la neve che quel pomeriggio prese a scendere per raccontarci che l'inverno era venuto a cambiare le nostre vite una volta per tutte.

4

Gennaio 1990

« Dove sei stato, Johnny? »

Le parole uscirono dallo spiraglio tra le labbra da cui mamma sbuffava il fumo di una Muratti. Era di spalle, indaffarata sopra i fornelli accesi, e sentivo l'odore del sugo con la carne macinata.

« In giro con gli altri, ma'. »

Mamma non amava « gli altri », se era riferito alla nostra piccola banda. Sopportava a malapena Linda ma Chen, Mal e soprattutto Naira non li poteva vedere. Accettava solo Marco, perché era ancora piccolo, e addirittura gli lasciava toccare Eveline, la bambola di pezza e i capelli rossi che lei teneva come una reliquia in un angolo del divano.

« Fino a quest'ora? » Il tono crebbe mentre si voltava. La vestaglia blu a fiorellini bianchi svolazzò.

« Passi tutto il giorno fuori, come un vagabondo. E questa settimana è già successo due volte. Non voglio che ti accada qualcosa. »

Raccontava mia madre che ero ancora piccolo quando c'era stata la prima esplosione. Non di quelle che ogni tanto ci facevano il solletico sotto i piedi ed erano come un brivido della terra. Una di quelle grosse che avevano buttato giù la stele in piazza degli Estrattori e che s'era portata via la campana di Civita, la rocca dall'altra parte della montagna. Perciò quando lei diceva « è successo », non c'era dubbio che stesse parlando di quello.

« Stamattina sono stato a scuola », risposi distratto da una fame improvvisa. Avevo portato un panino e lo avevo mangiato in

classe, ma nel pomeriggio avevamo cercato le anguille e avevo di nuovo appetito.

« Sì, e poi? » Agitò il mestolo. « Senti come puzzi. »

« In giro! Che c'è per cena? » Annusai l'aria sugosa.

« Questo è per domani », sibilò scagliando la cicca fuori dalla finestra.

Spalancai la dispensa a muro e presi l'ultimo pacchetto di Puff che avevamo, e che avremmo avuto per un po' dato che il market si riforniva una volta al mese. Lo aprii e l'odore dolce di formaggio mi entrò nelle narici che fino a quel momento avevano tenuto a bada il sudore.

« Sei grande e finché vivi sotto questo tetto... »

Iniziava sempre così la predica. Ma non era cattiva, aveva solo paura delle esplosioni. Anche se la miniera era chiusa da mesi, ogni tanto si sentiva un botto. Papà mi aveva spiegato che erano cariche inesplose che facevano conoscenza con qualche volpe sfortunata, e qualcuno diceva di aver visto pure un orso intorno all'impianto. La verità era che noi non ci andavamo mai, perché dovevamo attraversare il bosco e il fitto dei cespugli, e nell'unico punto accessibile c'era un'inferriata che scompariva nel cuore della terra.

In estate Chen mi aveva chiesto di arrivarci insieme, ma papà me le aveva promesse e io non gli disobbedivo mai. « Non sai che ti sei perso », mi aveva detto a scuola la mattina dopo. « Ho sentito l'urlo del diavolo », aveva ridacchiato.

Ovviamente non gli credevo, ma quella parte di Titania era pericolosa. Oltre ai buchi delle perforazioni incompiute – prima di andare via papà mi aveva terrorizzato con la storia di Alfredino, il bambino con la canottiera a strisce caduto nel pozzo a Vermicino – il padre di Naira le aveva raccontato la leggenda dello Spirito del Male che nelle notti di luna piena emergeva dalle radici degli ontani sulle rive del torrente a caccia di bambini paffuti e smarriti.

Io e mamma di sera mangiavamo toast con sottilette e prosciutto cotto. Ma lei non era più felice. Da giovane aveva studiato a Viterbo e poi si era trasferita a Civita di Bagnoregio dove aveva conosciuto Liam che era lì con una borsa di studio per un dottorato dell'Università di Cambridge. Doveva analizzare le stratificazioni geologiche della rupe di Civita e rientrare dopo tre mesi, ma era finito nella rete tesa da mia madre che da ragazza era davvero bella. Castana di capelli e negli occhi grandi, aveva lo sguardo dolce e malinconico con le ciglia lunghe e il filo delle labbra delicato.

Sul comò c'era una sua foto sul lago di Bolsena, se ne stava con la testa tra le braccia poggiate su un muretto di pietra come fosse un cuscino e guardava l'obiettivo con due occhi pieni di una luce che non avevo mai visto dal vivo.

La vita le aveva ammorbidito gli spigoli del volto e aveva acuito le tenere curve del suo carattere e ora che se ne stava a casa tutto il giorno in attesa che papà tornasse mi faceva un po' pena.

« Hai fatto i compiti? » mi domandò a bruciapelo mentre si versava un po' di bianco. Era fissata con la scuola, dato che aveva insegnato fino a pochi anni prima nella mia e aveva smesso per un esaurimento nervoso che aveva sconfitto dedicandosi a me e al suo giardino.

L'orologio sopra la tv segnava le nove e avevo di nuovo da fare con gli altri. « A scuola nell'ora di buco », mentii e lei se ne accorse.

« Se ci fosse tuo padre! »

« Non dire così », mi alzai dalla sedia, « mica è morto, è in Belgio e ha detto che torna presto. »

Era vero, già da novembre papà e tutti i componenti della squadra di scavo dell'impianto erano stati costretti a chiudere bottega e ad avviare una nuova miniera supermoderna nel Sambre dove avrebbero fatto i collaudi e tutto il resto e mi aveva promesso che sarebbero tornati entro la fine dell'anno scolastico.

Quell'estate sarebbe stata l'ultima a Titania, ce ne saremmo andati tutti abbandonandola alla terra da cui era stata strappa-

ta come una mandragora. Mamma voleva trasferirsi a Roma, ma papà amava il mare. Niente era ancora deciso. Per me era proprio uguale, anche se mi dispiaceva lasciare i ragazzi e non ero il tipo che si metteva a scrivere lettere di saluti o roba del genere.

« Sì », mi guardò, « ma non ti cacciare nei guai », mamma sapeva che in un modo o nell'altro sarei uscito. Era un tacito accordo, almeno da quando papà non c'era, lei mi diceva di no e io non le dicevo di no. « E se trovi qualcosa di carino, lo sai... »

Lo sapevo.

Prima che papà partisse, mamma faceva lunghe passeggiate tra i boschi che dividevano il paese dall'impianto. Erano pieni di funghi (papà ne andava matto) e ogni volta riportava qualcosa di speciale per il suo giardino. Non lo striminzito pezzetto di terra che correva attorno alla villetta, ma il suo speciale giardino, un riquadro tre metri per due addossato al muro della casa dove riponeva, curava e sistemava calle e papaveri, incastonava pezzetti di cristalli colorati che papà le riportava dal cuore della miniera, sassi e piantine che trovava durante le sue passeggiate. Era l'unica passione che aveva, il suo tempio di gioia. Lo accudiva da quando avevo memoria ma adesso che papà era volato in Belgio s'era tutto riempito d'erbacce.

« Stai lontano dall'impianto, dal canale e da quella macchinaccia. »

Nessuno poteva toccare il nostro rifugio sul canale, ma lei insisté. « È piena di ruggine e tu non hai fatto l'antitetanica, tienilo bene a mente. »

La lasciai con gli occhi che facevano l'altalena tra il bicchiere e il posacenere e la testa di certo a papà, e mi affacciai in corridoio. Di sopra c'erano le camere da letto e un bagno con la vasca. Il piano terra aveva tre stanze: la cucina, un grosso soggiorno rustico col camino – papà adorava fucine, forni e camini – e un bagno più piccolo dove mamma mi obbligava a fare la doccia prima di salire a dormire. Accanto alla porta del bagnetto c'era quella che s'affacciava sullo scantinato. Da quando papà era partito era chiusa a chiave, perciò mi inchiodai quando scorsi un trapezio di luce sul pavimento. La porta massiccia, l'unica di metallo in tutta casa, era socchiusa. Mamma era stata di sotto, magari in preda a un momento di nostalgia.

Feci scorrere le dita sulla maniglia ma non aprii perché il cigolio di quella porta e lo scatto della serratura volevano dire che papà se n'era andato in Belgio. Ma anche quando stava lì sotto, a pochi metri da noi, era come quando volava da una parte all'altra del pianeta per seguire i suoi maledetti scavi. Persino peggio di quando restava giorni nel nostro impianto con la sua squadra a cercare nuove vene di titanio o a far saltare blocchi di granito grossi come palazzi.

Accostai la testa alla fessura, non più di venti centimetri, e guardai giù verso il buco nero della scala. I dieci gradini, li avevo contati centinaia di volte accucciato lassù in cima, erano appena illuminati. Chiusi gli occhi e annusai l'aria che sapeva di muffa, tabacco e dopobarba Musk, e mi parve di sentire il graffio della sua faccia quando mi dava il bacio della buonanotte. Li riaprii e vidi la luce che languiva sugli scalini, ma senza la faccia puntuta di papà.

Sarei potuto scendere a spegnerla, ma laggiù non ci andavo e non volevo attirare l'attenzione di mamma perché era tardi e dovevo uscire di nascosto. Perciò la lasciai com'era ed entrai in bagno appena in tempo per sentire i tre fischi e precipitarmi fuori dalla finestra.

La notte era accesa da una luna gigantesca. « Papà ne ha trovato un altro », mi disse Linda e senza aspettarmi prese a camminare.

« Ciao anche a te! » Tentai di raggiungerla.

« Ci siamo visti stamattina, John. » Era vero. « Hai capito che ti ho detto? »

« Che tuo padre ne ha trovato un altro, ma di cosa? »

Chen lo chiamava « lo sceriffo » perché sembrava uscito da un romanzo di King, anche se non era altro che un segretario comu-

nale con funzioni di polizia in uno sputo di paese. Ed era uno dei pochissimi uomini adulti rimasti a Titania.

« Parlava con mamma e ho sentito che hanno trovato un altro di quei 'cosi' di legno in mezzo al bosco. »

« Sono solo alberi storti », le dissi evitando il suo sguardo di rimprovero. « Naira ha detto che stanno lì da centinaia di anni, sono solo storti. »

« E perché prima non c'erano? » alzò la voce mentre salivamo per un montarozzo di pozzolana coperto d'erba.

« Naira dice che vengono fuori quando non piove per un po' e l'acqua del torrente si abbassa. » In effetti per la prima volta da che ricordassi a novembre non aveva piovuto quasi mai. « Sono solo delle grosse radici che se ne stanno sotto il livello dell'acqua e quando s'abbassa, tac. »

« Tac? Ma come parli? Papà ha detto che ne hanno trovato un altro giù al torrente. Sembrava un'anima intrappolata nel legno », sospirò.

« Maddai, Naira dice... »

« E lei che ne sa? » sbottò Linda, voltandosi finalmente a guardarmi. « Ah, certo, vive in mezzo alla natura, lei. E suo padre? John, quell'uomo non mi piace. Te l'ho detto mille volte. »

Il papà di Naira era stato il custode dell'impianto e non era mai piaciuto a nessuno in paese. Chen ne evitava persino lo sguardo. Ma a me stava simpatico perché in un posto come Titania, che sembrava una torre di Babele sulla superficie di Marte, lui con la sua aria da vecchio capo indiano faceva sembrare tutti quanti normali.

« Ehi, non trattarmi come un bambino, okay? »

Eravamo sbucati dalla vegetazione di canne. Di fronte vedevamo la linea spessa del canale con la sagoma della Espace e Mal, Chen, Naira e Marco che ci aspettavano in silenzio. Sulla sinistra gli alberi si moltiplicavano in una macchia da cui spuntavano, due o tre chilometri più su, le tre teste dell'impianto addormentato. Sopra di noi una grande luna indaco galleggiava sulle acque immote. Dalle chiome arboree salì il richiamo della *civetta e io mi sentii improvvisamente strano. Più del solito. Ci sono momenti in cui il mondo – la natura, il tuo cuore, le stelle – ti indica un punto invisibile, qualcosa che non riesci proprio a vedere, un principio nascosto nell'ombra accanto a te. L'essenza stessa del mistero. Tu non lo vedi, ma lui, sì, vede te. E trova sempre il modo di farsi sentire.*

5

4 dicembre 1989

Il 4 di dicembre era Santa Barbara, la santa patrona dei minatori e l'unica donna, a sentire mio padre, che aveva il permesso di entrare nella miniera, ma solo perché c'era una statua all'entrata.

Quel giorno, Mal non si era ancora unito a noi, anche se lo avevamo già visto in giro. Era tra i grandi, faceva la seconda media e se ne stava sempre per conto suo. A leggere in biblioteca o a disegnare sulla panchina durante l'ora di ginnastica, comunque fosse, era impossibile non notarlo. Aveva le spalle larghe coperte da una camicia a scacchi neri e rossi aperta su una maglia con la testa di un lupo o un cavallo selvaggio. Indossava jeans neri e scarpe da tennis. Anche se non era l'abbigliamento a non farlo passare inosservato. Perché Malcolm era l'unico ragazzino nero della scuola. Di più, era l'unico nero a Titania, dato che i suoi genitori venivano da Lerici, avevano la pelle bianca come la rara sabbia ligure e tutti sapevano che era stato adottato. Come se ciò non bastasse a renderlo impopolare, era arrivato a fine novembre, quando l'anno scolastico era iniziato da un pezzo.

Quella mattina eravamo in corridoio per la ricreazione. Io e Chen stavamo mangiando le pizzette – ne portava anche una per me – quando dall'altra parte dell'atrio Giulio Abbolle aveva fischiato. Era il prototipo del bullo-teppista-pluribocciato della scuola, grosso e col monosopracciglio che gli conferiva un'aria da cavernicolo. Non mi aveva mai beccato, ma quando c'era lui nei paraggi sapevi che da un momento all'altro poteva arri-

vare il tuo turno. Quella volta la scampai per un pelo ma a farne le spese fu il povero Chen.

« Ehi, Cicciogiallo! » Fischiò di nuovo. Dopodiché si staccò dal muro di mattoni e ci venne incontro.

Iniziai a sudare. Di fianco a me, Chen si sbrigò a buttar giù la pizza e rimase col gozzo gonfio, come un'oca ripiena.

« Eccoli qua! »

Quel plurale non andava per niente bene.

« Giovane Glynn, te la fai col Giallone? »

« Io... lui... siamo amici », mi sforzai di dire, voltandomi verso Chen. Stava cercando di deglutire il boccone e fissava la fontanella accanto ai cessi come un condannato a morte nei film americani fissa il telefono in attesa di una grazia impossibile.

« Gluglugluuuuu! » rise Giulio Abbolle. « Ti do una mano io! »

Gli rifilò un pugno al centro del petto. Chen cadde in ginocchio, stravolto, incredulo. Terrorizzato. Ed ebbi paura anch'io.

« Meglio? » bofonchiò Giulio guardandosi attorno.

La gente che si era fermata riprese a camminare e un brusio più alto cominciò a vibrare intorno a noi. Per la prima volta in vita mia non vedevo l'ora che suonasse la campanella e la ricreazione finisse. Il peggio però doveva ancora venire. Dalla porta del bagno baluginò qualcosa di rosso.

Dio, no.

Era Silvio Natarella, un tipo secco, alto, rosso come in un romanzo di Verga. Si avvicinò e si mise di fronte alla finestra. Dietro di lui vedevo la gru che chiamavamo Golia. Era una struttura esile e potente, severa e dinamica, anche se non si muoveva più da ottobre, quando si erano fermati i lavori a Titania. Si somigliavano, Silvio e Golia. Ma era famoso per la sua velocità, con le gambe e con i pugni.

« Piccoli bastardi », ci apostrofò in attesa di una reazione.

Che non venne giacché per Chen quella non era un'offesa, dato che lui era figlio di due cinesi. Io sì, ero figlio di una italiana e un inglese. Anche Linda era meticcia, il papà di Rieti, la mam-

ma un'infermiera georgiana che odiava i beoni. Naira era com'era. Dopo la storia d'amore a Detroit, i suoi avevano fatto armi e bagagli ed erano scappati, prima in Inghilterra, poi a Titania.

« È tutto rosso », lo indicò Natarella senza pensare che avremmo fissato i suoi capelli.

Quando lo feci e lui se ne accorse, mi diede uno schiaffo. Le voci erano vere, era velocissimo, non lo avevo visto nemmeno partire. Mi paralizzai dalla vergogna perché con la coda dell'occhio avevo visto Naira che usciva dalla sua classe. Chen era in ginocchio ed era rubizzo come la mia guancia. Sbirciai in cerca di un adulto che ci tirasse fuori da quel casino. Ma la maestra Sanesi e la professoressa Laureti erano nel cortile sul retro a fumare. Le vedevo oltre il finestrone in fondo all'atrio. Nessuna delle due guardava dentro, nessuno controllava, come succede agli adulti quando li lasci liberi per dieci minuti.

« Ce lo dici? »

Era la voce di Giulio.

« Ce lo dici di che colore sei? »

« È tutto rosso », soffocava le grida Natarella. « Più rosso! »

« Di me » era il sottinteso che intuii.

« No, è giallo. Non lo vedi? »

C'erano almeno venti studenti intorno a noi ma nessuno aveva il coraggio d'intervenire. Chen tentò di rimettersi in piedi e gli uscì un colpo di tosse. Un pezzo di pizza grosso come una pallina da golf gli volò fuori dalla bocca e concluse la sua corsa sulla faccia di Giulio. Un brusio si sollevò dalla folla come al circo quando al domatore cade la frusta di mano. Poi, quella di Abbolle schizzò per afferrare il collo di Chen. Qualcuno disse « basta », mentre seguivo il mio corpo muoversi verso il braccio che stringeva il mio amico alla gola. Era la voce di Linda, che si fece avanti.

Giulio si rivolse a lei e alla piccola folla: « È nero, come la faccia di suo padre ».

Fino a due mesi prima Wang Wei era il capo dei minatori

dell'impianto di estrazione di Titania ed era il padre del mio amico Wang Chen. Il bar centrale, l'unico che avevamo in paese, era della famiglia Abbolle e lì, tra un bicchiere di bianco e una grappa, più di qualcuno si permetteva di prendere per il culo Wei per la faccia sporca di polveri minerali. Da lì, per via del giallo e del nero, era nato il soprannome con cui lo chiamavano: « Borussia » come la squadra di calcio tedesca.

Nessuno si era accorto che la finestra alle spalle dei due bulli si era riempita. Tranne me. Finalmente un insegnante, pensai. Invece no. Quando i due si voltarono incuriositi dalle occhiate di tutti, videro un ragazzo che li fissava con le mani appiccicate al vetro. Era grosso, e nero. E non fece una piega. Dopo un momento di incredulità, il roscio urlò: « Che vuoi, negroide? »

Il negroide scosse la testa a dire di no e non fece un fiato.

Allora Giulio lasciò andare Chen: « Eccone un altro. Vieni qui bello! » chiamò come si chiama un randagio.

L'altro gli sorrise e Abbolle si lanciò contro il vetro come se non ci fosse. I pugni rimbalzarono sulla superficie trasparente nella perfetta indifferenza del tipo nero. Poi arrivarono i calci contro il muro, una scarica rapida di Natarella.

« Vieni dentro, forza! »

Ma niente, non si spostava di un millimetro. Individuai però un movimento dei suoi occhi: sbrigatevi!

Presi Chen per il braccio: « Andiamo ». E tirai per allontanarci.

Chen non si mosse. Le sue labbra erano chiuse sopra i denti e le lacrime erano scomparse, lasciando il posto a un'espressione di rabbia.

Suonò la campanella e la gente si disperse: « Andiamo », ripetei più forte.

Silvio e Giulio si stavano allontanando, ma erano ancora rivolti al vetro e facevano il gesto del dito medio alla figura alla finestra. « Ci vediamo in giro », sibilò Natarella.

« Chen, torniamo in classe, per favore. »

« No. »

« Vuoi che ti accompagni in bagno? »

« No! » disse ancora con gli occhi sul vetro.

Sentii i denti digrignare mentre si avvicinava alla parete come se cercasse vendetta. Respirava forte. Allora capii che non stava male per le botte, gli insulti o le minacce di quegli stronzi. Non si sentiva nemmeno umiliato per il giallo della pelle. Stava male perché a salvarci il culo era stato quel tipo che di colore ne aveva uno più vistoso del suo.

Mi voltai per ringraziare lo sconosciuto ma era scomparso così com'era venuto.

Da quel giorno tra me e Chen qualcosa si ruppe. Io smisi di andare a casa sua a giocare coi Lego e vedere i film di paura e di arti marziali; lui smise di citofonarmi la mattina per andare a scuola e non mi portò più neppure una pizzetta.

6

28 dicembre 1989

La prima « notte » fu poco dopo Natale. Ci organizzammo con i sacchi a pelo ma sapevamo che non saremmo riusciti a dormire. Quella sera fui l'ultimo ad arrivare. La Renault Espace si trovava al centro di quattro salici sfrondati dal gelo, tra il canale e il boschetto di cerri. Del suo coloraccio marrone restava poco perché Mal l'aveva tappezzata di rami, foglie e pezzi di tela mimetica. Cerchioni e pneumatici erano scomparsi da un pezzo, e quello che sembrava un triceratopo cespuglioso poggiava su quattro blocchi di cemento. Anche l'interno era stato sistemato. Almeno così mi parve quando finalmente mi affacciai.

« Ehi John, ce l'hai fatta! » mi sgridò subito Linda.

« Lascialo stare », le disse Marco ficcandosi i pugni nei fianchi.

« John », fece Mal, « tu sei qui », e indicò il posto del passeggero.

Lui si era preso il sedile del guidatore, se ce ne fosse stato uno. Il corpo metallico dell'Espace era stato sventrato come una balena da una famiglia di esquimesi affamati e sul pianale c'erano solo sei cuscini. Erano verdi e imbottiti di polistirolo che scrocchiava ogni volta che muovevamo un dito. Marco e Chen si trovavano alla destra di Mal, vicino ai finestrini, Linda alla sua sinistra e Naira in fondo all'auto.

Mi affrettai, provando a simulare indifferenza, anche se ero felice che quasi tremavo. E infatti inciampai. Chen scoppiò a ridere, un riso forzato, antipatico.

« Zitto! » Gli lanciai un'occhiata e mi sistemai sprofondando le chiappe nel mio cuscino. Ero pronto.

Mal abbassò il finestrino e raccolse le prime gocce che vi correvano sopra. Richiuse con la manovella gracchiante, intinse l'indice bagnato nella ciotola d'argilla e tracciò le iniziali dei nostri nomi sul pianale dell'auto.

Erano passate le sette, così diceva l'orologio sul cruscotto – l'unica cosa che la batteria agonizzante riusciva ancora ad alimentare –, e gli ultimi barlumi del tramonto erano sprofondati oltre l'orizzonte sfocato dalla pioggia, quando Mal attaccò a parlare: « Ragazzi, questa è la nostra carovana. Qui avremo sempre riparo. Cibo e acqua », indicò la busta del Pony Market piena di patatine e bibite. « E siamo armati. » Estrasse un coltello seghettato. Era lungo come tutta la mano, aveva il manico di legno e con un movimento secco lo fece scattare in aria fissando Chen.

« Ecco. »

Ciccio a mandorla si sbrigò a tirare fuori un bastone appuntito dalla tasca del giubbotto jeans. Non era un granché, tutto storto e nodoso, e Chen arrossì. Mal lo prese e glielo affilò con quattro colpi precisi sotto lo sguardo stupito del mio ex grande amico.

Linda ci pensò un attimo e mostrò una conchiglia a forma di pettine, tagliente come una lama. « Può andare? » chiese soddisfatta.

Naira aveva una mazzafionda fatta con un ramo a V e del nastro isolante arancione. Era bellissima e pericolosa. Come lei.

« Tocca a me. »

Marco agitava una canna da 40 centimetri che riempiva di palline di stucco e usava come una cerbottana. « Con questa ho colpito un piccione. Picciooone! »

Quando fu il mio turno mi ritrovai a frugare nelle tasche. Niente. Mi guardai attorno. Cosa potevo usare? Continuai a ripetermelo finché Mal non prese l'Invicta gialla e rossa con le stringhe blu. Pescò un laccetto per i capelli che stringeva degli aculei. Li vidi e provai un orgoglio subito frustrato, quando li distribuì tra tutti.

« Le avete portate? » domandò.

« Ce l'ho io », rispose Linda e ci passò le candele.

« Le hai rubate al cimitero? » la punzecchiò Chen.

« Non c'è il cimitero a Titania, stupido », si alzò Linda minacciosa.

« È a Civita », disse Naira. Malgrado il freddo assurdo, lei indossava soltanto un maglione a strisce rosse e arancioni e il solito paio di jeans. Gli occhi neri e misteriosi come la notte luccicarono.

« E tu che ne sai? » la squadrò Chen.

Mal allungò le mani: « Shhhh ».

« Nemmeno li seppelliscono i morti, loro », proseguì Chen.

« Loro » erano gli indiani d'America. Il padre di Naira era stato il custode dell'impianto di estrazione prima che si fermasse. La madre, morta un anno prima, era canadese della regione dei Grandi Laghi. Si erano incontrati in un bar di Detroit, si erano innamorati, lei era rimasta incinta e avevano evitato di dirlo ai suoi cinque fratelli. Dei sioux, o qualunque fosse la tribù di origine dei suoi, Naira aveva solo l'ovale affilato del viso e una strana forma di silenzio.

« Gnam gnam bau bau. » Gli occhi di Naira si ravvivarono e l'ombra di un sorriso le corse sulle labbra.

« Brutta stronza. » Chen non sopportava che gli dessero del mangia cani. « Quelli sono i coreani. Stupida, cretina indiana! »

« Poveri cani », Marco iniziò a frignare.

Ne approfittai per sedare gli animi. « Dai, ragazzi. Non abbiamo tutta la sera. Per favore. »

Mal accese la sua candela. Lasciò cadere la prima cera sulla M davanti a sé e ce la fissò sopra. Era lunga e sottile come lui. Ma era bianca come la panna.

« Shh », ripeté sollevando i due indici ai lati della faccia, quasi di fronte agli occhi, come il direttore di quell'orchestra sibilante. La pioggia tamburellava sul dorso del nostro dinosauro di fronde e d'alluminio. Dentro, il silenzio vibrava come un abracadabra.

« Maggio 1846, Independence, Missouri. » Lanciò un'occhiata alla mappa dell'America che copriva il lunotto posteriore.

Stupita, Naira ci piazzò un dito sopra. « Grande Spirito, eccola! »

Era nel mezzo.

« Nella piazza c'è tanta gente, è una bella giornata. Ci sono ottantasette persone su cinquanta carri. Sono pronte ad affrontare la Sierra Nevada per raggiungere la California e tutti i sogni che l'accompagnano. Donne, vecchi, bambini, e pure qualche cane. » Fece l'occhiolino a Marco. « Fanno tutti parte della spedizione Donner, nota come la spedizione maledetta. »

« Non l'ho mai sentita », fece Linda. « Nemmeno a scuola. Mai nominata. »

« Non si studia l'America in terza media », disse Mal, facendola arrossire. Linda era solo in prima. Le passò una candela con un gesto galante.

« Quanto ci mettono per arrivare dall'altra parte? » Chen teneva le braccia conserte.

« Sei mesi, di solito. Devono arrivare prima dell'inverno. I Donner, la famiglia che guida le carovane insieme ai Reed e ai Russell, si attarda per superare un fiume in piena per le piogge di primavera. » Mal guardò fuori il canale che s'ingrossava. « La strada tra le foreste è scomoda per tutti quei carri. Si rompe una ruota, un'asse, e gli tocca fermarsi, abbattere un abete e riparare il danno. Ma il vero problema è un altro. »

La pausa funzionò, Mal fece un gesto plateale con il braccio e le candele sfrigolarono riducendo la poca luce nell'abitacolo.

« Ancora non lo sanno, ma hanno sbagliato strada perché... qualcuno li ha imbrogliati. »

« Imbrogliati? » Mi grattai la fronte. Avevo i capelli appiccicati, si iniziava a sudare.

« Già. » Mal aveva scartato le Brooklyn alla cannella di Chen e le distribuiva, anche se il cinese non sembrava proprio contento. Era stato Mal a ordinargli di prenderle e ora mi era improvvisamente chiaro il perché. Il rituale era completo: un rifugio se-

greto, il tremolio delle candele e quell'odore che riempiva l'aria come un incenso. Era la sua liturgia.

« C'è questo tipo », riprese Mal ciancicando la gomma dietro le labbra grosse. « Hastings, che si vanta di aver fatto su e giù tra gli Stati parecchie volte e dice di aver trovato un nuovo passaggio. »

« Una scorciatoia » disse Marco. Mal gli sistemò il piccolo lume ai piedi.

« Hastings è un emigrante arrivato in California quattro anni prima ed è in cerca di gloria. »

« Prima che gli ottantasette partano da Independence lui manda una lettera alle tre famiglie di testa per suggerire una strada nuova. Più veloce. »

« La verità è un'altra. Quella via Hastings l'ha percorsa solo due volte. In estate e a cavallo. »

« Senza la carovana », considerò Linda tirando su le maniche della camicetta celeste.

« Chi guida i carri? » domandò Naira.

Mal la osservò e rispose con voce solida: « I padri ».

Chen s'intromise: « Che c'è dentro ai carri? »

« Legna, pali, calce, materiale per costruire un accampamento. Vestiti, tele di ricambio, coperte. E poi acqua, pane, carne essiccata, ortaggi, farina, polli vivi. »

« E i cavalli che tirano le carovane, giusto? » domandò Linda.

« Sicuro. Ma dove il passaggio si fa difficile devono sostituirli con i buoi. Ne hanno portati duecento. Da soma e da mangiare. »

« Uau », sospirò Marco.

« Tanti, vero? Ma non abbastanza. »

Avevamo tutti una candela sopra le nostre iniziali. Sei piccole fiaccole che imbastivano l'atmosfera col filo della voce di Mal. Naira, che sino a quel momento era rimasta seduta in fondo alla macchina, si avvicinò.

« Dopo sette mesi, i carri hanno coperto tre quarti del viaggio ma resta la parte peggiore. Sono in mezzo alle montagne oltre i tremila metri di altezza. È dicembre, il freddo è mostruoso. »

« Come qui? » disse Marco.

« Molto di più. Una mattina di dicembre i carri partono all'alba. Ci sono tre capi carovana a guidarli e questo non va bene. Passano i primi giorni ma avanzano piano, troppo piano. Il terreno è impervio, in salita, le bestie faticano. Ancora due giorni, poi, la terza notte trovano una radura innevata e si dispongono in cerchio con un grande fuoco al centro dove arrostiscono un montone enorme. Che non basta a sfamarli. Tutt'attorno si gela e non possono far legna, perciò bruciano quella di riserva. Ripartono, e a metà dicembre toccano la Sierra Nevada ma lì, sulle sponde del lago Truckee, una tormenta di neve li stringe nella sua morsa letale. »

« Cazzo », sospirai sulla candela che ricacciò le ombre sopra i finestrini.

« Immaginate un lago di ghiaccio. La neve che si posa ovunque, gli scheletri marroni degli abeti. I capi carovana vogliono ripartire e litigano sulla strada da prendere. Bianco dappertutto. »

« Il bianco fa male », Marco si sfregò le palpebre malandate. « Male. »

« Siamo quasi a Natale, ma non c'è aria di festa. La spedizione è stremata », Mal si guardò intorno, nessuno fiatò, « sono bloccati e ora sanno di aver fatto male i conti. Anzi, sanno di essersi fidati della persona sbagliata. »

« Hastung », disse Chen.

« Hastings », sussurrò Linda.

« I rifornimenti non bastano. Devono provarci. Qualcuno di loro andrà a cercare aiuto. Ma c'è una domanda che balla nelle pupille di quella gente terrorizzata. Continuare sulla scorciatoia o passare per i crepacci sotto le montagne? »

« Sotto le montagne. » Linda era una grande lettrice di Tolkien, e si produsse in un sorriso malefico: « Le miniere di Moria ».

« Forse », rispose Mal. « Eppure decidono di proseguire per la strada indicata da Hastings. »

« E trovano la morte », tagliò corto Naira.

Mal scosse il capo: « Purtroppo no ».

Un ramo urtò il parabrezza, e uno scroscio d'acqua rovinò sull'auto mentre un fulmine spruzzava l'aria di giallo.

Schizzammo via dai finestrini, facendoci al centro, accanto alle candele.

Non Mal. Lui rimase al suo posto, soddisfatto per quell'inatteso effetto cinematografico. « Nei giorni successivi partono varie spedizioni per scavallare il passo Fremont e andare a cercare soccorsi. Restano al campo donne, bambini, anziani e pochi uomini. Le provviste sono finite e vanno avanti cacciando per qualche giorno finché i sessanta rimasti, diciannove giovani uomini, dodici donne e ventinove bambini, decidono di costruire delle baracche ma il lago è ghiacciato e non possono pescare. Mangiano i buoi rimasti prima che anche loro muoiano di fame. »

« I cani e le galline? », chiese Marco salendo in braccio a Linda.

« Divorati. »

« Pure i cani? » fece Marco spalancando gli occhi su Chen.

« Io non ho fatto niente », alzò le mani il cinese.

« I cani per primi, poi i polli. Ma non bastano neanche quelli e altri uomini partono per vedere se a piedi si può fare il valico. Quelli rimasti riescono a uccidere un orso e se lo spazzolano. »

« Che schifo », mi venne fuori.

« Sempre meglio di quanto accade tre giorni dopo quando cuociono le ossa dei cavalli. Lo fanno tante volte che diventano come cracker e quando pure quelle sono finite tagliano a strisce la pelle e la fanno bollire finché non diventa una gelatina. Poi passano ai tappeti e alle coperture dei carri. »

Chen sputò la gomma, affondò le mani nella busta con il cibo e prese un pacchetto di cracker, fissandolo con odio.

Mal non si fermava più e la tensione nella carovana cresceva al ritmo delle sue parole: « Sono allo stremo. Due bambini trovano dei topi e li mangiano vivi. Il gelo aumenta e in quel bianco assoluto un tale, Donner, che aveva già dato segni di squilibrio, impazzisce. Si spoglia e scappa nel bosco urlando come un alce sbranato dai lupi ».

« Te lo immagini, col coso tutto intirizzito! » Chen rise da solo.

« L'hanno sbranato i lupi? » Marco aveva paura.

« No. Lì non ci sono i lupi. È un modo per dire che strillava come una bestia masticata, era fuori di sé. Ma Donner torna due ore dopo, assiderato. E quello è davvero l'inizio della fine. »

Le gocce rimbalzavano come palline sul tetto dell'Espace e una calma siderale ci inghiottì attraverso un buco nello spazio-tempo capace di sovrapporre la nostra carovana e quella dei prigionieri sul lago Truckee. Finché, oltre la linea del bosco, udimmo un latrato.

« Shhh. » Naira era saltata in piedi.

Restammo in ascolto. Eravamo al sicuro nell'Espace ma ci abbassammo tutti e soffiammo sulle candele. Un latrato straziò la gola di una bestia, si stava avvicinando e pensai all'urlo di Donner, nudo e impazzito in mezzo al bianco.

Il cane urlava come se qualcuno lo stesse ammazzando di botte. Poi, la pioggia smise e i latrati scomparvero come se non ci fossero mai stati. Mal si abbassò tra noi, accese le candele e stese le braccia fino a raggiungere il viso di Marco. Il bambino lasciò che le dita di Mal lo sfiorassero, carezzandolo sulle guance. « Nessuna paura. »

Si guardarono per qualche secondo e io pensai che nonostante la differenza d'età si capivano meglio di tutti. Un po' mi dispiacque, poi mi accorsi che Chen li osservava come se stesse assistendo a un furto in pieno giorno e quando si staccarono, Mal riprese mentre ci riaccomodavamo sui cuscini. « Due giorni dopo, il corpo del povero Donner viene ritrovato congelato su un tronco caduto. È seduto, ha la bocca e gli occhi pieni di neve. Lo sollevano come un grosso ciocco di legno e lo portano al campo. Tentano di scaldarlo per vedere se si rianima e quando si ammorbidisce... iniziano a... »

« No », Linda aveva già capito.

« Shhh », ripeté Naira al centro dell'auto.

Mal abbassò la testa: « Iniziano a mangiarlo staccando pezzi di muscolo a coltellate. O peggio, a morsi. Qualcuno si rifiuta anche se non si tiene in piedi e muore poche ore dopo. Altri estraggono gli organi e la carne e li mettono a essiccare ».

« Cazzate! » Chen cercò di sciogliere la tensione.

« Grande Spirito », sussurrò Naira.

« Donner è già all'altro mondo quando lo sfilettano », aggiunse un sorriso per allentare la tensione, « mentre gli altri corpi vengono seppelliti sotto metri di neve per consumarli con calma. »

« Altri? » Linda si rimise seduta e Marco le risalì in braccio.

« Quelli morti di fame, ferite, freddo e malattie. »

« Ma così diventano dei cannibali. »

« Così », mi corresse Mal, « sono peggio che cannibali, John. Così, perdono l'ultimo briciolo di umanità. »

Raggrinzì le labbra in una smorfia teatrale. Poi mi cercò. Cercò in fondo ai miei occhi una partecipazione umana, come aveva detto lui. La testa mi sfarfallava tra le immagini di quegli uomini scheletrici trasformati dalla montagna in cannibali. Partiti civili, nella speranza di una vita ricca, finiti come bestie a cibarsi dei corpi di parenti e amici. Guardai Chen, che era il più in carne di tutti, e mi venne da vomitare anche a me. Riuscii lo stesso a sostenere lo sguardo di Mal e sentii gli occhi tremolarmi d'emozione. Era un'altra prova?

Mi diede una leggera pacca sulla spalla e si accese la piccola pipa di legno. Fece tre grandi boccate e riprese, avvolto da un fumo di latte. La voce era diversa, chiara ed eravamo usciti dalla storia. « Sulle sponde del lago, tra foreste e carovane, quel manipolo di uomini divenne qualcos'altro. Tra quelle cime inospitali si era compiuta un'antica profezia. Nel fitto dei boschi bagnati di neve era andata in scena la caduta dell'uomo e la rinascita della creatura maledetta. »

Quella parola ci prese in controtempo. Linda strinse Marco e Naira riprese la sua candela da terra, come se quella piccola luce potesse rassicurarla. Io sentii la pelle pizzicarmi la nuca e il brivido attraversarmi le braccia. Riuscii a dire: « Quale creatura? »

« Il weteko. »

« Che dici, Mal? », s'irrigidì Naira e ci fu chiaro che non era la prima volta che sentiva quella parola.

« Lo chiamano così i nativi algonchini. È un uomo cambiato in qualcosa di diverso. »

« Diverso in che senso? » inorridì Linda.

« Se non è più un uomo, è un vampiro », tagliò corto Chen.

Poi, improvvisamente, compresi: « Per colpa del freddo e della fame. Un uomo che per disperazione ha mangiato un suo simile e non è più uno di noi. È regredito allo stato animale? » domandai fiero.

« Esatto John. » Mal mi soffiò addosso l'odore del tabacco. « Naira ce lo può confermare, le raffigurazioni dei nativi americani rappresentano questo mostro come una figura scarna, un cadavere con le orbite vuote, con un grande palco di corna in testa. »

Linda disse turbata: « Ma chi è, per davvero? »

« Un uomo che ha commesso un'azione tanto terribile che dopo morto lo ha trasformato in una creatura maledetta. Vaga senza pace, ed è assetata di carne umana. »

« Mica si beve, la carne », precisò Chen.

« Si nutre soprattutto di bambine », Mal scrutò Linda e Naira « e di bambini. Vive nel bosco e aspetta nascosto tra le pieghe della notte che qualcuno si smarrisca, pronto ad aggredirlo e divorarlo. »

« Quindi alla fine, quelli della spedizione sono tutti morti? » domandai, spezzando il silenzio carico di ansia.

« Non tutti. Ne rimasero sei, nascosti in un carro sprofondato nella neve. »

« Sei, come noi! » fece Marco.

« Tornarono a casa? » chiesi.

Solenne come un capo indiano Mal annuì: « Furono ritrovati da una squadra di salvataggio inviata da Independence e fecero ritorno a casa ».

« Ma... » Gli occhi di Marco s'inumidirono. « Non c'era nessuno ad aspettarli. »

Stavolta Mal scosse la testa e quando vide la faccia del piccolo farsi cupa aggiunse: « Ma trovarono tutti una famiglia ad accoglierli e adottarli. I sei di Independence », proseguì Mal, « che è il nome con cui divennero famosi, crebbero felici nelle nuove famiglie e restarono amici per sempre. Fino a quando non si sposarono e misero su famiglia, anche loro, una volta al mese, si ritrovavano in una piccola carrozza abbandonata sull'argine del Missouri River. E in quelle notti si stringevano in ricordo delle persone che non ce l'avevano fatta sul lago ghiacciato e della orribile morte scampata. Alla fine di ogni riunione si alzavano in piedi ».

A quel punto Mal si tirò su sfiorando il tetto della Espace con la testa, poi ci fece cenno di imitarlo. Obbedimmo mentre le candele sfrigolavano sul pavimento della macchina.

« E recitavano insieme una filastrocca per esorcizzare la grande Paura. Questa. » Prese un foglio e lo diede a Naira. « Leggila per noi. »

Naira titubò solo un attimo, poi spiegò il pezzo di carta e vidi una cascata di ghirigori scuri.

Un raggio di luce si perde
Tra i rami intrecciati di verde
Nel bosco qualcosa ti attende
Ma forse sta già nella mente.
È un lupo, un drago, una serpe di lago
È un brutto fantasma che ride e che ghigna
O forse soltanto una strega maligna.
Qualcosa che striscia, sussurra e poi graffia
Che puzza e che sembra strapiena di muffa
Ti cerca, ti chiama, ti prende, ti afferra
Ti morde e ti tira con sé, sotto terra...

Improvvisamente lasciò andare lungo il fianco il braccio che teneva il pezzo di carta e noi altri ci guardammo smarriti.

« Ehi, è un gioco. Non volevo spaventarvi. L'ho trovata in un libro di favole, l'ho sistemata un po' e voilà! » disse Mal.

Fuori, i salici esplosero come tentacoli di una piovra impazzita, sconvolti da un vortice d'aria. Non si vedeva granché, per il buio e i teli mimetici che di certo non avrebbero retto. Invece il vento si placò con un grande sospiro e ci girammo tutti verso Marco che scrutava tra i rami da uno spiraglio del finestrino.

« L'uomo del bosco », disse avvicinandosi a Linda.

« Cosa? » gli domandò lei. « Cosa hai detto? »

« Stronzate. » Chen era sbiancato.

Marco si divincolò, poggiò le manine sui vetri appannati e si rimise a guardare fuori.

« Sono solo vecchie leggende del Nord America. Noi siamo a Titania, provincia di Viterbo, Italia », disse Chen. Fece una risatina forzata mentre pescava un pacchetto di Chipster dal sacchetto ai suoi piedi.

Naira scrollò le spalle e la vidi lanciare uno sguardo verso il canale.

« Io l'ho visto. » La voce di Marco si fece il vuoto attorno. « Visto », ripeté mentre si puliva le lenti sulla manica.

Cercai il viso di Mal convinto di scorgervi un'espressione divertita. Non c'era.

« Le braccia lunghe fino a terra », mimò un'andatura incerta e strusciò le dita sul pavimento della macchina in un modo che fece ridere le ragazze: « Le unghie grandi, ma la testa senza corna », graffiò la superficie metallica. « Gli occhi giganti e l'odore di un cane morto. »

Invece di un sorriso, sulle labbra di Mal notai un'ombra. Fu allora che Naira riprese a leggere da dove aveva interrotto.

Ha grossi fanali al posto degli occhi
E mani giganti che paiono ossi
La testa di rami sottili e stecchiti
La pelle che cade da diti avvizziti
Se l'uomo del bosco ti viene a cercare
Non hai mica scampo, tu devi scappare.

7

Novembre 1989

In principio, l'uomo del bosco era solo.

Una sagoma di arbusti, felci e radici piantate su un tronco dritto e levigato.

Lo trovammo sul ciglio del Rio Grande, il nome con cui Mal chiamava il canale di raffreddamento che sbucava dalle alte mura dell'impianto dove giocavamo.

Era ficcato nella terra come uno spauracchio alla mercé del sole. Niente paglia, vestiti, occhi o il cappello come il pupazzo che avevamo fatto con papà quando aveva cercato di piantare le pannocchie dietro casa. La testa era una grossa radice nodosa da cui spuntava una peluria di piccole radici e più sotto un pezzo di corteccia e del fogliame che pareva un braccio rinsecchito.

A Linda non piaceva e fu la mattina dopo la partenza dei nostri vecchi per il Belgio, mentre ci trovavamo tutti attorno allo strano totem, che Chen propose di bruciarlo.

« Gli alberi sono troppo vicini, prenderà fuoco tutto! » si oppose Naira che non abitava troppo lontano ed era visibilmente preoccupata.

A noialtri però l'idea di una bella pira non dispiaceva affatto e in quattro e quattr'otto Chen tirò fuori la lattina di cherosene e un accendino con cui armeggiò un paio di minuti prima che il groviglio prendesse fuoco e si carbonizzasse davanti ai nostri occhi sfavillanti.

Ci pensò Mal a spegnerne le ceneri con un secchio di plastica con cui raccoglievamo la roba nel bosco, come Cappuccetto Rosso.

« Bravi, adesso il Grande Spirito ce la farà pagare », Linda

scimmiottò Naira che non aveva voluto assistere al falò e si era allontanata sbuffando con le braccia conserte. E tutti scoppiammo a ridere.

Però, quando una settimana dopo comparve il secondo corpo di legno, nessuno di noi la prese a ridere.

Non lo scoprimmo noi. Era riverso per terra tra l'erba alta accanto al campetto della scuola e quando andammo a vederlo a me parve solo un tronco rovesciato su un fianco, anche se le radici che si annodavano in una specie di muso canino lo rendevano inquietante.

« Ricorda quei morti di Pompei », commentò Linda. Ci aveva chiamato suo padre che lo aveva trovato durante la perlustrazione della zona che compiva ogni settimana da che il paese s'era mezzo svuotato.

Ed era convinto che fosse stato uno di noi. « Se vi becco con un bastone in mano ve la faccio vedere io! » aveva sibilato con l'indice sotto il naso di Mal. « In un momento del genere vi mettete a fare queste stronzate, ma che vi dice il cervello? »

Nessuno in paese sapeva cosa fosse, da dove venisse. Qualcuno era convinto che fosse lo scherzo di un cretino. Altri erano certi che si trattasse di un manufatto antico, forse etrusco, anche se papà diceva sempre che gli etruschi lavoravano il tufo e l'argilla. E a noi sembrava solo dell'ottimo materiale d'avventura.

Un giorno, due settimane dopo il primo ritrovamento, ammazzavamo il tempo esplorando l'area tra la carovana e la mole grigia dell'impianto quando mi accorsi che la luce del pomeriggio se ne stava andando piano piano. Sopra di noi gli alberi sfrecciavano fino a venti metri mentre tra i saliscendi del terreno cercavamo di evitare tronchi caduti e rovi di spine. Io raccoglievo le pietre più belle per mamma e mi portavo dietro la mia arma preferita, un vecchio scintillometro che mi aveva regalato papà. Sembrava un grosso fucile acchiappa spiriti ma misurava solamente la radioattività dei minerali e io facevo finta di trovarci tesori nascosti. « La radioattività fa parte della vita, Johnny. An-

zi, è necessaria, persino il sole emette radiazioni, lo fa ogni cosa, compreso il nostro corpo. La differenza sta nella quantità », mi aveva detto papà quando me lo aveva regalato.

« Ehi! Venite! » Linda che era il nostro scout ci chiamò con la voce stridula e alta, quella di cui si vergognava un sacco. Quella da femminuccia, insomma.

In un avvallamento che non avevamo mai esplorato c'era un acquitrino circolare, di una cinquantina di metri quadri circondati per tre quarti da una vegetazione fittissima. Sulle acque opache e maleodoranti s'adagiava un tappeto di foglie gialle su cui galleggiava a mezz'aria una buffa coltre di bruma. La creatura dei nostri incubi se ne stava là, proprio al centro della nebbiolina, a osservarci come farebbe il padrone del bosco in attesa che i suoi ospiti si presentino. Stavolta però era diverso, perché non avremmo potuto dargli fuoco, anche se Chen aveva già preso l'occorrente dallo zaino.

« È solo un tronco spezzato da un grosso albero o da un fulmine », dissi.

« Impossibile, ci sarebbe l'altro albero, e il fulmine avrebbe bruciato tutto quanto », rispose Chen.

« È l'Albero del Male », disse Naira estraendo il suo coltello a serramanico.

« Ehi, stai tranquilla. È un ontano, ce ne sono tantissimi lungo il torrente », cercò di tranquillizzarla Mal.

Allora lei si mosse e scese fino alla piccola conca.

« Stai attenta alle sabbie mobili. »

« Hai letto troppi libri, Linda! », le disse Chen che era curioso di vedere che fine avrebbe fatto la sua acerrima nemica.

Naira avanzava lentamente con la melma alle ginocchia. Mal srotolò la fune di sicurezza che si portava dietro e gliela lanciò. « Legati la vita. »

Naira obbedì e si avvicinò al tronco, con l'acqua fino alla vita. Era circondato da quella fitta nebbiolina come se in quel punto ci fosse un pentolone acceso. Naira si tolse il maglione e lo usò come una coperta sul fuoco e la nebbia si diradò per qualche secondo.

Inclinato di una ventina di gradi sulla superficie della palude emergeva un ontano che doveva essere stato davvero grosso. Un ammasso di muscoli grigi che salivano per un metro e mezzo sopra l'acqua formando una figura stranamente antropomorfa: una testa schiacciata e allungata e un tronco di un arbusto orizzontale a simular le braccia da cui pendevano rami di salice. L'effetto era assurdo, come se quella cosa non ci dovesse essere e contemporaneamente gli mancasse qualcosa che doveva esserci. Qualcosa di presente e assente, reale e irreale, tutto insieme.

Il silenzio regnò per qualche istante, poi Naira estrasse la lama e la piantò nel cuore della pianta. Entrò come se fosse di burro e lei iniziò a tagliare come se potesse segarla a metà. Ma poi si fermò. Abbassò lo sguardo e vedemmo che lentamente si ritraeva, afferrando la corda di Mal. L'acqua di fronte a lei si stava tingendo di rosso.

« Oddio! » urlò Linda.

« È sangue? » chiese Marco che era rimasto in disparte.

« È un Guardiano dell'Aldilà. Sta qui perché fa da sentinella, al confine tra terra ed acqua », sentenziò Naira uscendo dalla pozza.

Gli occhi di Mal si accesero. « È vero, per i Celti il bosco è da sempre un luogo sacro in cui gli dèi si rivelano nelle loro forme », disse.

« Andiamocene, vi prego. » Linda si voltò e iniziò a camminare.

« E l'ontano nero era l'albero delle streghe », parlò Mal, « per le antiche superstizioni che vogliono i suoi rami perfetti per farne bacchette magiche e i tronchi sede di spiriti maligni e fattucchiere », scoppiò in una risata potente e un animale frusciò via tra le frasche.

« Ma è vero! Hai visto quel sangue! » Chen aveva raggiunto Linda sulla collinetta verde.

« È poco più che una betulla. Il suo sangue *è una resina, un colorante per il vino, un medicamento contro raffreddori e febbri. » Mal sembrava divertito. « Qui non c'è nulla di cui dob-*

biate avere paura. Venite, torniamo al campo. E tu Naira vai a casa a cambiarti. »

Uno dopo l'altro lasciammo la pozza che le foglie gialle sulla superficie si facevano marroni e il plasma scarlatto dell'ontano, ormai scarico di mistero, aveva perso la sua potenza spaventosa.

8

15 gennaio 1990

« La notte degli spiriti », così aveva detto Mal per convincerci e spaventarci ancora.

Era la seconda avventura nella carovana e fu poco prima di tornare a scuola dalle vacanze.

Le riunioni venivano convocate con grezzi sistemi di comunicazione che solo noi eravamo in grado di comprendere, e di notare. Mal ci aveva insegnato a osservare cose a cui di solito non davamo importanza e ci metteva continuamente alla prova. Il verso dell'erba sul prato, due ciuffi annodati, tre sassi vicini, un cumulo di terra e così via.

Quella mattina ero uscito per andare a fare la spesa con mamma. Ero fermo ad aspettarla davanti al cancelletto. Avevamo una Austin Metro nera che gracchiava sotto ai piedi di mamma. Era capace di tirare la prima fino ai trenta all'ora e la seconda ai sessanta. Era un barattolo tipo kart e lei aveva paura che si infilasse sotto un camion staccandoci la testa di netto. Lo aveva visto al cinema a Viterbo con papà.

Parcheggiammo di fronte casa, una villetta in un viale di acacie su cui facevano il nido le api e mentre prendevo le buste della spesa vidi il tronco. La corteccia era bagnata e irregolare. Girai attorno al fusto e notai che ne mancava un pezzo. Da casa mia non era visibile, ma dalla strada sì. Il disegno era un rettangolo orizzontale con tre file di tre puntini sopra.

Guardai il Casio: erano le undici. Ma ora sapevo che quella sera alle nove uno dei nostri sarebbe passato a prendermi. Richiusi la porta, corsi a lavarmi i denti e restai in attesa. Finché il gufo reale non emise il suo verso da qualche parte in giardino. La seconda notte nella carovana stava per iniziare.

Mi aggrappai al davanzale attento a non fare rumore. Fuori mi aspettava il buio, schiarito da un lume farfugliante e due stelle che sbirciavano dalla volta delle nubi. Annusai il silenzio di Titania avvolta da un torpore innaturale, un'atmosfera sospesa che bastava un mucchietto di parole a raccontarla tutta. E c'era Naira, nascosta dietro un oleandro con la sua pelle d'argilla e i capelli più belli che avessi mai visto.

Non fece un fiato durante tutto il tragitto da casa mia all'Espace. Camminava veloce davanti a me, le gambe lunghe e gli occhi bassi. Cercai un paio di volte di rompere il silenzio, ma lei non si girò e mi fece segno di darmi una mossa. Non le piacevo. Forse perché abitava in una catapecchia mentre io avevo l'unica villa finita e rifinita di Titania. Ma lei non aveva bisogno di dimostrare a nessuno chi nella tribù aveva il sangue dei nativi americani nelle vene. Non partecipava alle sfide di Mal. Se ne restava in disparte a guardarci come un felino appisolato sul ramo. Ci scrutava dall'alto, ogni tanto si ridestava, ci osservava con gli occhi di chi non sa a che gioco sta giocando, e ricadeva nella sua agile letargia.

Erano già tutti dentro. Presi posto davanti alla J che segnava il mio posto, di fianco a Mal, e notai che dal tettuccio pendeva una specie di nido. Ai tempi gli acchiappasogni non erano oggetti diffusi, perciò allungai una mano e lo toccai.

Chen mi fece di no con la testa.

Troppo tardi. Era pieno di piume e aveva una rete al centro con dei piccoli sonagli che tintinnarono nella macchina.

« Che fai? » mi rimproverò Mal e Linda sbarrò gli occhi come a dirmi, te l'avevo detto. « È Cheyenne. »

Sollevai un sopracciglio, sapevo che lo aveva costruito con le penne dei piccioni raccolte fuori dalla scuola e rami di salice, ma non replicai. Mal mi afferrò per il braccio e mi rimise seduto.

« Cos'è? » riprovai.

« Questa », disse indicando l'anello intorno, « è la ruota della

vita. E queste sono le nostre vite», sfiorò sei fili di colore diverso che univano la pietra al centro con l'anello. «Qui c'è quello che cerchiamo, e che ci tiene uniti, il grande mistero. Questo oggetto proteggerà la carovana dalle cose che vivono di notte.»

La luna piena sopra l'Espace rischiarava il prato e il canale più in basso. Dentro, con le candele accese ci sentivamo sicuri.

«Iniziamo.»

Marco aveva ricevuto la zampa d'istrice ed era diventato la mascotte della tribù, ma noi dovevamo ancora essere iniziati. Mal chiuse gli occhi e attese. Soffiò nella pipa spenta e venne fuori quel suono roco. Poi volse la testa in fondo all'Espace. Naira aveva il viso in ombra, solo gli occhi erano illuminati dalle lucine sfavillanti. Lui pizzicò qualcosa nella scatola e lo mise in mezzo a noi.

Era una femmina di ragno vespa, le uniche con quei colori accesi. Lo sapevo perché nel roveto dove abitava Naira ce n'erano parecchie. Mal doveva averlo preso lì, non erano pericolosi e quando ti avvicinavi facevano oscillare le tele per spaventarti.

Naira guardò l'aracnide e fece spallucce. «Ce ne sono centinaia a casa mia.»

«Che schifo», disse Chen.

«Questo è speciale, Naira, come lo sei tu per noi.»

Lei lo osservò, dubbiosa.

«Tu sei il ragno», disse. Ed era così. Solitaria, paziente e letale. D'inverno indossava il solito maglione di cotone a strisce rosse e arancioni di cui secondo me si vergognava e che di certo non la teneva calda. Naira sembrava non sentire il freddo e pativa di più i sudori dell'estate che affrontava con due camicette, una bianca e una turchese, con scollo a V unito da laccetti marroni. Era più grande di me, e più piccola di Mal. Lui la rispettava come se davvero fosse uno spirito. E i maschi a scuola ci pensavano due volte prima di parlarle dietro.

Io c'ero quel giorno di primavera. Eravamo in biblioteca, un enorme stanzone disordinato con scaffali di alluminio e banchi comuni. Le pareti verdine. Un tipo, Teo Pini, terza media, ave-

va detto qualcosa sui jeans di Naira. Non erano strappati come li portavamo tutti – un lavoro paziente con le chiavi di casa – ma lisi. Lei gli aveva dato un'occhiataccia e quando quello aveva sibilato qualcosa sulla treccia e su cosa gli sarebbe piaciuto farci, lei si era fermata. In piedi, davanti alla sedia su cui si trovava Teo.

« Scusa? » aveva sussurrato nel silenzio della biblioteca. Ci eravamo voltati tutti.

« Giglio tigrato si arrabbia? »

Lo fissava e lui sosteneva lo sguardo sogghignando finché le labbra non erano miseramente crollate.

Anche Teo aveva capito che Naira era pericolosa. Troppo tardi. Lei gli aveva mollato un calcio tra le gambe e quando si era inginocchiato ululante lo aveva guardato con uno sguardo indifferente. Teo era scoppiato a piangere. Mentre lei si fissava le dita stracolme di capelli. Lui era rosso in faccia, di più sulla tempia.

Poi se n'era andata. Non aveva aggiunto niente, perché non c'era niente da aggiungere. Aveva fatto il giusto. E lo faceva sempre.

Adoravo quella sua forza selvaggia anche se c'era qualcosa che non mi convinceva e che ero certo lasciava perplessi anche gli altri maschi della banda. Era nel suo sguardo allungato, una certezza celata al mondo e forse a se stessa. Era la sua natura, quella della sua gente. E c'era un'altra cosa che non riuscivo a mettere a fuoco, ma era una sensazione. Dietro al suo fascino pagano si nascondeva qualcosa di cui avevo timore. Un brivido a fior di pelle. Come se volesse vedere dove andavamo a finire. Come se ci controllasse con i suoi occhi aguzzi.

« Il ragno », concluse Mal, « è la responsabilità di chi tesse la tela del proprio destino senza sentirsi imprigionato, senza restarne vittima. »

Lei si passò la lingua tra le labbra, poi, con mia grande sorpresa, rispose chiudendo gli occhi: « Prendo questo pegno come legame con l'animale sacro e giuro fedeltà alla tribù ».

« E io? » chiese Chen quando Mal riaprì gli occhi su di lui.

Mal posò il calumet e allungò la mano verso il cassetto dal lato del passeggero. La serratura era rotta, ma nessuno si era mai azzardato a curiosarci perché era il cassetto di Mal.

Lo aprì e ficcò tutte e due le mani dentro. Vidi una bottiglietta, un blocco da disegno e un cofanetto. Si rimise seduto e lo sistemò sulle gambe chiuse. Era una scatola rettangolare di latta, quella dei biscotti Ore Liete.

Per un secondo sperai che ci fosse davvero qualcosa di buono. Poi Mal la aprì come si apre uno scrigno e un fetore di carne morta riempì l'Espace.

Linda accese la luce sul tettuccio e si accostò. Estrasse un ciuffo di peli chiuso da un anello di cuoio e lo passò a Chen.

Lui lo prese con le due mani a mo' di preghiera.

« Ora tu sei l'orso della tribù. »

Dubitavo che fossero peli di orso, ma fu la prima volta che lo sentii dire quella parola, tribù. E in quel momento mi parve che risuonasse tra le pareti della macchina sospinta dal Grande Spirito in persona.

« Lo sguardo che rivolgi a te stesso e su tutti noi, sono convinto che ci sarà prezioso. Tu avrai le risposte che ci serviranno. »

Chen chinò il capo senza distogliere lo sguardo. « Prendo questo pegno come legame con l'animale sacro e giuro fedeltà alla tribù », disse con una solennità che non mi aspettavo visto com'era cambiato da quella mattina a scuola.

Passò a me, fece suonare l'acchiappasogni e tolse dalla scatola il mio spirito guida. Fissai per qualche secondo una cosa giallognola che mi stava porgendo. Era un piccolo teschio rinsecchito.

« Il serpente », mi prese la mano e ce la fece scivolare dentro, « è l'animale simbolo del mutamento, del ciclo della vita, dall'alfa all'omega. E viceversa, dalla morte alla rinascita. Il destino del serpente è cambiare restando se stesso. »

« Che vuol dire? » chiesi.

Scosse il capo e la luce del tettuccio balbettò. Chiuse gli occhi e stette così per un po'. Io mi guardai attorno e vidi gli altri in silenzio e con le teste basse, come quando in chiesa – il prete a

Titania veniva quando c'erano le offerte – mamma prendeva l'ostia e tornava a posto.

Recitai: « Prendo questo pegno come legame con l'animale sacro e giuro fedeltà alla tribù ».

Mi accorsi che Linda era in ansia. Era rimasta per ultima. Colta da uno scossone improvviso, trasalì al richiamo di Mal: « Linda ».

« Sì », rispose con un'arrendevolezza che mi sorprese. Poi scrutò la cosa che Mal aveva scelto per lei. « Una piuma? » disse, vittima di un oltraggio.

Povero piccione, pensai.

Mal non traballò: « Il tacchino esprime altruismo e generosità... »

Ma io non riuscii a trattenermi: « Chi? Linda?! »

Lei mi folgorò con una smorfia che avrebbe annichilito un giaguaro. Ma servì a distrarla un secondo. Incrociò le braccia e accavallò le gambe. Chiusura totale.

« ... sacrifica la propria vita per gli altri... »

Si fece scura in volto.

« ... perché il grande spirito... »

« Basta », lo interruppe alzandosi in piedi. « Cambiami animale. »

« Linda... non si può, non l'ho scelto io, è stato il Grande... »

« Subito. Altrimenti me ne vado e porto via Marco. »

Fu il piccolo a metterli d'accordo: « La tartaruga! Lei è una tartaruga », disse tirandola per il maglione e facendola risedere. « Perché mi protegge col suo guscio. » Le si accoccolò in braccio e Linda lo lasciò fare.

La penna del piccione era immobile nella mano di Mal. Per la prima volta fece un passo indietro.

La rimise nella scatola di latta, le labbra strette e una ruga tra le sopracciglia, ed estrasse, come dal cappello di un mago, un guscio lucido.

E riinizìò: « La tartaruga è simbolo della lentezza », sorrise vendicativo, « e della solidità. Il suo insegnamento è di aspettare il momento giusto per ogni cosa e restare sempre con i piedi per terra. Usa il guscio per proteggere se stessa e quelli che ama, anche se spesso ci nasconde i propri sentimenti. Quando si trova in pericolo sa anche mordere», fece l'occhiolino a Marco.

L'atmosfera si era alleggerita e ne approfittai.

«E tu?» domandai. «Tu che animale sei?»

I salici carezzavano le fiancate della carovana quando Mal prese un sacchetto dalla scatola, infilò indice e pollice e tirò piano. Aprì l'altra mano e vi posò sopra il corpo imbalsamato di una piccola lucertola.

«Che significa?»

«La lucertola è lo spirito dei sogni. Vive oltre il mondo e il tempo che conosciamo. Crea il futuro sognandolo. A volte avverandolo.»

Marco schizzò al finestrino: «È brutto fuori».

«Non abbiamo ancora finito.»

Marco tornò al suo posto. Mal accese un bastoncino di incenso. Colpì il campanello dell'acchiappa sogni chiedendoci il silenzio. «Aho Mitakuye Oyasin», pronunciò tre volte a bassa voce.

«È bellissimo.» Era Linda.

«Cos'è?» domandai.

Mal sospirò, come alla fine di una scalata e si alzò in piedi facendoci cenno di imitarlo. Mi diede la mano sinistra, mentre l'altra la stringeva Chen. Linda e Naira non si sottrassero, e tutti e sei formammo una piccola catena.

«È il primo verso di un'antica preghiera Sioux.»

«Che significa?» chiese Naira.

«Vuol dire che tutto è connesso. L'universo. Il mondo umano e quello animale...»

«Anche le rane?» Marco si accucciò mimando il salto di un piccolo anfibio mentre fuori il vento mugghiava come un gran mare in tempesta.

9

1 febbraio 1990

La terza notte l'aspettavamo con ansia. Faceva un freddo mostruoso e nevicava da una settimana, ma non aveva attaccato. Stavolta ero arrivato per primo e avevo atteso qualche minuto Mal con le chiavi, dopodiché ci eravamo salutati battendoci le mani sulla bocca aperta. Uh-uh-uh-uh-uh.

Si era portato una sacca di tela. « Dammi una mano, John », disse tirando fuori una piccola batteria.

« Dove l'hai presa? »

« In prestito... dalla macchina di mia madre. »

« Non è piccola per l'Espace? » feci indicando il cofano che stavamo sollevando tra gli scricchiolii.

« Basterà per fare quello che ho in mente. »

« Mistero... »

« Hai detto a Chen delle lettere? » mi domandò mentre posava la batteria nel buco lasciato da quella vecchia che era incrostata e giaceva in mezzo all'erba.

« Yes. Ha detto che non c'era problema. »

« Sarà una bella serata, vedrai, Johnny. »

« Che facciamo se fa troppo freddo? »

L'ultima volta avevamo lasciato dei sacchi a pelo nel portabagagli, in vista di una possibile nottata come quella ma avevo le mani ghiacciate e non ero convinto che saremmo rimasti davvero a dormirci, nella carovana.

« Ho anche una stufetta », rispose indicando il sacco.

Linda arrivò tenendo per mano Marco, che aveva uno zainetto dell'uomo ragno sulle spalle.

« Ho portato i dolci! »

« Bravo cucciolo », lo scapigliò Mal.

« C'è posto per un vecchio cinese? » La testa di Chen spuntava da un piumino blu notte. In spalla aveva la sua borsa da calcetto nuova. Aveva portato le gomme alla cannella. Stappammo la bottiglia di Coca e Linda la versò nei bicchieri di carta.

Solo allora Naira si affacciò. « Minaccia pioggia, che facciamo? »

« Come che facciamo? » risposi io.

Naira scrollò le spalle e si sistemò al suo posto sotto il lunotto.

In pochi minuti i finestrini si appannarono e fummo costretti a toglierci i giubbotti. Tutti tranne lei, che non ce l'aveva neanche quella notte.

« Ah, dimenticavo! » esclamai, prendendo un sacchetto che avevo portato la settimana prima. Conteneva un lungo plaid. Ci mettemmo per terra sui cuscini e lo sistemammo sopra le gambe. Ci stavamo tutti.

Le candele mandavano un blando lucore e il cielo rumoreggiava pigro sopra l'Espace quando Chen sciolse i lacci della borsa da calcetto. Tra le dita grassocce comparvero delle buste. Le conoscevamo. Lo avevamo già fatto nella stanza delle caldaie della scuola, due settimane prima. Avevamo letto tutti insieme le missive di trasferimento dei nostri papà. Erano quasi identiche.

La mamma di Chen lavorava all'ufficio postale e quando erano arrivate quelle nuove gli aveva promesso che ce le avrebbe date senza aspettare la consegna cassetta per cassetta. Per quello eravamo lì quella sera. Per sapere quando sarebbero tornati, per vedere se c'era qualcosa di bello per cui abbracciarci e festeggiare.

« Questa è la mia », disse Chen con il ghigno di chi si sentiva il Signore delle Lettere.

Aprì la busta verde chiara e fece due colpi di tosse per richiamare l'attenzione. Non ce n'era bisogno, eravamo tutti e sei ammutoliti dal desiderio. Tutti stretti nella medesima speranza.

Tranne Naira, ovviamente. Suo padre chissà dov'era e anche se mandava i soldi a lei sembrava non fare né caldo né freddo che ci fosse o meno.

« Cari ragazzi », iniziò con una smorfia indirizzata a quel plurale che includeva la sorella, Yin.

Non si scompose: « vi scrivo dal mio ufficio al Sambre (ho un ufficio!) nel cuore della nuova miniera di titanio. Qui è tutto moderno e persino io fatico molto meno. C'è la mensa e non si mangia male. Ho una squadra di trenta operai e il viso è tornato giallo! Ci sono anche due colleghi cinesi. Mi mancate e, pensate un po', mi manca persino Titania ».

Fece un sorriso in cui riconobbi il cuore tenero del mio vecchio amico.

« A presto. Papà. »

Abbassò il foglio piegato in tre e sospirò teatrale. « C'è scritto che torna presto. »

« Non è vero », lo pizzicò Naira. « Hai detto 'a presto' ».

Per quel che poteva, Chen sbiancò: « Sta' zitta », borbottò senza vigore.

Io ero vicino e sbirciai la pagina. Era vergata di sgorbi e disegnini che non ci si capiva niente.

« Ora sta a me », Linda s'intromise prima che partisse la solita lite. Si avvicinò e affondò la mano nella borsa, controllò e alla fine tirò fuori la sua busta. « Eccola. Allora... »

« Cara Linda », tradusse dal russo, « va tutto bene. Tu e la mamma siete sempre nel mio cuore. Spero di rientrare presto. »

Mal affondò la mano. Era la prima volta che lo vedevo in ansia. Aveva una voce calda e roca, non proprio da grande ma nemmeno da ragazzino. Ma andò tutto bene. Il padre lo salutava dicendo che avrebbe, come gli altri, scritto per dare notizie e aggiornamenti. Il lavoro procedeva bene e ci dava la data del ritorno definitivo fissata per fine aprile.

Giunse il mio turno e mi asciugai il sudore tutt'addosso.

Caro Johnny,

è tanto che ti volevo scrivere. Qui le cose vanno bene, il nuovo impianto è una bomba. Presto il mio lavoro sarà finito, tornerò a Titania e questa estate ce ne andremo al mare. Aiuta mamma, studia forte e non smettere mai di sognare. Ricorda sempre che ci sono tre grandi misteri che dobbiamo indagare. Il primo è disperso nell'alto dei cieli, il secondo è celato nel cuore della terra, l'ultimo riposa nel cuore di ognuno.

Ti voglio bene.
Papà

« Sono finite », disse Chen con troppa enfasi.

« Le mie! Le mie! » strillò Marco.

Solo allora Chen cavò fuori la busta spedita da Paolo Ferrari. Con le mani incerte la diede a Mal che la aprì.

« Che dice, mio papà? »

Mal lesse: « Caro Marco, spero di tornare presto e di portarti l'amichetto che sai... Fai il cavaliere con la mamma », le sue parole suonarono vuote e un tuono le riempì col suo boato.

« Mi ha promesso un cagnolino, papà, quando torna. Un bassotto. Per cercare le tane », disse a Mal e toccò la zampa dell'istrice.

Mal si voltò verso il cruscotto di plastica dell'Espace. Ma si vedeva che stava male per Marco. Girò la chiave nel quadro, che si accese.

Con lui una costellazione di lucine natalizie che doveva aver sistemato di nascosto la mattina e collegato con l'accendisigari. C'erano tutti i colori. Era come un pilota che prepara un atterraggio d'emergenza, sollevava levette e schiacciava pulsanti. Di colpo una musica forte inondò l'abitacolo.

« Balliamo! » strillò.

La pioggia scrosciante e i cimbali di Riders on the Storm

riempirono l'abitacolo della macchina. Mal prese a imitare la voce di Jim Morrison con la sua voce profonda. « Chiudete gli occhi. »

Ubbidii sbirciando per vedere se gli altri facevano altrettanto. Tutti chiusi mentre la carovana ondeggiava sotto i nostri piedi come una tavola da surf e noi ci muovevamo sull'onda morbida della musica con le gambe dure. Scoordinati come i nostri animali guida, pensai.

Riders on the Storm
There's a killer on the road
His brain is squirmin' like a toad

Fu allora che sentimmo un colpo e un urlo: l'orso della tribù incespicò e cadde all'indietro. Riuscì a girarsi e la spalla incocciò il volante. Ci fu un crack, come se sul cruscotto si fosse rotto qualcosa. Gli altri aprirono gli occhi e vedemmo Chen sul pavimento dell'Espace. Cadendo aveva urtato la leva dei fari. Quello di destra era fulminato, ma dall'altro era partita una luce squadrata e polverosa che attraversava i salici e penetrava nel folto del bosco.

Allora udimmo quel suono acuto.

Durò un attimo, come il fischio di un treno di passaggio. Lo udimmo tutti e cercammo una risposta in Mal. Lo stereo era spento e lui stava guardando fuori.

Fu un attimo, forse un paio di secondi.

Il bosco paralizzato dalla luce aveva un buco al centro, il fascio lo aveva penetrato scavando la florida carne e ora come la mano di un bambino scoperchia un formicaio brulicante o quella del chirurgo che strappa il male dal corpo, ne svelava i segreti più intimi. E in quel buco c'era qualcosa. Sapevo di averla vista solo io, all'inizio. Sentii un tonfo, un grido. Un altro. Il buio intanto frantumava l'immagine impressa nella mia testa.

« Avete visto? » gridai.

« Girate la chiave », disse una voce.

« Avete visto? » ridissi in crescendo.

Qualcuno accese il quadro. Era Naira, aveva staccato le lu-

cine dall'accendisigari e abbassato la leva dei fari. La luce di servizio al centro del tettuccio si riaccese. I suoi occhi erano ingrigiti e io riconobbi la grande Paura dentro di me. E fuori. Era ovunque. Ecco. Ed era così che la sentivo, un gelo improvviso e assoluto. Lo schiaffo invisibile del vento che ti sposta per strada.

In quell'istante, Linda spalancò la portiera. Le sagome scure degli alberi erano forme in movimento contro il cielo di nubi in battaglia. Mi mancò il respiro e la vidi che afferrava il braccio di Marco e lo tirava a sé. Lo sollevò, lo prese in braccio e vidi gli occhiali che volavano dalla sua faccia.

Poi Linda fece una cosa impossibile. Aprì lo sportello: « Non voglio, non voglio! »

Ma era troppo tardi. Senza nemmeno voltarsi, chiederci cosa fare o dirci addio, Linda scese dalla macchina e si lanciò con Marco in braccio nella campagna aperta. Alla sua destra il bosco, a sinistra il canale e a un chilometro di fronte a lei la casa di Marco.

Chen si rialzò. « Cosa? » urlò. « Cos'era? »

Naira aveva le pupille dilatate, ma non stava guardando fuori. A terra, rannicchiato contro lo sportello chiuso, c'era Mal. Era inciampato anche lui.

Mi avvicinai e vidi che tremava, le dita stringevano un pezzo di plastica blu, le braccia al petto. Aveva gli occhi spalancati, grandi come non li avevo mai visti. Spaventosi come quelli della cosa che avevo visto nel bosco.

« Era il weteko? » urlai chinandomi su di lui.

Naira mi raggiunse. « Sta male, John. »

Le labbra di Mal erano di un bianco livido e schiumavano come un secchio di lumache. Di colpo si mosse. Scattò come una tagliola e si contrasse a riccio.

« Sta male », strillò mentre gli apriva la bocca e gli infilava un guanto tra i denti.

10

2 febbraio 1990

« Cos'è successo? »

La domanda venne assieme al frastuono delle serrande sollevate e al fragoroso scroscio di pioggia che giungeva da fuori. Era mia madre. Spalancò la finestra e la pioggia entrò assieme al freddo.

Mi tirai a sedere nel letto. La camera puzzava di sudore e scarpe sudice. Lo Swatch a parete segnava le 10.30 e tutto attorno mi scrutavano le foto delle miniere d'Europa che mi aveva portato papà. Di alcune aveva fatto fare gli ingrandimenti e sotto la finestra di fronte al mio letto c'era la scrivania di legno con un vetro poggiato sopra. Sotto ci avevo infilato le immagini delle pietre che amavo. Berilli, ametiste, quarzi rossi, smeraldi e la pietra mia e di papà, il turchese. Il muro era coperto dalla gigantografia di uno scavo che dava l'impressione che si aprisse nella parete.

« Cosa è successo stanotte? » ripeté più forte. Mi tappai le orecchie ma mi accorsi che non era un rimprovero. Sembrava stanca e spaventata.

Allora mi sbrigai a bofonchiare: « Niente. Sono rientrato alle... »

« Lo so quando sei rientrato, Johnny! » si addossò al letto. « Cos'è successo a Marco? »

« Marco? »

Ci misi qualche secondo a realizzare. Me lo rividi con il braccio steso dietro la schiena di Linda che urlava scosso dalla corsa.

Mamma sparì dai radar e io mi ritrovai davanti agli occhi

la faccia del weteko in mezzo al bosco, sorpresa dal faro dell'E-space. E sentii che stavo per farmela sotto. Mi alzai per correre in bagno.

« Ha chiamato Bea! » mi strillò come se fossi dall'altro capo della casa. Si metteva male. Bea era la mamma di Marco. « Vestiti. Gli altri sono già fuori. »

« Gli altri? » gridai dal bagno, ma era già andata ad aprire. Mi fiondai al bagno e lavai la faccia e feci quello che dovevo fare ma non feci in tempo a replicare che di sotto suonarono alla porta. Infilai la maglietta, i pantaloncini e le scarpe di quella notte e scesi.

Riconobbi una voce sull'uscio. E sentii dei passi.

« Johnny. » Linda aveva la faccia gonfia di pianto, rossa e disperata. Non credevo che sapesse piangere.

« Che è successo? »

« Marco », disse e tuffò la faccia tra le mani. Le unghie di un brivido mi pizzicarono la schiena: « Diglielo che l'ho portato a casa, John. »

« Perché, dov'è ora? » Guardai mamma e poi di nuovo Linda, incredulo. Ero crollato come un sasso e mi ero dimenticato di tutto.

Mia madre aspettava. « Sì, sì, mamma te lo giuro, Linda l'ha riaccompagnato a casa. » In effetti lo ricordavo appena. Avevo poche istantanee della notte prima. Ed erano tutte confuse.

Era grave se stavo usando « lo giuro ». Papà non voleva nemmeno che promettessi: « Non possiamo legarci a un evento che non dipende da noi ». Temevo che mamma potesse darmi uno schiaffo davanti a lei ma quello che disse fu peggio: « È scomparso ».

Linda mi salvò buttandosi tra le mie braccia.

« Dove siete stati? »

« Alla carovana sul canale », rispose scostando la testa dal mio petto.

« Quella macchinaccia arrugginita? Quante volte te lo ho detto! » mi urlò mia madre.

« Siamo scappati, signora. C'era qualcosa nel bosco. »

Allora ricordai quella cosa come se fosse un flash. Mal sdraiato nella Espace. Linda e Marco che correvano via. Io e Chen che uscivamo dalla macchina.

Mi toccai la testa e trasalii. Avevo un taglio dietro la nuca e cercai di far finta di niente. Mamma non mi stava guardando. Mamma fissava Linda come avesse di fronte un'aliena e alzò la voce. « Che ci facevate a quell'ora laggiù? »

« Leggevamo le lettere », dissi.

« Che lettere? »

« Papà ha mandato questa. » La tolsi dai pantaloncini dov'era rimasta dalla sera prima.

Mamma l'afferrò, la lesse e cambiò espressione: era solo per me.

« Come avete potuto. » Squadrò entrambi con il dolore sul viso e mi afferrò per le spalle. Mi scosse ficcando gli occhi dentro ai miei e singhiozzando disse: « Come avete potuto lasciarlo da solo? Proprio lui, il più piccolo! »

« Vieni dentro! » disse tirandomi via per la maglietta. La porta si chiuse con un tonfo mentre Linda correva via in lacrime e la sentivo chiamare il nome del nostro piccolo amico.

Mezz'ora dopo ci ritrovammo in Piazza degli estrattori – un pallido colonnato in stile razionalista, al centro il grande obelisco scolpito in un enorme blocco di titanio – davanti al bar. Nemmeno il cenno di un saluto. Sulle nostre facce – Naira non c'era – leggevo paura e vergogna, forse. Io ero incorporeo e la prima cosa che notai fu che Mal (l'unico che non si faceva tenere per mano) era in piedi e sembrava star bene. Poi vidi Chen con la faccia gonfia. Le aveva prese dalla madre che aveva le mani tozze e veloci: « Mio figlio... ha rubato la posta ».

Ci organizzammo e dopo cena uscimmo con le altre mamme e con il padre di Linda a cercare Marco. « Finché non si trova, c'è speranza », disse mamma mentre passavamo di fronte alla scuola e io pensai che era proprio così, se una cosa non la vedi non esiste.

La notte prima la paura mi aveva paralizzato, Chen si era

pisciato sotto, Mal aveva avuto un attacco epilettico – nessuno di noi conosceva la sua kriptonite – e Naira lo aveva salvato.

E io? Cosa avevo fatto io?

Quando le luci si erano spente avevo continuato a fissare quella cosa nel bosco. La massa oscura si agitava come un corpo straziato dagli spasmi. Un enorme polmone sollevò la mole della foresta con una serie di brusii, schianti e fragori. Fu allora che udii un'eco tra le fronde. Mentre Linda e Marco scappavano ero sceso dalla Espace nel terrore e avevo girato attorno. Sentivo il corpo che si smaterializzava, cellule, carne, pezzetti d'osso che se ne andavano in giro per la radura mentre io mi avvicinavo al punto in cui lo avevamo visto. Avevo acceso una piccola torcia che mi aveva regalato papà. Dovevo entrare tra quelle piante e vedere coi miei occhi. Avanzai in preda a un terrore assurdo che invece di spingermi via mi attraeva. Perché sentivo che era là. La Morte o il Male, là in mezzo avevamo intravisto la misteriosa anima di Titania, ne ero certo. E anche se era in agguato, io dovevo vedere.

E lo vidi.

In mezzo ai cespugli di felci rosse c'era uno di quei cosi. Un uomo del bosco con tre grosse radici incardinate con il fil di ferro sul tronco mozzato che simulavano una testa deforme, mentre due fasce di rami di salici cadevano sui fianchi come braccia sottili. Non era ben fatto come gli altri due ma questo, ne ero certo come ero certo che lo avessero visto tutti, era vivo, ci aveva visti e ci stava venendo a prendere. Per quello Linda era scappata con Marco. Di colpo, mentre me ne stavo in mezzo all'erba e sentivo alle mie spalle la voce di Naira che strillava a Mal di aprire la bocca, mi tornò in mente un pezzo di quella maledetta filastrocca.

Ha grossi fanali al posto degli occhi/ E mani giganti che paiono ossi/ La testa di rami sottili e stecchiti/ La pelle che cade da diti avvizziti/Se l'uomo del bosco ti viene a cercare/ Non hai mica scampo, tu devi scappare.

Anche se era solo uno stupido pezzo di legno e le luci dei fari lo avevano animato – sì, doveva essere così – io tremavo tutto. Perché quello era il weteko.

Fu allora che sentii quel grido. Non c'erano dubbi che fosse la voce di Marco. E non veniva dalla direzione delle loro due case.

Proseguii con la torcia puntata, ma era troppo debole per quell'oscurità, tremolava. Avanzai accompagnato da un muro di betulle da una parte e alti grovigli di spine dall'altra. Frusciavano le fronde e sollevai la luce di fronte a un muro d'erba più alto di me. Alzai gli occhi al cielo in cerca di una risposta, ma le stelle erano mute.

Un brivido scosse le canne che crescevano nel minuscolo acquitrino e per poco non me la feci addosso. Non vidi nulla ma sentii i vagiti di un cucciolo strappato dalla tana e trascinato nella foresta.

Mi buttai dentro le canne dritto per dritto perché il pensiero che la sua preda fosse Marco mi faceva il cuore a pezzi. Ed era peggio di qualunque terrore.

Seguii i movimenti della vegetazione in preda a un'ossessione: dovevo vedere, a qualunque prezzo, capire, sapere, conoscere la verità. E invece caddi a faccia in giù e atterrai sulle braccia un paio di metri più in basso in mezzo metro d'acqua sudicia. Prima che la testa rimbalzasse su qualcosa di duro e perdessi i sensi.

Quando riaprii gli occhi avevo il sapore di fango e di sangue in bocca e la pioggia che mi batteva forte dappertutto. Non ero nella palude, perché a due metri da me c'erano i ferri di una gabbia di cemento armato, su cui avevo rischiato di finire allo spiedo. Mi trovavo nella zona dietro la scuola, e avevo perso l'orientamento al buio tra le canne alte. Mi tirai in piedi e barcollando tornai a casa infilandomi nel letto senza neppure lavarmi.

Il giorno dopo tornammo in quel posto con madri armate di fiaccole in cerca di Marco. Controllammo ogni centimetro di quella terra ma non trovammo niente e quando calò la notte ci spostammo avanzando nel buio verso l'impianto muto di macchine e ingranaggi.

Da Roma erano venuti gli inquirenti con una squadra di

sbirri che facevano domande e avevano preso la mia classe come quartier generale. I cani poliziotti battevano il territorio notte e giorno.

E lo cercammo dappertutto. Ero certo che lo avremmo trovato. E una mattina all'alba accadde davvero.

La sua scarpa era lì sulla grata dell'impianto, in mezzo alla neve sporca di sangue. Era aperta come se gliela avessero strappata a forza. Dopo tre giorni di ricerche un segugio trovò i vestiti insanguinati nella chiusa del canale. Vennero dei fotografi, studiarono la scena del delitto, la grata di aerazione dell'impianto, e il poliziotto pelato che seguiva il caso disse che c'erano tracce di sangue sia lì che giù al canale. Una era quella di Marco.

Mamma non mi parlava ed era brusca, l'avevo delusa e per la prima volta nella mia vita facevo i conti con i danni irreparabili della vita. La seconda sarebbe stata anche peggio, ma in quel momento non potevo neppure immaginarlo.

Passarono i giorni e finalmente presero un uomo.

Una mattina di inizio febbraio, Chen mi venne a dire, con un sorriso grande così, che avevano scoperto l'assassino.

In un secondo le parole di mamma mi passarono nel cervello. « Hanno trovato il corpo? » Immaginai il musetto da uccellino di Marco con gli occhi incollati di sonno.

Ma non era così.

Il corpo venne ripescato qualche giorno dopo. Almeno, ciò che ne restava.

Ai piedi della montagna dove sorgeva l'impianto di estrazione c'era il bacino di raccolta dell'acqua per il raffreddamento delle trivelle e delle talpe meccaniche. Erano le acque di un torrente montano che una volta utilizzate scorrevano fuori dalla chiusa per tuffarsi nel canale. Era largo venti metri e si diceva che fosse molto profondo e le acque erano piene di fango in sospensione. Uno di quei posti che evitavamo perché quando pioveva e si spalancavano le dighe del bacino idrico le acque crescevano creando una corrente spaventosa. Su quelle chiuse i poliziotti trovarono i vestiti maciullati del nostro piccolo amico.

In quei giorni restammo tappati in casa. Nemmeno Mal si vedeva in giro e la scuola era stata chiusa per una settimana. Io pensavo solo a Marco e a Naira che era sparita nel nulla. La rividi il giorno che la polizia abbandonò Titania.

Avevano davvero preso un uomo. Uno del paese. Uno che conoscevamo bene.

Il custode dell'impianto aveva rapito e ucciso Marco. Aveva confessato subito. Lo aveva rapito la notte delle lettere, era lui la cosa in mezzo agli alberi!, e lo aveva trascinato attraverso il bosco, sopra la grata e fino al canale.

Nei giorni successivi tutto parve confermare quella versione: « Il vecchio custode dell'impianto, un uomo che soffre di disturbi mentali, è stato licenziato dal padre del bambino scomparso, uno dei capi dell'azienda che dà lavoro alla gente di questo posto sperduto nel cuore dell'Italia ».

Ricordo la carrellata su Titania che mi sembrò bellissima in tv – il marrone bruno e camoscio dei monti che cullavano la valle densa di boschi verde mirto e le tre ciminiere d'argento che le conferivano un che di aristocratico – e quelle parole che risuonavano nel soggiorno di casa davanti agli occhi gonfi di lacrime di mamma.

« Approfittando dell'assenza dei padri è tornato a prendersi la sua vendetta su un povero innocente », aveva detto il giornalista con la giacca a costine. Aveva aggiunto che « la seconda traccia di sangue rinvenuta sulla griglia d'aerazione dell'impianto è dell'omicida che ha ucciso il piccolo Ferrari e lo ha gettato nell'idrovora del canale di drenaggio. »

Quel giorno scoprimmo che a poche centinaia di metri dalla nostra carovana, dal nostro rifugio, era stato ritrovato il corpo di Marco. Scoprimmo che l'uomo che deponeva le sculture di legno in mezzo al bosco si chiamava Louis Caròn, il padre di Naira. E ci fu chiaro in un terribile istante che tra quei luoghi incantati non eravamo mai stati al sicuro.

TERZA PARTE

IL PROGRAMMA GAIA

Nella ricerca della verità sii pronto a imbatterti nell'inatteso, poiché essa è difficile da trovare, e, una volta trovata, stupefacente.

Eraclito di Efeso

1

20 aprile 2020, mattina

Nella stanza al piano terra della casetta liberty a Città Giardino, nel quartiere di Montesacro, Maria Glynn frugava nel baule coperto da un velluto rosso. A tratti credeva di immergere le dita tra le pieghe della massa grigia del suo povero cervello.

Era arrivata sin lì approfittando dell'assenza di Inès, la badante, che era uscita per la spesa, aveva preso la macchina e non sarebbe tornata prima di un'ora, un'ora e mezzo. Maria aveva raccolto energie e coraggio e si era alzata dal letto di cui era prigioniera e aveva ciabattato per tutto il corridoio con la sensazione di muoversi al rallentatore, come uno dei mostri che vedeva Jim in tv.

La stanza era tinta di verde e piena di sassi e metalli, forme improbabili che Liam – era ancora vivo? – aveva accumulato nei viaggi in giro per il mondo. La mano afferrò un grosso pezzo di titanio. Era uno dei pochi minerali che riconosceva, perché suo marito gliene aveva fatto un bracciale quando si erano sposati.

Maria possedeva una pelle oliva che John non aveva ereditato. L'unico tratto del viso in comune erano le sopracciglia su cui si poggiava la grossa montatura degli occhiali tartaruga.

Aveva svuotato il baule eppure ci guardava ancora dentro. Il fondo di metallo era scurito ma lei continuava a muovervi le dita come se cercasse di pescarne i suoi numeri fortunati. E invece la mano trovò una scatolina di plastica e la prese su.

Era trasparente ed era vuota. La aprì e la chiuse due volte senza capire cosa fosse. Le ricordava qualcosa, ma tutto le ricordava qualcosa. Infilò il dito dentro e la chiuse a mo' di bocca, quindi la ripose e rimise tutto nel baule. Per ultima lasciò una cartellina rossa su cui nella calligrafia di Liam c'era scritto « Programma Gaia ».

Quelle parole accesero una luce lontana che si perse nel pantano della corteccia cerebrale. Con la fronte corrucciata aprì la cartellina sul pavimento di graniglia nera e rimase a guardare come una bambina che cerca il mistero nel cuore di un giocattolo.

Fogli, appunti incomprensibili, giornali e un mucchietto di foto. Una attirò la sua attenzione.

Era una spiaggia scura e il bambino doveva essere John – o forse Jim? – che sorrideva con una paletta in mano e un setter irlandese alle spalle.

La seconda mostrava suo marito nel giardino di casa, quella bella villetta nel paesino, mentre sollevava John, ne era quasi certa, dal passeggino con un'espressione di autentica felicità.

Mise giù la foto con una fitta malinconica. Aveva dato tutto per suo figlio, anche se lui se n'era andato per scordarsi di lei e lasciarla in quella casa in cui aveva fatto finta di ricominciare a vivere tante volte. E quella donna che le aveva messo a fianco, quella che dormiva nella cameretta di John, be', proprio non la sopportava. Lenta, impacciata, parlava malissimo e la salutava con quella parola, *hola*, che Maria aveva preso a odiare tanto che ora la chiamava così.

Si alzò, arrabbiata. Hola sarebbe rincasata a momenti, doveva chiudere e tornare a letto altrimenti l'avrebbe assillata con le maledette medicine. Lei non ne aveva bisogno, aveva sempre badato a se stessa, teneva testa persino a una scolaresca di trenta studenti di prima elementare – quanto le mancavano i bambini, e suo nipote, si chiamava Jim vero?, perché non lo vedeva più? –, figurarsi se aveva bisogno di quegli stupidi farmaci.

Vacillando come un baobab investito dal vento solare si rimise in piedi. Le gambe oscillarono sotto il peso del corpo, Maria fece appena in tempo ad afferrarsi al bordo dell'argentiera e cadde come una sequoia recisa alle caviglie. Le radici sventrarono la terra e strapparono gli ultimi residui di solida realtà. Col femore rotto, guaendo come un animale abbandonato, Maria si abbandonò alle lacrime disperate. E in un sospiro sentì l'odore della vita quando fa paura.

L'odore della fine del tempo.

2

20 aprile 2020, mattina

Louis Caròn si era ammazzato con il Tiopental dopo aver lottato per sopravvivere nell'inferno dell'istituto psichiatrico e nel muto isolamento del Mammagialla.

Attorno a quella contraddizione frullava l'elica mentale di Rico Trivelli, anche se quella non era davvero un'indagine e anche se lui non era mai stato un profiler. Ma c'era andato vicino tanto così. A volte quel pensiero lo placava – il suo lavoro gli consentiva di condurre una vita decente e di fare il suo dovere di padre, o qualcosa di simile –, altre invece era una mordacchia che gli straziava la bocca. E in quello spazio tra essere e immaginarsi era sempre collassato il suo universo. Almeno fino a quel momento.

Dopo aver incontrato il dottor Baldi, Rico aveva proseguito dritto per Roma fino a via Arenula al Ministero di Giustizia. Si era fatto fare un permesso per l'ufficio del sottosegretario al primo piano nell'ala est di Palazzo Piacentini. Poi era stato accompagnato fino all'anticamera e lasciato in attesa. Dopo quaranta minuti un lacchè era uscito per riferirgli che il sottosegretario era stato trattenuto e che non sarebbe tornato per tutta la giornata.

Rico aveva fatto spallucce: « Conosco la strada ».

E la strada la conosceva davvero, tanto che si era ficcato nella porta dell'archivio al mezzanino e ci aveva passato tre ore scoprendo anche un paio di cose interessanti. Che esisteva un dossier Louis Caròn – con Rugani aveva bluffato alla grande – per « Sequestro di minore e omicidio volontario aggravato». E che all'interno del fascicolo su Marco Ferrari, il bambino rapito e ucciso nel febbraio 1990, c'erano gli interrogatori agli abitanti di un sobborgo industriale, Titania, di cui non aveva mai sentito parlare. Alla fine delle tre pagine di niente aveva scoperto che a condurre gli interrogatori per chiudere l'indagine lampo era stato un giovane poliziotto. Troppo giovane. Uno che al tempo dei fatti aveva venticinque anni. Pietro Russo.

Rico spazzò via quel pensiero e aprì il secondo fascicolo. C'era scritto «prod.cur.spec.» e sotto «febbraio 2010».

La cartellina conteneva un foglio con una sola riga: indagini preliminari inchiesta per *corruzione* di personale medico: dottor Baldi Guido, direttore sanitario struttura ospedaliera di Montelupo Fiorentino. «Una sigla fittizia» gli aveva detto proprio Baldi a proposito dei soldi che gli arrivavano per *trattenere* Caròn nel suo carcere psichiatrico, «non so chi ci fosse dietro, mi creda. Ma ho ricevuto ogni anno del denaro...»

In basso al foglio c'erano la data e la firma del pm: 2 febbraio 2010, Claudio Benin. Un'ombra gli oscurò il viso. Era un amico scomparso per un incidente in moto proprio nel 2010. Ora che ci pensava addirittura quel febbraio.

Rico fotografò tutto, rimise a posto e uscì dal palazzo del Ministero per dirigersi al parcheggio a pagamento in via Giulia, dove aveva lasciato la Golf. Quando si trovò con le chiavi in mano a un metro dalla macchina, invece di montare aprì lo sportello posteriore e prese un borsello. Poi risalì per la rampa del garage facendo un cenno all'egiziano che agitava il biglietto e riemerse sul lungotevere dei Tebaldi e attraverso ponte Mazzini. Fece un cenno di saluto alla sagoma triste di Regina Coeli e si addentrò tra i vicoli di Trastevere in cerca di un bar che frequentava da ragazzo.

Sedette nella saletta interna del San Calisto, ordinò una Coca senza caffeina e un medaglione prosciutto e formaggio mentre fuori le voci si mescolavano ai brindisi con le bottiglie di Peroni.

Caròn era stato messo a tacere. Peggio, gli era stata sottratta metà della vita sotto al naso e lui non aveva fatto, letteralmente, un fiato. Era convinto poi che la VHS fosse una specie di salvacondotto se non una prova della sua innocenza, ma non capiva come e sentiva che gli mancava tanto così per scoprirlo. Perciò aveva deciso di attaccarsi all'unica traccia vivente che aveva: il professor Glynn, di cui aveva raccolto video, articoli online e presentazioni e qualche informazione sulla moglie, ma era incensurato e questo aveva spento ogni entusiasmo da parte di Rico. Però nel biglietto da visita che aveva lasciato alla donna all'ospedale aveva inserito un tracciatore di posizione più sottile di uno spillo e aveva iniziato a seguirlo su e giù tra Viterbo e Civita. Gli anni di intercettazioni, appostamenti e pedinamenti a Tor Bella Monaca erano serviti a qualcosa, in fin dei conti. L'incidente a suo figlio era stata una disgrazia ma il ragazzo era forte e alle spalle aveva quella che Rico chiamava una famiglia sana. Una madre per bene e un padre – un divo, uno scienziato alla Indiana Jones – che in tutta la vita aveva perso la luce un'unica volta, e quel blackout lo avrebbe pagato finché suo figlio non fosse tornato a camminare senza stampelle.

Perciò, il terzo passo che Rico aveva compiuto lo aveva portato sulle tracce di Liam Glynn, il padre di John, deceduto il 19 aprile 1990 nell'esplosione della miniera del Sambre. E quello che aveva scoperto, forse, cambiava le carte in tavola.

Se n'era occupata Rosy, e Rico doveva ammettere che ci sapeva proprio fare la ragazza.

Liam Glynn era stato uno scienziato importante quasi come suo figlio, a differenza del quale però non aveva prodotto benessere e celebrità. Aveva invece dedicato la vita alla perforazione della crosta terrestre ed era il geologo di prospezione della compagnia estrattiva in Belgio quando ci aveva lasciato le penne insieme a tanta altra povera gente. Da qui in avanti la questione si faceva più interessante, perché la suddetta compagnia – in bancarotta qualche anno dopo il disastro del Sambre – era indicata come Perforation Systems Company e anche se Trivelli non era un vero detective, be', PSC e prod.cur.spec. avevano più di qualcosa in comune per non fargli drizzare le antenne. E poi: il più grande scavo di cui si era occupata la PSC era proprio a Titania, il luogo dell'omicidio di cui era stato accusato Caròn. E anche un somaro si sarebbe accorto che le casualità a quel punto erano troppe.

Le altre informazioni che Rosy aveva ottenuto in poche ore grazie alle sue conoscenze informatiche e ministeriali erano su un file che aveva nominato « L.G. » ed erano articoli di giornale vecchi quarant'anni passati in digitale da centinaia di stagisti durante il servizio civile alla emeroteca della Biblioteca Nazionale di Roma. Interviste a Liam Glynn sulla perforazione, sugli scavi in Russia e in Sud America. E poi gli articoli dopo la tragedia.

Ma ora c'era questa cosa di Titania.

« Ciao tesoro, ho bisogno di un ultimo favore... PSC... Titania. »

Inviò il vocale e si alzò lasciando sul bancone di metallo i soldi della consumazione.

Sollevò lo sguardo. Il sole era bello a Roma, ma era ora di rientrare e mettersi a caccia.

La risposta affettuosa che Rico sperava di ricevere da Rosy non ci fu, ma due minuti dopo sullo schermo comparve un trafiletto con una foto a colori un po' sgranata.

« La PSC mette le radici in Italia », recitava il titolo e sulla foto il viso di Liam Glynn, incredibilmente simile a quello di suo figlio John, occupava la metà destra.

Sull'altra compariva uno sfondo marrone con la scritta PSC e quello che doveva essere il logo della compagnia al centro. Un brivido attraversò il gran cuore di Rico Trivelli, i suoi occhi difettosi misero a fuoco una spirale nera con quattro segni che ricordava... una corona di spine.

3

20 aprile 2020, mattina

La strada scorreva veloce e il professore non riusciva a pensare ad altro che a Jim. Ai libri che avrebbero letto appena fosse tornato a casa, ma anche alle partite di pallone che non avrebbero potuto fare e alla testa fasciata mossa piano dal respiratore sul cuscino.

Avrebbe preso le pasticche per i dolori alla cervicale che dopo quella notte a mollo erano diventati insopportabili. Lui e Lucia si sarebbero cambiati a casa prima di raggiungere, insieme, l'ospedale di Belcolle.

John teneva la fronte contro il finestrino e gli occhi chiusi. Nelle ore precedenti si era contorto come una murena all'amo per evitare le insidie dei fondali. Si sentiva come un sommozzatore principiante che torna su troppo in fretta: bolle d'aria nel sangue e dolori articolari dappertutto. Come il palombaro con il pesante scafandro di ferro sulla copertina di *Ventimila leghe sotto i mari* appena emerso dal suo *mare tenebrarum* sul fondo del quale, però, era certo di aver scordato qualcosa. Aveva incontrato un enorme cetaceo e di fronte allo stupore degli abissi si era dimenticato di raccogliere il pezzo mancante.

Con le mani sul volante e gli occhi sulla strada, Lucia ora sapeva qualcosa in più su suo marito. Qualcosa a cui, se non lo avesse sentito con le sue orecchie, avrebbe stentato a credere. Come aveva fatto John a dimenticare? La morte di Liam *in absentia* aveva innescato tutto, ma Lucia sospettava che ci fosse dell'altro e che si legasse alla storia della sparizione del suo amichetto. L'immagine di Marco e quella di Jim si intrecciavano e sentiva che in qualche modo John li aveva persi entrambi, che al centro di quel dolore, di quella colpa, ci fosse proprio suo marito. *Cosa è successo?* Lucia aveva dedicato tutta se stessa alla psicoterapia e il suo Primo Comandamento suonava: l'uomo *è* la sua memoria.

Sorrise amara mentre svoltava al bivio con la Statale, perché, per uno strano gioco del caso, John Glynn era l'uomo della memoria, che con lui stava giocando a nascondino. O forse era lui che l'aveva costretta nella camera oscura della coscienza. Perché, Secondo Comandamento, il più grande illusionista dell'universo è il cervello umano. E sentiva che quello di suo marito la stava sfidando.

Nessuno le avrebbe restituito le gambe intatte di Jim, ma la verità, il motivo profondo per cui nel profondo era caduto, lei *doveva* stanarla, sicura che si trovasse dentro al cuore di John. Perciò la memoria era una casa di specchi e aveva mille facce. Tra quella associativa – uno stimolo a un comportamento in assenza del ricordo cosciente che spingeva a creare l'associazione – e quella autobiografica, giaceva il mistero di un'anima, l'oscura vibrazione che muoveva il cosmo interiore. Stivare ed evocare ricordi è l'obiettivo per cui siamo stati programmati, per cui consumiamo l'intera esistenza.

Eppure...

Quanti errori commette il cervello, quante imprecisioni registra, quante variazioni subiscono i ricordi nel corso del tempo? La memoria è capace di modificare persino la struttura del cervello come un bambino capriccioso con una grossa palla di pongo. E quella di John aveva occultato il nucleo dolente dell'orrore. La sua mente aveva temperato i ricordi, li aveva cotti a puntino trasformandoli in un ammasso invisibile di nodi.

Siamo ciò che ricordiamo, ma siamo soprattutto ciò che abbiamo dimenticato, rifletté spostando lo sguardo su John che dormiva contro lo sportello, quando il campanello di una notifica suonò nell'abitacolo. Lui si scosse dal torpore e dal cruscotto prese il cellulare.

« Un'altra mail », disse rimettendolo lì.

« Che fai? »

« Niente. » Si mise giù.

« Sono settimane che non aggiorni la tua pagina Instagram », le uscì come un rimprovero.

Lui scrollò le spalle con lo sguardo perso nella campagna viterbese.

« So come ti senti. E so che ci sono mille cose che ti girano in testa. Ma non puoi mollare adesso che sai qualcosa che prima non sapevi. » Allungò la mano su quella di John. « Adesso che conosci una parte importante del tuo passato e il motivo dei brutti sogni... »

« Cosa devo fare con quella lettera? »

« Niente. » La mandibola si serrò.

Sospirò. « E con Titania? »

John pensò alla galleria, al cartello e alla bocca di Liam nell'incubo con l'assurda profezia della caduta di Jim che lui non aveva compreso in tempo.

Stavolta Lucia si limitò a scuotere la testa, lo sguardo fisso oltre il parabrezza.

« Devi tornare all'università. Finire il tuo libro e concludere le ricerche sulla sonda. Abbiamo bisogno di te, non solo noi due. Tutti stanno aspettando il *SismoTime*. Devi completare il tuo lavoro. »

Ma erano altre le parole di Lucia che deflagravano nella testa del professore.

Il SismoTime *non è altro che lo strumento che hai immaginato per ritrovare la voce di tuo padre nel cuore della sua tomba.*

John afferrò lo smartphone e digitò poche parole di ringraziamento a Cristina Sideri ma mentre lo stava rimettendo a posto quello vibrò.

« Rispondi, John. Per favore », disse subito lei.

Lui riconobbe il numero con lo 0044 iniziale. « È telemarketing. »

« Che ne sai? »

In un gesto rassegnato portò l'apparecchio all'orecchio e rispose nel momento in cui la macchina si fermava a Civita sul piazzale sotto casa. « Sì? »

« Ehi, finalmente ce l'hai fatta a rispondere! »

« Cosa? Chi parla? » In un baleno, John riconobbe la voce e rivide lo smile giallo con baffetti e copricapo orientale dell'sms di quel pomeriggio. Non poteva essere vero. « Chi parla? »

« Sono qui con un paio di amici. »

« Scusi? »

« Sono io, Chen. »

Il professore scese dalla macchina e si allontanò verso l'imboccatura del ponte seguito dallo sguardo di Lucia: « Non puoi essere tu ».

« Eccome! E non sono solo. Aspetta... »

John rimase imbambolato a fissare un punto lontano nella Valle dei Calanchi.

« Johnny », disse poi una voce di donna. Inconfondibile nonostante tutti quegli anni.

« Non è possibile... Linda sei tu? »

« È bello, dopo tutto questo tempo... »

« Dove siete? » si decise una volta che fu sicuro di non parlare con un fantasma.

« Johnny », ripeté lei, « proprio qui. »

Il professore sentì la mano di Lucia sulla schiena e si voltò a guardarla, poi vide l'altra che indicava dritto davanti a sé. Sotto l'arcata di pietra di Civita, sul versante opposto della passerella, un uomo si sbracciava e vicino a lui c'era una donna con una giacca e il telefono in mano.

« Eccoti, ti vediamo! »

John abbassò il braccio con il telefonino e si voltò verso Lucia che stava guardando nella stessa direzione con un'espressione d'incredulità sul viso.

Come se fossero fisicamente riemersi dalla memoria dopo il rebirthing, laggiù c'erano Chen e Linda.

4

23 aprile 1990, ore 20.00

Nessun sopravvissuto al Sambre

Dall'inviato in Belgio: È con enorme dolore che devo informarvi della tragica notizia. Nessun sopravvissuto. Le ricerche vanno avanti ma la speranza è solo una parola. Morto anche l'amministratore delegato della PSC Adam Sass. Con lui ingegneri, fisici e geologi di nazionalità italiana, inglese e belga.

La torre del pozzo è stata smantellata dall'esplosione e l'enorme ventilatore è stato catapultato a oltre duecento metri di distanza. Sull'impianto aleggia ancora un tappeto di fumo che appesta l'aria con un acido miasma. Sul fiume Sambre galleggia una coltre di polvere nociva.

Intervistato: Sottosegretario agli Affari Esteri (Daria Vitanoci): l'impegno del Governo è quello di agire in tutte le sedi in maniera tale che eventi tragici come questo, quello di Marcinelle e quello di Chernobyl, solo 4 anni fa, restino tragedie isolate. Lo dobbiamo alle vittime e alle famiglie a cui ci stringiamo in un abbraccio che, ve lo posso giurare, non ha nulla di retorico.

5

Titania, 20 aprile 2020

Chen indossava un completo blu con cravatta e scarpe Cavalli da duemila euro, aveva preso almeno venti chili ma aveva lo stesso sorriso del giorno in cui si erano salutati a Titania.

Linda si era trasformata in una donna – una frangetta sbilenca e la bocca sottile – e anche se era normale che fosse avvenuto, John non riusciva a crederci fino in fondo. L'imbarazzo del confronto con l'immagine di se stessi s'infranse in un niente.

« Hai abbandonato la tua salopette? » C'era qualcosa in lei che ricordava il padre, lo sguardo lontano e melanconico, ma la bellezza spigolosa di quel viso era sbocciata e risplendeva potente. « Come stai? » disse abbracciandola.

« Se avessi saputo che ti saresti trasformato in un bel cigno ci avrei pensato mille volte prima di trattarti male. Mi sei mancato Johnny. »

« Anche tu », si ritrovò a dire come se a parlare fosse il se stesso di Titania. Perché ormai era evidente che esisteva un se stesso prima e uno dopo Titania.

« E a me non mi abbracci? » Chen si buttò su di loro con la foga di sempre e John gli diede un paio di pacche sulla schiena.

Lucia era andata a casa per farsi una doccia e per prendere le cose per Jim e si erano dati appuntamento alla macchina mezz'ora dopo. « Perché siete qui? »

« Per le nostre lettere, John. »

« Le avete ricevute anche voi? » Era incredulo.

Il rebirthing aveva riportato alla luce quel ricordo smarrito collocandolo nella terza tragica notte nella Espace.

Chen lo strinse più forte. « Certo, ma tu non rispondi mai ai messaggi? »

Anche Linda lo trattenne nel cerchio delle sue braccia. « Siamo qui per capire cosa sta succedendo. »

L'amico finalmente scostò John abbastanza da guardarlo dritto negli occhi. E l'abbraccio, poco a poco, si sciolse.

« Mi sono rimaste dentro quelle lettere », disse Linda. « Dopo la morte di papà... »

« Mi dispiace, Linda. »

« È successo subito dopo Titania... » e così anche suo padre era scomparso pensò John, « è stato un brutto male, ma », si riprese e John riconobbe la faccia da schiaffi della sua amichetta, « ora ho un negozio di libri e antiquariato in Toscana. In tutti questi anni ne sono successe di cose, ho studiato testi antichi e grafologia, mi occupo di perizie per il Tribunale di Firenze, ma non sono un professore come voi », si schernì.

« Chi le ha spedite? » chiese John.

Linda pescò una sigaretta in un pacchetto smezzato preso dalla tasca. Poi parve ripensarci e gettò tutto in un cestino dell'immondizia.

« Questo non possiamo saperlo. Hanno ancora i francobolli del 1990 con il timbro postale belga. »

« È per questo che siamo qui, di nuovo insieme », disse Chen. « Come quella notte, attorno a una speranza vana. Venite. »

Linda e John lo seguirono dentro il paesino che con quel sole caldo sembrava il paese delle meraviglie. Attraversarono la piazzetta e si fermarono al belvedere che affacciava sulla valle.

Chen fece strada tra i turisti: « Scendiamo ». Spinse un cancelletto di ferro sulla scalinata che conduceva nelle viscere della rocca.

John guardò il suo orologio.

« Dove stiamo andando? Devo tornare. » Lucia lo avrebbe chiamato a breve.

Un sorrisaccio spuntò sulla faccia di Chen: « Solo cinque minuti », disse come se fosse il bambino di allora.

La scala scavata nel tufo scendeva per trenta metri sulla costa est della rocca di Civita. Una giungla scura e intricata li accompagnò fin quando non giunsero su un piccolo spiazzo.

« È quel sepolcro etrusco che ho visto in tv », disse John spostando una liana d'edera.

« E questo è il tuo vecchio amico », disse Mal uscendo dalla grotta come Lazzaro.

« Ti ho scritto sulla tua pagina Facebook, ma non rispondi a nessuno. Mi sei mancato, fratello. » Avanzò e spalancò le braccia in un gesto che John accompagnò.

Quando si staccarono dall'abbraccio John rimase fermo, certo che tutto sarebbe scomparso.

Doveva svegliarsi. Perché non c'era niente di verosimile in quella storia. Per sua fortuna vero e verosimile erano due cose diverse. E Mal Giuliani era davvero il suo vecchio amico spuntato dal nulla come quel 14 dicembre di tanti anni prima.

« È la stessa di allora? » gli chiese John additando la camicia a scacchi rossi e neri. Incredibile, ancora gli stava. Non aveva nemmeno un capello bianco e una barba lunga almeno un dito. Ma era lui. Lo stesso del video.

« L'università non paga un granché, non sono un luminare, io! »

« Ma lui è il figlio del grande Glynn », gli diede una pacca Chen.

Mal lo scrutò. « Hai una faccia, amico, come se non dormissi da un mese. »

John si perse in fondo agli occhi che lo avevano accompagnato, ora se ne rendeva conto, per tutti quegli anni come quelli di un fratello lontano. Impiegò un attimo a sciogliersi rivelando quello che era accaduto a suo figlio la mattina prima nelle Grotte di Castro.

Poi si passò una mano sul viso per spazzare via la confusione, la nebbia che saliva dalle profondità della memoria. « Fino a stanotte non ricordavo niente. Poi mia moglie... è difficile spiegare, e lo è ancora di più credere, per me... ma è stata lei che mi ha aiutato a riportare tutto in superficie », disse sfiorandosi la fronte. Così John raccontò come in quello specchio d'acqua calda, guidato dalla voce di Lucia, fosse riemerso il riflesso di un passato assurdo e doloroso, lo stesso che condivideva con loro. Lo stesso che, ne era certo, lo aveva condotto fino all'imbocco di quel pozzo nelle Grotte di Castro.

« Io lo tenevo stretto », si sfregò le mani come se stesse sbriciolando del pane. « Dovevo stringerlo più forte, dovevo tirarlo su... e non ci sono riuscito! »

« Devi andare da lui », disse Linda posandogli una mano sul petto.

« Ci andremo », rispose la voce sulla soglia.

John si voltò e vide sua moglie, ma appariva diversa, come se fosse fatta di una sostanza diversa.

Lucia attraversò lo spazio che la separava da quei quattro con un lungo sguardo.

Cos'erano quelli, fantasmi di una favola che uno dopo l'altro tornavano a vivere nella vita di John? Come se man mano che riacquisiva i ricordi John ricostruisse quelle persone, come se la memoria le... resuscitasse, e il rebirthing fosse stata una resurrezione in carne e ossa.

Lucia avanzò di qualche passo.

« Ci andremo in ospedale », ripeté, « ma volevo vedervi con i miei occhi. Gli amici di John, gli unici che abbia mai avuto. Credetemi, questa storia è... inverosimile e stanotte l'ho ascoltata per la prima volta in quindici anni di matrimonio. Perciò... » si avvicinò a John, « è un piacere *incredibile* conoscervi di persona. »

Il sorriso le illuminò talmente il viso che rischiarò l'animo di John. Quant'è che non la vedeva sorridere?

« È un grande piacere per tutti noi conoscere la persona che divide il cuore di John con Jim », disse Mal e Chen le diede la mano imitato da Linda. Le due si scambiarono uno sguardo d'intesa prima che John s'inserisse.

Lucia annuì mentre le labbra si schiudevano di nuovo. Rivolse lo sguardo a Mal: « Cos'è questo posto? »

Sulla parete in fondo alla spelonca c'era un piccolo altare con un sarcofago di pietra. La stanza, una trentina di metri quadrati con i soffitti irregolari, era carica d'umido che in certi punti gocciava formando piccole pozzanghere.

Mal fece strada.

« Ci troviamo all'interno di una tomba etrusca, una grotta naturale utilizzata come sito di seppellimento. L'abbiamo scoperta subito dopo il terremoto del 2016 che ha sbriciolato la lastra che la nascondeva, ma ci siamo entrati solo pochi giorni fa. »

Sfiorò il sarcofago con una carezza che raccontava dell'amore per il popolo che aveva lasciato la propria impronta indelebile sulla faccia della terra.

« Non voglio rubarvi tempo prezioso per stare con Jim, ma come sapete, anche io ho trovato la lettera di mio padre, quella che leggemmo quella notte. E come voi anche io ho fatto i conti con il fantasma del nostro amichetto per tutti questi anni. L'ho mandata a Linda per una perizia sapendo che non si sarebbe tirata indietro. E lei mi ha detto che aveva ricevuto anche quella di Chen. »

« E che tutte e tre, quattro con la tua », Linda confermò, « sono originali. »

« Sono proprio *loro* », disse Chen con gli occhi che luccicavano di rabbia.

« Eravate sei », disse Lucia.

« Marco, be'... e Naira non c'è più. » La voce di Mal era la stessa di sempre.

« È tornata in Canada? » Lucia lo chiese con trasporto. Quella storia era anche la sua, ora.

Linda estrasse dalla grossa borsa in ecopelle un Ipad. « L'ho scoperto l'altro giorno quando mi ha chiamato Chen e mi sono attivata per rintracciarla. Ho provato sui social, senza successo. Poi Google mi ha dato la brutta notizia. »

John si accostò per guardare.

« Che brutta notizia? »

« Un incidente », gli passò l'iPad. Lucia gli si fece accanto mentre John registrava il titolo.

Guida in stato d'ebbrezza e muore sulla SS 675

Ha perso la vita ieri notte una donna (N.B.). L'autovettura di piccola cilindrata è sbandata nei pressi dello svincolo autostradale di Orte ed è uscita dalla carreggiata investendo in pieno la cabina elettrica della Società Autostrade. Nella macchina gli agenti della Volante hanno rinvenuto varie bottiglie di superalcolici e l'autopsia ha confermato la positività all'alcol test.

Naira Barr era morta. Era successo il 28 agosto del 2018 e John non riusciva a credere ai suoi occhi.

Una vecchia seicento verde brillante, perfettamente in linea col cuore di Naira, era accartocciata contro un muro di cemento e John pensò che quelle due cose si fossero scontrate in quel punto, sotto a un trasformatore di energia, perché lei era diventata qualcos'altro.

Tanti sguardi, poche parole e un buco nello stomaco era tutto ciò che gli restava di lei. Perché forse se l'era scordata, ma il graffio della sua voce era rimasto con lui. Una specie di melodia fugace sullo sfondo della vita concreta, un movimento minuscolo e distante che ti metteva in guardia: qui c'è una cosa importante anche se la stai ignorando, anche se hai deciso di metterla via, di cancellarla, di fingerla morta.

E invece Naira, gli occhi più grandi del cosmo, era morta davvero.

John si passò una mano sul viso ispido e due gocce brillarono nella penombra della grotta staccandosi dalla volta come stelle cadenti. Naira Barr, la bambina che aveva segretamente amato, adesso era semplicemente morta. In un soffio avvertì l'energia silenziosa di Naira che lo scombinava, come i cristalli di quarzo che mandavano colori diversi anche se sembravano trasparenti.

«Lei mi ha salvato la vita quella notte», disse Mal. «Se non ci fosse stata non sarei qui.»

«Mi dispiace.» John era scappato dalla Espace mentre Mal era in preda a una crisi epilettica e quella *cosa* lo aspettava nel folto della macchia. Tra due orrori, John aveva scelto il mostro. E in quel momento scoprì che se ne era sempre vergognato.

«Non devi. Eravamo solo dei bambini. Ed eravamo spaventati. Le cose sono andate così e non possiamo più fare niente per Marco, né per Naira.»

«Ma perché siamo qui?» John si guardò attorno. A parte l'odore stantio e un braccio meccanico con uno scanner posizionato sopra il sarcofago di pietra era tutto come nel documentario di Jim.

«Per noi che restiamo. Per fare giustizia e avere in cambio verità.» Mal indicò lo spettrometro. «Non sapete che fatica smontarlo a Roma e rimontarlo qui. Questo gioiellino mi consente di vedere oltre la pietra. Di vedere prima di aprire per evitare errori che danneggino i reperti all'interno di questo sarcofago antropomorfo. Stamattina ho fatto la spettrometria», sulla superficie pallida compariva un corpo appena accennato di un uomo in rilievo, niente a che fare col grandioso Sarcofago degli Sposi, «e ho fatto una scoperta che devo condividere con voi tre. È qualcosa che ci riguarda tutti, credo.»

«Posso restare?» chiese Lucia. Mal fece di sì.

Nel suo ridicolo completo Cavalli, Chen si mordeva le dita come un bambino. Mal si fece spazio tra lui e Linda ed estrasse una specie di lastra medica dalla base di plastica dello spettrometro. Somigliava a una grossa fotocopiatrice. « Guardate. Qui si vede chiaramente che le bende sono ben conservate. Vedete come sono chiare sullo sfondo? »

« Che schifo, ma c'è davvero una mummia. »

« Cosa sono questi oggetti? » chiese John.

« Bracciali e monili. »

« E questa? » Lucia indicò un fagotto ai piedi della mummia, si vedevano sottili strisce d'osso e un musetto scheletrito. « Un felino, immagino. »

« Come gli egizi? » Linda si sistemò la frangetta troppo lunga.

« Etruschi ed egizi erano popoli gemelli », disse Mal. « Hanno in comune moltissimo, dalle sepolture agli animali sacri. Questo deve essere un gatto, custode silenzioso delle case etrusche stipate di cibo e di topi », per un secondo ripiombarono nella Carovana.

John si tolse la giacca, l'aria era pesante.

« La mummia che vedete nella lastra sotto le bende presenta due anomalie. La prima: anche se l'altezza media nel settimo secolo avanti Cristo era ridotta rispetto all'odierna ho paura che si tratti di un bambino. »

Lucia cercò di metterci un freno: « Sappiamo di sepolture di infanti. Anche Tutankhamon lo era. Non può essere la tomba del figlio di un principe? »

« Ci sono tutti gli oggetti di un vero e proprio signore etrusco, persino le armi. È la tomba di un nobile, adulto. Ma la mummia non è sua. »

« Come? »

« Ripeto, è quella di un bambino. »

Un guizzo d'orrore attraversò il sepolcro. Linda si portò le mani al volto. « Non è lui. Non è lui », mormorò come se fosse in trance, mentre Lucia tentava di scacciare l'immagine di Jim che cadeva nel buco della grotta.

Mal proseguì.

« Ma la cosa *peggiore* », lo disse con la gola improvvisamente riarsa, « è la datazione che ci ha fornito la spettrometria, anche se non è precisa. Dovrei aprire la cassa. »

« Spara », disse Chen.

« Il bambino qui dentro è morto al massimo mezzo secolo fa. »

Anche Chen tolse la giacca, ma con un gesto rabbioso. « Ehi, tu sei pazzo. Non sei cambiato per niente, fratello. Io lo so quello che state pensando. Ma Marco è morto fatto a pezzi dalle chiuse del canale di quel maledetto impianto. Ce lo ha buttato un uomo che conoscevamo tutti. Abbiamo ritrovato la scarpa sulla grata, ve lo ricordate? E tutto quel sangue sui denti delle chiuse. » Chen aveva le lacrime agli occhi. « Qui siamo a Civita, non a Titania. E adesso davvero basta, vi prego. Lasciamolo in pace. »

« Come può essere finito qui dentro? Perché? Forse ha ragione Chen... » John provava a scrollarsi di dosso la sensazione fatale che lo avvolgeva da un po'.

« Sei certo della datazione? » Linda cercava rassicurazioni sul volto di Mal.

« Un'analisi più approfondita richiederebbe l'apertura del sarcofago, cosa che non posso fare per ragioni tecniche: è pesantissimo ed è molto fragile, e la Sovrintendenza ai Beni Culturali mi aspetta al varco dopo un paio di problemini che ho avuto con loro anni fa. »

« Non c'è un altro modo? » disse Linda.

« Ci sto pensando da stamattina. Ho studiato la cosa e ho trovato questo. » Mostrò loro una fessura di mezzo centimetro tra il coperchio e la cassa a metà del sarcofago.

« Come pensi di fare? » gli chiese lei.

« Il sarcofago è profondo sessanta centimetri. L'unica cosa che mi è venuta in mente è una siringa aspiratrice. »

« Vuoi prelevare il suo DNA? » domandò Chen.

« Aspirare, utilizzando lo spettrometro per guidare l'ago nel sarcofago, una piccola porzione di tessuti dal braccio.

Questo fugherebbe ogni dubbio sulla datazione e sulla provenienza della mummia. »

Mentre Mal parlava, Lucia se ne stava col naso all'insù. Sulla volta sopra la testa di suo marito c'era l'affresco che rappresentava l'anima del defunto, immaginò il corpo nel sarcofago, braccata da due dèi inferi dell'epoca etrusca. Quello col martello era davvero spaventoso, gli occhi fuori dalle orbite, l'altro con la lampada in mano ghignava malefico. La pelle di Lucia s'increspò e lei fece un passo verso John, per osservare meglio la volta.

« Tutto bene? »

Gli altri si fermarono. Lei annuì continuando a fissare la scena sul soffitto. Si voltarono e Mal si avvicinò. « Sono Vanth », indicò la dea con la torcia, « e Charun... Charun, quello col martello in mano. Era lo psicopompo della tradizione etrusca che diventerà il Caronte nella tradizione romana e giù fino a Dante. »

« Perché ha il martello? » chiese Linda. « La torcia la capisco, serviva per attraversare il buio, immagino. »

« È così, accompagnava l'anima nel mondo ultraterreno. L'enorme martello di Charun serviva per strappare l'anima degli uomini agonizzanti e trasportarla nel mondo dei morti. »

La violenza dell'immagine era superata solo dallo sguardo sbigottito dell'anima che i due demoni trascinavano verso un grosso buco nero al centro della volta.

« Quello cos'è? » Lucia si avvicinò rapita da un cortocircuito perché nella sua testa due tessere del puzzle si stavano stranamente appaiando.

« È il luogo in cui finirà l'anima di quel poveretto », rispose Mal, e John riconobbe il tono onnipotente della Carovana. « Quel grosso buco nero che vedete sopra le loro teste è il Mundus. »

Lucia vibrò ancora. « Ieri è venuto un uomo in ospedale », disse fissandoli uno a uno dritto negli occhi.

« Un poliziotto. Aveva con sé un oggetto di mio marito.

Una videocassetta con le immagini girate a una festa di bambini... mi ha detto che apparteneva a un detenuto. Si chiamava Louis Caròn. »

A quel nome, l'eco di gelo si mosse per la grotta come se davvero risalisse dal Mundus, il regno dei morti, per avvolgerli in un abbraccio feroce.

John sentì che toccava a lui spezzare quel maleficio.

« Era quella del compleanno in giardino. Te lo ricordi, Chen? »

Chen si era seduto su una grossa pietra all'entrata.

« Sicuro, amico. »

« Il commissario ci ha mostrato le foto di Louis Caròn. »

« Come? » Linda era spaurita.

« È così », confermò John. « Il padre di Naira. »

« Quell'assassino... Lo hanno sbattuto in galera e hanno buttato via la chiave. » Chen si tirò in piedi e pulì i pantaloni dalla polvere di tufo.

« Naira », sospirò Linda. « Almeno è morto in galera. »

Chen rinfilò la giacca. Il freddo del Mundus aleggiava ancora tra loro.

« E in galera si è portato la vhs del tuo compleanno, John? »

John scosse la testa. « Non capisco, davvero non capisco... »

« È quello che sta cercando di scoprire il commissario. » Lucia gli passò il biglietto da visita che Trivelli le aveva lasciato a Belcolle. « Voglio che tu lo senta. Ma la ragione per cui ve ne ho parlato è quella. »

Lucia indicò un punto sopra l'altare. Si voltarono tutti a guardare la scena di demoni ritratta sulla volta illuminata da un faretto.

« Trivelli mi ha mostrato una foto stampata, orribile. Il corpo di quell'uomo, Caròn... »

« Cosa? »

« C'era un segno, una cicatrice o un tatuaggio grossolano proprio attorno all'ombelico. E per qualche ragione adesso io sono certa che è quello. »

« Il demone? » chiese Mal.

« No. » Scosse la testa. « Quello che hai chiamato Mundus. »

6

Roma, 20 aprile 2020

Il telefonino si accese sul tavolino del bar. Era Vitti dall'ufficio del Mammagialla. « Commissario. »

« Eh? » rispose sovrappensiero.

« Le volevo dire che ho scoperto una cosa... »

« Dimmi, Vitti, ma sbrigati che ho da fare. »

« Ma non è in ferie, commissario? Sento dei rumori, dov'è, in vacanza a Maiorca? »

« Sì, sono in vacanza e voglio riposarmi. » Rico scrutò un uomo sui sessanta in completo blu che ballava nella piazzetta accompagnato dalle grida di turisti e studenti.

« Vabbè, volevo dirle che il vecchio aveva un nascondiglio segreto. »

« Quale vecchio? » Rico pensò al direttore del carcere, Flavio Gentili.

« Novenovenove. »

Ci pensò su: « Ma abbiamo rigirato la cella il mese scorso, quando è stata ripulita ».

« Embè, adesso l'abbiamo sgombrata e dentro quel televisore ci stava un doppiofondo, commissa'. Me ne so' accorto quando è cascato per terra. »

Tutto quello che toccava Vitti – penne, bicchieri, il piatto della mensa di Rico, una bottiglia di prosecco il giorno del suo compleanno – cadeva, esplodeva, si suicidava, ma forse per una volta era andata bene.

« Un doppiofondo? »

« Eh no?! »

Gesù... « Vitti, che hai trovato? »

« Ci stavano una penna e un foglio di carta, di quelli coi quadrettoni. »

« E che c'è scritto sulla carta? »

« Non lo so, io non voglio guardare. Sembra una lettera. »

« Mettila via che la vengo a prendere. Anzi fai una foto col telefonino e mandamela. Subito, okay? »

« Sarà fatto », attese un secondo, « un'altra cosa. Nessuno qua dentro lo ha tatuato. »

« Cosa? Ma di che parli, Vitti? »

« Di quel tatuaggio. » Trivelli aveva chiesto a Vitti di fare un giro tra i detenuti tatuatori del Mammagialla per capire chi aveva fatto i disegni sul corpo di Caròn e quando.

Rico aprì la Galleria sul Nokia e scorse veloce fino a raggiungere l'immagine. Non ci aveva fatto caso, eppure le foto le aveva viste decine di volte. C'era un tatuaggio più scuro, ribattuto, o come diceva Vitti, forse fatto da poco, sul ventre del cadavere.

« Se l'è fatto da solo. Nell'apparecchio televisivo, c'era pure un ago e due ricariche BIC. »

« Va bene, hai fatto un bel lavoro, Vitti. Ti riporto una bottiglia da Maiorca, eh. »

« Allora c'avevo azzeccato. Grande, dottor Trivelli, si diverta e non pensi alle cose tristi. E, dottore... mi scusi ma ho pure una brutta notizia. L'altra notte qualcuno è entrato nell'ufficio del direttor Gentili, probabilmente in cerca di denaro, e Capone è stato ferito. »

« Ferito? Sta bene? »

A Rico parve che Vitti ci mettesse un attimo per rispondere. « È stato ricoverato col naso rotto. Ma se la caverà. »

« Hanno rubato qualcosa? Abbiamo le immagini delle telecamere? »

« Niente, dottore. Non hanno preso niente. »

Trivelli chiuse la chiamata e osservò l'immagine sullo schermo. Era uno scatto che aveva fatto nella morgue e mostrava vari tatuaggi sbiaditi, tra cui una testa di lupo, e sotto, attorno all'ombelico, un cerchio perfetto. Passò alla foto successiva e si accorse che era una specie di corona di spine e ora notava che era più scura degli altri disegni. Caròn aveva tatuato la parte interna dell'ombelico di inchiostro nero in maniera piuttosto grossolana, come se lo avesse fatto di fretta, prima di lasciare questo mondo. E un pensiero s'insinuò nella sua testa.

Lo schermo del Nokia si fece nero e subito comparve il Telegram di Vitti con la foto della lettera che Rico aprì senza pensarci un attimo:

Naira,

è la prima che ti scrivo ma ti giuro che ho pensato a queste parole ogni giorno della mia vita, anche quando il dolore era troppo grande.

C'è una cosa che mi resta da fare prima di raggiungere il mondo del Grande Spirito. Dirti la verità. Dopo che sei venuta qui, ieri, il peso di questa pena mi è calato sul cuore come un macigno. Mi manca poco e voglio che tu sappia la verità.

È colpa mia se Marco è morto. Ma non è per questo che sono finito qui e che ci sono rimasto per tutti questi anni. Quel povero bambino, me lo ricordo la notte che cercai di salvarlo. E invece l'ho condannato. Sono stato custode dell'impianto per sette anni ma non sapevo di custodire un segreto enorme.

Solo l'amore per te e la promessa alla tua povera mamma mi hanno trattenuto.

Ho fiducia di aver trovato un uomo dagli occhi buoni che mi renderà giustizia.

Lui sa che sono innocente. A volte lo sento fuori dalla mia cella che parla da solo.

Non ho potuto ricambiarlo perché in tutti questi anni sono stato sorvegliato.

Sono troppi gli interessi in gioco. Molti sono coinvolti. Anche qui. Lui no. E a lui ho lasciato la mia eredità per te.

Sono certo che quando l'avrà messa insieme ti verrà a cercare.

Adesso, davvero, ti abbraccio.

Come solo tuo padre può fare.

P.s.: Non era un bambino

Braccando le voci che salivano dal petto, Rico s'impose sul vortice di sentimenti che scuotevano il suo cuore di padre. Naira, si chiamava così la figlia di Louis. Era per lei che quel vecchio aveva ingoiato trent'anni di orrore. Una colata di calce gli inondò la gola. Solo per Sonia, Trivelli sarebbe sceso in quei gironi infernali sapendo di essere innocente. Ma perché si era immolato? Perché sua figlia era in pericolo e perché il nemico era troppo più grande di lui. Ecco perché.

Ordinò l'ennesima Coca e accostò un altro tavolino al suo che sparpagliò di carte per provare a fare il punto. Caròn era stato il custode dell'impianto di estrazione di Titania per tanti anni, lo stesso dove aveva lavorato Liam Glynn prima di morire. Se il logo della PSC era lo stesso che Caròn si era tatuato sull'ombelico con un ago e un po' d'inchiostro allora anche quello doveva far parte dell'eredità che gli aveva lasciato in dote, quella che Rico avrebbe dovuto portare a sua figlia, Naira.

Solo il professor John Glynn poteva dargli le risposte che cercava. Era chiaro che non lo avrebbe contattato di sua sponte attraverso sua moglie. Perciò era ora di agire. Prese il borsello ed estrasse il localizzatore che usava ai tempi di Tor Bella Monaca per coordinare le retate antidroga. Il piccolo schermo registrava i movimenti delle ultime 48 ore. John Glynn si trovava a Civita di Bagnoregio. Era lì che Rico sarebbe andato. Era lì che avrebbe trovato le risposte che cercava.

7

Titania, 20 aprile 2020

La storia dei sei bambini nella città fantasma si stava intrecciando alla Storia di un popolo misterioso anch'esso scomparso dalla terra, ma non dalla memoria dell'uomo come era accaduto con Titania.

« È un simbolo che compare nel culto romano dei defunti, era la fossa circolare scavata al centro della città. Nel Foro sul Palatino è ancora visibile l'*umbilicus* di Roma, una costruzione a forma di cono dell'epoca di Settimio Severo che replica il modello greco dell'*omphalòs*. I romani la chiamavano *Mundus* e corrispondeva al centro del solco tracciato dall'aratro di Romolo, da cui la tradizione romana di scavarlo come atto costituente di ogni nuova città. Ma questa tradizione deriva da un'altra etrusca ancora più antica che vorrebbe il *Mundus Cereris*, la grande soglia che separa e unisce, contemporaneamente, il mondo dei vivi e quello dei morti. Nel Foro era chiusa da una pietra che veniva aperta tre volte l'anno: il 24 agosto, il 5 ottobre e l'8 novembre. Plutarco dice che in quei giorni si crea una comunicazione reale, visibile, tra il cielo, la terra e gli inferi. »

« L'accesso alla città dei morti. » John era rapito dalla pittura sulla volta.

Mal indicò le spine sulla foto e sul soffitto. « E hai ragione, è lo stesso che il padre di Naira si è fatto tatuare. »

« Proprio sull'ombelico », disse Chen.

« L'*omphalòs*. »

« Cosa sta succedendo? » Linda spostò il peso sulle gambe nervose.

Un blocco di ghiaccio si staccò dalle viscere di John. « Una galleria tra mondi », sussurrò.

« Quale galleria? » Chen si era allentato la cravatta.

« La nostra. Ve la ricordate? Quella che conduceva a Titania. Quando eravamo piccoli era sempre interrotta per qualche ragione. »

« È vero. » Un'istantanea si svelò nella mente di Linda.

« È crollata. » John parlava con gli occhi al soffitto. « Completamente coperta di detriti venuti giù dalla costa rocciosa per il terremoto del 2016. Una carezza rispetto alla tragedia di Accumuli e Amatrice. »

« Lo stesso che ha coperto l'entrata di questa tomba? » disse Mal.

John annuì: « C'è stata una scossa di assestamento. Ho usato *SismoTime* per controllare gli sciami sismici: era segnalata. E l'app la localizzava oltre la montagna ».

« A Titania », fece Mal.

« Così ho controllato il satellite e dall'altra parte del tunnel c'era... » si fermò per cercare una parola che desse il senso dello smarrimento che aveva provato, « il vuoto. »

« Che significa 'vuoto'? »

« Che Titania non c'è. Nemmeno per Google Earth. Scomparsa. »

Qual è la differenza tra mito e realtà nella camera oscura della memoria?, ragionava Lucia osservando quegli adulti che giocavano a scacchi con un passato grammaticalmente illeggibile.

Fu Mal a dar voce a quei pensieri: « È ora di andare a prenderci le nostre risposte. Dov'è la nostra verità? Perché in tutti questi anni non ci abbiamo più pensato? Per allontanare la tragedia che abbiamo vissuto? »

« Eravamo piccoli », disse Linda.

« Io avevo paura », dichiarò Chen.

« Avete scordato. » Lucia si accostò a suo marito e cambiò tono. « Perché i traumi, i lutti come il vostro, richiedono un'intensa energia mentale che mette in ombra il resto, quello che sembra, al momento, meno importante. È quello che vi è successo. Titania, che corrisponde per intero al vostro mondo infantile e immaginario, è stata cancellata da due 'sismi' ravvicinati – il bambino scomparso e l'esplosione del Sambre », ricambiò lo sguardo di John, « e quello che ne è rimasto è sepolto sotto le macerie. »

« È così, Lucia. Ma adesso possiamo sollevarle le nostre macerie », disse Mal.

« Dobbiamo », Linda aveva posato le mani sul sarcofago e cercava gli occhi di quella faccia di pietra. « Qui dentro c'è un bambino. E io devo sapere se è lui. Perché quella notte sono stata io a lasciarlo davanti alla casa, prima che... »

« Non ti tormentare, Linda », disse Chen e John rivide il ragazzino innamorato. Poi si rivolse a Mal: « Cosa dobbiamo fare? »

Un raggio strisciò nella spelonca e cadde ai piedi della sepoltura. « Io andrò a Roma per preparare questa operazione. » Mal aveva di nuovo il suo sguardo e Lucia, che lo vedeva per la prima volta, seppe che le favole di John erano reali. « Qualcuno deve andare a Titania. »

« Perché? » Era Chen.

« Prima di tutto tu e Linda vi farete un giro nell'edificio dove lavorava tua madre, Chen. Sappiamo che le lettere sono originali... »

Linda annuì.

« Trent'anni fa sono arrivato all'ufficio postale di Titania prima di... *quella* notte... » il pomo d'Adamo ondeggiò, « la prima e l'ultima volta che le abbiamo viste eravamo a Titania. Dobbiamo necessariamente passare anche noi da lì. »

« Dovremmo andare a piedi », rispose Linda. « E dovremmo attraversare la galleria. »

« Perché noi? » piagnucolò Chen come se quei trent'anni si

fossero azzerati in un momento. « Perché non ci mandi lui? » indicò John.

Mal gli rifilò un sorriso sdegnoso e cercò Lucia. Si guardarono, poi Mal si rivolse al suo vecchio amico: « Perché a John spetta il compito più difficile », e ancora una volta il professore avvertì quel lugubre brivido d'infanzia. « Farai quello che nessuno di noi è in grado di fare », li cercò uno per uno.

Lucia aveva compreso ciò che il marito ancora ignorava, a giudicare dai suoi occhi smarriti. Anche Linda e Chen vedevano chiaramente il viaggio che attendeva John.

« Affronterai i fantasmi del Sambre. Scenderai in fondo a quella miniera. »

8

Sambre, 20 aprile 2020, sera

Il Boeing della Lufthansa era atterrato puntuale alle 18.05 e John aveva trovato la macchina che gli aveva prenotato Lucia all'AVIS. Aveva chiesto una monovolume per viaggiare comodo ma solo quando la hostess gli consegnò le chiavi indicandogli il veicolo nel parcheggio, John scoprì che si trattava di una nuovissima Renault Espace.

Poco meno di cento chilometri di strada per il Sambre, e avrebbe raggiunto il luogo da cui erano scomparsi tutti quegli uomini, trent'anni prima in una specie di Big Bang. Mal aveva chiesto a John di affrontare la peggiore delle sue paure per cercare l'ombra della verità che li teneva ostaggi da trent'anni.

Quella mattina Lucia stava preparando casa per le dimissioni di Jim quando gli aveva preso il viso tra le mani e gli aveva chiesto di farlo, di scendere un'ultima volta all'inferno per incontrare il fantasma di suo padre.

Due ore e due soste caffè dopo, John si ritrovò di fronte a un muro di mattoni rossi che sembrava uscito da un romanzo di Dickens.

Il sito era stato chiuso, ma dalla strada John scorgeva lo scheletro della gigantesca costruzione al centro di un'area grande come una dozzina di campi da calcio.

Rimise in moto e circumnavigò il muro che girava attorno a un caseggiato di bassi edifici abbandonati. Si trovava nella parte posteriore della zona delimitata dal muro quando si accorse di una piccola porta di ferro. Era stata dipinta di rosso ed era praticamente invisibile.

Parcheggiò e scese dalla Espace.

Il sito era abbandonato dato che non c'era nemmeno una telecamera in giro. La luna illuminava gli edifici senza porte e finestre, distrutte o rubate? Una tenda svolazzava fuori e un gabbiano lo osservava dal davanzale, come l'albatro del Vecchio Marinaio.

La porta era serrata, e John immaginò uno di quei video di Jim su YouTube su lucchetti e serrature che si aprivano con la classica forcina. E si maledisse. Avrebbe scavalcato perché l'altra possibilità era sfondarla col muso della macchina in affitto.

Il muro era alto tre metri ma una ventina di metri più giù una pianta rinsecchita cresceva a ridosso dei mattoni.

Non c'era nessuno e tirava una brezza fredda.

Si aggrappò all'incavo dell'albero e puntò il piede sul tronco mentre lo zaino di Jim ballava sulle spalle. Una veloce sensazione di libertà lo riempì e scomparve subito quando si accorse che il più era da fare. Un grosso ramo partiva verso il muro e John si sedette a cavalcioni mentre il gabbiano si levava nel suo volo. Avanzò con il dolore che si propagava dal basso e finalmente raggiunse la parte più vicina al muro.

Doveva comunque fare un salto niente male, il che voleva dire mettersi in piedi e lanciarsi dall'altra parte rischiando un atterraggio doloroso. Tirò su una gamba, poi l'altra e si ritrovò accucciato sul ramo come una civetta. Attese che i crampi lo lasciassero e saltò.

Le braccia afferrarono la sommità del muro e le ginocchia cozzarono sui mattoni. Ma John non lasciò la presa. Non poteva lasciarla di nuovo. Si issò fino al petto e riuscì a tirarsi su.

La struttura di mattoni, il corpo raggrinzito della miniera, copriva il terreno su cui s'accapponavano cicatrici di terra incenerita, sventrata dalla violenza del boato di fuoco. Sulla destra c'era una cabina per la discesa dell'ascensore con una porta sgangherata e nient'altro.

In cima a quel muro John lottava contro miriadi di fremiti d'infelicità: Liam e tutti gli altri erano lì, polvere, terra e detriti.

Il vento si fece più rigido, e John si aggrappò al parapetto e si lasciò andare dall'altra parte. Cadde in ginocchio e una fitta gli squassò le gambe, ma il dolore scomparve in un soffio quando lo raggiunse il primo latrato.

Dall'erba alta emerse il cranio di una bestia immonda. Bianco come la maschera della morte, aveva il manto scorticato e il muso strappato da tagli e battaglie.

Ogni cellula del corpo di John vibrò di un ribrezzo agghiacciante e le gambe, stavolta, si sciolsero.

A venti metri da lui il molosso fiutò il filo d'orrore e lo riavvolse con gli occhi celesti d'avvoltoio fino all'uomo che aveva invaso il suo regno di cenere. Scattò in avanti, un carrarmato di muscoli e male.

Non c'erano alberi da quella parte e John sentì le caviglie sprofondare nel terreno. Era perduto. Quella bocca, non quella bocca, non lì. Diede una bracciata nell'aria pesante e volò a sinistra. Il cane lo vide e corresse la corsa in un baleno. La cabina di aerazione della miniera era davanti a lui, a cinquanta metri. Non ce l'avrebbe fatta contro Cerbero. Quante volte era scappato dai cani dei vicini di Titania? Trent'anni prima, risposero i polpacci annaspando. Il petto sussultò quando raggiunse l'edificio. Allora, il mostro abbaiò, e il cervello di John fuse il ruggito coll'eterno boato dell'impianto. Quello che non aveva sentito allora. E si fermò in tempo. Il muso bavoso di rabbia balzò contro il petto di John. Quella scena l'aveva vissuta centinaia di volte nella sua infanzia di paura e in un attimo, lo stava immaginando o accadeva davvero?, John scivolò in basso e di lato mentre il corpo del cane lo superava per piantare le zampe a terra e caricare. Ancora.

Ma tutto questo non avvenne.

L'avello alle spalle di John ingoiò la grande bestia e il corpo possente si schiantò con un orrendo guaito. Lentamente, l'uomo si affacciò e sul manto di detriti carbonizzati riconobbe il pallore della cosa che gli dava la caccia da quando era solo un bambino. Zuppo di sudore e adrenalina John tornò alla cabina, un Tardis sul suolo lunare della miniera, ma l'ascensore era caduto sul fondo della fossa e di lì non sarebbe passato. Veloce, raggiunse il corpo centrale della struttura principale tinta di sbuffi di fuoco. I segni dell'incendio.

L'edificio era l'unico rimasto in piedi ma, come le case degli operai, era privo di porte e di finestre. L'interno era un corpo sventrato che mostrava i resti delle pareti crollate come lische di un grosso pesce abbrustolito. Il pavimento era ingombro di detriti e sulla destra si apriva la buca delle scale. Era una buca perché le scale si erano squagliate – « il grande e terribile Smaug, il drago sputafuoco della Terra di Mezzo » raccontava a Jim quando incrociavano un camion dei pompieri – ed erano colate in una pozza di metallo in fondo alla fossa. In un angolo però erano accatastati un mucchio di mobili di legno. John guardò con il cuore che ancora lottava per trovare un ritmo nel petto. Si mise seduto sul bordo, tirò un respiro profondo come quella buca, e si lasciò andare. Un grosso armadio attutì la caduta.

Il livello meno uno sembrava una fornace spenta. Un'ombra nera aveva conquistato le pareti, mentre i soffitti sembravano di carbone zucchero. John scivolò tra i corridoi respirando nell'incavo del gomito. Sulla sinistra si aprivano buchi che erano stati porte e mucchi di cenere crescevano come grossi formicai. Le stanze erano vuote e puzzavano di materiale plastico bruciato, legna e metallo. Non c'erano corpi e anche se sapeva che l'area era stata bonificata nel 1990, si ritrovò a fare i conti con quell'idea.

Dove sei morto, papà?

Dove lo aveva sorpreso il boato? Alle medie John se lo era immaginato rannicchiato in un angolo di quella malinconica

Pompei sotterranea. Al liceo lo aveva spesso sognato in fuga, colto alle spalle dalle fiamme mentre correva per tornare a casa. Ma poi aveva sperato che lo avesse colpito una trave come il padre di Marco, proprio là sotto.

La torcia che aveva preso in autostrada illuminava una decina di metri appena. John tolse gli occhiali appannati e proseguì lungo il corridoio grigio come se in fondo ci fosse la morte ad aspettarlo: senza sosta. Giunse in fondo ed entrò nell'ultimo ufficio. La porta di metallo aveva retto all'urto delle fiamme ma la targhetta si era sciolta come un orologio di Dalì. John passò la soglia e si accorse che era nel posto giusto: la stanza dei bottoni dell'impianto. Un riflesso saettò di fronte a lui. Una grossa porta frangifuoco rimandò la luce della pila. John passò la soglia aumentando l'intensità della luce. La stanza era il cervello dell'impianto. Per terra, riconobbe un penetrometro arrugginito e il materiale per lo stendimento sismico insieme a cinque geofoni di profondità. La stanza dei giochi di Liam, pensò col battito che lo incalzava. Sulla sinistra c'era la consolle con la strumentazione per il controllo della pressione dei pozzi di raffreddamento e una dozzina di sismografi che di sicuro suo padre aveva piazzato sui tre livelli della miniera. Fece un passo verso i comandi e solo allora si accorse che la consolle affacciava sullo spazio sottostante. Dove un tempo c'era stata una lastra di vetro temperato, sciolto sul pannello di controllo, adesso si vedeva la bocca della miniera. Tra i detriti John distingueva tre rientranze nella buca principale, le gallerie di estrazione. Tutto, laggiù, era una superficie di materiale nero, una specie di solido mare di plastiche, metalli, rocce. E uomini, fusi in quell'oscura Caina industriale.

Si voltò e si diresse all'armadio a destra, di fronte a due tavoli e altrettante sedie (tutto di metallo ignifugo), c'era una lunga chiave infilata nella toppa. L'aria era densa e affumicata e quando John aprì le ante ebbe un tuffo al cuore.

Il martello da geologo, quello con l'impugnatura rossa di

Liam, le sue bussole con gli inclinometri e le bottiglie di acido cloridrico per la discriminazione delle rocce calcaree. John aveva visto mille volte suo padre lavorarci in giardino con i guanti verdi di amara, un tipo di cuoio sintetico molto resistente. Si mosse per raggiungere la scrivania al centro quando la luce della torcia incontrò gli occhi che lo stavano fissavano. E si paralizzò.

Decine di facce lo cercavano dalle foto che Liam aveva attaccato al muro dietro la sua scrivania, un'aria si mosse e John percepì la presenza di suo padre, lì, molto vicino. Si voltò, per scovarne un segno nella stanza. Vuota. Quindi tornò su quei visi. Maria sorrideva, se l'era scordato il sorriso di sua madre, Liam aveva i capelli lunghi e in ognuna c'era John da neonato fino a quei *maledetti* dieci anni. Erano tutte polaroid, e tutte avevano lo stesso soggetto. Loro *tre*.

La torcia vacillò nella mano e John si sentì solo. Improvvisamente Lucia, Jim e soprattutto Maria, sua madre, gli parvero lontani, impalpabili, smarriti nel regno delle ombre, come se fossero morti, o davvero mai esistiti. Peggio. Come se potessero fare a meno di lui. Come se fosse lui il fantasma. L'assenza.

Erano otto foto su tre file e c'era un buco proprio al centro. Cercò di strozzare il pensiero che si fosse polverizzata col vento bollente della terra.

La tenevi con te?

Doveva sperare che fosse una sua foto? Le altre ritraevano Liam, le spalle al mare, con John neonato in braccio e con Maria giovane, bella, in un raro scatto felice probabilmente sulla spiaggia di Cerenova, l'unica vacanza che John ricordasse insieme al padre, l'odore del mare e la luce sul viso di Liam. Perché quelle immagini avevano accompagnato Liam fin lì? Per mesi si era seduto su quella sedia e quegli abbracci avevano vegliato su di lui. Era così? Quelle foto svelavano un lato umano, forse anche fragile, dell'uomo che suo figlio non aveva potuto conoscere eppure non raccontavano niente dello scienziato che era stato.

John si guardò attorno, tutto quel lavoro per lui era sempre stato un mistero. Perché un'intelligenza fuori dal comune come quella di Liam si era dedicata alla geologia di prospezione? Si era fatto fuori da solo dal mondo accademico, dal recinto della scienza ufficiale, ma avrebbe potuto trovare milioni di progetti a cui dedicarsi. E invece... Era quello il punto? John non riusciva ad ammettere che un genio come suo padre fosse andato incontro a una morte banale per un lavoro tanto ignobile come far brillare cariche centinaia di metri sotto terra. Liam aveva continuato a scendere nelle profondità di quella e chissà quante altre miniere con gli occhi bramosi con cui scrutava una buca nella sabbia accanto a suo figlio con una paletta verde in mano.

Uno schianto venne da qualche parte nel budello della miniera e John *vide* la voce del padre sibilare attraverso i cunicoli, aleggiare nei corridoi di cemento e varcare soglie di metallo consumate dal fuoco e dalle fiamme. La sedia scricchiolò e John afferrò la maniglia del cassetto e la tirò a sé. Una, due volte. Con forza. Quando la serratura cedette svelando la bustina azzurra, la sua bocca si seccò in un istante. C'era un pacchetto di patatine Tayto ancora chiuso. Sale e aceto, tipicamente britanniche, praticamente immangiabili. Ma John le adorava, le aveva adorate per tanti anni e poi? Poi aveva scordato il gusto acre dell'aceto e le serate in cui lui e Liam ne facevano fuori una dozzina davanti alle puntate della *Famiglia Addams*. Con le mani nuovamente piccole, impacciate, John aprì la busta e tuffò la faccia dentro come se fosse una questione di vita o di morte. E inspirò con tutta la forza che aveva in corpo. Ma un attimo dopo un conato scosse il corpo e John si piegò straziato da un dolore acuminato. I ricordi antichi e quelli più recenti, suo padre e suo figlio, Liam e Jim, la rabbia e la colpa, erano il fiele che gli risaliva in gola. Non il veleno in cui si era trasformato quel cibo.

Con un gesto violento di cui si stupì, John estrasse il cassetto per intero e lo posò sulla scrivania. Vuoto. Infilò la torcia nella struttura metallica e qualcosa baluginò.

Una musicassetta senza custodia. A penna sull'etichetta bianca e rossa c'era scritto *Nucleo*. Era l'unica lezione di Liam che non aveva mai ascoltato anche se era certo di averla sempre avuta da qualche parte in soffitta.

E invece si sbagliava, perché quei metri di nastro lo avevano atteso per trent'anni nel mausoleo del padre. Lì lo attendeva la voce, l'ultima lezione sul nucleo della Terra. Solo allora percepì la portata di quella scoperta intima e universale: avrebbe sentito le conclusioni di una vita di studi e ricerca dalla voce resuscitata di suo padre. Una carezza polare gli mozzò il fiato mentre John soffiava via la polvere dal nastro. Era leggermente rovinato ma avrebbe retto un giro nel mangianastri, pensò mentre una potente smania di comprensione gli svuotava i polmoni. Doveva ascoltarla, *subito*. Non poteva aspettare, perché in un secondo aveva compreso che quei trent'anni di vuoto avrebbero potuto finalmente colmarsi di spiegazioni, significati e di amore in un gesto meccanico racchiuso in 25 minuti di nastro magnetico.

Si guardò attorno e andò a rovistare nell'armadio buttando all'aria tutto quello che c'era rimasto in preda a un'ansia che gli frantumava i denti.

Niente. Non c'era niente.

Afferrò il marsupio con i documenti e i biglietti del volo di ritorno e la infilò dentro come se dovesse nascondervi un tesoro.

9

Jules Verne
Viaggio al centro della Terra
(collezione Hetzel)

XXVII

Una processione di ombre mobili si svolse sulle scure pareti. Io non osavo più battere palpebra, temendo di perdere un atomo della luce fuggitiva, e ogni istante mi pareva che essa mi mancasse e che il buio m'invadesse.

Alla fine l'ultima luce tremolò nella lampada; la seguii, l'aspirai con lo sguardo, concentrai su di essa tutta l'attenzione dei miei occhi, come ultima che fosse loro concessa, e fui avvolto dalle immense tenebre.

Mi sfuggì un terribile grido. Sulla superficie della Terra, in mezzo alla più profonda notte, la luce non cede mai del tutto i suoi diritti; è diffusa, è sottile, ma, per poco che ne rimanga, la retina dell'occhio si avvezza a percepirla. Qui, al contrario, nulla; la tenebra assoluta faceva di me un cieco nel vero senso della parola.

Allora la mia mente si smarrì: tesi le braccia innanzi e presi a correre, muovendo i passi a casaccio in quell'inestricabile labirinto, discendendo sempre, correndo attraverso la crosta terrestre come un abitante delle regioni sotterranee, chiamando, gridando, urlando, urtando nelle sporgenze delle rocce, cadendo e risollevandomi insanguinato, cercando di bere il sangue che mi inondava il volto e aspettando sempre che qualche muraglia im-

prevista offrisse alla mia testa un ostacolo perché vi si spezzasse contro!

Dove mi condusse quella corsa insensata? Lo ignorerò sempre. Dopo molte ore, sfinito di forze, caddi come una massa inerte lungo la parete e perdetti ogni sentimento dell'esistenza.

10

Titania, 20 aprile 2020

Linda Volyn, le dita nella crocchia in cima al capo e le ginocchia farfuglianti dei suoi dieci anni, adesso ne aveva quaranta. Come in quella tragica notte le sue mani frugavano tra le ciocche in cerca di risposte che gli occhi non erano in grado di darle.

Lei e Chen avevano percorso quasi la metà dei sette chilometri che separavano l'imboccatura del tunnel dallo sbocco sulla strada che Linda aveva attraversato qualche volta nel furgone di suo padre.

Ricordava il profumo del deodorante per macchine alla frutta che, appena lo scartava, le faceva scoppiare il mal di testa che si fermava solo quando scendeva dal mezzo. L'ultima volta era un giorno di fine primavera e l'istituto a Titania aveva comunicato la conclusione dell'anno scolastico per lutto cittadino. Persino Civita e Bagnoregio avevano abbassato le bandiere sull'asta. Solo poche ore dopo avrebbero raggiunto la casa della zia a Viterbo, e quello che doveva essere un breve soggiorno si sarebbe trasformato in un trasloco.

Chen la precedeva con l'iPhone collegato al GPS che li guidava finché la batteria del supertelefono non aveva collassato. Allora lui aveva preso dalla giacca un powerbank sottilissimo e lo aveva riacceso assieme alla torcia incorporata, ma non sarebbe durato a lungo.

Giusto in tempo per illuminare, a metà del tunnel, una crepa che correva sul pavimento da una parete all'altra. Era larga un metro e mezzo e ugualmente profonda tanto che l'avevano superata con un salto. Poi la torcia si spense e Chen in ansia controllò l'iPhone: « Non è possibile »

« Scarico? »

« No, si è interrotto il segnale GPS. Fino a lì c'era. » Si voltò incredulo.

« Prova a tornare indietro », rispose Linda con uno strano sorriso sulle labbra e l'impressione di aver varcato una soglia immaginaria.

« Ma che dici? » obiettò mentre ubbidiva e osservava il miracolo dell'iPhone che resuscitava. « Inquietante », ammise.

« Questo è inquietante », gli rispose lei indicando la barra che correva per la lunghezza del soffitto a volta del tunnel e che nel punto in cui si trovavano si era sganciata per un paio di metri pencolando minacciosa sulle loro teste.

« Ti fa paura? » e in quel momento la barra farfugliò rischiarando un centinaio di metri di tratto. L'impulso di fronte a quel buco nel buio invece di paralizzarli produsse la reazione opposta: « Spegni il cellulare e sbrighiamoci », Linda accelerò sfruttando il bagliore spettrale.

Avanzarono in un silenzio fumoso mentre impercettibili briciole di roccia gli riempivano le narici. I tacchi delle scarpe di Chen rintoccavano come gocce in uno stagno e quando la luce sul soffitto emise il suo ultimo fruscio, lui riccese la torcia. « Dobbiamo andare più veloce. »

Erano sudati ma non faceva caldo; era quell'umidità polverosa che li sfiniva. Linda tolse la felpa e la legò in vita e quando il suo compagno riaccese l'iPhone si accorsero di due cose. La luce che mandava era diminuita d'intensità. E che *qualcosa* stava cambiando attorno a loro.

« Quanto manca? »

« Non ne ho idea. Il segnale non è tornato. Ho ancora il 18% di batteria ma con la torcia accesa durerà al massimo dieci minuti. »

« Un paio di chilometri, ne sono sicura. In condizioni normali ci vuole un quarto d'ora. »

« Sono le 19. Dobbiamo sbrigarci. » Chen sollevò la mano col cellulare sopra la testa per illuminare di più e con l'altro avambraccio si asciugò il collo e la faccia. Avanzarono ancora per un po' nel silenzio con l'impressione di camminare su un nastro trasportatore.

« È quella che ha cambiato tutto », Linda indicava il cellulare.

« Cosa? » la faccia di Chen aveva assunto una strana durezza. « Il mio iPhone? »

« La luce che penetra il buio ha cambiato tutto, per sempre. E lo ha fatto nel modo peggiore. Non ho mai avuto paura del buio da bambina. Mai, nemmeno quando papà è volato su quell'aereo al Sambre ». D'improvviso Linda si fermò. Le gambe e i polmoni svuotati d'ossigeno e di senso e un'ansia crescente.

Chen si guardò attorno. « Siamo quasi alla fine. Andiamo, ti prego », la voce tradì il suo panico.

« Quando vivevamo a Titania c'era la luce, oppure il buio. Se c'era una non c'era l'altro. C'era la scuola, la famiglia. Noi da una parte e dall'altra l'impianto nel bosco, era un mondo diviso bene. Quando nella mia camera faceva buio accendevo l'abat-jour e il timore svaniva. Ma quella notte, nemmeno un sole improvviso avrebbe fatto giorno. Eppure un cono di luce ha colpito il suo bersaglio. E sei stato tu ad azionarlo », lo guardò dritto in faccia. « Come adesso. »

Forse dopotutto qualcosa stava cambiando *dentro* di loro.

« Cosa vuoi dire? »

« Che non so se voglio tornare indietro. »

« Dobbiamo capire chi ci ha mandato le lettere e chi è quel bambino nella tomba. Possiamo chiudere questa cosa, Linda. Finiamola oggi, ti prego. »

« Da quando ti interessa chiuderla oggi? »

« Cosa vuoi dire? » La voce rimbombò nel tunnel. « Cosa credi, che non sono stato male in tutti questi anni? Che mio padre era solo un minatore e allora mi sono risparmiato orrori e sofferenze? Sai quanto ci ho messo per avere questo? » Si illuminò la camicia fradicia e il completo blu di Cavalli. « Quanto ho impiegato a cancellare tutta quella roba. La vita a metà, lo smarrimento, la solitudine di quei pomeriggi a caccia di avventure. Non è mai stato bello, Linda. Era un banale tentativo di distrarci. »

« Ma stavamo sempre insieme... »

« No, Linda! » Stavolta parve un ruggito. « Io non sono mai stato dentro. Non eravamo una banda, anche se Mal ha sempre voluto farcelo credere. E anche adesso. »

« E allora perché sei qui? » Ora urlava anche lei e la galleria assorbiva le loro grida.

« Perché voglio farla finita. Ho due figli e un matrimonio buttato al cesso. »

« Come? »

« Vuoi sapere perché? Perché non sono mai piaciuto a Clara. Non davvero. Era ricca, io ero in rampa di lancio, avevamo fatto sesso un paio di volte, e niente, io avevo bisogno di mettere dei punti, di sistemare le cose. Lei voleva sposarsi per fare un dispetto alla famiglia, io avevo i soldi che suo padre non le dava – chi vorrebbe sposare un cinese mezzo italiano figlio di un operaio? – e ho fatto uno più uno. »

« Hai sempre fatto uno più uno, Chen. » Lo squadrò con la solita aria sprezzante.

« Hai ragione », s'incupì, « e ho bisogno che stavolta faccia veramente due, Linda, perché non sono riuscito a scordare un solo istante di quella notte. Voglio dare un senso reale a tutto. Ho bisogno che le cose assurde di allora, e di adesso assumano un senso logico. »

Linda si portò indice e pollice al mento: « 'Quando un uomo armato di immaginazione incontra un uomo armato di realtà, l'uomo armato di realtà è un uomo morto'. »

« Me la ricordo, una frase di Mal. »

« Sei sempre stato geloso di lui. Per via di John. »

« Non dire cazzate. John stava sempre con me, era mio amico e lo è ancora. »

« John stava con te... »

Chen si voltò. « Non dirlo Linda. »

« Non lo dico. Ma sei sempre stato ossessionato da questa cosa. Dovevi essere il primo in tutto. »

« Non è così. Volevo solo essere amato. » Sorrise a mezza bocca. « È tanto strano? »

Una piccola pozza si allargava al centro della galleria alimentata dalle gocce che scendevano dalla volta. Le girarono attorno. « Il più amato », rispose Linda.

« Certo. Io *devo* essere il primo per le persone che amo. »

« E John era il tuo preferito. »

Chen scoppiò in una risata che rimbombò nel budello di cemento. « Eri tu! E lo sai benissimo, Linda. Vieni, guardami in faccia. » La tirò a sé con troppa forza. « Io ero innamorato di te », lo disse con tenerezza, quasi con un pizzico di compassione per il bambino che aveva annientato giorno dopo giorno, « lo sono sempre stato. Ma tu non avevi occhi che per John. Poi è arrivato Mal e vi siete tutti innamorati di lui », la allontanò.

« Mal era speciale, era diverso... ma tu eri uno di noi. »

« Si vede qualcosa », Chen indicò il fondo del tunnel su cui si stagliava una mezza circonferenza azzurro scuro. « Non manca molto. »

Linda riprese a camminare.

« Se papà non fosse morto, io non sarei qui. »

Linda lo esaminò, era serio. « Nessuno di noi... »

« No, intendo dire che non sarei l'uomo che sono. Non avrei 35 persone che lavorano sotto di me. E lo sai perché? Perché mio padre mi ha lasciato quei dieci milioni di lire. Forse per John non è stato lo stesso, forse lui avrebbe raggiunto comunque il sogno di seguire le orme di Liam, ma io, io non avevo orme da seguire. Io non mi volevo sporcare la faccia con la terra come papà. E grazie alla sua morte... be' io ce l'ho fatta. E non c'è giorno che non lo ringrazi per quei soldi. Per la mia libertà.»

«Credi di essere libero, Chen?» Linda riprese a camminare coi pugni stretti lungo i fianchi.

«Certo, io...»

«Nessuno di noi cinque lo è.»

«Per questo dobbiamo sapere tutto. Per svincolarci anche dall'ultimo...»

Linda non lo fece finire: «Cos'hai visto quella notte, Chen?»

«Ti sembra il momento e il posto per chiedermelo?» Un'onda di brividi gli rizzò i peli sulle braccia. Una luce opaca accese gli occhi a mandorla. «Perché non lo hai chiesto agli altri?»

«Perché ho paura.»

«Di cosa? Cosa può succederci di peggio?»

«Di quello che ho visto.»

«Tu non hai visto nulla, Linda.» La faccia si contrasse in una morsa. «Era uno di quegli stupidi fantocci di legno che faceva il padre di quella pazza. Un totem indiano, pezzi di legno legati con un fil di ferro che ci terrorizzavano perché eravamo dei ragazzini.»

«Quella notte si è mosso.»

«Era la luce del faro», vibrò di paura. Chen si morse le labbra su cui scivolavano gocce di sudore grosse come lombrichi. «Dopo che sei scappata con Marco in braccio anche John è sceso dalla macchina e Naira stava con Mal. Io l'ho visto che andava verso il bosco, che cercava... L'ho chiamato, ma avevo paura...»

«Che quella cosa ti sentisse?»

«Perché parli così? Quella cosa in mezzo al bosco, purtroppo per Marco era un uomo in carne e ossa. Nessuna creatura, nessun weteko, Linda. Sappiamo come si chiamava e perché lo ha fatto. Il papà di Naira soffriva di disturbi mentali e lo hanno sbattuto in un manicomio criminale. E io l'ho visto, Linda. »

« Cosa? »

« Era lui, che dubbi hai ancora? Cristo, Linda, siamo adulti ma allora eravamo bambini, siamo cresciuti in un buco di paese, isolati dal mondo, per scuola un cubo di cemento con i pezzi di ferro che uscivano dal tetto. Eravamo disposti a credere a qualunque cosa pur di evadere da quella specie di realtà. È così che abbiamo dato retta a Mal. E io, te lo ripeto, quella sera sono sceso dalla carovana e l'ho seguito. »

« Hai seguito John? »

« Ci ho provato ma l'ho perso subito e sono andato avanti fino al canneto di fronte a casa tua. Sono rimasto su una montagna di pozzolana. Avevo paura di chiamare John e ho visto in basso le canne che si sono mosse come uno sciame di mosche. E ho visto quell'uomo. »

« Aveva preso Marco? »

« Vedevo solo l'onda di canne in movimento e sentivo che ansimava come se trasportasse un fardello enorme. Poi è scomparso dove il canneto incontrava il bosco. Prima dell'impianto. Ma so che era lui, Linda. »

Lei rimase in silenzio con le braccia conserte mentre avanzavano alla luce sempre più fioca del cellulare, il corpo avvolto da una sottile pellicola di sudore. « Ho lasciato Marco dentro il cancello e sono scappata dentro casa. Ma poi mi sono affacciata alla finestra della cucina per vedere se era rientrato. Ed era lì. Gli ho urlato 'Marco! Vai a casa', ma lui era fermo e guardava verso le canne. E ho avuto paura, ho pensato a quello che ci aveva raccontato quella sera, te lo ricordi? »

« Mi risuonavano le parole della filastrocca. »

Chen prese a canticchiare: « *Ha grossi fanali al posto degli occhi/ E mani giganti che paiono ossi/ La testa di rami sottili e stecchiti/ La pelle che cade da diti avvizziti/ Se l'uomo del bosco ti viene a cercare/ Non hai mica scampo, tu devi scappare.* »

Linda si scoprì un braccio, aveva la pelle d'oca. « Perciò sono scesa dalla sedia, sono uscita e ho acceso la luce sul portico. Quando sono arrivata al cancello, Marco si era spostato. Era al limitare del giardinetto, accanto alle gabbiette dei suoi animali e alla selva di canne. Mentre il vento le carezzava ho sentito una voce.»

«Chi era?» chiese Chen col viso tirato.

«Non lo so, ma per anni ho creduto di aver sentito l'ultima voce di Marco.»

«O quella di Louis Caròn?»

Linda rimase in silenzio mentre camminavano nella penombra. «Una voce roca, sottile.»

«Che diceva?»

Lui si passò il dorso della mano sulle labbra secche.

Linda accelerò e una goccia ghiacciata le pizzicò le costole. «Non lo so.» Linda inghiottì e sollevò la testa scrutando nel buio che diminuiva appena ora che si vedeva l'uscita a un centinaio di metri. «Sono certa che non fosse quella di Louis Caròn.»

Linda ficcò il piede in una pozzanghera e lanciò un'imprecazione. Era sempre la stessa, pensò Chen.

Finalmente giunsero all'altro capo della galleria e si accorsero che anche lì le rocce avevano parzialmente ostruito il passaggio. Chen aiutò Linda e scavallarono la montagnetta di detriti. Il sole scendeva e sopra un vasto tetto verde riconobbero la madre d'acciaio che li aveva cresciuti e attesi per un tempo lunghissimo. Titania era un tappeto verde punteggiato d'argento e di cemento.

«Esiste davvero», disse Chen come se stesse sovrapponendo due immagini, quella degli occhi e quella del cuore. Tre colli di giraffe di catrame bucavano la coltre verde sulla parte nord della conca.

«Me lo ricordavo più piccolo il bosco», rispose lei.

«Sono passati trent'anni», replicò lui scrutando l'obelisco nella piazza centrale e frugando le campagne circostanti in cerca di casa sua. «Ed ero certo che non ci sarei più tornato.»

11

Sambre, 20 aprile 2020

A chi apparteneva quella scrivania?

Per terra giacevano gli strumenti che John aveva sparpagliato in cerca della risposta. Si avvicinò e li sollevò uno a uno. Sul martello c'era ancora il segno che ci aveva fatto da piccolo, la volta che erano andati nel bosco a spaccare le rocce in cerca di ammoniti. Una piccola tacca con l'unghia segnava il punto in cui arrivavano le sue dita sul manico. Uno dopo l'altro li rimise tutti nell'armadio.

La sentenza arrivò dritta dritta quando il cassetto – stavolta si aprì senza sforzi – sputò fuori un rettangolo di tela blu su cui c'era scritto: « Registro Avanzamento Scavi – Matr. 102 – Dott. Paolo Ferrari – 1990 ».

Ferrari era stato il direttore dell'impianto con Liam anche a Titania, John se lo ricordava nei discorsi del padre a tavola con Maria e alle feste del paese. Ma ciò che gli aveva reso immortale quel nome era che era il papà di Marco.

Sfogliandolo, John si accorse che consisteva di due parti. Nella prima venivano segnalate le mansioni dei centoquindici uomini occupati nell'impianto, tra cui rintracciò immediatamente il padre di Chen, di Mal e di Linda: il capo della squadra minatori, il referente medico (John ricordava che era uno psicologo – « tra gli uomini che vivono come morti non poteva mancare uno strizzacervelli », gli aveva detto un giorno Mal), e il capo perforazioni. Le ultime pagine erano rigonfie e straripavano di creste infrante sulle sponde del foglio. Con qualche difficoltà d'interpretazione John iniziò a leggere. E subito si trovò ad annaspare nella tempesta di fatti e di ricordi caotici e bizzarri.

Diario di Paolo Ferrari
19/01/1990

Quando arrivammo, Titania era una conca di tufo inondata da un acquitrino e un'ampia macchia boscosa. Era racchiusa tra le cime dell'Appennino, silenziosa e disabitata se non per una famiglia di contadini a cui lasciammo una baracca sudicia e un pezzo di terra. In cento giorni bonificammo, scavammo fondamenta e colammo tonnellate di cemento e alla fine in quell'oscuro paradiso edificammo il corpo centrale dell'impianto, case, strade e i primi bassi edifici. Quasi subito arrivarono minatori e operai, medici e finalmente, il 20 novembre 1973 estraemmo il primo carrello di titanio e comunicammo i nostri successi alla comunità industriale del Paese. Ma il metallo, e la piccola città che vi edificammo attorno, non era che uno specchietto per le allodole.

Prima di allora, in qualità di astrofisico avevo partecipato a una dozzina di missioni nell'Atlantico e nel Pacifico per la misurazione del fenomeno conosciuto col nome di ASA: Anomalia del Sud Atlantico. Uno degli obiettivi che si era data la PSC era comprenderne le variazioni e gli indizi di quello che ai tempi era considerato l'incubo della nuova scienza: l'inversione del campo magnetico terrestre. In realtà, la PSC aveva una grossa quota dei propri capitali investita nella costruzione e nella messa in orbita di flotte di sonde e satelliti artificiali applicativi, per le telecomunicazioni e per la misurazione delle variazioni climatiche. Ma la parte che seguivo direttamente erano le rilevazioni astronomiche e geofisiche. Proprio da uno di questi satelliti, il Trevor, un anno prima era stata scoperta un'enorme attività elettromagnetica, quella che in gergo chiamiamo « nodo », nella conca dove avremmo edificato Titania. L'intensità variabile del nodo energetico era tale da interferire con l'attività di qualun-

que satellite che avesse attraversato l'orbita nello spazio sopra il Mediterraneo. Era la prima volta che l'ASA si spostava tanto. Ci servivano macchine e strutture che avremmo potuto giustificare, e occultare, solo con la costruzione di un gigantesco impianto estrattivo. La PSC sapeva che Liam Glynn aveva scoperto il titanio in quell'area grazie alle sue pubblicazioni accademiche e lo vollero a bordo a tutti i costi. Io ne avevo sentito parlare dai colleghi come di un eretico delle scienze geologiche, uno che aveva trovato il modo di mettere insieme la Geofisiologia *di Lovelock e la* Geopsiche *di Hellpack: l'idea del pianeta vivente (l'ipotesi Gaia di Lovelock ignora la distinzione tra chimica, geologia, mineralogia, e biologia e studia le strategie di « sopravvivenza » della Terra immaginata come un superorganismo che ci ospita e di cui facciamo parte integrante come una cellula nel nostro corpo, o come un virus, dovrei dire), quella dell'*Antropocene *(di cui Liam fu l'iniziatore) e il rapporto inscindibile tra organismi viventi e nucleo terrestre.*

Perché, per quanto assurdo possa sembrare, per uno dei geni meno riconosciuti del nostro secolo – non ho mai conosciuto un uomo come Liam Glynn, di questo devo dar conto ai posteri – il nostro pianeta ha un cuore. E il sangue, l'energia che lo muove, è la sua ossessione.

John tremava come una foglia spazzata dallo spietato vento sotterraneo. I timpani scossi da un invisibile soffio mortale. Il castello della sua memoria, quello che aveva costruito su dati oggettivi, sulle cose reali, e quello che aveva edificato a partire dai buchi neri della medesima memoria, scricchiolava sotto i colpi della realtà.

Si rituffò nella lettura.

21/01/1990
Da quando Liam è partito, tutto procede benissimo, siamo più veloci e concentrati e non c'è niente che turbi il lavoro delle squadre. Una settimana fa abbiamo avuto un'altra discussione. Era-

vamo qui a controllare i sismografi e quando si sono mossi, lui è schizzato all'ascensore diretto al livello meno tre. Il tunnel che abbiamo allargato a dicembre e messo in sicurezza velocemente – troppo velocemente – è, come a Titania, la sua ossessione. Seguendo i tracciati delle onde sismiche che ha provocato con mini cariche di esplosivo è riuscito a individuare un'ampia zona cava che si spinge tra gli strati di roccia fino a 2500 metri. Sono profondità eccessive per l'estrazione del titanio e lui lo sa.

Oggi Liam non c'è e ho deciso di abbandonare tutto, di tornare a Titania, riprendere Marco e Bea e partire. Ho avuto tante offerte in questi anni, ho sempre rifiutato per seguire Liam, ma quello che ci ha legato è venuto meno. È ora di partire. Qui non è più sicuro. I tunnel e le vene sono scoperti, i lavori di consolidamento non sono mai stati completati. Ho paura perché la Terra chiede sempre un tributo di vittime. E se a Titania ci è andata bene, stavolta sento che non sarà così. La metà dei fondi sicurezza per la miniera non sono arrivati. E io lo so che è stato Liam a distrarli per i suoi scopi. Sta ancora lavorando al Programma Gaia.

All'inizio entrambi eravamo in cerca di qualcosa di più grande del titanio. Liam sapeva tutto sul campo magnetico terrestre del nucleo esterno della Terra dove nichel e ferro si agitano per i movimenti connettivi del mantello e formano un'enorme dinamo. Le rocce contengono quantità variabili di minerali magnetici. Per la PSC Liam studiava il paleomagnetismo, il campo elettrico storico della Terra registrato nel corpo delle rocce e dei sedimenti al momento della loro formazione, e datava enormi quantità di rocce. Il campo magnetico varia con intensità e con Liam parlavamo di successioni delle polarità magnetiche, lui le chiamava « epoche magnetiche ». Ma quello che sapeva, quello che cercavamo a Titania era una frattura del campo ASA che si era allargata e indebolita. Era lì che intervenivo io: il magnetismo terrestre si estende per migliaia di chilometri nello spazio formando lo scudo magnetosferico che ci protegge dai raggi cosmici. Quella che un domani si chiamerà « astrobiolo-

gia» oggi sta nascendo dalle scoperte che Liam ha fatto sotto la pelle di Titania. Perché prima che la ricerca per lui si trasformasse in un'altra cosa, scavavamo il sottosuolo in cerca di questi dati. Ma presto compresi che c'era qualcosa di grandioso e terribile che spingeva oltre la sua mente, persino oltre i confini e le competenze della sua dottrina scientifica. E ora che guardo a quei giorni mi rendo conto che lui aveva capito qualcosa che noi non avevamo neppure immaginato. Cercavamo un enorme groviglio elettromagnetico sotto il corpo spaventoso dell'impianto e abbiamo scoperto il segreto più terribile del pianeta. Inseguivamo risposte per la sicurezza dei nostri satelliti mentre il suo cervello assurdo cercava ossessivamente un'altra cosa.

Eravamo tutti fuori di testa per quella cosa ma nessuno aveva intuito le possibilità che la nostra scoperta ci dava. Così, sostenuti da Liam e dalla PSC ottenemmo fondi venti volte maggiori di quelli stanziati per l'estrazione del titanio e per l'ASA e in sei mesi costruimmo il laboratorio utilizzando i resti di ciò che trovammo sotto terra. Ma quando iniziammo a raccogliere i primi dati e le prime registrazioni, Liam cambiò completamente. Io e il dottor Giuliani cercammo di fermarlo, di farlo riflettere, ma altri erano con lui. E tutto continuò com'era, almeno finché la PSC non decise che eravamo andati oltre e che dovevamo fermarci.

22/01/1990

A distanza di anni sono costretto ad ammettere che la guida di questo progetto è stata lui: Liam Glynn. Una fonte di energia pura per più di cento uomini. Una stella, o forse dovrei dire un buco nero che esercitava la sua forza di attrazione su tutti noi. C'era una potenza invisibile che lo abitava e nessuno, nessuna luce, poteva sfuggire alla sua attrazione gravitazionale. Era in grado di convincere chiunque, e Dio se ne so qualcosa, a dare di più, sino al sacrificio, in ogni situazione. Era un grande capo ma la sua energia scaturiva da una dinamo di ossessione. Chi entrava nella sua orbita, prima o poi, veniva fagocitato.

Voglio essere chiaro, tutto filava liscio. Estraevamo tonnellate di metallo e continuavamo a scavare tunnel per individuare l'oscillazione energetica che faceva sballare le misurazioni e « oscurava » l'ultimo satellite della PSC, il ThirdSight. Ero convinto che fosse un grosso accumulo di materiale radioattivo e come me la pensavano gli esperti incaricati dei rilevamenti. Ma sentivo che lui aveva altro in testa. Era stato in giro per il mondo ed era scomparso dai radar della comunità scientifica per andare a lavorare in Russia, in Argentina, in Messico e in Italia, anche. Perché nella sua testa c'era solamente una cosa, scavare. Come un vecchio pirata. Più di una volta gli ho domandato cosa si aspettasse di trovare, ma lui scuoteva la testa e faceva quel sorriso triste: « La voce della Terra ».

Titania era un ammasso di case ma molti di noi avevano messo su famiglia e una piccola comunità aveva iniziato a prosperarvi con semplicità. Se all'inizio ci eravamo tutti attaccati a quella forza disumana, poi, quando scoprimmo il segreto di Titania qualcosa cambiò. La gente del posto sapeva che estraevamo il titanio, ed era vero, ma la maggior parte dei fondi della PSC erano destinati a un progetto più oscuro. Col passare del tempo avevo iniziato a interessarmi, guidato dalle ricerche di Liam e da quelle dell'ASA, allo studio di nuove particelle scoperte da un'altra eretica – ma per quanto lo sarà – delle scienze, Vera Rubin. Avevo letto un'intervista su Science *alla fine degli anni Settanta in cui esponeva l'idea che le galassie non ruotassero come previsto a causa dell'attrazione esercitata dalla gravità di una forma di materia differente da quella ordinaria e visibile. La stessa energia oscura universale che potrebbe essere alla base delle ricerche di Liam. Ho potuto osservare similitudini tra rilievi nello spazio e quelli nel luogo da cui tutto ha avuto principio. Qualcosa di antico, forse più antico del Big Bang, qualcosa di miracoloso, o maledetto, potrebbe nascondersi in fondo alle nostre indagini.*

Sono coinvolto in questa ricerca dalla testa ai piedi e più andiamo avanti, più comprendo l'ossessione che anima Liam. Ma c'è dell'altro. Lui si è trasformato nella sua ossessione. E la sua ossessione lo ha scavato dall'interno come un Male.

[...] Sono giorni che non lo vedo. Ho provato a cercarlo nel dormitorio e in fondo alla vena del terzo livello. Ma non c'è più. Ha lasciato qui tutte le sue cose che ho rimesso nel cassetto. Non ci posso credere che siamo stati per anni compagni inseparabili.

[...]

Liam è cambiato. Da allora l'ASA per lui è diventata una questione personale e si è trasformata in un'altra cosa. Quando è esplosa la vena Madre a Titania siamo venuti qui lasciandoci dietro i bambini e le famiglie con grande senso del sacrificio da parte degli uomini. Ma non lui. Lui quel senso del dovere, del lavoro, dell'aspirazione non l'ha mai provato. Ed è come se avesse sempre avuto in testa altro. Ma sappiamo entrambi che non ha mai smesso di pensare a Titania. In quello che ha chiamato Programma Gaia, mutuandolo dagli studi di Lovelock sulla Geofisiologia e dalle folli teorie di Hellpack, c'è qualcosa di angoscioso, e malato. Ogni volta che ho provato a parlargliene ho visto comparire la stessa smorfia, la stessa luce oscura negli occhi, rossi come se dentro vi ardessero delle fiamme dell'Inferno.

23/01/1990

Tutto è iniziato quando ha costretto una squadra di operai (Serrel, Shuck, Jamamai, Bauer e Wang) a scendere con i martelli a pressione e continuare l'escavazione del pavimento della grotta. Un tempo Liam aveva al suo arco delle frecce spaventose. Il suo cervello e il suo fascino riuscivano a convincerti a fare qualunque cosa. Ma adesso, da quando siamo qui, da quando ha abbandonato Titania, è cambiato. La sua luce si è eclissata e dal buio emerge un'informe materia oscura. Ma negli occhi di Liam scorgo ancora immensi cieli di follia. E non so davvero cosa fare.

Ieri è sceso con quei disgraziati e un Beretta semiautomatico in braccio. Sono stati là sotto per sei ore. Quando Wang è risalito era stremato e tossiva polvere e ha detto: « Non c'è nulla! Cosa cerca ancora? »

La perforazione con la trivella non era riuscita a bucare lo strato di granito e di metalli. Quando gli ho chiesto dov'era, convinto di metterlo con le spalle al muro con l'aiuto degli altri, Wang mi ha risposto: « È scomparso ».

John staccò gli occhi dal foglio e lasciò che si posassero sugli strumenti di suo padre. Poi sulle foto, il mare, la sabbia scura, gli sguardi luminosi e i volti sorridenti. E quel pensiero come una nebbia che li offuscava: la PSC non aveva mai cercato il titanio. Liam non aveva mai amato le pietre che gli raccontava. Chi era davvero Liam Glynn? E cosa cercava nel sottosuolo di Titania?

Un suono familiare esplose nel silenzio dell'impianto. Afferrò il telefono e lesse il WhatsApp: PROFESSORE. VIENI CASA. POVERA MARIA CADUTA.

12

Titania, 21 aprile 2020

Rico Trivelli emerse dalla galleria come da un letargo primordiale: un cavernicolo con la Beretta e gli occhi cerchiati di nero. Aveva superato a stento due massi pulendosi le mani sui pantaloni e aveva ammirato il panorama con il labbro penzoloni. Ora arrancava sudando per la discesa verso il paese in fondo alla conca coperto d'un velo di nebbiolina.

Che diavolo di posto era, l'isola di King Kong?

Era entrato nella conca di Titania dal versante ovest e alla sua sinistra, a nord, una macchia scura di alberi si addossava alla montagna nascondendo il corpo di un vasto edificio che s'intuiva dai riflessi dei tentacoli di un sole che pareva un polpo sfolgorante d'arancio. Dieci minuti dopo si fermò di fronte a un cartello con la scritta « Titania ». I vetri dei lampioni erano esplosi, e gli edifici erano ingrigiti e rugosi come quel vecchio per cui era arrivato fin lì. Già, ma dove? Avanzò tra gli scheletri di cemento aggrediti da piante parassite mentre la strada proseguiva per duecento metri fino a una grossa piazza.

Doveva esserci stata una grande scossa. All'esterno gli edifici erano segnati dal sisma e i corrugati erano stati strappati probabilmente per rubarne il rame. Raggiunse un grosso edificio circolare in fondo a un viale alberato. Doveva essere il Comune, o qualcosa del genere. Poi vide la scritta in caratteri rozzi e antiquati: Poste e Telecomunicazioni. Chissà a chi servivano in quel luogo dimenticato da Dio? Si voltò e ripercorse mentalmente la strada fino alla galleria e poi oltre. Per un attimo cercò dentro di sé la forza per tornare indietro e scordarsi di quella storia, dei segreti di Carèn e dei suoi personali fallimenti. Tentò di respingere il desiderio di cavare il ragno dal buco e vedere che effetto faceva.

Ma non poteva farne a meno, perché senza il suo sogno Rico si sentiva un cacciatore preda di se stesso.

Il localizzatore era morto quando era entrato nella galleria e non si era più acceso e anche il cellulare non aveva campo. « Cazzo di Triangolo delle Bermuda! »

Rico aveva un indirizzo: via dell'Argento 62/64. L'aveva sempre sottovalutata, Rosy. E c'era voluto questo caso inventato per ritrovarla, per fare qualcosa insieme che non fosse sesso e sogni, di Rosy, che non si sarebbero mai avverati. Rico però stava invecchiando e immaginarsi ancora solo di quella solitudine senza scampo, be', no, non ce la faceva proprio. E Rosy aveva molto di più che un corpo mozzafiato e un tetto sulla testa da offrirgli.

Il paese era talmente piccolo che Trivelli impiegò venti minuti a trovare la casa. Era una villetta e rispetto al resto degli edifici sembrava Versailles.

Il passe-partout non servì perché il cancelletto era aperto e Rico fece il giro dal retro dove una portafinestra di legno consunto cedette al secondo colpo di spalla.

La casa era un collage di impressioni degli anni Ottanta con la tavola di legno al centro del soggiorno, i mobili laccati e gli sgabelli come nelle famiglie americane in tv. Lanciò un'occhiata al grande divano in pelle color testa di moro sopra a un enorme tappeto di pelliccia blu. Si affacciò sul corridoio e aprì la porta sulla sinistra. Un bagnetto da cui veniva un odore di acque marce. Richiuse e aprì quella a fianco. Delle scale conducevano in basso e Rico, che nel sottomondo si muoveva come uno scarafaggio, non resistette all'istinto. Accese la luce del telefonino e si inoltrò nel regno sotterraneo di Liam Glynn.

13

Roma, 21 aprile 2020

Malcolm Giuliani – nato a Kinshasa il 5 ottobre 1978 dopo un parto improvviso e mortale – armeggiava nella stanza sottotetto avvolto da una pesante penombra mentale.

Quella mattina era riuscito a inserire i ventuno centimetri dell'ago della siringa pressurizzata nello spazio che aveva ricavato lungo la sottile scanalatura tra il coperchio e la base del sarcofago custodito nella cripta sotto Civita. Guidato dallo spettrometro aveva bucato le bende della piccola mummia e aveva penetrato la pelle all'altezza della spalla come fosse un esame istologico. Aveva dovuto lavorare da solo e questo aveva rallentato molto i tempi. Ma c'era e ora attendeva i risultati delle analisi del DNA.

Non era la prima volta che Mal faceva i conti con i misteri della genetica. In un pomeriggio nuvoloso e freddo di quell'inverno era uscito dal laboratorio di Genetica del Policlinico di Roma dove lavorava un vecchio compagno di stanza ai tempi dell'università. Allora, Mal aveva commissionato la ricerca per conoscere i rischi di malattie collegate alla forma di lieve epilessia di cui aveva sofferto da piccolo. Ovviamente non avrebbe potuto utilizzare la storia genetica della sua famiglia, perché non sapeva chi fossero i suoi veri genitori. E non lo aveva mai voluto sapere, perché Carlo e Francesca Giuliani da Lerici erano stati genitori nel senso più bello e profondo del termine. Sua madre era scomparsa solo un anno prima per una peritonite acuta lasciando Mal, che non aveva nessuno con cui dividere il silenzio dei giorni, da solo.

Ma sequenziare il genoma non era uno scherzo e a parte la scoperta di un rischio congenito di aneurisma all'aorta i risultati avevano posto Mal di fronte all'annosa questione del Destino. Conoscere i segreti del proprio DNA non era stato solo un motivo per mettersi a dieta e riprendere a fare arrampicata e a prendere lezioni di volo ma era diventata la sua principale ragione d'ansia, come se lo Spirito del Natale Futuro gli avesse detto, ehi, ecco le strade che hai davanti, che vuoi fare?

Perché conoscere i misteri dell'elica voleva dire avere accesso a una memoria invisibile e, in una maniera sottile, prevedere ciò che lo aspettava. Gli studi più recenti di epigenetica iniziavano ad ammettere la possibilità che i traumi e i grandi dolori potessero incidere – «sovrascrivere» avrebbe detto Chen – l'elica e proiettare il trauma di generazione in generazione attraverso la deformazione delle catene proteiche del genoma.

Era per quello che non ne aveva mai voluti?

Perché un suo figlio ipotetico avrebbe avuto un legame genetico con i genitori che Mal non aveva mai conosciuto mentre dal dolore di Mal per la morte di Carlo Giuliani in Belgio avrebbe ereditato un'indelebile cicatrice genetica. Non gli importava chi fossero i genitori – sapeva solo che venivano dal Congo – né perché lo avevano dato in adozione – se per fame, possibilità o per soldi –, lui aveva bisogno della memoria dei propri geni per sapere a quale universo apparteneva la sua immaginazione. Perché il nucleo della personalità di adulto era stato traballante, una vibrazione in uno sciame di potenze in guerra. Case nuove, nuovi compagni di classe, nuove botte, nuovi pregiudizi, e quell'attrazione per un sistema di riti che connettevano le etnie più lontane e disparate del pianeta. Perché la domanda, alla fine, era sempre la stessa: chi era, davvero, Mal Giuliani?

Pensava a se stesso come a un ragazzino di colore che nell'Italia degli anni Ottanta aveva rubato l'anima ai personaggi di *Tex*, affascinato dal profilo navajo di Tiger Jack. Ancora, lui era la sua pelle, la storia della sua famiglia d'origine, e quella dei Giuliani, un'infanzia spezzettata da cambiamenti repentini, trasferimenti, addii che lo avevano trasformato in una cosa lontana, periferica, rispetto a quello che percepiva come il nucleo dell'essere. Da allora aveva proiettato la sua vita – mentre gli scenari cambiavano di continuo – sullo sfondo ancestrale del mito, del rito, del mistero, in cerca di costanti. In cerca del nucleo più interno e seducente della propria identità: la paura. La potenza drammatica della trasformazione, del cambiamento e della porzione di morte che si porta dietro. Decine di viaggi per studiare i cambiamenti – individuali e sociali, infine ritualizzati – che provocavano la scissione dell'individuo, la polarizzazione, un conflitto tra due istanze opposte e perturbanti.

Quattro settimane prima aveva fatto l'ennesimo biglietto aereo per la Rhodesia del Nord dove sarebbe rimasto due mesi per concludere un saggio sul *limen*, la soglia nei riti di passaggio degli Ndembu, la popolazione locale celebre nel mondo accademico grazie agli studi di Victor Turner, pioniere dell'antropologia della performance negli anni Sessanta. Poi però aveva trovato quella lettera nella cassetta della posta.

Ricordava quella carta tra le dita, ma era certo che per tutto il tempo l'avesse tenuta sua madre. E dopo aver avuto conferma che no, lei non l'aveva mai nemmeno vista, qualcuno l'aveva resuscitata dall'oblio. Insieme a tutte le altre. L'aveva trovata nella cassetta della posta insieme a una raccomandata dell'Università di Roma. La telecamera del condominio aveva una memoria di 48 ore, trascorse le quali venivano sovraimpresse le nuove registrazioni.

La mansarda sul lungotevere Ostiense, di fianco al Biondo Tevere, la bettola dell'ultima notte di Pasolini, ospitava una grande sala con una libreria bianca che incorniciava persino porte e finestre, stipata di volumi etnografici, storici, filosofici, psicoanalitici e antropologici. Tra quelli preziosi e introvabili, vicino alla finestra sul balcone, Mal aveva sistemato le prime edizioni dei romanzi di London e Salgari. Ma il vero gioiello della sua collezione si trovava sull'altro lato dell'appartamento, dove il tetto si faceva spiovente. Lì Mal Giuliani nascondeva la sua ossessione sotto una leggera trapunta di cotone. Afferrò una corda che pendeva dal soffitto e i quattro angoli si sollevarono all'unisono. Proprio sotto al finestrone, una mini telecamera su una carrucola si spostava su e giù lungo un rettangolo grigioverde di plastica e polistirolo.

Aveva impiegato vent'anni di ricerche tra gli anfratti della memoria, le poche foto e l'archivio di suo padre, per ricostruire con AutoCAD Map 3D ogni marciapiede, edificio e albero del paese di ferro. Nel tempo, pezzo dopo pezzo, Mal aveva riprodotto *la città fantasma*, Titania, attingendo persino a un vecchio filmato trovato su YouTube: una carrellata di due minuti tra le strade in costruzione, i palazzi e la zona attorno all'impianto e quell'unica intervista a Liam Glynn, Paolo Ferrari e a Carlo Giuliani in cui il suo giovane papà raccontava il modello Titania come « una grande possibilità per il Paese, un esempio, un nuovo mito di fondazione ».

E in effetti Titania era stata davvero un piccolo esempio virtuoso. Almeno finché era durata la favola, o avrebbe dovuto dire la menzogna, di certo prima che si trasformasse in una storia dell'orrore. Nella mente di Mal quel luogo dimenticato e scomparso dai radar della contemporaneità aveva un valore non solo intimo – il tempo trascorso lì lo aveva cambiato per sempre, uccidendogli il compagno di giochi nel modo più orribile, e la speranza di riabbracciare suo padre per sempre – ma culturale. Per ultimo aveva sistemato un modellino Polistil di Renault Espace comprata su eBay, scartavetrata e colorata di un ruggine opaco. Poi gli aveva tolto le ruote e le aveva sostituite con dei mattoncini Lego. Anche gli alberi, i quattro salici attorno alla macchina, erano pressoché identici. Ma non era abbastanza, con una verosimiglianza inquietante, Mal aveva ricostruito i tratti salienti dei volti di loro sei e aveva cercato di imprimere sul DAS la faccia che aveva visto tra le fronde prima di cadere in preda alla sua crisi epilettica. Il suo orribile rito di iniziazione, quello che lo aveva scagliato nell'universo adulto polverizzando, contemporaneamente, la sua personalità in una galassia di incertezze fondamentali.

Ricordava i due grossi occhi che lo fissavano come se potessero pescargli nel cuore. Nell'attimo in cui s'era acceso il faro Mal non aveva visto un corpo, aveva ignorato le braccia e la faccia, c'erano stati solo quegli occhi dentro i quali era precipitato.

Per tutto quel tempo si era interrogato sui dieci secondi di orrore che avevano rapito la sua infanzia. All'inizio era certo che fosse stata un'allucinazione, un mostruoso archetipo evocato dallo stress di quel gennaio e forse dalle sue storie sulla spedizione Donner. Ma poi, lentamente, aveva sentito il bisogno di ricreare quello sfondo, riattivare l'immaginazione per *vedere* cos'era successo davvero. Perché era convinto che in quell'incontro col divino dimorasse il cuore di ogni mistero. E sapere cosa c'era all'inizio – la grande scintilla o il grande buio, la grande paura da cui scaturivano le forme, le immagini, le ossessioni – lo avrebbe messo in pace con se stesso.

Perché quello che lo aveva sprofondato nel suo inferno epilettico per la prima volta non erano state le sembianze di uno stupido fantoccio di legno. E nemmeno di Louis Caròn. Di questo era assolutamente certo.

Accese la telecamera, azionò la carrucola e corse allo schermo del computer. Dall'alto il filo di ferro che aveva spostato ancora una volta scendeva planando tra i piccoli edifici, la foresta e l'impianto del plastico. Il counter indicava 11.134, e tante erano le volte che aveva cercato una risposta su quello schermo. Perché aveva perso anche il suo secondo padre? E perché era certo che il crollo della miniera del Sambre, la scomparsa di Marco e l'apparizione di quella notte fossero legate da un filo invisibile? Con quella disposizione d'animo aveva accolto il mistero della lettera di suo padre come una benedizione, ed era certo che anche il segreto nascosto nella tomba lo avrebbe riportato alla verità che era lì, a portata di mano. Il telefono trillò e con il telecomando Mal fermò la telecamera sopra al plastico.

Era Franco Sperati, il direttore del reparto Studi Genetici del Policlinico con cui aveva condiviso una doppia a Furio Camillo ormai vent'anni prima: « Ci sei? »

« Eccomi. »

« Be', devo farti i complimenti, perché su una cosa avevi ragione. »

« Spara. » Entrò in cucina e spalancò il frigo.

« Il corpo nel sarcofago non risale al VII secolo a.C. »

Si fermò frugando tra le bottiglie. « Ma è un infante, giusto? » Afferrò una Bud, chiuse il frigo e la stappò con un gesto secco contro il bordo del tavolo di metallo.

« Giusto. »

La sorsata gli calmò i nervi che friggevano sotto pelle. Prima del tranquillante c'era sempre una birra fredda. A volte bastava, altre non bastavano nemmeno le benzodiazepine, e allora restava disteso a letto con le gambe ballerine e il cuore in gola. *E se succede di nuovo?* Ma era successo solo il giorno in cui sua madre era scivolata nel suo ultimo coma.

« Sappiamo quando è morto? »

« Direi che la tua mummia risale all'inizio degli anni Ottanta. Il processo d'imbalsamazione è molto grezzo ed è iniziato per l'appunto una quarantina di anni fa, anno più anno meno. »

Il laboratorio di Franco Sperati collaborava con la Questura di Roma nelle indagini in cui la Scientifica aveva una grande quantità di materiale genetico da analizzare sulla scena di un crimine.

« Quanti anni aveva? »

« Pesava quindici chili, per un metro scarso. »

Tra le competenze tecniche di Sperati c'era la valutazione spettrografica utile alla ricerca di oggetti e materiali fisicamente inaccessibili (chiusi in casseforti, bare, scafi affondati), la stima di massa, volume e composizione chimico-fisica. « A giudicare dalla lunghezza del femore direi attorno ai quattro anni. »

Marco ne aveva sei quando era scomparso. Ed era successo all'inizio di febbraio 1990. Non era lui. Ma perché non ne era felice?

« Non è finita qui », riprese Sperati. « Per toglierti qualunque dubbio ho fatto la comparazione con il capello che mi hai dato. »

Da quando aveva condotto il primo rilievo nella tomba, Mal era sicuro che la mummia fosse quella del suo piccolo amico. Anche adesso, malgrado l'età del cadavere e la datazione non corrispondessero a quelli di Marco. Lui sentiva che era lì dentro. Non sapeva come ci fosse finita né chi ce l'avesse portata, ma se lo sentiva. O forse lo desiderava. Perché il suo corpo non era mai stato recuperato e lui desiderava sapere che era Marco, che era proprio lì e che finalmente potevano piangere su un pezzo di pietra invece che sulla vaga immagine di un ricordo.

Tra i reperti delle tribù africane e dei nativi indiani appese alle pareti – Ndembu, Cheyenne, Sioux e Micmac – Mal conservava un vero e proprio tesoro. La scatolina di latta dei suoi biscotti preferiti. Con gli oggetti che aveva assegnato ai ragazzi la notte degli spiriti. E sopra di loro una bustina trasparente con quello che considerava un pezzo unico. Lo aveva trovato quando quella scossa cerebrale gli aveva quasi bollito il cervello. Sul pavimento della Espace, nella morsa dei suoi denti, Mal aveva gli occhi spalancati sull'immagine che li aveva impallati, due occhi di fuoco in mezzo al verde. E sentiva la voce di Naira che gli diceva di stare tranquillo e gli apriva la bocca. Non sapeva quanto fosse durato quell'incubo ma quando era tornato nel mondo nella mano sinistra stringeva un oggetto di plastica blu. Erano gli occhiali di Marco, quelli che aveva stritolato. Non li aveva lasciati lì e non li aveva nemmeno consegnati alla polizia due giorni dopo. Era tornato a casa e non aveva detto nulla dell'allucinazione né della crisi. Aveva nascosto gli occhiali nella cassetta da pesca per aggiustarli e restituirli al suo piccolo amico.

Dopo tutto quel tempo si era accorto che due capelli di Marco erano rimasti intrappolati nella cerniera degli occhiali e lui li aveva consegnati a Sperati per una comparazione genetica di cui credeva di conoscere il responso.

« Un buco nell'acqua. »

« Il DNA della tua mummia non è quello del tuo amichetto. Mi dispiace. »

« Fammi capire. » Mal raggiunse il terrazzo e si affacciò sul greto del Tevere. Scorreva pigro tra gli arbusti e le rocce sulla riva. Due cani s'inseguivano dabbasso e un uomo correva con delle grosse cuffie in testa. « Evidenza numero uno », dichiarò scrutando i palazzi sull'altro lato del fiume. « Il corpo nel sarcofago non è di epoca etrusca, è recente. »

« Esatto. »

« Evidenza numero due: è il corpo di un bambino. »

« Confermo. »

« Evidenza numero tre: quel bambino non è Marco Ferrari. »

« Corretto, Mal. » Sperati si schiarì la voce dall'altra parte del telefono per prepararsi al punto del match: « Perché quello non è il corpo di un bambino ».

14

Roma, 21 aprile 2020

Maria era una donna prudente e riservata, non avara negli affetti, che tuttavia si contavano sulle dita di una mano, ma priva degli slanci improvvisi e potenti che animavano suo marito, quand'era a casa. Maria e Liam non sembravano fatti l'una per l'altro – lui acuto e profondo, lei che si faceva andar bene tutto per stare serena – ma non si erano mai allontanati e sempre avevano condiviso ogni scelta. Forse era per quello che John ce l'aveva con lei. Perché se si fosse imposta quando Liam aveva deciso di seguire il nuovo scavo in Belgio, lui sarebbe rimasto a casa, avrebbe cercato un altro lavoro, avrebbe potuto insegnare.

E invece.

Invece il matrimonio era stato quell'entità diafana che non aveva permesso loro, *a nessuno dei tre*, di essere felici. Maria aveva avuto John a 30 anni, Liam 32, e forse questo aveva indirizzato la loro vita, come se John fosse la cosa più importante, l'unica che davvero li teneva assieme. E dentro di sé, ma lo stava comprendendo proprio in quell'istante, credette che suo padre si fosse allontanato dalla famiglia, avesse dedicato tutto se stesso a quell'ossessione della terra, per scappare dal matrimonio infelice con Maria.

Non aveva mai parlato un granché sua madre – se non di scuola e pedagogia – era quella che si diceva una donna pratica, con i piedi piantati per terra. E lui l'aveva amata per tutta l'infanzia, scoprendosi improvvisamente distante quando, anni dopo la morte di Liam, l'aveva lasciata per andare a vivere da solo. Erano tre mesi che non andava a trovarla. Certo. Tre mesi e tre giorni, com'era segnato sul calendario in cucina. Un segno, un cerchio per ogni giorno che aveva bucato, che aveva fatto finta di niente. Che non l'aveva pensata se non per il senso di colpa. Che razza di figlio. Bastava la vita, il lavoro e Jim a giustificare quel vuoto? Certo che no.

Quella mattina il professor Glynn era sceso a Fiumicino, aveva riacceso il cellulare e aveva ascoltato lo squinternato messaggio vocale di Ines, detta Hola: « Professore, la mamma tua per terra. Adesso clinica sta ».

L'aveva richiamata e ora si trovava di fianco al letto nella stanza numero 6 della clinica Santa Barbara. Un comprensorio sulla Nomentana subito fuori il Grande Raccordo Anulare. Più che una clinica somigliava a un resort, una dozzina di villette rosa immerse in un parco di pini attorno alla mole squadrata dell'ospedale. Brillava di un color ocra che doveva rendere lustro alla costruzione mentre lui si ritrovò a confrontarlo col colore della coperta che avvolgeva il corpo minuto di sua madre. Il dottor Di Pietro lo aveva accolto come si accoglie un fedele a messa, sulla soglia del grande cancello a tubi con le braccia aperte. John, refrattario a qualunque forma di cortesia che superasse il grazie, stese la mano per intercettarlo prima che potesse, per qualche ragione, provare ad abbracciarlo.

« L'hanno trasferita qui in stato confusionale, professor Glynn. I medici hanno sistemato la frattura d'urgenza ma non mi piacciono gli occhi di sua madre. La badante ha portato la cartella del precedente ricovero da cui è evidente che la *miastenia gravis* è in fase molto avanzata. La tac alla testa ha confermato il peggioramento », gli aveva detto di fronte al dipinto della santa patrona della clinica vestita di drappi azzurri e un mantello rosso. « Sua madre va e viene, e i momenti di piena lucidità sono sempre più rari. Purtroppo alla sua età e nella sua condizione di ipotrofia cerebrale una caduta con una frattura come quella riportata ha spesso conseguenze gravi. »

Ora Maria Glynn dormiva con la flebo nel braccio e la pelle livida del viso cullata tra sogni e realtà dalla morfina che scivolava nelle vene piano piano. La stanza galleggiava in una bolla. Sospesa nel tempo sintetico di quello spazio sterile, Maria Glynn riposava tra le lenzuola rimboccate attorno alla sua piccola figura. E John rivide lì il suo Jim.

Sua madre non lo aveva abbandonato. Prima che la memoria iniziasse a sbriciolarsi per la malattia c'era sempre stata. Si accostò per sentirla respirare, la mascherina dell'ossigeno borbottava nel naso di Maria. La vide bambina e abbracciò il suo corpo. Col petto in tumulto e uno spillone da cui il dolore irradiava come un sole nero, John pianse ancora, poi quell'ombra che sentiva addosso, passò.

Sopra il tetto della clinica il cielo era muto e scoloriva sfaldandosi in chicchi di zucchero. La tv balbettava in sottofondo e lui andò a spegnerla. Da quella sera nella casa di Titania, dopo quel tg senza pietà, Maria Glynn aveva smesso di guardarla e non l'aveva più riaccesa. Aveva trascorso quegli anni soffrendo per sé e per John che era maturato presto e bene, seguendo, almeno parzialmente, la strada di suo marito. Lo aveva incoraggiato a partire anche se lo avrebbe voluto accanto.

Fuori i pini marittimi erano immobili nel sole e Maria chiuse un momento gli occhi. Era davvero così?

Dal Belgio, John aveva riportato un bagaglio carico di emozioni, foto e oggetti che avrebbero potuto raccontare un'altra storia. Poi Maria spalancò le palpebre e allargò le braccia come una fiamma che attendeva di essere rinfocolata. Da quanto aspettava quell'abbraccio? L'idea che fossero trent'anni si fece strada nel cuore di John e il senso di colpa gli allagò il petto. Aveva amato tante cose in quei trent'anni, John Glynn, ma non aveva trovato spazio per l'amore di sua madre. E quella era una sacrosanta verità.

«Tesoro, ti voglio bene. Lo sai?» chiese tremolando nell'abbraccio di suo figlio.

« Certo », rispose ma la parola inciampò e cadendo si tirò dietro una lacrima. Allora le prese la mano e la guardò cercando di perdersi negli occhi smarriti, di trovare una risposta a quella domanda in mezzo alle macerie della sua mente sconfitta. « Mamma, cosa è successo a papà? »

Si staccò dall'abbraccio e lo osservò come un animale ferito che attende il colpo di grazia. Gli occhi accesi d'una luce fuggiasca persero aderenza con la faccia di John e vorticarono a destra e a sinistra.

Maria non c'era più.

Al suo posto un viso incredulo che spargeva lacrime ignare. *Perché?* domandava a quell'uomo mentre i pensieri, lo spazio attorno a lei e il tempo custodito dentro di sé, si liquefacevano. *Chi è lui?* si chiese. *È tuo marito, vecchia sciocca*, rispose una delle voci. Poi un blocco di memoria grande come la calotta polare si staccò dal cervello di Maria e s'inabissò nelle algide tenebre marine trascinandosi via frantumi di visi e di suoni, pezzetti di odori e tutte le sfumature del verde che aveva registrato in un'esistenza lunga come il sospiro di una stella. *La mia vita*, sussurrò la voce sperduta tra i ghiacci. « Noi... ci siamo persi. »

15

Roma, 21 aprile 2020

Quando, due ore dopo, il professor Glynn giunse in via Montecristo nel quartiere di Montesacro, la notte era zeppa di punti luminosi. Faticò a infilare la chiave nel cancello della casetta con la fontana e le carpe giapponesi. Appena varcò la soglia, i sensori di movimento che aveva montato due estati prima – era passato tanto? – schioccarono fulminandolo come se fosse un ladro. Inès era con Maria in clinica e la casa era spenta, ma un dolciore di disinfettante e vecchiaia lo investì come una sentenza.

Che ci faccio qui?

Stavolta non era una frase di sua madre, era lui che lo stava chiedendo a se stesso. Poteva tornare indietro, chiudere la porta di casa con due mandate nel senso opposto e basta. Sarebbe finita lì, avrebbe atteso che sua madre facesse la fine a cui era destinata, avrebbe seppellito anche lei e forse avrebbe smesso di soffrire per un passato che non gli era mai appartenuto.

Ma John la porta se la chiuse alle spalle e avanzò come se fosse davvero un ladro, lasciandosi scorrere le camere e gli oggetti, dritto come se non avesse che un obiettivo in vita sua, come se il sangue che gli pulsava nelle orecchie ribollisse per l'imminenza di una verità nascosta. Arrivò alla stanza in fondo al corridoio. Quella sempre chiusa. Non come lo scantinato dello studio di Liam a Titania. Abbassò la maniglia e si ritrovò con la mano ferma. Non aveva pensato alla chiave e non poteva, più, cercarla tra i ricordi di Maria. Salì le scale verso la camera di sua madre ma quando entrò il motivo della foto per cui era tornato – la foto mancante – si polverizzò. Sul comodino di legno intarsiato e marmo rosa c'era il vecchio mangianastri con cui Maria ascoltava i successi di Mina. Dal marsupio prese la TDK che aveva recuperato tra le altre cose in quella caccia al tesoro che era stato il viaggio nell'inferno del Sambre: *Nucleo*. L'impazienza lo scuoteva e le mani esitarono. Alla fine la cassetta entrò con uno scrocchio e John richiuse lo sportellino. Aveva rotto il nastro? Doveva ascoltarlo. In preda a un'ansia incontenibile, John schiacciò il grosso tasto del PLAY e si sedette sul letto vuoto della madre.

Un solido è in stato di quiete quando per un determinato intervallo, la sua posizione nello spazio non varia. Resta fermo se non è sottoposto a un'energia, una forza, una potenza, esterne o se queste potenze sono in tale contrasto da annullarsi. La cosa grandiosa, però, è che quel solido, fermo, resta carico di un'energia che definiamo potenziale e che io chiamo 'l'ambiguità del corpo'.

Frshhh...

C'è un fermento enorme nell'immobilità di un uomo nella vita, oppure è semplicemente già tutto finito, esaurito? C'è un rumore di fondo nello spazio, nel cuore della Terra e nella carne che ci dà forma e sostanza. E questi sono i tre misteri dell'universo che dobbiamo indagare. Immagini, risposte, domande e l'energia muta che s'interseca col corpo, collide col cervello, alimenta slanci e sofferenze, rimpianti, scienze e illusioni. E poi c'è il tempo che frana dentro a tutte queste cose. Siamo solidi? O siamo l'energia che alimenta il cuore della Terra? Il Programma Gaia continua a sfuggirmi di mano. Scavo e scendo sempre più giù ma tu, dove sei?

Frshhh...

Tutta l'energia proviene dal grande trauma geologico che è la storia della formazione della Terra; l'impatto con gli asteroidi, la formazione del nucleo interno; l'oceano ferroso che nutre i vulcani e l'inconscio planetario, il regno dei fabbri, l'inferno, il fuoco e la notte perenni. Aveva ragione Pitagora, la materia è musica solidificata e tutto è mosso dalla voce di Gaia.

La registrazione si interrompeva con un fruscio. John spinse EJECT e riprese la cassetta, Liam aveva una voce sofferente, era turbato. Cosa c'entrava quella roba col *Nucleo*? La rivoltò e la reinserì dall'altra parte ma quando premette PLAY si accorse che qualcosa era cambiato. Con una voce profonda e solenne, come se leggesse un testo che aveva davanti, Liam parlava lentamente. Quel lato era stato registrato in un altro momento rispetto ai deliri della prima parte.

Murmansk. Nord dello scudo Baltico. In mezzo al bianco senza tempo la voce del ghiaccio canta la desolata sconfitta del mare. Sulla torre, quaranta occhi di vetro, minuscoli oblò sigillati, guardano fuori. Ai suoi piedi strutture accartocciate su se stesse raccontano l'ennesima sconfitta dell'uomo. Nel ventre dell'edificio dimora un antico verme terrestre. La trivella più vorace del pianeta. Un pozzo, un buco, un foro largo una mano e incavato come la coscienza dell'uomo attraversa strati di roccia e silicio, ferro, fossili e minerali. Non è stato scavato per l'oro, il petrolio o altri preziosi. È un tentativo, dicono. Un esperimento, affermano. Da tre miliardi di anni il basamento di granito e minerali ha atteso che gli uomini interrogassero le sue viscere. Invano. La talpa che vive nella torre, l'ultima di cinque trivelle di titanio, una bestia di duecento tonnellate ora è inerme, ma prima che tacesse, ha straziato la roccia.

Frshhhh

Ne avevo sentito parlare durante una conferenza a Mosca nel 1980 (ai tempi erano arrivati a sette chilometri di profondità) sulla discontinuità di Moho e io arrivai quando il grosso del lavoro era stato fatto. Avevano già perforato il letto di roccia che aveva distrutto le quattro talpe precedenti. Le chiamavano mangiaterra ed erano forgiate nelle fabbriche di acciai speciali di Minsk, cilindri che si montavano sezione sopra sezione man mano che la crosta cedeva sotto i loro morsi. Venivano sollevati da un enorme corpo rotante che occupava l'intero spazio della torre.

Frshhh

Sono stato tre volte a Kola. Allora il professor M. si occupava delle perforazioni che avrebbero dovuto superare la crosta terrestre una volta per tutte. Ma fallì, fallimmo tutti. Il giorno in cui la trivella superò i 12.262 metri accadde qualcosa che ha cambiato il verso stesso della scienza, della vita, dei miei incubi. Erano le 22.40 quando la trivella iniziò a dare i primi problemi. Quando la ritirammo l'ultima sezione lunghissima era quasi sciolta e la temperatura che ci aspettavamo di trovare laggiù, al massimo 220°, era inaspettatamente quadruplicata.

Ma quello che accadde allora fu peggio.

Dal fondo di quel foro grande come una mano non emersero solo detriti di graniti e minerali. Quello che tutti, e Daniel mi è testimone, sentimmo fu invece un sussurro spaventoso. «Ho scatenato un sisma», pensai. È un rischio che ho corso molte volte mettendo a repentaglio la vita di tanti. Ma gli strumenti dicevano zero. E zero fu. Dentro alla torre che custodiva l'ultima trivella, gas e vapori creparono il suolo e si alzarono in sbuffi saturando l'aria. Avevamo bucato una stanza di dodici chilometri nella crosta terrestre ma la punta si era fusa.

Fu allora che venne fuori quella cosa.

Un rumore enorme e sottile, come un gigantesco cardine che si spostava su una porta colossale. Al sibilo della terra, che durò più d'un minuto, si accompagnò quello che tutti sentimmo chiaramente. Allora ci tappammo le orecchie con le cuffie di sicurezza e un vento di grida invase la torre mentre io ero davanti al piccolo pozzo ma profondissimo a guardare. Liberai le orecchie e, la mia mente me ne sia testimone, in quel vento ho udito una voce. La sua voce. Da Kola ha avuto inizio il progetto più importante della mia vita di uomo e di scienziato, quello che ha sconvolto le mie certezze e non mi ha più abbandonato: l'ho chiamato « Programma Gaia » e so che mi accompagnerà fino a che avrò un respiro in petto.

Il nastro si bloccò. Nella penombra John tremava come l'ultima foglia d'autunno sferzata dal gelo della medesima domanda: Chi era suo padre? Chi era *davvero* Liam Glynn?

La memoria e la carne che John aveva amato, l'uomo di scienze o il folle delirante che aveva registrato quel mucchio di favole per i posteri? Cos'altro potevano essere altrimenti?

Nel suo registro, Paolo Ferrari aveva svelato l'ossessione di Liam, ma davanti agli occhi di John scorrevano le foto che suo padre aveva in Belgio, e quelle parole appena udite dalla sua viva voce: « *Ovunque però mi sono portato nel cuore tre grandi amori: Maria, Johnny e il Programma Gaia* ». John avvertì la pelle delle tempie ritirarsi in preda a un sentimento di cui aveva dimenticato l'esistenza. Era geloso? Geloso di un maledetto progetto di ricerca, di quell'astratta fissazione che aveva sperduto Liam dal mondo reale?

Un rumore enorme e sottile. Al sibilo della terra, che durò più d'un minuto, si accompagnò quello che tutti sentimmo chiaramente.

Le parole risuonarono nella mente di John come se all'improvviso lo riguardassero: il fischio di cui soffriva? No, il medico aveva sentenziato: acufene. Ridicolo. *Un vento di grida invase la torre e ho udito una voce. La sua voce.* Un brivido caldo lo afferrò: era la voce della Terra, quella di cui Liam parlava nei suoi appunti? Quelli che John aveva saccheggiato per scrivere *I misteri della Terra*, per conferenze e lezioni. La voce di quelle TDK lo aveva aiutato a essere l'uomo che era, lo scienziato, forse anche il padre imperfetto di Jim. Chiuse gli occhi in cerca dell'abbraccio con Liam, ma era un'immagine inconsistente: « Ci sono tre grandi misteri che dobbiamo riunire, Johnny. Il primo è disperso nell'alto dei cieli, il secondo è celato nel cuore della Terra, l'ultimo riposa nel cuore di ognuno ». Era stata l'ultima cosa che gli aveva detto suo padre prima di partire per il Sambre e ora il professor Glynn era quasi certo che quella voce – la voce della Terra? – fosse la voce del sogno premonitore che aveva smesso di fare dopo che Jim era *caduto*.

Il comodino di Maria era aperto e traboccava di santini, la lente con cui leggeva e rileggeva i gialli della Christie, qualche orologio, spicci e matite. Il professor Glynn lo aprì, tolse una manciata di penne e la copia delle chiavi della Volvo che le aveva lasciato per sicurezza. Vicino ce n'era una di ottone con un fiocco da pacchi rosso. L'afferrò mentre la grancassa si scatenava nel petto e scese di corsa le scale.

Due minuti dopo, i suoi occhi, gli stessi che indagavano nel puff arancione dei giochi, già si perdevano nel mistero del baule.

Diversamente da un bambino, un adulto agisce con calma e ordine: John sistemò sul pavimento, uno accanto all'altro, tutti quegli oggetti preziosi con lo stesso stupore di allora. Ultima, tirò fuori la cartellina rossa che in cima recava la scritta: « Programma Gaia » in preda all'affanno l'aprì. Fogli, appunti, ritagli di giornali – si accorse che tornavano le immagini in bianco e nero di un'enorme torre – doveva essere quella di cui parlava Liam nella TDK – in mezzo a una landa battuta dal vento ghiacciato. Poi, un foglio attirò la sua attenzione. Era un grosso ritaglio da una rivista tedesca degli anni Ottanta. Ancora una volta la foto mostrava quella torre e la didascalia recitava: « Kola Halbinsel ». La digitò sul traduttore di Google e venne fuori: Penisola di Kola. Il luogo in cui suo padre aveva perso il senno. Nell'angolo in alto c'era una graffetta. Il professor Glynn frugò tra gli appunti in cerca del segno della graffa e lo trovò su un foglio a quadretti ingiallito e scritto fitto fitto.

Era la grafia di Liam: « *La violenza antropocentrica è solo un miraggio. Non c'è nessuna epidemia frutto della violenza antro-*

pocentrica. Ho capito che non siamo ospiti sul dorso di questo pianeta, non c'è una gerarchia perché noi siamo il pianeta. La Terra non è una risorsa, noi siamo una risorsa per la Terra che ci usa come si usano i parassiti, ci munge, ci coltiva, ci fa moltiplicare sopportando il peso dei miliardi di formiche che si accalcano per una briciola di pane. E alla fine ci inghiotte, perché siamo noi a nutrire le sue carni di pietra, terra, minerali, noi a permettere che continui a vivere, a prosperare, noi a cambiarla, a trasformarla con la sua libera volontà. Non siamo padroni di nulla, nemmeno del destino della Terra. Perché i nostri morti la nutrono, l'energia che sprigionano nell'ultima voce io l'ho sentita, laggiù. E fra tutte, la sua. Ora lo so, la Terra non si è mai ribellata a noi, non ha mai scongiurato l'intruso come si fa col virus. Perché la Terra siamo noi, perché l'energia che la muove sin dal suo nucleo vibrante non è la mera equazione dello spin, la risultante di energie perenni frutto della trasmigrazione dei suoi metalli liquidi. Ciò che muove il pianeta è la sua voce profonda. E questo non è il suo segreto, ma il nostro mistero».

John tolse gli occhiali appannati dalle lacrime, li chiuse e li ripose sul pavimento. Liam aveva dedicato la vita alla Geologia, ai suoi furiosi scavi in tutto il mondo ma cos'era davvero la ricerca in cui aveva precipitato l'anima a Titania e al Sambre?

Si affacciò sul baule vuoto e tornò agli oggetti per terra, sollevò il coperchio di un astuccio da gioielliere grande come una mano. Lo aveva visto in giro per casa? Conteneva un regalo? Ora però sulla base del cofanetto non c'era un anello di smeraldi ma due chiavi tenute insieme da un cordino. Sotto spuntava un angolo di plastica. Lo sollevò e trovò il tesoro di Maria. Una Polaroid. Riconobbe il segno della graffetta nella parte inferiore e comprese che doveva comporre il trittico con il foglio di appunti e la pagina della rivista; era quella che mancava dalla parete nell'ufficio al Sambre? Laggiù si era portato otto ritratti con loro tre, Liam, Maria e John, ma quella che lui teneva tra le dita ritraeva solo Liam con John di pochi mesi, il visetto tondo della stessa forma del padre, che lo teneva in braccio nell'atto di sollevarlo dal passeggino. Una copertina leggera avana con una striscia di colore copriva il corpo di John. Dovevano essere a Torquay a giudicare dal muretto e dalla targa dell'auto parcheggiata sullo sfondo. Maria gliel'aveva detto che in estate lei e Liam andavano in vacanza in Cornovaglia, era successo finché non avevano venduto la casa di famiglia lì per comprare la villetta a Titania e il cielo-terra a Civita dove John si era trasferito. Era davvero così? Scrutò la foto indugiando sul viso felice di suo padre anche se i colori avevano ceduto all'ombra del tempo e la superficie si era leggermente staccata dalla base della Polaroid. Il professor Glynn guardò meglio la sua faccia quarant'anni prima. Le labbra sottili, il visetto puntuto, le iridi ancora scure. Doveva essere di pochi mesi. Però la casa di Torquay era stata venduta prima di trasferirsi a Titania, prima che John nascesse. Ma allora quella macchina con la targa gialla e la scritta nera? Quella posa... il padre con la schiena piegata e lui in braccio era familiare? L'aveva già vista, era stata Maria a mostrargliela. Sicuro. L'aveva vista a casa, ma non lì, e nemmeno a Civita, dov'erano stati troppo poco. Sentiva che quella foto aveva a che fare con Titania. Forse Maria la teneva in salotto in bella mostra, e per un attimo la immaginò sul comò all'ingresso tra le altre dei genitori, dei nonni e le sue. Ora che ci pensava ricordava anche i colori oramai sbiaditi. Riusciva quasi a vedere il passeggino rosso e la testa arancione di suo padre. A un certo punto doveva essere scomparsa dal comò sostituita dalle foto del suo battesimo e della comunione e poi era... Una luce incendiò i ricordi di John Glynn e si esaurì. Quell'istante bastò a dar fuoco alle antiche polveri del flash mentale.

Le scale della casa di Titania. Quelle che scendevano nello studio di Liam. Era lì che l'aveva vista? Impossibile, Liam non ci voleva nemmeno Maria, e John non era mai sceso, non una volta, *laggiù*. Allora perché la foto che teneva in mano si tingeva di colori vibranti? Sul serio la ricordava lì, *caduta* sulle scale inaccessibili dello studio di Liam? Si guardò attorno, confuso, come se si ritrovasse fuori dal suo tempo e in uno spazio privo di senso. Per terra giaceva l'intrico della memoria di tante persone, raccontava una storia, ma come poteva, ora, riscostruirne il disegno? Quel puzzle d'immagini, voci e di parole di carta edificava un'immagine del padre « diversa » e John avvertiva la portata di quella finzione – di tutte le bugie che si era raccontato, che forse gli avevano raccontato – e la voglia improvvisa di abbandonare tutto e smarrire ogni ricordo come stava accadendo a sua madre. Doveva fare uno scatolone di quella roba e bruciarlo nel caminetto in disuso nel salotto. Così avrebbe resettato e su quelle ceneri – su quelle macerie della memoria, detriti di cose reali e di fatti masticati dall'immaginazione, dalla paura – sarebbe nata una nuova storia. Afferrò fogli e appunti, e li rimise nel baule in tutta fretta. Abbassò lo sguardo e riconobbe un cerchio di metallo che Liam aveva forgiato da un pezzo di titanio. Lo portava sempre con sé e come allora, adesso c'erano attaccate due chiavi. Una era della villetta in via dell'Argento, il posto in cui John era cresciuto a Titania, da cui era scappato e a cui, inesorabilmente, stava tornando.

« E questa », disse in preda a una potente ondata di sconforto « è la chiave dello scantinato. »

16

Titania, 22 aprile 2020

L'alba era sorta in un silenzio incantato sopra la città fantasma.

Lucia e John avevano passato le forche del tunnel e si erano affacciati nella valle coperta da un lenzuolo di nuvole pallide. Il campanile della chiesa di Titania, quello vero, aveva perso la voce il giorno del nono compleanno di John Glynn. Poco prima della festicciola tra bambini la terra aveva tremato, scossa da una forza che le divorava il ventre e John aveva pensato a Liam. A quell'ora si trovava nel corpo fragile della miniera. Ma poi era arrivato, sporco e puzzolente di polvere da sparo. Era sempre stato così, lui la uccideva, la scolpiva, la scavava come se non ci fosse altro nella sua testa che arrivare più giù, come se davvero potesse toccare il fondo del mondo, rinunciare alla sua natura umana e scivolare nel cuore pulsante della Terra. Liam non si era accontentato di misurare i balbettii della crosta terrestre, ma aveva bramato di ascoltarne il battito più profondo come se fosse preda di un'assurda febbre dell'oro.

« Arne Saknussemm. » John scrutò la strada che scendeva dritta fino al centro della conca.

« Cosa? » Lucia lo seguiva qualche passo indietro: non conosceva quei luoghi e voleva mantenere uno sguardo privilegiato sul marito senza che lui si sentisse osservato.

« È un personaggio del libro di Verne. »

« Quello che legge Jim? »

« *Viaggio al centro della Terra.* »

« Ma è un personaggio di fantasia? »

John le rivolse uno sguardo eloquente: cosa c'è di reale in questa storia e in quello che hai davanti agli occhi?

Ma disse: « Immagino che sia l'incarnazione dello spirito dello scienziato, dell'esploratore ».

« Te lo ha regalato Liam per i tuoi nove anni? »

« Già. »

« Per questo l'anno scorso lo hai dato a Jim? »

Annuì: « E adesso mi sento come Saknussemm ».

Erano le sei del mattino, avevano percorso mezzo chilometro, e la strada digradava sul livello della spianata su cui si trovava la minuscola urbe d'acciaio. D'accordo con Mal, a cui John aveva raccontato i dubbi e le scoperte del Sambre, avrebbero visitato casa sua e si sarebbero riuniti con Chen e Linda per aspettarlo quella mattina davanti all'Espace.

« Non ho mai visto volare un uccello sull'impianto », notò per la prima volta.

La interrogò con lo sguardo come se lei potesse spiegare quel fenomeno bizzarro, come se Lucia fosse divenuta la sua guida in quel mistero e potesse davvero spiegargli cosa stava succedendo, cos'era accaduto sino ad allora e cos'era stato degli anni che aveva prima del grande *bum*. Lei gli si fece accanto, scosse la testa e gli afferrò due dita mentre scendevano lungo la strada asfaltata fino alla piazza al centro del paese. Lo vide subito che era appena un paese, quello che John le aveva raccontato. Un centinaio di abitazioni, sparse tra i quattro quadranti della mappa, palazzine di pochi piani, baracche e qualche villetta, oltre ai quattro parallelepipedi di cemento: il comune, la scuola, la chiesa e il piccolo ospedale del villaggio industriale.

Avanzarono tra mazzi d'erba tra le crepe dell'asfalto come ciocche su un cranio desolato. La piazza di marmi lunari era anche il centro della conca dove l'obelisco di titanio si era inclinato su un lato. La statua di un minatore con un martello e un punteruolo sulla parete di pietra sorvegliava la serranda abbassata del bar.

« Dov'è? » Lucia intendeva la casa.

« Nel comparto sud-ovest. » Indicò un largo viale alberato che si apriva sull'altro lato della piazza. Le acacie erano cresciute a dismisura e avevano formato un arco verde, mentre strada e marciapiedi erano coperti di rami e di floridi ciuffi di gramigna che credevano di muoversi su un tappeto vegetale.

Quando raggiunsero l'ultima casa e aprirono il cancelletto cigolante, la mano di John non riuscì a infilarsi nella tasca per afferrare le chiavi, tanto era umida. Fece scattare le due serrature e spalancò l'uscio. Dall'interno un'aria si mosse e la polvere danzò nella luce che attraversava la cucina. Per un istante riconobbe il sospiro della casa, il suo antico saluto, che lo aveva atteso con l'eterna pazienza della tomba. Entrò, si voltò e con uno strano accento recitò: « Benvenuta nella mia casa, signora. Entri liberamente e di sua volontà e lasci qualcosa della felicità che reca con sé ».

Era così, sposandolo Lucia aveva ceduto qualcosa della propria felicità giovanile per misurarsi con colpe antiche e tragedie recenti. Ma chi stava pagando più di tutti in quella situazione era Jim. Era fuori pericolo e lei aveva la possibilità concreta, passata quella soglia, di entrare stavolta fisicamente nel mondo di John, e uccidere il mostro.

« Come ti senti? » gli chiese guardandosi intorno.

Lui sollevò le sopracciglia. Non lo sapeva come si sentiva.

Il piano terra era occupato da un grande soggiorno con tre porte e una scala che saliva al piano di sopra. C'erano pannelli di legno di ciliegio e blocchi di roccia che Liam aveva voluto a tutti i costi. La finestra dava sul giardino che era occupato dall'erbaccia cresciuta oltre i due metri.

Era una villetta signorile, con un ampio piano terra con cucina abitabile, un bagno e le camere al piano di sopra. Salirono le scale coperte di moquette ingrigita dal tempo e le impronte delle scarpe s'impressero sullo strato di polvere. Anche il corrimano era sporco e Lucia evitò di utilizzarlo.

Spalancò la porta del bagno e qualcosa frullò nello sciacquone: « Chiudi subito! » urlò lei.

Aprì la successiva: « Mamma ci teneva le cose per pulire casa, i detersivi e altra roba che papà non voleva nello studio. Io mi ci nascondevo quando veniva Chen, e lui se la faceva sotto. Mentre qui a fianco c'è la mia vecchia cameretta ». Indugiò, le dita incerte sulla maniglia. Poi l'abbassò con un *clac* e la superficie del mondo di fuori s'infranse su quella all'interno. La camera sembrava una miniatura, identica a quella che John ricordava ma molto più piccola.

La mattina che aveva caricato le ultime cose sull'Austin Metro di Maria, John aveva portato via buste, pacchi e scatoloni, ma ci aveva lasciato tant'altra roba. C'erano ancora i poster alle pareti, e non appena varcò la soglia si diresse verso la gigantografia della bocca della grotta di Postumia di fianco al suo letto. Com'era possibile? L'aveva voluta lui? O era stato Liam a insistere? In un riquadro in basso c'erano due foto del Proteo. *Papà, io pensavo a qualcosa... non so, come il Proteo delle Grotte di Postumia*, aveva detto Jim e lo stomaco si strinse in un pugno invisibile.

« Era qui che pensavi a Naira », chiese Lucia sorpresa da uno smarrimento improvviso.

Lui fece di no e mise una mano sulla sponda del letto a castello.

« Papà saliva a leggermi un grosso libro che non ho più ritrovato. L'*Atlante dei minerali e delle pietre preziose*. Si staccò e si accostò alla libreria mezza vuota. Cercò per qualche istante mentre Lucia si muoveva piano come in un museo. E in effetti lo era. Non solo per la coltre di polvere ma per il senso di lontananza nel tempo e nello spazio che quella camera le dava.

Si spostavano in quel silenzio distante come spettri gentili quando Lucia si affacciò sul letto di John e allungò un braccio. « E quello? » chiese sollevando un oggetto.

Nella mano teneva un acchiappasogni di piume grigio tortora, con una rete al centro e sei piccoli sonagli che tinnirono quando Lucia lo mostrò a suo marito. John rispose con la prima cosa che gli venne in mente: « È Cheyenne ».

Lucia rise di gusto: « La ruota della vita, ciò che vi teneva uniti... il mistero... », stava continuando a memoria quando John la interruppe, le si fece accanto e le tolse l'oggetto di mano.

« Ehi. »

Non riusciva a parlare, ma disse: « Era nella Carovana ».

« Me lo hai raccontato... »

« No, non c'è mai stato nella mia camera. »

« Magari non è esattamente lo stesso e forse... »

« No », aveva cambiato espressione, « è questo », lo scosse di nuovo, « è *quel* suono... ma come è arrivato qui? Era sul letto? »

« Sul tuo cuscino, John. »

Il pensiero assurdo che quello stupido manufatto posato là dove per dieci anni John aveva abbandonato la testa ai sogni lo avesse in qualche maniera connesso con Titania, che fosse addirittura il tramite del suo incubo (era il tintinnio che sentiva?), gli addentò le viscere.

Non era possibile. Niente di tutte quelle cose era realmente possibile. Ma allora dov'erano adesso lui e sua moglie? Si sedette sul bordo del letto che sbuffò uno sciame di granelli di polvere.

« Vuoi dire che qualcuno è stato qui? » Lucia s'irrigidì. « Ma non ci sono orme per terra. » Sollevò i piedi. Era vero. A parte le suole delle loro scarpe non c'era segno di nessun altro passaggio. « Dev'essere rimasto qui per tutti questi anni. »

« Chi lo ha portato? » domandò lei.

« Chiunque è stato, lo ha fatto da poco. È pulito, non c'è polvere sopra all'acchiappasogni. »

Una mano d'ossa s'arrampicò sulla schiena di John. La sedia con lo zaino Invicta pieno di firme e di disegni, la scrivania con il bicchiere delle penne Replay e, nell'angolo, la porta da calcio con la rete e il Tango ancora sporco d'erba. Tutto era coperto di polvere. Non aveva il coraggio di toccare niente, perché sentiva che quel mondo si sarebbe sbriciolato. Si accostò alla finestra e scostò la lunga tenda che strusciava sul pavimento. Dava sul giardinetto e in alto sopra ai tetti delle villette spuntava la catena montuosa che cingeva Titania in un abbraccio possente. E asfissiante.

« È ora di affrontare quelle scale », disse John prendendo Lucia per mano. « Stavolta devo scendere nello studio di mio padre. »

« E io verrò con te. »

17

Mammagialla, 15 aprile 2020 (una settimana prima)

Lo spazzolone terminò la corsa contro il muro con un *toc* che riempì lo spazio vuoto attorno a lei. La donna con la divisa arancione e la scritta « CleanSynergy » sul petto si asciugò il sudore e scrutò l'orologio di gomma che teneva al contrario sotto al polso destro.

Aveva finito con quindici minuti d'anticipo sulla tabella di marcia e si trovava nell'unica parte del Mammagialla che non sembrava un carcere, in fondo all'ala ovest dov'erano le celle d'isolamento.

Sistemò la fascia sulla fronte, si osservò nel sudicio riflesso del secchio prima di rimetterlo dentro al carrello con gli stracci, e abbassò le maniche. Si diresse all'ultima porta in fondo al corridoio e mentre i piedi toccavano terra e si sollevavano, il suolo pareva vibrare come se stesse per crollare tutta la dannata prigione. Raggiunse la porta blindata e allungò le dita verso le sbarre sulla minuscola finestra. Il tocco gelido del ferro invase i palmi, i gomiti, il petto. Il naso, gli occhi e le lentiggini, che ancora spiccavano sul viso spigoloso, si accostarono al metallo con il timore di guardare dentro. E dentro scoprirono ciò che non avevano mai smesso di cercare. Un uomo, un pazzo a cui si era seccata la lingua, un assassino di bambini.

La donna studiò la penombra polverosa su cui galleggiava la figura rinsecchita e non lo riconobbe. Spinse gli zigomi contro le inferriate e sbarrò le palpebre per spalancare la soglia del mondo del Grande Spirito. Allora, la testa dell'uomo s'inclinò e lei si accorse che dimorava in un sonno profondo col mento appuntito sul torace. Era a torso nudo e la donna vedeva le pupille scoppiettare sotto le palpebre.

Sogna.

« Hai sempre avuto occhi grandi », la voce scorticò persino l'aria, « e il profumo dei campi di lavanda vicino a casa. »

La *casa* era una grossa baracca di legno – con un portico di lamiere e la staccionata di decine di bancali – un avamposto tra gli acquitrini a ovest e le vegetazioni che sbarravano l'accesso all'impianto, una specie di fortino in cui però vivevano gli indiani, aveva sempre pensato Naira con la sensazione di essere straniera in terra straniera. Ma quella terra era straniera a se stessa, un esperimento, un ibrido, un mostro costruito pezzo dopo pezzo e abbandonato a una esistenza difettosa. Non c'era casa, edificio o piazza che non fosse mutila e la cittadina era un circuito elettrico impiantato sulla carne viva della valle. Tre metri di rete spinata partivano dalle pareti esterne della casa e si perdevano nella vegetazione. In quel fortino viveva Naira con i suoi, prima che la madre morisse, in quella casa desolata era nata e aveva imparato a osservare il mondo con i suoi grandi occhi.

Naira non aveva mai percepito la distanza con la civiltà degli altri. Almeno finché non era sopraggiunta la fine dell'infanzia. Allora il suo mondo aveva mutato pelle, come il serpente delle favole di sua madre. Le sue iridi avevano perso colore e lei si era scoperta fragile come la foglia d'acero che suo padre aveva piantato davanti casa. Da quell'albero Naira era stata strappata un poco alla volta: la notte in cui Marco era scomparso aveva sentito dita invisibili che l'afferravano, la sera della notizia dei morti del Sambre le unghie di quella mano fantasma si erano piantate nel suo cuore e la mattina che lo avevano portato via, quando la polizia era venuta a prenderlo con due macchine e il furgone nero, glielo avevano strappato. Era stato dentro a quella casa che Louis Caròn l'aveva davvero tradita. Con le sirene e le telecamere e la gente di fuori, lui che le aveva detto di restare nascosta e che sarebbe tornato presto. E invece aveva mentito davanti a tutto il paese, condannandola a mesi di vergogna e di abbandono. Era rimasta chiusa in casa perché la gente era arrabbiata, dicevano che era stato arrestato, che era stato lui a uccidere Marco. Per settimane aveva pensato a suo padre, al folle che avevano preso, e lo aveva immaginato con gli occhi degli altri. Improvvisamente non era più quello dei giochi e delle passeggiate.

« È stato tuo padre », le aveva strillato in faccia Chen il cinese quella mattina in piazza, e lei stavolta gli aveva creduto. Era stato suo padre. Gli *altri* se n'erano andati e Titania era sprofondata nell'abbraccio della terra.

Le nocche sbiancarono: « Non vivo in quella baracca da anni ».

Lei intuì un'increspatura sulle labbra di cuoio.

La voce dell'uomo s'arrochì. « Perché sei venuta? »

La domanda non la ferì. « Sono trent'anni che ti cerco. Sono sei mesi che cerco di farmi assegnare le pulizie di quest'ala. »

Lui si sollevò dal letto. Si muoveva come l'aria e lei lo riconobbe. Era suo padre e in quei gesti non c'era mai stato il cuore di un assassino. Caròn aveva rubato un tovagliolo di stoffa grezza, si allungò e lo sistemò sulla piccola telecamera sopra la porta della cella. A quell'ora Vitti non c'era, faceva il turno lungo e si trovava a dormire nella stanza dei divani.

Come un vento umido quando cala la notte e s'insinua tra le gole aride, così la voce attraversò il corpo inaridito di Caròn: « Ti ho pensata tutti i giorni ».

Le dita sfiorarono le dita. « Voglio tirarti fuori di qui. »

« Non devi », sussurrò come se lo spirito del mondo fosse in ascolto.

« Certo che posso. »

« Che dici? » era turbato. « Io sono sempre rimasto con te. »

« Perché hai preferito tutto questo alla verità? »

« Ti avrebbero uccisa. »

« Chi? »

Scosse la testa, gli occhi negli occhi.

« È stato meglio condannarmi a questa solitudine? »

« Eri libera, lo sei sempre stata. »

« Nessuno mi conosce. Sono rimasta lì per tutto questo tempo. E due anni fa ho simulato un incidente. Da allora per il mondo sono morta. »

« Che dici? »

« Mi hanno cercata, papà. » Non le sembrava vero, stava pronunciando quel nome di fronte a suo padre. « Qualcuno è venuto a Titania. »

« Li hai visti? »

« Li ho sentiti. Hanno guardato in ogni singola casa, cercavano qualcosa dentro alla scuola, persino dentro all'impianto. E per tre volte io sono scomparsa. »

« Dove? »

« Proprio dentro il tuo impianto, papà. » Per la prima volta il vecchio ebbe un sussulto. « Ho imparato tutto su quel mostro. »

« Tutto? »

« La camera di comando sembra una nave sul mare della cava. Da lì partono le tre vene. La Grande Madre... » si persero in un lungo sguardo. « Ho scoperto il passaggio sotto al canale, la tana dell'istrice. Dovevo trovare le prove della tua innocenza. E so che sono lì da qualche parte. »

« Dovevi vivere... »

« Non con quell'incubo! La notte che Marco è scomparso... ho visto l'uomo del bosco. »

La faccia del vecchio si spinse contro le sbarre.

« Era lì. Immobile in mezzo a tutti quegli alberi. Lo avevamo visto tutti. All'inizio era una di quelle figure di legno, poi, invece, si mosse. Ma non scappai, papà. Lo fecero gli altri. Io restai a fissare quegli occhi folli in mezzo al bosco. Bruciavano di un fuoco spaventoso e per un attimo credetti che mi sorridesse. Erano due oblò sull'inferno. E quello non era un uomo. »

Strinse le sbarre e lui chiuse gli occhi. « Io so che non sei stato tu a prendere Marco. »

L'eco di una chiave nella serratura spezzò le parole in bocca a Naira. « Shhhh. »

« Ti tiro fuori. »

Il mento di Caròn si abbassò come si sarebbe abbassato pochi giorni dopo quando il Tiopental avrebbe avuto l'ultimo effetto sulla sua povera vita.

Il suono metallico trillò nel corridoio: « Ehi! »

« Ho fatto! Arrivo! » Naira tradì l'emozione.

Le rughe sul viso di Caròn s'indurirono. « Guardia! » disse poi, ma senza forza e con gli occhi spenti.

Invisibile, il secondino tuonò: « Fine turno! »

Lei si voltò: « Strizzo gli stracci e salgo. »

« Chi era l'altro? » disse Naira allontanandosi con il carrello.

« Sei in ritardo! »

« Arrivo! »

Con l'ultima voce, Naira gli domandò: « Chi era l'altro bambino, papà? Quello morto prima di Marco? »

Suo padre, l'uomo che non vedeva da trent'anni – e che non avrebbe rivisto più su quella terra – con gli zigomi sulle sbarre impresse un alito di voce alle ultime parole che rivolgeva a sua figlia: « Non era un bambino ».

18

Titania, 22 aprile 2020

L'altro bambino era lì, di fronte a Rico Trivelli. Al centro della parete libera nello studio di Liam Glynn nella casa di Titania. Non c'erano occhi a studiare i movimenti del commissario, non c'erano orecchie che potessero udire gli scricchiolii del legno sotto il peso eccessivo dell'uomo. Non c'erano neppure le labbra del sogno di John Glynn a raccontare la storia di quel bambino.

C'era solo un titolo sparato in rosso acceso sul[illegible]ndo bianco.

« Titania. Scivola nel fiume di fango. » E [illegible] ripesca il corpo tra i tronchi ».

Rico, dopo la notte passata in quella casa [illegible] tocalco che sfogliava dal barbiere da ragazz[illegible] *Cronaca Vera*. Era una rivista sensazionalistica ch[illegible]va nel torbido della provincia italiana in cerca di storie da gettare in pasto ai lettori. Il tutto condito da foto osé di soubrette e maggiorate. Un rettangolino di carta e nulla più.

QUARTA PARTE

LA CITTÀ DEI MORTI

Solo una cosa è utile: volgersi direttamente,
senza pregiudizi e in piena sincerità,
verso l'oscurità che si approssima,
e cercare di scoprirne il segreto e ciò che pretende da noi.

Carl Gustav Jung

1

Titania, 22 aprile 2020

L'elicottero monoposto oscillava come un pendolo in mezzo a un cielo di cristallo smerigliato. Poco prima, nella rimessa sul lago di Bolsena, Mal Giuliani aveva litigato per ottenere i permessi di decollo.

L'istruttore gli aveva urlato contro.

« Sei pazzo? Guarda cosa sta arrivando! »

Da nord-ovest un'onda nera di nubi ruggiva già sopra al grande bacino.

« Sono solo trenta chilometri », aveva risposto Mal, eppure quello non aveva sentito ragioni e se n'era tornato nell'hangar.

Mal non aveva nessuna intenzione di attraversare quella maledetta galleria e doveva incontrare i vecchi ragazzi a Titania come se il tempo per loro non fosse trascorso e lo spazio non si fosse mai spalancato inghiottendo carne e ricordi palpitanti.

Decollò.

La vegetazione aveva coperto le strade e Mal compì tre giri prima di individuare il punto dell'atterraggio. Da lassù aveva scoperto che il tempo era trascorso anche per Titania, la dama d'acciaio. Del corpo principale dell'impianto si scorgevano le ciminiere e le case erano solo tetti sparpagliati. Il campanile diroccato della chiesa che emergeva dalla giungla immaginaria dell'infanzia.

Atterrò, spense i motori e scese abbandonando il casco sul sedile. Mise un piccolo zaino in spalla. Il cielo sopra Titania era spento come lo schermo dopo il tg della sera del 19 aprile.

Mal si muoveva veloce sul terreno umido. Tra quei campi ci aveva trascorso meno di un anno ma ricordava ogni singola zolla. Solo il grande canale era una ferita rinsecchita rispetto alla memoria delle acque, e la carcassa ferrosa della Espace giaceva con gli occhi incrostati di ruggine e brina.

Man mano che procedeva verso la macchina, le istantanee sbiadite dell'« ultima notte » gli sfarfallavano in testa, ma appena girò attorno al boschetto di betulle colse un movimento dentro la vecchia Carovana. Si abbassò con un grosso sorriso sulle labbra. Sgattaiolò dietro a un salice e si preparò per fare il suo *buu* come quando da bambini era costretto a esorcizzare le sue paure e quelle dei suoi amichetti spaventandoli di una paura finta e divertente. Se lo sarebbero ricordati?

Dal sentiero oltre la collina un uomo e una donna si avvicinavano a passo spedito come se fossero inseguiti da un fantasma. John era uscito di casa in preda a una disperazione fatale e Lucia lo aveva seguito con un sacco di brutti pensieri per la testa. Perché John era riuscito a scendere nello studio di Liam e vi era rimasto per il tempo necessario per dare uno sguardo agli articoli sulla parete e alla scrivania. Poi aveva preso sua moglie per mano ed erano venuti via.

Contemporaneamente, dalla sagoma rotonda dell'edificio delle Poste al centro della cittadina altre due figure procedevano a passo lento e le voci tagliavano l'aria come il burro.

Mal fece l'ultimo passo prima dell'agguato, ma quando si accorse che *gli altri* erano sulla strada a una cinquantina di metri alle sue spalle, fece per sollevarsi e un suono molto piccolo e molto vicino lo paralizzò.

Chen aveva visto Mal in piedi accanto alla Renault e si staccò dal gruppetto correndo mentre sventolava un pezzo di cartone tra le mani. Ma si immobilizzò quasi subito. Dal tetto fracassato della Espace faceva capolino un pezzo di ferro e Mal si ritrovò a un metro dalla macchina in piedi e con le mani al cielo. Come una grossa marmotta dal buco nella terra, la testa grigia si sollevò, la portiera cigolò e dal ventre della bestia spuntarono una faccia e una pistola.

« Mi pare che adesso siamo tutti », disse l'uomo emergendo a fatica.

Quando *tutti* furono attorno al rifugio, John imprecò: « Commissario Trivelli? »

Lui lo salutò alzando la Beretta. « Professore! Mi deve scusare ma sono dovuto venire fin qua per trovarla. »

Una grossa nube stampò un bacio sul pallido volto del sole. John ritrovò la voce.

« Cosa vuole da noi? »

Fu Lucia a rispondere, facendo un mezzo passo avanti.

« È venuto per lei. »

Solo allora John si accorse che dietro la figura di Trivelli che si stava goffamente aggiustando la cintura, sbucava il viso di una donna.

« Ma tu », titubò, « sei morta... » John era fermo sulle gambe eppure la scena si muoveva davanti a lui. Seduta nel fondo della macchina, come quella notte, c'era Naira Barr.

« Non abbastanza », tossì Trivelli. « Esci, sbrigati », le fece cenno.

John stava facendo i conti con l'inconcepibile.

« Ho visto la foto della Smart, dell'ambulanza. Credevamo che... » le parole gli morirono sulle labbra.

Allora la figura si sollevò e saltò giù dall'Espace. « Johnny », sussurrò spostando di poco lo sguardo su Lucia che la stava osservando. « Anch'io ho i miei segreti. »

Lucia si scoprì a studiarla come un animale saggia un nuovo arrivato nel suo territorio.

Naira era ancora molto bella, e aveva conservato la sua grazia selvatica, vibrante. Portava i capelli raccolti in una treccia, che sarebbe stata antica se non avesse incorniciato un viso radioso, splendido di luce dentro agli occhi neri. Era quella la ragazza di cui John si era innamorato prima di conoscerla.

Non solo era diversa da lei, ma era diversa da qualunque donna che John avrebbe mai potuto amare. Sin dalla storia affiorata durante il rebirthing, pensò Lucia, Naira rappresentava la parte spaventosa dell'esistenza. La stessa che John aveva rifiutato in tutti i modi, quella che in fondo lo aveva allontanato da suo padre. La parte rimossa. Annuì a se stessa, perché forse Naira aveva a che fare con quel mondo sotterraneo che John evitava con cura. E forse con il sentimento più autentico che aveva taciuto a se stesso.

In un attimo, Lucia si accorse delle mani di Naira. Superò Trivelli e tuonò. « È ammanettata? »

Rico diede una bella scrollata di spalle: « Non voleva venirci a questo simpatico rendez-vous ».

« La sciolga, subito. »

« Signora Glynn, se lei sapesse... »

« Non mi interessa! Mi dia le chiavi! » stese la mano.

Per un istante Rico sollevò la Beretta, poi si rese conto di aver esagerato, lui non era così: « Va bene, ragazzi, io in questa storia mi ci sono ritrovato fino al collo e quello che ho trovato non mi piace per niente. A dire il vero, mi mette un bel po' a disagio, perché un innocente ha preferito la morte a tutto questo ».

Il canale era uno scolo rinsecchito e le erbacce crescevano come ciuffi di capelli su un cranio ustionato facendo da contorno a una landa di cemento e acciaio fatiscenti.

« Metteteci che non so di chi posso fidarmi, e avrete il quadro completo. » Pescò le chiavi e gliele porse. « Va bene. » Tirò su col naso.

Lucia le tolse le manette e si accorse che John era accanto a loro. « Sei viva », disse mentre Linda correva ad abbracciare la vecchia amica. « Che fine hai fatto? » Si asciugò una lacrima.

« Ehi, ci voleva questo poliziotto per rimetterci proprio *tutti* insieme », rise Chen.

« Cino, questo poliziotto ha ancora la pistola in mano », lo zittì Rico facendogli segno di tornare al suo posto.

« La metta via. E ci dica cosa vuole. Perché ci ha seguiti? » lo incalzò Linda.

Rico si appoggiò alla Renault che mandò un gemito sinistro. Erano di nuovo tutti attorno alla Carovana ma stavolta gli indiani erano costretti ad ascoltare lo sceriffo con la stella di latta.

Con sollievo Trivelli infilò la pistola nella fondina.

Sopra le loro teste qualcosa si mosse e il cielo mugugnò.

« Ho scoperto un sacco di cose interessanti in questi giorni », si compiacque, « per esempio che la signorina è venuta a trovare suo padre, vestita da donna delle pulizie. Volevi liberare tuo padre dal mio carcere? O volevi salutarlo prima che si ammazzasse? »

« Stronzo... » sibilò Naira.

Per Rico non era stato difficile ottenere le registrazioni delle telecamere e puntare come un segugio l'addetta alle pulizie assegnata alla parte più pericolosa del carcere, quella riservata all'isolamento. Pagata in nero, come fin troppo spesso era consuetudine, era un'ombra senza identità troppo interessata al detenuto 999, a giudicare dal viavai attorno alla sua cella.

Trivelli frugò nell'aria, inseguendo le volute di un discorso fumoso: « Si chiamava Marco Ferrari il bambino rapito, giusto? »

Le facce si fecero di cera. « Non è stato lui! Non è stato papà! » Naira cercò Chen, poi Mal e John.

Rico annuì con solennità. « Mi sono preso una lunga pausa dal mio amato lavoro per inseguire questa storia, ragazzi, e ho approfittato per fare qualche giro, qualche telefonata, sono andato a scavare... è così che si dice, professor Glynn? » sorrise bonario e tornò su Naira, « sono andato a scavare nella storia di tuo padre ed è chiaro che lo hanno incastrato. »

« Ma che dice? » fece Chen.

« E lui, per qualche ragione apparentemente assurda, non ha battuto ciglio. »

« Ma è ridicolo », ripeté il cinese. « Se era innocente per cosa ha rinunciato a vivere? »

« Per chi? » lo corresse John, scrutando l'ovale perfetto di Naira. Poi cercò quello di Lucia, con la sensazione che tutta la sua vita si attorcigliasse in un gorgo che trovava il suo culmine nel letto d'ospedale di Jimmy. Per rivederlo in piedi ne avrebbe affrontati mille di quegli incubi.

« Esatto, professore. Louis Caròn non era un uomo importante, non era un personaggio in vista, era il custode di un impianto industriale in un posto... » Rico fece un gesto eloquente, « come questo. Quindi perché sbatterlo dentro e buttare la chiave, se era innocente? »

« E perché si è ucciso? » Chen continuava a controllare l'iPhone: morto.

« Il rimorso », rispose Linda.

« Questa è una delle questioni aperte. E sono qui », Rico strizzò gli occhi verso il cielo in sommossa, « principalmente per questo. Dopo la visita della vostra amica, suo padre ha capito che nonostante il grande sacrificio – caspita ragazzi, trent'anni buttati al cesso! – sua figlia non era al sicuro. Non lo era mai stata. Aveva capito che qualcuno, lo stesso che lo aveva tenuto dietro le sbarre, minacciava la vita della figlia. Be', lo comprendo, sono padre anche io », masticò amaro, « quindi la prima risposta è che lo ha fatto per lei », la indicò e Naira percepì tutto il peso di quel dito. « Probabilmente perché gli hai detto che lo avresti tirato fuori, sbaglio? »

Lei abbandonò il mento sul petto e due grosse lacrime scesero insieme.

« Non sbaglio. Ma hai commesso il tuo errore più grande, perché, mi dispiace dirtelo, sei tu il motivo per cui si è ucciso. Se avessi portato le prove della sua innocenza da qualche parte avresti paradossalmente messo a repentaglio tutto ciò per cui lui aveva combattuto in silenzio: la tua vita.»

Prese il Nokia, cercò nella Galleria delle foto e glielo porse. «Questa è la lettera che ti stava scrivendo.»

Naira Barr posò l'indice e il pollice sullo schermo e allargò l'immagine per leggere.

Quando ebbe finito, Naira si asciugò la faccia con il gomito.

Chen non ebbe pietà.

«Quindi alla fine anche tu hai ricevuto la lettera di tuo padre, ed è morto, non è ironico?»

Il pugno di John lo colpì sulla mascella mentre Linda gridava.

A terra, Chen si massaggiò il mento.

«Cristo, John! Lo sappiamo tutti che è stato Louis Caròn. La polizia...»

Rico non avrebbe partecipato a quella menzogna: «I poliziotti che hanno seguito il caso, be', l'hanno richiuso due settimane dopo. Hanno fatto qualche domanda, raccolto due reperti sulla scena del crimine e l'hanno piantata lì».

«Un vero e proprio cover up», disse Linda.

«'Produzione cure speciali', un'azienda farmaceutica internazionale, vi ricorda niente?»

«La PSC?» chiese Chen.

«Sono venuti a Titania», intervenne Naira. «Con un elicottero come quello che ha noleggiato Mal. E mi sono nascosta.»

«Nella casa dei Glynn, giusto?»

«Sei tu che hai portato lì il nostro acchiappasogni?» John sembrava pacificato da quel pensiero improvviso.

«Ci vado per ricordare», disse Naira e John non ebbe coraggio di replicare.

«Quando sono venuti?» riprese il filo del discorso Rico.

«Sono venuti due volte negli ultimi giorni. Sono stati a casa di John.»

« È per questo che hai simulato l'incidente, corretto? » le chiese Rico.

Naira annuì e la faccia di Trivelli cedette: « Per fortuna non ti hanno trovata ».

« Dal giorno in cui mi sono finta morta non vedevo nessuno da queste parti. Ma ora... mi dispiace aver risvegliato questi brutti ricordi. Voi siete andati via, ma io sono rimasta... da sola, a fronteggiare i fantasmi di questo luogo. Mi dispiace », ripeté chinando il capo. « Ma è per questo che vi ho dovuti richiamare qui. »

« Tu? » disse Chen.

« Sei stata tu? » ripeté John.

Naira annuì piano. « Ho avuto paura. E avevo bisogno di voi », guardò John, « per *capire* davvero, una volta per tutte... »

« Ma cosa cercavano? » chiese Rico. « Louis Caròn era in carcere, sorvegliato oltre ogni dire. Sua figlia 'scomparsa' in un incidente mortale. La PSC che ha posato la prima pietra in questo paese e lo ha lasciato incompiuto dopo la tragedia che ha ucciso i vostri genitori », disse senza alcun tatto, « è fallita. Però ho scoperto che non si occupava soltanto di estrazione, ma anche di telecomunicazioni e di satelliti. Se non sbaglio, professore, il suo giocattolo si serve di varie tecnologie. »

« Cosa vuole dire, commissario? »

« La sua invenzione ha destato l'ammirazione di mezzo mondo dopo la conferenza urbi et orbi in televisione. »

« Mi sta accusando di spionaggio industriale? »

« No. *SismoTime* è uno strumento per prevedere i terremoti, giusto? »

« È ancora in fase di sperimentazione. »

« D'accordo, però lei ha rilasciato dichiarazioni che avrebbero destato l'interesse di chiunque. »

« Il brevetto è depositato e... »

« Sto cercando di dirle che c'è sicuramente chi vorrebbe metterci le mani sopra per darci un'occhiata », ammiccò, « o magari... chi preferisce che questo dispositivo non veda affatto la luce. »

« Ma la PSC è fallita, lo ha detto lei, oppure ho capito male? » domandò Chen.

Un rombo richiamò la sua attenzione verso il cielo.

« Sta per venire giù un diluvio, spostiamoci di qui. » Fece per andare, ma gli altri restarono tutti dov'erano. Si arrese anche lui: « Io ve l'ho detto... »

« Nessuno può desiderare una cosa simile. » Lucia era incredula.

« Okay, okay », Rico batté le mani, « qui sta succedendo qualcosa di grosso e io sono convinto che ciascuno di noi possieda un tassello per risolvere questo gigantesco puzzle. A questo punto, però, ognuno *deve* fare la sua parte. » Li occhieggiò.

« Dottor Giuliani. » Rico spostò Chen con un braccio e riconquistò il centro dell'arena. « Sono stato in quel posto, quella specie di tomba. Ho trovato quel disegno sul soffitto. E qui veniamo al secondo elemento. Il padre di questa donna aveva un tatuaggio identico a quella specie di grosso buco sulla volta della tomba. Sbaglio? »

« Per niente », rispose Mal.

« Abbiamo scoperto che lo ha fatto di recente. È un simbolo antico, una specie di tunnel? »

« È il passaggio tra il mondo dei morti e quello dei vivi. Nell'antichità etrusca e romana si apriva in determinati giorni dell'anno ed era raffigurato nelle tombe per consentire alle anime dei defunti di andare e venire tra i due mondi. Ma non capisco cosa c'entri col padre di Naira. »

« Io so però che quando la PSC ha iniziato le escavazioni proprio in questo posto si è presentata con la faccia di suo padre, professore », Rico si rivolse a John, « il logo dell'azienda era questo. »

Fece scorrere il dito sullo schermo e tutti si avvicinarono per vedere.

Il viso magro di Liam Glynn accanto a una spirale stilizzata identica a quella che Caròn si era tatuata sul ventre.

« Cavolo... » disse Chen, « è incredibile, ma io e Linda abbiamo trovato questo dentro a un cassetto alla Posta. Be', io non ci capisco niente, ma è di tuo padre, John. »

Era un taccuino molto piccolo che in copertina aveva quella specie di vortice, ma questo era chiaramente vergato a mano e con una penna qualunque. Conteneva otto pagine nella grafia di Liam. John lo raccolse, lo aprì e mentre Lucia gli stringeva forte un braccio, prese a leggere in preda a un'emozione spaventosa.

Registro Indagine ASA
Titania, 11 marzo 1987, ore 23.00

- *Recuperata la sonda in data 9 marzo. È la terza questo mese.*
- *Al minuto 14.04 la telecamera ha smesso di funzionare. Fino a quel momento il rilevatore collegato con il laboratorio non ha segnalato anomalie o alterazioni della composizione chimica dell'aria.*
- *Prossimo tentativo: 17 marzo.*

Registro Indagini ASA-Gaia
Titania, 17 marzo 1987, ore 20.00

- *Stiamo per superare la fossa delle Marianne, ma siamo lontani dai risultati di Kola.*
  Misurazione barometrica, termometrica e densimetrica. Prelevati microcampioni di materiale della litosfera. Presenza di microorganismi che non necessitano di ossigeno per sopravvivere.
- *Sonda spenta. Ancora una volta. Come se il buio fosse troppo denso e ci fosse finita contro. O dentro.*

Registro Programma Gaia
Titania, 11 maggio 1989, ore 20.00

– *Esplosa a una profondità di 30 chilometri. È la seconda questo mese.*
– *Totale assenza di rumore. Poi i microfoni hanno registrato un sibilo.*

Registro Programma Gaia
Titania, 15 maggio 1989, ore 20.00

– *Registrate le variazioni del suono di fondo che cresce di intensità. Arrivati a 28 chilometri senza preavviso si sono moltiplicate le frequenze e man mano che la sonda procedeva si sono trasformate in un unico ronzio che ha cambiato frequenza. Come se fosse una somma di suoni. Ho paura a dirlo eppure è quello che sogno da sempre... Una moltitudine di voci. Non c'è dubbio, il movimento dell'universo, la sua forza animatrice, è questa voce. Continuiamo.*
  Ore 23.58: la nuova sonda è esplosa a una profondità di 30 chilometri.

2

Titania, 22 aprile 2020

« Ha bucato la crosta terrestre! » John sollevò il mento dal foglio come se avesse trovato la formula chimica dell'immortalità.

Non poteva credere ai suoi occhi. In quelle poche righe era testimoniato il cambiamento che Paolo Ferrari aveva raccontato nel suo diario. L'ossessione che John aveva riesumato dalla voce nella TDK e che aveva trasformato la ricerca ASA nel suo « Programma Gaia ». E in qualche modo era riuscito dove avevano fallito tutti. Le foto di Kola e di altri siti emersero dalla sua mente e si allinearono. « Mio padre è riuscito a penetrare la crosta terrestre », non poteva nascondere un sorriso che nasceva dal fondo dei suoi occhi blu.

E la voce, quella voce...

Stava dicendo, « E lo ha fatto qui », quando un tuono squassò l'aria attorno a loro. La volta celeste si spaccò come una madre partoriente.

« Siamo cresciuti... e lì dentro non c'entriamo più », Chen indicò la loro macchina.

Rico sollevò lo sguardo al cielo in tempesta, ma fu la terra a tremare. Il boato giungeva dal cuore del pianeta. E stavolta i sismografi avrebbero registrato eccome quella scossa, pensò John Glynn mentre afferrava Lucia e si allontanava sulla strada da cui erano venuti. « A casa mia », urlò all'indietro. Linda e Chen si tenevano per mano e Naira avanzava con Rico che chiudeva la fila barcollando.

Quando furono davanti al cancello, John disse: « Ci sarà uno sciame, ma qui saremo al sicuro, è antisismica ».

Non appena entrarono la terra parve placarsi. Uno dopo l'altro, sedettero sul grande divano in soggiorno. Tutti tranne Rico Trivelli, che camminava come aveva visto fare ai suoi detective in un centinaio di film e argomentava come aveva letto nei romanzi della sua piccola biblioteca casalinga, davanti al pubblico.

« Non ci resta che guardare il filmato, professore. Sono convinto che sia il link tra Caròn e suo padre, ma non saprei dire come. Ce l'ho qui », disse inserendo la chiavetta usb sullo smartphone. Lo posò sul tavolino e fece partire la registrazione che Rosy gli aveva salvato.

Dopo qualche secondo di buio frusciante, con un misto di commozione e rimpianto, i cinque ex ragazzi di Titania si rividero proiettati nelle due dimensioni dello schermo. Linda e Naira erano spalla a spalla, come Mal e John, mentre Chen guardava il suo se stesso magro e felice restando in piedi e dalla poltrona di pelle Lucia assisteva al miracolo della memoria. Il video si interruppe con il medesimo fruscio dell'inizio.

« Manca qualcosa », disse Naira.

« Esatto, ma cosa? » chiese Rico riprendendosi il Nokia.

« Non lo so, all'inizio e alla fine, è come se fossero stati tagliati... » proseguì Naira.

« ... per far spazio alla tua festa, John », le andò dietro Linda.

« Volete dire che... »

« Non è la festa il motivo per cui Caròn teneva la tua vhs », Lucia si rivolse a John.

« È quello che c'è prima. E dopo. »

« Quello spazio nero. E quel sibilo. Non si tratta di un rumore di fondo, o un difetto dell'audio. Quella è la voce della Terra e la vhs doveva essere una delle prime su cui tuo padre aveva registrato il filmato della sonda. Quello che hai letto sul quadernino. »

Trivelli aveva un'espressione sconfitta sulla faccia da orango che sembrava dire: « Tutto qui? »

« La portata della scoperta di mio padre... »

« È lui l'unica causa dei nostri mali », lo interruppe Naira.

« Sei la solita... » disse Chen.

« Zitto! » Naira scattò in piedi, allontanandosi da loro. « Liam era a capo dell'impianto. Liam giocava con le cariche. Liam ha spostato l'intero progetto in Belgio. » Il viso era rosso di rabbia e gli occhi di lacrime.

« Naira, sei sconvolta... »

« Non è questo, John. Lui ci ha mentito anche quel giorno, quello della tua festa, te lo ricordi? Ci raccontò che la Grande Madre era crollata. »

« Ma è così! »

« Falso! » urlò di nuovo. I pugni stretti.

« Non è vero! » Si alzò anche John e la raggiunse davanti alla porta di ingresso.

« E tu che ne sai? Io ci sono stata lì sotto. » Si rivolse agli altri. « E vi dico che non c'è stata nessuna esplosione. Nessun crollo. Il titanio laggiù non si è mai esaurito. »

« No! » esplose John.

« E allora perché se ne sono andati? » lo interruppe Linda.

« Perché hanno scoperto qualcosa da cui si sono dovuti separare, ne sono certa. O da cui sono stati allontanati. »

Lucia raggiunse John, lo abbracciò da dietro. Poteva sentire il suo cuore impazzito.

« 'Un segreto enorme', ha scritto tuo padre. Potrebbe essere ancora là sotto? »

Rico aveva fatto decantare abbastanza l'effetto della lettera e con la schiena poggiata sul comò domandò a Naira a bruciapelo: « Chi è il bambino di cui parla? »

Naira rimise a posto i capelli con un gesto nervoso che John non aveva mai visto: « Quale bambino? »

« In fondo alla lettera, tuo padre risponde a una domanda che devi avergli fatto tu », la incalzò.

Lei scosse il capo.

« Professor Glynn, venga qui. Tenga. » Rico prese dal portafogli un pezzo di carta rosso mentre teneva d'occhio le reazioni di Naira. Che cambiò espressione.

« Dove l'ha preso? »

« L'ho trovato a casa sua, nello scantinato. »

« Lei è stato a casa mia, qui a Titania? »

Rico continuò impassibile. « Era attaccato al muro. Da solo. Su una parete vuota. Ed è recente rispetto agli articoli sulle imprese di Liam attaccate alla parete di fronte. »

« Ci siamo stati anche noi... » Lucia sciolse l'abbraccio che la legava a John. « C'erano pezzi di giornale dappertutto... »

« Era sulla parete sgombra, l'ho preso prima che arrivaste. »

Lucia prese il pezzo di carta dalle mani di suo marito che aveva già letto. E ripeté ad alta voce: « Titania. Scivola nel fiume di fango. La madre ripesca il corpo tra i tronchi ».

In un attimo i fantasmi di quei giorni sciamarono tra gli anfratti della mente di Lucia, che vacillò, ma non cadde.

« Ma non è Marco, non può essere lui », disse Chen.

« Non c'è data. »

« Lo hanno ritrovato nell'idrovora », ripeté Chen battendo il pugno sul tavolo da cui si sollevò una piccola nube di polvere.

« Solo i suoi vestiti », precisò Linda.

« Come? Linda... Erano pieni di sangue », insisté Chen.

« Non è il vostro piccolo amico, no. » Rico sentì gli sguardi convergere su di sé. « Questo è un altro bambino, vero signorina Barr? O forse, come dice suo padre in quel post scriptum: 'non era un bambino'. »

Lucia aveva raggiunto la finestra e l'aveva aperta. Stava soffocando. « Cosa significa, commissario? »

La risposta però non venne da Trivelli. « Che non era un maschio. »

Mal era seduto sul bordo del divano. « Ho raccolto molto più di quanto cercavo con la siringa nel sarcofago ».

Si alzò e raggiunse Trivelli. Li guardò uno per uno. « In tutti questi anni ho avuto con me un oggetto prezioso... è stata l'unica cosa che mi ha tenuto sintonizzato con quel passato, che non me l'ha reso del tutto intangibile. »

« Dio, no. » Linda si strinse a Chen. Nel plico che teneva in mano Mal aveva riconosciuto gli occhiali blu di Marco. E gli altri avevano fatto altrettanto.

« Non l'ho mai detto a nessuno. Vi giuro che è stato per puro caso... I suoi occhiali. Erano lì sul pavimento della carovana e devo averli afferrati durante la mia crisi. Quando ho consegnato il DNA della mummia di Civita al laboratorio, ho portato anche quelli perché nella cerniera dell'asta c'era un capello. Il programma ha eseguito il matching tra i due DNA e non ci siamo né con la datazione né con i parametri fisiologici che il mio tecnico ha rilevato. Il corpo nel sarcofago non è quello di Marco. Troppo piccolo. Non è lui. »

« Ma...? » fece John.

« È morto nel canale », s'intromise Chen con un tono disperato, « ve l'ho detto un milione di volte. »

« La notte degli spiriti? » riprese Mal.

Annuirono muti.

« Ho conservato quegli oggetti. » Tolse lo zaino dalla schiena e ne sfilò una scatola. « Eccoli. »

John si affacciò su quella meraviglia di latta e Linda, Chen, persino Lucia e Rico accostarono le teste. Mancava solo Marco. Era tutto così minuto, rinsecchito e consunto, e Linda pensò che fosse la perfetta metafora di quell'infanzia di cristallo.

La donna provò rabbia. « Cosa vuoi, Mal? » Si scostò e lo spinse via, la zampa d'istrice volò per terra e Chen si sbrigò a raccoglierla.

« Cos'è questo, un gioco, dottor Giuliani? » Rico sentiva che si stava allontanando dalla verità, dal filo che stava seguendo a ritroso, perché ora, quello che aveva per le mani era un intrico di nodi.

« Ho catalogato il DNA di tutte le tribù presso cui in questi anni ho soggiornato per le mie ricerche in campo antropologico. E... »

Non fece in tempo a finire: « Hai sottratto il nostro DNA? » Chen chiamò in causa Rico. « Possiamo denunciarlo! »

« Cazzo! State buoni! Zitti! » Trivelli alzò la voce.

« Mal, ma cosa hai fatto? » Linda non gli diede ascolto.

Mal cercò John e lo rivide nella Espace la notte degli spiriti. Le dita frugarono nella scatola e vennero fuori con una piccola testa di serpente. « Simbolo del mutamento, del ciclo della vita, dall'alfa all'omega », recitò John.

« Dalla morte alla *rinascita*. Il destino del serpente è cambiare restando se stesso », gli andò dietro Mal. Eccolo il suo amichetto, cresciuto, indurito, costruito. Mai salvo.

« Ma che state dicendo? » Rico si sentiva al centro di una scena surreale, in un luogo immaginario e con un gruppo di persone fuori dal mondo. Che non lo ascoltavano più.

« Ho un enorme database in cui ci sono i miei genitori... e ci siamo anche noi. Quando ho inserito nel programma i parametri del DNA del corpo nel sarcofago è venuta fuori una cosa che non mi aspettavo. »

« Spara », disse Chen, le mani umide di tensione.

« Il DNA del corpicino nella bara non può essere quello di Marco perché nella sequenza c'è il doppio cromosoma X, noto come cromosoma Y. »

« Una bambina? » chiese piano Lucia.

« Cristo santo », sussurrò Rico. « Per questo Caròn ha scritto 'Non era un bambino'. Perché era una bambina. »

« Ehi, io non ci capisco più niente. » Chen era paonazzo.

« Qui dice: 'Titania. Scivola nel fiume di fango. La madre ripesca il corpo tra i tronchi' », commentò Linda mentre Lucia si alzava per raggiungere la finestra che dava sul giardino sul retro.

« Non c'è scritto il sesso, in effetti », disse Rico.

« Una bambina... » disse John.

Mal posò la mano sulla spalla del suo vecchio amico. « Già. E ha un'alta percentuale di coincidenza con la tua sequenza genetica. »

Nel silenzio inverosimile che seguì la testa del professor Glynn compì il salto mortale che non avrebbe mai voluto affrontare.

« La foto », disse passandosi una mano sulla faccia. « Nel quartier generale del Sambre... c'erano delle foto di mamma e papà. Erano alle spalle della scrivania di mio padre. Foto di famiglia. Io, lui e la mamma. » Fissava un punto sulla parete. « Ne mancava una e ho pensato che l'avesse con sé quando è esplosa la miniera, ma quando mia madre è stata ricoverata ho scoperto che ce l'aveva lei... a casa sua. Come un tesoro custodito in una cartellina con altre cose di mio padre... »

John infilò la mano nella taschina della camicia, all'altezza del cuore e sollevò la piccola foto sbiadita. « Eccola. »

Lucia continuava a guardare fuori dalla finestra il cielo nero mentre gli altri si fecero accanto a John.

« Questo è mio padre, molto giovane. E questo... »

Le dita di Lucia iniziarono a tremare sul vetro perché il peggiore degli incubi stava riemergendo dal suo piccolo campo. E stavolta non era un'allucinazione.

« ... questo nel passeggino *non* sono io. »

Era la realtà. Il sogno, la speranza che Lucia aveva tenuto in grembo e aveva perso. La sua disperazione.

« Questa è mia sorella. »

Realtà. Sogno. Speranza. Tutte avevano lo stesso nome.

« E si chiamava Gaia. »

3

Titania, 22 aprile 2020

Quando la terra si mosse sotto ai loro piedi, John Glynn d'istinto pensò a suo figlio Jim, che non avrebbe potuto salutare, alla sorella che aveva dimenticato e a sua madre, Maria, che non aveva mai davvero conosciuto. Poi afferrò Lucia per la vita per portarla nell'angolo. La casa era stata progettata per resistere a grossi sismi ma non voleva sperimentarlo sulla pelle di Lucia. E dei suoi amici.

« Di sotto! » urlò.

Scesero per le scale, ma quando furono tutti di sotto la polvere stava cadendo come pioggia dal soffitto di cemento e il pavimento di legno scricchiolava come una nave in bonaccia. Il ruggito venne dal basso e dalle pareti caddero le cornici con le foto e i pezzi di giornale assieme ai libri sugli scaffali.

« Aiuto! » urlò Naira sprofondando. Aveva la metà inferiore del corpo sepolta nella botola.

« Cristo santo », gridò Rico e si buttò per prenderla e sollevarla con uno strattone. Poi si affacciò con il vestito imbiancato di calce, seduto sul bordo. « C'è un passaggio! »

John posò Lucia e quando guardò giù rimase a bocca aperta. Sotto lo scantinato della sua casa c'era un doppiofondo.

Chen si sporse e Linda disse: « Qui non è sicuro, andiamocene ».

« Cazzo, ma è illuminato! » rispose Chen. « C'è un neon acceso! »

« È pieno di acciaio là sotto », disse Rico sudato fino alle ossa. Il corridoio era alto al massimo due metri perché lui ci stava a malapena. Ed era illuminato, sì. Proseguiva immerso in quella luce tetra da B-movie verso nord-est, constatò John sull'orologio.

« Stiamo scendendo », disse Chen che si trovava in fondo, alle spalle del commissario e aveva una prospettiva sulla fila indiana.

S'inabissarono sotto l'acciaio sopito dell'impianto e man mano che scendevano John sentiva che stava entrando nel corpo di una bestia senza tempo.

« Non si respira », si lamentò Lucia mentre suo marito aveva tolto gli occhiali ormai appannati e guidava la fila.

« Sono venti minuti che camminiamo. » Linda si fermò e guardò da dove erano venuti. « Torniamo indietro, vi prego », disse e crollò in un pianto disperato.

« Non posso », pregò John. « Non arrivato a questo punto. »

« D'accordo amico! » rispose Chen dal fondo.

« Ti aiuto io. » Continuarono rallentando con Lucia che sosteneva Linda e le bagnava la nuca e la fronte con l'acqua di una bottiglietta. Poi, improvvisamente, il neon si spense. « E ora? » fece Chen e un suono echeggiò nell'aria.

Ding.

« Come è possibile? » il professore si toccò la gamba. « È il mio cellulare! » lo estrasse e controllò la batteria: 20%.

Chen prese il suo Apple e cercò di riavviarlo: era andato all'altro mondo. Alla fioca luce dello schermo John fece strada puntandolo in basso e riducendo ancora il passo quando, dieci minuti dopo, sentì un filo d'aria fresca sulla faccia.

« Piano! » la voce rimbombò davanti a loro. « Fermi! »

Lo scalpiccio di piedi si riprodusse in un'eco lunghissima. Una luce arancione esplose, subito si spense. E tutti e sei videro *qualcosa*.

Il tunnel sboccava in uno spazio che a giudicare dall'eco e dal bagliore doveva essere tanto enorme che John pensò di trovarsi in superficie. Ma non vedeva stelle sulla volta celeste. La terra borbottò e un altro albore rossiccio rischiarò l'ambiente.

« Cristo santo... » Trivelli si portò in cima al gruppo.

Lucia strinse forte la mano di John: « Lo Sneffels ».

Jimmy li seguiva anche lì sotto.

Lui ricambiò la stretta con un sorriso: « Non è un vulcano sotterraneo, saremmo già morti per le esalazioni gassose e non ci sarebbe quest'aria ».

Un terzo boato scardinò un pezzo di roccia che s'infranse con fragore da qualche parte alle loro spalle. Quando venne la terza luce finalmente lo videro. Sopra le loro povere teste si trovava una cupola a perdita d'occhio.

« Siamo in un sinkhole? » chiese Mal coprendosi la testa.

« Non ho mai visto una cosa del genere » disse John. « Non se ne vede la fine. »

Rico intervenne: « Forse ha ragione la ragazza. Dovremmo tornare indietro », e si voltò prendendo a camminare sui suoi passi. Aveva gli occhi strabuzzati dalla fame d'aria, anche se l'aria adesso c'era.

« Commissario! » lo avvertì John, « non possiamo... » Ma Rico accelerava strappando la cravatta dal collo della camicia. « Cristo, no! » inveì quando si accorse che il piccolo buco del tunnel era coperto da un pezzo di crosta terrestre.

Ding.

In cima alla livida collina John riprese lo smartphone e si accorse che la spia del *SismoTime* lampeggiava. Aprì la app e la bandierina pulsò sopra la conca di Titania mentre in basso il counter segnalava: 780 m.

« È qui », disse a Lucia. « È qui! La sonda è qui! » gridò. E la sua voce parve trasformarsi in un richiamo. Un improvviso schiaffo di vento li investì come di notte nel deserto. Una tenue luce azzurra comparve in alto a un chilometro a est.

« Laggiù », gridò Chen che si era allontanato sulla sinistra dove un alto pendio lunare occupava la vista. « C'è una luce! »

E stavolta la luce persisté. Un rilievo più alto di quello su cui si trovavano – Rico era tornato nel gruppo, spogliandosi della camicia che teneva in mano – distava poche centinaia di metri. Il colore della terra era ancora più chiaro: « Polvere di calcare », John ne prese un pizzico e lo saggiò. « Siamo almeno a un migliaio di metri sotto la crosta terrestre. »

All'improvviso Chen barcollò come un pupazzo in piedi sopra al letto.

« Attento! » urlò Linda.

Ma l'esplosione lo gettò in ginocchio. « Sto bene! »

Quando lo raggiunsero John si accorse che anche Chen era pallido e sudato, con lo sguardo fisso avanti a sé. Perso.

« *Ssssss.* » Fu il verso della Terra. Un sibilo che venne e poi scomparve, che John fece in tempo a registrare. Era il timbro del suo incubo che lo iniziava al suo mistero. Appena si acquietò, i sette si trovarono di fronte a uno spettacolo spaventoso.

Sull'orlo di quel mondo pericolante s'arroccava un presepe di casette. Non più di trenta, tutte strette l'una all'altra come una catena umana di corpi intirizziti dal gelo o dal terrore. Come se quel baratro le minacciasse come cose vive.

Quando John si trovò in cima al passaggio e guardò giù colse la sproporzione tra le casette e quell'abisso vuoto di significato. E subito gli fu chiaro che si trovava di fronte al segreto più pauroso. Un segreto che solo suo padre aveva osato sfidare e di fronte al quale John avvertì un'attrazione senza senso.

Chen si rimise in piedi senza una parola e indicò le trenta luride case a volta, meri vasi rovesciati nel nulla. L'aria era bagnata ma respirabile.

« È una città etrusca! » Mal superò Chen che si affannò a recuperarlo finché non fu a un centinaio di metri dalla soglia da cui si intravedeva uno spiazzo di cinquecento metri di raggio attorno al quale sorgevano le case diroccate. Non c'era neppure un tetto a proteggerle.

« Non c'è niente, sono vuote », urlò Chen e la voce fu inghiottita dalla volta.

Linda, Naira e Lucia si trovavano ancora sul versante est dove sembrava ci fosse un parapetto. Le tre donne guardavano in lontananza. Insieme, poi, abbassarono gli occhi guidate da un rumore.

Quando Rico le raggiunse annaspando gli indicarono un punto in basso.

John, Mal e Chen avevano fatto il giro della circonferenza. Il professore raggiunse Lucia e si sporse.

Di fronte ai loro occhi si stendeva una voragine di cui non potevano scorgere i confini. Un desolante nulla oceanico incorniciato da un arco di roccia calcarea sormontata da due statue gigantesche.

« Sono loro, Vanth e Charun », confermò Mal. « È... » per un attimo perse le parole. « Sì, deve essere il Mundus. »

« C'è una scala di pietra! » urlò Chen indicando dei gradini che scendevano nel costone della roccia.

Fu Mal a fare il primo passo sull'orlo dell'abisso e nessuno ebbe il coraggio di fermarlo.

La scala era protetta da un corrimano di acciaio illuminato dalla luce azzurra che li aveva guidati fino a lì. Solo venti metri più in basso i gradini terminavano dentro un passaggio nella roccia invisibile dall'alto.

Solo un artificio poteva stanare quella visione mostruosa e metaforica, la civiltà sul bordo del nulla, e il suo mistero. L'abisso mugghiava alle loro spalle quando entrarono nella stanza.

« Uau », sussurrò Chen sbalordito, « è identica a quella del sepolcro di Civita. »

« Ma... non è possibile », il volto di Rico era cera colata.

La stanza era identica ma non c'era il sarcofago sul fondo.

« Quella cos'è? » Lucia si avvicinò alla parete su cui si trovava una pesante porta di metallo sfavillante.

« Non ci sono maniglie », disse John. La superficie era del tutto simile all'enorme portale dell'INFN sotto al Gran Sasso.

« Guardate », Chen indicò un punto sulla porta. Al centro, come sulla groppa di una bestia marchiata a fuoco, c'era un segno grande come la ruota di un carro.

Trivelli sembrava turbato di fronte alla grande spirale.

« Dio mio... » John si sforzò di dar fiato alle parole, ma una mano invisibile gli stringeva la gola: « Questo è il laboratorio di mio padre. È da qui che ha condotto le ricerche su questo abisso ».

« È questo che ha filmato », Rico si infilò un dito nell'orecchio.

« C'è un tastierino », Chen individuò un riquadro di tasti alfanumerici. « E ora? » chiese con un'espressione sconfitta.

« Ora tocca a me », Trivelli annaspava malgrado il vento che s'alzava dall'abisso. Mise una mano addosso a Naira e tirò fuori una pallina gialla dalla tasca. « Questo deve essere il mio contributo. Tuo padre mi ha lasciato questo e credo che sia per te. Non ci ho capito niente fino a ora. Ma forse... » lanciò un'occhiata alla tastiera.

Naira prese la pallina e la spiegò. « WGT22. »

« Dai qua! » una mano strappò il foglietto di mano a Naira e con una spallata buttò per terra il commissario.

« Ah! » Rico rovinò a faccia avanti e mentre il sangue colava per terra seppe di essersi rotto il naso.

« Non ce la facevo più! » esultò Chen con gli occhi da pazzo.

In cinque lo guardarono smarriti.

« Che stai facendo? » disse John.

« Digita quella cazzo di sigla e spostati! » urlò a Naira con la scarpa sulla faccia di Rico che sbuffava polvere bianca.

« Cosa...? Chen, che...? »

Lo smartphone di John si animò di una voce meccanica: « SismoTime found! » e una luce verde balbettò in un angolo della cripta.

« È lì », sorrise Chen. « Ce l'ho portata io, Johnny. Sapevo che uno di voi mi avrebbe portato dentro. »

« Tu sapevi di questo posto? » urlò Linda spaventata a morte.

« John », Chen teneva la Beretta di Trivelli in mano, « sono due anni che cerco di entrare qui dentro. »

« Che dici? » strillò ancora Linda.

« Ho intenzione di sfruttare le scoperte che Liam ha fatto prima di morire. E so che sono qui dentro. In ginocchio, mettetevi tutti in ginocchio. Ora! »

Naira si lanciò su di lui cadendogli malamente addosso. Chen nemmeno barcollò, rimase in piedi e la colpì con il calcio della pistola sul volto. « Sono trent'anni che aspetto questo momento! Sul furgone che hai visto a Titania c'ero io! »

Lucia era attaccata a John e pensava solo a suo figlio, al fatto che avrebbe perso entrambi i genitori nello stesso momento.

« La PSC non esiste più nella sua forma originaria », Chen si rivolse a Rico per terra, « è vero. Ma adesso ci sono io. E devo ringraziare il commissario che mi è stato più utile di quello che credevo. I nostri padri erano 'complici' in quell'impresa. Tutti sapevano che qui sotto si nascondeva questa cosa immonda. » Si rabbuiò e la faccia imberbe tornò quella del ragazzino di un tempo.

« Ci ho messo un anno a riportarti a casa, Johnny. » Assunse un'espressione dura come quando doveva impersonare il ruolo del cattivo: « Naira! Sbrigati! » Le assestò un calcio.

Naira si sollevò e digitò le lettere e i numeri che erano riportati sul biglietto.

Ma non accadde nulla.

Chen si avvicinò, poggiò le mani sull'acciaio e spinse con tutta la forza che aveva in corpo.

Niente.

« Non è possibile » frignò. « Riprova! » Agitò la pistola e Lucia tuffò la faccia sul petto di John.

Naira compose ancora scandendo con la voce WGT22. « Dai qua! » Chen le strappò il biglietto e la spinse lontano. Diteggiò la sigla e urlò: « John ». Era isterico. « Vieni quiiii! »

John si avvicinò.

« Cos'è questa roba? »

« Non ne ho idea. »

« Non ne hai idea?! E va bene », stridé. « Adesso vediamo se ti fai venire un'idea! » Afferrò Lucia per un braccio e le spinse la canna della Beretta sulla testa. « Oppure sparo a tua moglie. » Lucia mugolò terrorizzata. Le infilò la punta della pistola in bocca. « Così di colpo ti ritrovi senza tutta la famiglia. » Esplose in una risata folle.

John si alzò, avanzò come un automa continuando a guardare Lucia e raccolse il biglietto dalle mani di Naira.

« Sbrigati! » Chen spinse la pistola contro la guancia di Lucia e urlò a Rico: « Stai giù! »

« WGT22 », lesse John, sulla tastiera non c'era il segno dello spazio. Provò a inserirlo di nuovo e il piccolo display s'illuminò di verde fosforescente: « Manca una cifra, o una lettera. C'è uno spazio vuoto. Sono cinque cifre, ma ne servono sei ».

« Maledizione! » Chen afferrò Lucia per i capelli e la fece inginocchiare.

« Lucia! » gridò John.

« Fermo! L'ammazzo! » E le o echeggiarono dabbasso.

Naira era paralizzata nell'angolo.

« Sbrigati. »

Le dita di John vibrarono come le labbra, in preda al terrore. « T22 non corrisponde a nessun elemento chimico. »

« Bravo, ragazzo! Ragiona ad alta voce! » ghignò.

« C'è qualcosa che gli somiglia, Johnny? » Mal provò a essere d'aiuto, ancora con le mani in alto.

« Zitto! Giuro che ti sparo e ti lascio qui se non stai zitto! » Chen era zuppo di un sudore isterico.

« Diavolo. Non può essere. »

« Cosa? Dimmi cosa, John! »

« Il titanio è sulla tavola chimica con il simbolo Ti e il numero atomico 22. Se è così... WG potrebbe essere... William Gregor è il nome dello scienziato che lo ha isolato per primo. Era della Cornovaglia, come mio padre! »

« Non me ne frega niente di quel pazzo! Vuoi saperlo? Ha ragione l'indiana, è colpa sua se mio padre è morto laggiù, in quella cazzo di miniera in Belgio. E adesso finiremo questa storia. »

Chen colpì con un pugno Lucia scagliandola per terra e si precipitò alla porta. « Fermo! »

John raggiunse Lucia che aveva già perso i sensi.

« WGTI22. Quell'assassino di Caròn è morto per tenersi un segreto mancato! » Chen scoppiò in una risata crudele e disperata.

Linda era in ginocchio con le mani dietro la nuca: « Perché? » riuscì a dire.

« Cosa? » si voltò Chen. « Questo mostro », fece un cenno verso l'abisso, « è la causa dei boati e delle scosse che presto distruggeranno la nostra Titania », disse con la nostalgia nella voce. « Con le scoperte che Liam ci ha lasciato nella scatola nera di questo laboratorio... Io solo ho raccolto l'eredità dei nostri padri! »

« Chen, ti prego, fermati », la voce di John era sottile e stava cercando di sintonizzarsi con quella del suo vecchio amico.

« Lasciami stare. Hai scelto lui, no? » fece un cenno a Mal che teneva gli occhi chiusi e tremava come una foglia. « Non è la tua sonda che cercavo, Johnny. Il tesoro è qui. Anni di ricerche e investimenti che saranno messe a frutto per sfruttare la potenza elettromagnetica di questo pozzo impossibile. »

Chen digitò il codice intero e alle sue spalle la porta si spalancò su quello che sembrava l'abitacolo di un grosso aereo. S'intravedeva una finestra bombata che dava sull'abisso. Era una grande sala di controllo, come quella che John aveva trovato al Sambre, ma dieci volte più grande.

Chen non poteva credere ai suoi occhi.

E Rico ne approfittò per scagliarsi su di lui.

Poi la pistola emise il suo strillo di ferro e fuoco e il tuono esplose sulle labbra dell'abisso.

La Beretta aveva sparato una volta ma l'eco si era polverizzata in migliaia di piccoli frammenti.

Il corpo del commissario era a terra, piegato tra le urla. Il sangue che riempiva la piccola conca usciva dalla camicia azzurra d'ordinanza dove una macchia nera si spalancava come la pupilla di fronte a una luce improvvisa.

« Mi dispiace, commissario. Non potevo permettere che accadesse. E adesso, amici miei, ora tocca a voi. »

« Chen, ti prego! » urlò Linda. « Non puoi farmi questo! » il viso sfigurato da una smorfia mentre il cinese armava la pistola di Trivelli.

4

Titania, 22 aprile 2020

Chen fece un passo indietro e si puntellò posando la mano libera dalla pistola sull'acciaio delle pareti quando dietro di lui *qualcosa* si mosse. E scattò.

Un barlume e un urlo riempirono l'aria. Poi la figura d'argento riprese il piccone con cui aveva colpito alle spalle Chen e John riconobbe lo scheletro con gli occhi in fiamme di quella notte.

La barba bianca come la morte, tagliata a forza di forbice e il capo nudo di capelli, il vecchio disse: « Perché sei venuto? »

Liam Glynn, o il suo vecchio fantasma, lo osservava dall'antro d'acciaio.

John non credeva ai suoi occhi. « Non sei tu... tu sei vivo. »

Anche gli altri erano increduli. L'uomo si fece avanti tra i gemiti di Trivelli e quando fu di fronte a John gli posò la mano sulla guancia: « Figliolo, ti ho aspettato per tutti questi anni ». Parlava come se fosse in fin di vita eppure sopra l'abisso pareva che tuonasse.

Spostò gli occhi da suo figlio a Lucia che immaginò di scorgere un sorriso.

Poi lo sguardo si perse nell'abisso. « Non sono riuscito a trovarla », sussurrò tra sé e sé. « Però ho scoperto il segreto della Terra, Johnny. »

Le lacrime inondarono gli occhi azzurri di John.

« Il nucleo... non è la massa di metalli liquidi che muove questa palla da quattro miliardi e mezzo di anni. È quel suono che abita i nostri sogni, vero? »

« È una gigantesca trottola animata dalle voci dei nostri defunti. » Una scintilla gli brillò negli occhi. « Ho scoperto che i nodi elettromagnetici del pianeta sono catalizzatori. La Terra ingoia le anime, si nutre delle loro voci per continuare a muoversi nell'universo », spostava le mani come un bambino in cerca dell'ombra sul muro, « si alimenta delle loro voci per ruotare su se stessa. »

Liam non era più in sé.

« Papà! Non è così! Tu hai sempre cercato tua figlia. Hai sempre cercato Gaia... ma hai perso noi. »

« Lo hai scoperto... Hai ragione ma... alla fine del gioco... La mia scoperta è questa... È la voce il motore della Terra. »

Era folle ma John doveva provare a comunicare con lui. « Ce l'hai fatta allora? »

« Io sì, Johnny. Ma lei no. Lei è affogata in quel canale. » Fece un passo. Poi un altro.

E John seppe che quella storia assurda era reale. Che sua sorella – Dio, c'era stata una sorella prima di lui – era morta davvero. E che sua madre era impazzita come era impazzito Liam.

« La portavo all'impianto tutti i giorni », si toccò la nuca china. « La tenevo sulle spalle mentre mi stringeva i pollici con le mani. Eravamo felici. Ma poi venne quel giorno. Era il 2 febbraio, Gaia era a scuola, tu non avevi un anno. Le trivelle avevano lavorato tutta la notte e il giorno e io avevo dato ordine di aprire le chiuse dello scarico che si immetteva nel grande canale. Dopo la scuola Maria tornava con Gaia lungo la sponda interna del canale coperta dalla neve che era scesa tutta la notte. Lei era felice, le avevo promesso che avremmo giocato a palle di neve, fatto il nostro pupazzo... Erano quasi arrivate quando è scivolata sull'erba innevata ed è andata giù. Maria... non ha fatto in tempo nemmeno a dire aiuto. È scivolata e il fango gelido l'ha presa e se l'è tirata giù. E io? Io nemmeno c'ero, Johnny. »

« Papà. »

« L'ho persa, Johnny, ma ho scavato dappertutto per ritrovarla. All'inizio non avevo nessuna speranza poi, durante le ricerche in Russia, è accaduto un miracolo », disse voltando la testa di scatto. « Eravamo a Kola e quando abbiamo perforato la crosta sono emerse tutte quelle voci. È lì che l'ho sentita. Che riusciva a chiamarmi, a chiedere aiuto, come non aveva fatto mentre affogava. E mi diceva quella parola. » Lo fissò come se potesse guardargli dentro. « Sono caduta, papà. »

Caduta.

Aveva scavato animato dall'ossessione di guardare in fondo al mondo e ritrovare la figlia scomparsa. E quella del suo sogno, ne era certo, era la voce di sua sorella.

« Due giorni prima dell'esplosione del Sambre precipitai in una gola in cui stavo piazzando le mie cariche. Ero volato per una trentina di metri ed ero finito in fondo a un crepaccio. Ma lì, tra il volo e l'impatto, in quel salto nel vuoto, io ho capito. Ho vissuto un processo di pensiero enorme. Velocità e intensità che aumentavano finché tutto il tempo non si dilatò alla velocità della luce. Fu allora che ci accadde... un'improvvisa materializzazione del passato. E te lo giuro, figlio mio, nessuna traccia di disperazione, nessun dolore, solo calma e pace interiore. Mai, in vita mia, mi sarei aspettato di credere. Di credere che lì, in fondo a quel crepaccio senza vita, c'era la verità: non c'è sofferenza durante la caduta, è questo il senso di tutto. »

Liam Glynn, suo padre, era impazzito e John non riusciva a muovere un muscolo. Aveva immaginato infinite volte di rivederlo anche solo per un istante. E chiedergli cos'era successo. Ma ora non riusciva ad aprire bocca.

« Pensai a te e a Maria, mentre volavo giù, a dove vi trovavate e a come avreste accolto la notizia della mia morte. E vi vidi a Titania in un'enorme istantanea mentale che abbracciava l'intero creato. E vidi Icaro, dentro al suo volo, e i bagliori di mille soli che mi riempirono di un grandioso senso di pace. E più cadevo, più la velocità del mio corpo aumentava insieme alla mia coscienza. E le relazioni tra tutti gli eventi nello spazio e nel tempo e i loro possibili esiti erano dappertutto e chiari erano gli obiettivi. Nessuna confusione mentre il tempo si espandeva enormemente e come una folgore ogni azione individuale entrava nel computo della coscienza universale. Solo un piccolo tempo dopo, al momento dello scontro con la terra, la mia coscienza si spense senza pena né dolore. E dell'impatto, ecco, io me ne accorsi solo dall'eco sordo del mio corpo. Perché l'udito è l'ultimo dei sensi che si spegne.»

John si portò una mano all'orecchio perché il sibilo lo aveva tramortito e una voce echeggiava lontana.

Come se potesse comprenderlo Liam disse: «Siamo voci nella notte siderale».

Fece un passo verso il bordo.

«Ho passato anni a cercarla e credimi, lo stesso ha fatto anche Maria. Ma quando lei è morta, qualcosa si è rotto e ci siamo separati. Da quando Gaia se n'è andata non siamo più riusciti a stare *insieme*. Malgrado te, figlio mio. Il mondo di Maria ha perso la luce il giorno che Gaia è scivolata via. E anche se ti ha sempre amato, mio dio, da morire, lei non riusciva a superarla. Abbandonò la scuola. Prese a curare il suo giardino come fosse un altare per la bambina.»

Un laccio di ferro strinse la gola di John. Non era vero...

«Era fine gennaio del 1990, io ero nel Sambre a scavare senza successo quando il mio vecchio amico Louis mi scrisse per dirmi che lei... si stava perdendo, Johnny. Louis lavorava per l'azienda come custode dell'impianto, ma era molto di più, io mi fidavo. Per me lui batteva i boschi notte e giorno perché una città senza padri è come un corpo senza testa. E io, che l'avevo abbandonata per cercare mia figlia sottoterra, dovevo continuare a vegliarla e proteggerla. Così tornai di nascosto chiudendomi qui perché i vertici della PSC non sapessero... Tua madre però... come me, anche lei era schiava della sua ossessione. Louis mi chiamò una mattina all'alba per dirmi che l'aveva scoperta a spiare quel piccolo bambino, Marco. Era la terza volta che la vedeva. Maria lo seguiva mentre tornava con la tua amica dalla scuola.» Indicò Linda che aveva il viso rigato di lacrime e singhiozzava muta.

Non era possibile, non era vero che sua madre... John si avvicinò a Liam. «Sei pazzo, papà.»

«Louis mi aveva avvertito delle sue bambole di legno.»

«Cosa?»

«Quelle che lei costruiva di notte dentro al bosco.»

L'urlo si alzò come una spada e tagliò l'aria: «No!» John afferrò suo padre per la maglia sudicia e consunta.

«Gaia affogò nel canale e la ritrovammo a valle, ben oltre le chiuse che avevo fatto aprire quella notte. Era bianca come l'alba e sembrava una bambola impigliata tra quei tronchi. Quella notte è stata Maria a prendere Marco. È stata lei a portarlo al canale e a gettarlo lì, dove avevamo trovato il corpo di nostra figlia.»

«Sei pazzo! Perché l'ha ucciso?»

Lui lo fissò con occhi pietosi: «Era il più piccolo, Johnny, era il bambino che avevamo perso...» che si colmarono di lacrime, «Quelle sagome di legno erano i tributi di tua madre a tua sorella. Installazioni per celebrare l'anniversario della scomparsa.»

Il boato venne dal basso e Liam si avvicinò alla voragine mentre una forma sorgeva nella mente di suo figlio e ogni nodo si collegava stranamente con l'altro.

«Quella notte c'ero anche io, Johnny. Ero appena rientrato dal Belgio, perché Caròn mi aveva avvertito... e io giunsi a Titania cercando lui e invece trovai Maria. Era al canale e vi aveva visti che giocavate nella vostra carovana. Stavo per prenderla quando scattò verso il bosco e scomparve come una furia dalla mia vista. In quel momento vidi Louis che le correva dietro. Poi ci fu una musica e una breve luce illuminò il bosco. C'era una statua di legno, proprio lì. E dietro c'era Maria che vi spiava. Cercava con gli occhi il bambino più piccolo. La tua amica lo prese e scappò in mezzo al prato, verso casa. Maria le volò dietro tra l'erba alta e Caròn cercò di raggiungerla prima che... Ma fu un istante. Arrivai in mezzo alle canne e il bambino non c'era più, mugolava. E io ti vidi, John. E mi nascosi per evitare che tu, che tutti voi scopriste il mio segreto, il segreto di Titania.

« Quella voce roca e sottile era Maria », disse Linda.

Maria trascinò Marco fino alla grata sull'impianto. Louis la raggiunse e cercò di strapparle il bambino ma lei era una bestia e lui non voleva far male a nessuno dei due. Strappò una scarpa a Marco per tirarlo via e scivolò sul ghiaccio. Lo ritrovai così, con la testa mezza fracassata e il sangue secco. Tutto cospirò contro di noi. Non la vedevo più ma sapevo dove stava andando. Maria portò il bambino sul punto in cui era scivolata Gaia. Marco era tramortito e quando emersi dal fogliame vidi che lo lasciava andare. Quando urlai correndole incontro, si buttò anche lei. »

« Papà... »

« Provò a fare quello che non era riuscita a fare con tua sorella... ma non ci riuscì. E Marco annegò come Gaia. »

« Sei stato tu a nascondere il corpo di Gaia nel sarcofago della tomba di Civita? »

Liam annuì.

« Perché l'hai protetta, papà? » John non riusciva a credere alle sue orecchie e Lucia lo fissava sgomenta. Quale incubo si nascondeva oltre le pieghe del reale?

« Titania è mia. È la mia creatura », riprese a parlare abitato dal demone che John conosceva da bambino, « e voi eravate in pericolo. Perché il Mundus », si volse con un sorriso verso l'abisso, « è il mistero che adesso, lo senti, mi sta chiamando. La sua potenza è spaventosa e noi vivevamo sopra questo mostro. Ho dovuto simulare la chiusura dell'impianto e ho spostato mezzo paese in Belgio. Nessuno doveva ficcare il naso tra le mie cose né rischiare la vita. Nemmeno la

PSC. Hanno sempre cercato di sfruttare l'energia eterna del Mundus per i loro scopi. Ma i miei di scopi sono sempre stati più alti. Senza di me non avrebbero potuto fare niente. Per questo lui mi cercava.» Guardò il corpo di Wang Chen accanto a quello del poliziotto. «Io sono l'unico che ha guardato in fondo a questa cosa.»

Un altro schianto riempì l'aria di polvere e John gli chiese: «Sei stato tu? Sei tu che hai piazzato queste cariche?»

«È il Mundus, Johnny, che reclama il suo tributo.»

«Papà, tu non stai bene.»

«Sono iniziate tre settimane fa... erano piccole urla dall'abisso che sibilavano su. Poi una notte è esploso un boato e ho creduto che l'intero pianeta stesse collassando. Da allora il mostro non si è mai fermato. E io non posso permettere che inghiotta altre vite. Altre voci.»

«Non l'ho trovata... Johnny e le mie sonde non hanno scoperto il mistero dell'abisso. Ho deciso di distruggerlo.» Una detonazione li scaraventò tutti in terra e sollevò un enorme polverone. «Ho perso tutto, Johnny.»

«Papà...» John fece in tempo a dire prima che le braccia gli serrassero la gola.

Con la testa incrostata di sangue, Chen lo stava soffocando e gli puntava la pistola alla tempia. Strinse il braccio e John sussultò. «Dottor Glynn, è una grande sorpresa, molto meglio di qualunque scatola nera. Ho un paio di amici che non vedono l'ora di rincontrarla. Non avevo più speranze di rincontrarla. Ora lei verrà con me altrimenti il suo Johnny morirà. E non credo che lei voglia vedere morire un altro figlio.» La risata rimbombò assieme allo sparo.

La gamba di Trivelli era scoperta e la calibro 9 che teneva al polpaccio non sparava da almeno un anno. Ma nei ferri piccoli c'è il piombo buono, ripeteva a Vitti il commissario. Il colpo aveva passato il collo di Chen da una parte all'altra.

Come un vecchio cane, Liam si ritrasse nel laboratorio mentre dal basso saliva quel suono, il rumore di fondo dell'universo. Fu allora che John la riconobbe. Dentro quel sibilo – lo stesso che lo chiamava nei suoi sogni – riconobbe una voce. Guardò in basso nella ripa senza fine e mentre esplodeva un'altra carica immaginò di scorgere le labbra di Gaia che lo chiamavano per dirgli ancora: *Caduta*.

Seguì un gran silenzio e anche il sibilo immondo tacque. L'aria si fermò e John avvertì un improvviso cambio di rotta, come se dopo ere di espirazione la Terra avesse preso, in quel preciso istante, a inspirare.

Un'aria morta di vita e di ricordi li investì e Lucia cadde a terra. Un urlo agghiacciante e disperato vinse il silenzio. « Gaia! » veniva dal laboratorio.

« Vai dentro! » gli urlò Rico che era strisciato accanto a Lucia. John ubbidì e superò la soglia di metallo.

Dal grosso sedile di comando spuntava la testa di Liam. Quando la poltrona girò, il buio attorno al viso di suo padre era pari a quello del dirupo a pochi metri. Impenetrabile. Un odore rugginoso e minerale, una nebbia carica d'ombra sorse dall'abisso mentre i lineamenti del volto del vecchio si facevano di cera.

L'orgoglio, il terrore e un dolore senza soluzione. Poi la voce si alzò in un gorgheggio spregevole: « Gaiaaaa », ululò contro il cielo di roccia.

L'anima di suo padre sprizzava via dagli occhi colmi di energia avida e primitiva. Il terrore irreale cascava dalle orbite come un fiume in piena d'emozioni, lo spirito ributtante e magnifico. Una paura straordinaria, l'orrore immateriale sconfinava dalle lande dell'emozione; raccapricciante, inaccettabile per il cervello e ripugnante per lo spirito.

Il monotono fischio dell'abisso spossava l'aria preceduta da una fina bruma tremolante. Quel maledetto incantesimo scalava le pareti dell'abisso cambiando prima in un ronzio, poi in un mugghio animale, un tuono sotterraneo, infine nel suono d'una titanica trottola di latta.

Quando si fermò nuovamente, John fu certo di aver appena udito la voce della Terra.

Liam ora lo guardava con gli occhi grigi che ardevano di voglia e un'espressione di odio e di rimpianto. Intensa e paurosa, ma lucida. Un'anima folle di ambizione e dolore.

« Dovete andare via », disse.

« No. Con *SismoTime* scopriremo cosa c'è lì sotto. »

« Ho lavorato mesi con i miei robot. Ho seminato questo buco di esplosivo. Ora è pronta la carica più grande. »

« Non c'è più bisogno di esplosioni, papà. »

« Andate via! » urlò tirandosi in piedi. Schiacciò il pulsante sulla console e una porta si spalancò in fondo al laboratorio.

« Andate, presto! »

Colpì un interruttore e un portellone si spalancò tra loro. Il sussurro della notte sotterranea crebbe dall'eterna catastrofe e invase il laboratorio.

John credeva di vedere granelli di sabbia, atomi, occhi, molecole e sentì che la solitudine abitava ai limiti del nulla senza luce. Nero, l'abisso masticava la luce, lo spazio e tutta la vita come un cancro siderale. In attesa di inghiottire le energie del mondo. Era così? Aveva ragione Liam? La Terra non si nutriva dei corpi né del sangue, ma dei dolori, dei sospiri, degli ultimi strappi della voce prima di abbandonare i corpi.

Dal recesso preistorico si sollevò un grido e suonò alle sue orecchie come l'inesauribile preghiera del vuoto.

« Ho interrogato tutta la vita questa antica solitudine », parlò Liam con il viso da vecchio. « Con tutti gli strumenti che ho avuto a disposizione. Ho sacrificato tutto per sapere. » Le pupille schizzarono su John. La vergogna gli illuminava il viso. Poi John si accorse che non era la vergogna. Era qualcosa di più grande, doloroso. Era il rimpianto di aver perso l'unica eternità che possedeva.

« Per tanto tempo, Johnny, ho atteso la morte come un

sollievo. Io non volevo più vivere. Poi sei arrivato tu, ma, Johnny, quella voce. La voce della tua sorellina, Johnny. »

« Qui », fece un largo gesto con le braccia, come un mattatore nel suo teatro, « io la sento sempre come quel giorno, laggiù. Ma ho scoperto che c'è solo un modo per guardare il buio che ci abita. »

Sorrise con una dolcezza che John non ricordava.

« C'è un solo modo di guardare in fondo al mistero. » Le orbite si riaccesero di fuoco e si gettò di sotto, nella bocca senza volto, progettata perché l'urlo millenario l'attraversi.

5

15 maggio 2020, Bolsena

Cirri d'argento s'arricciavano come nodi di burro sulla superficie friabile del cielo. Il lago risplendeva a fondo valle quando Lucia si affacciò per vedere chi aveva suonato il campanello. La casa non era ancora a posto ma c'erano venuti ad abitare appena Jimmy era tornato dall'ospedale. Ogni mattina alle 10 il fisioterapista aspettava il ragazzo in piscina per gli esercizi di riabilitazione.

La moto varcò la soglia attraversando la piccola vigna di Lucia e l'uomo col casco fece un cenno di saluto.

« È dentro », rispose Lucia mentre Mal scendeva dal veicolo.

« Davvero? » un gran sorriso si aprì sul volto di Mal. « Ehi Jimmy, come andiamo? »

« Bene, dottor Giuliani! » rispose litigando col joypad della Play. Sullo schermo Thorin Scudodiquercia saltò su un cumulo d'oro mentre Smog gli lanciava il suo soffio di fuoco. « Sono sotto la montagna! »

John risalì dalle scale e gli strinse la mano. « Che ci fai qui? »

« Parto per la Rhodesia del Nord. »

« Non ne hai abbastanza delle tue tribù? » lo abbracciò tenendolo stretto forte.

« Non vado da solo. Mi accompagna Linda. »

Gli occhi azzurri di John e quelli neri di Mal brillarono di una luce sola.

Poi John gli chiese: « E Naira come sta? »

« Scomparsa. Come al solito. Volata a Detroit la settimana scorsa per conoscere la famiglia di suo padre... ha postato anche qualche foto. »

Gliene mostrò una in cui si trovava su una barca sul lago Ontario.

« Ha i capelli sciolti! » scherzò John. « Spero che riesca a scordare. »

La testa di Mal si spostò a destra e a sinistra, deciso: « Non c'è più motivo per dimenticarci di noi, Johnny. E io... sono così felice per Jim ».

« Siamo stati fortunati, amico. Prima di Natale Jimmy sarà come nuovo », disse abbassando lo sguardo e mordendosi le labbra.

« Senti, ho saputo di tua madre... »

Maria Glynn aveva raggiunto suo marito da qualche parte in fondo al ventre della Terra e ora riposavano insieme nella tomba di famiglia a Torquay, dove John aveva fatto traslare anche i poveri resti di Gaia.

« Non sarò più come prima », lo guardò ancora come faceva da piccolo, con la speranza che Mal gli dicesse, no, questa è solo una brutta storia.

Ma non accadde e John sospirò: « Ho una sorpresa per te, vieni di sotto ».

Scesero nel seminterrato dove John aveva fatto costruire lo studio. C'era l'iMac aperto su *SismoTime*: « Ho consegnato il nuovo brevetto all'ESA, ci siamo ».

« Sei sempre stato il migliore, Johnny. Questo ti varrà almeno un Nobel! »

« Mi basta che il Capo del Dipartimento mi lasci in pace! »

Tirò fuori una risma rilegata dal cassetto. « A lui e alla Sideri l'ho già dato. Lo presentiamo lunedì, in anteprima su Sky. Insieme al *SismoTime*. »

Mal Giuliani prese in mano il malloppo di fogli e li rigirò.

Sulla prima pagina con un pennarello rosso c'era scritto: *La voce della Terra*.

Quando Mal se ne fu andato, John si preparò per il suo appuntamento quotidiano. Sistemò la scrivania e mentre stava per spegnere l'iMac sentì una notifica. Posta in entrata su Gmail. Mosse il mouse e si riaccese lo schermo.

« Spam. »

John cliccò per eliminarla definitivamente quando si accorse dell'indirizzo: lg48@gmail.com. Il professore tirò in fuori la sedia e si sedette di fronte alla schermata. Poi aprì la mail. Non conteneva nessun messaggio. In fondo alla pagina però c'era un allegato: fallingdown.mp4.

John cliccò sulla cartella. FlashPlayer si aprì sullo sfondo nero e John fu investito da quel maledetto suono di fondo. Il video era buio come la notte ma si sentiva un fruscio e un sottile lamento animale.

« Sei tu? »

Era il corpo di Liam che cadeva nel gorgo infinito e la gola gorgogliava in un vortice d'aria senza fine. Era quella la morte? Una musica enorme, un tappeto liquido di luce nera. L'impronta delle ombre e quel verso scomposto e prepotente sarebbero rimasti persino nella memoria dell'abisso. In quell'urlo John aveva conosciuto, come si conosce un'ombra, sua sorella. Aveva saputo che sua madre si era macchiata del peggiore dei crimini per l'amore disperato di un fantasma.

« Hai registrato la tua *caduta*, papà. »

Con il crollo della volta sotterranea sopra la città etrusca si erano interrotti i boati. Ma forse, ed era l'ipotesi più assurda e pressante nella mente di John, era stato Liam a fermarli gettandosi in pasto a quella forra senza fondo. È il *Mundus* che reclama il suo tributo, aveva detto.

Chen era morto dissanguato e anche Rico aveva perso tanto di quel sangue che avrebbe potuto donarlo a un condominio. A Belcolle in terapia intensiva c'era finito lui. Ma stavolta non era da solo: a vegliarlo si alternavano sua figlia e la sua compagna: Sonia e Rosy.

Con gli occhi velati John si apprestò a chiudere quell'ultima finestra sul passato. Ma gli parve di sentire qualcosa. Non era il rumore dell'universo sullo sfondo. Tornò indietro di dieci secondi e alzò il volume al massimo. E finalmente avvertì sotto la pelle due sussurri. Due ansimi. Due parole, l'ultima voce di suo padre che gli diceva: « Amore mio ».

L'aria era tiepida, Jimmy giocava dentro casa e lontano il lago di Bolsena sparpagliava i suoi bagliori di cristallo nel cielo immobile di maggio.

Le dita di John e di Lucia s'intrecciavano mentre i loro corpi fluttuavano nella piscina all'ombra del portico sul retro. Respiravano tenendosi per mano a pancia all'aria, sprofondavano lentamente in un mondo di sintonia perfetta, una morbida caduta della coscienza nel placido vuoto dello spazio e del tempo. Un'accelerazione vertiginosa e lenta in cui cullarsi senza più paura di vivere, o di morire.

Nell'acqua i capelli di Lucia erano spiegati come un ventaglio attorno al capo, bagnati dalla luce di un gran sole, quando sul suo volto si spalancò un sorriso. Per qualche ragione assurda, accanto a lei John credette di sentire quel sorriso e le chiese solamente: « Stai bene? »

Il sorriso divenne uno spicchio di luna e lei rispose in un sussurro: « Sì, Johnny. Io aspetto un bambino ».

EPILOGO

Molto più in alto, tra la densa oscurità di Oberon e la superficie lucida di Ariel, orbita la più grande delle cinque lune di Urano, il gigante glaciale. Un'enorme palla di ghiaccio, roccia e anidride carbonica che scolora dal cremisi al blu oltreoceano. Faglie, crateri e burroni sfigurano il volto della giovane luna che porta il nome della regina delle fate, Titania.

Nel cuore dell'abisso siderale vorticano il nulla e i suoi figli senza luce, scopo né disegno se non la vana speranza dell'uomo. Al centro della galassia, attorno al gigante nero, una scintilla brilla inattesa mentre l'energia del padre l'attraversa e si fa buio, disfacendosi all'infinito nell'infinito corpo dell'universo.

NOTA DELL'AUTORE

Molte delle cose che avete letto in questo romanzo sono frutto di ricerche e studi scientifici – chimici, astrofisici, geologici – cosiddetti reali. Le altre è come se lo fossero, perché non c'è nessuna differenza tra realtà e immaginazione. Perché le storie « vere » non hanno crismi di autenticità. La verità in letteratura non esiste e la vita è abbastanza letteraria – casuale, viscerale, sgualdrina – da esserlo altrettanto.

Perché siamo sempre e solo noi che leggiamo, ascoltiamo, narriamo, spezziamo e ricostruiamo le nostre esistenze e quelle altrui. Siamo accumulatori, trasformatori dell'energia che chiamiamo vita. Raccontarla, inventarla, sovrapporla, confonderla, intersecarla, ricostruirla è forse lo scopo delle nostre esistenze: narrare e tradurre il mondo – mentale, emotivo e siderale – per tradurre se stessi. Siamo macchine traducenti e creiamo la « realtà » istante dopo istante.

Ciò che la scienza non ha ancora scoperto lo ha già rivelato la letteratura. Quello che la letteratura ha adombrato, in questi tempi lo sta « scoprendo » la scienza. Io credo che avesse ragione William Shakespeare: « Siamo fatti della stessa sostanza di cui sono fatti i sogni ». E gli incubi. Materia oscura che anima l'universo, trova spazio nel petto di ognuno e in fondo al mistero del nostro pianeta.

Perché è la voce il motore di tutto.

RINGRAZIAMENTI

A Zoe, Tomás e Paola. Noi *quattro*. A Isabella e Chiara, sorelle mie care. A Gherardo, che ha inizialmente ispirato questo romanzo. A nonna, che ha affrontato l'abisso senza di me. Mi dispiace. Alle stelle che mi hanno guidato in questo lungo viaggio: Annarita, Giovanna, Roberto.

A tutta la squadra Longanesi. Stefano Mauri, Cristina Foschini, Raffaella Roncato, Ernesto Fanfani, Diana Volonté, Alessia Ugolotti e la redazione. A Fabrizio Cocco che mi è stato accanto in ogni momento. A Giuseppe Strazzeri che ha creduto in questo libro. Grazie.

Ai miei agenti, Monica Malatesta e Simone Marchi, per avermi voluto e per averci, sempre, creduto. Non vi ringrazierò mai abbastanza.

Alla *mia* geologa, Ilaria Musilli, che mi ha raccontato della geologia come « scienza dell'immaginazione ».

A Giuseppe Rotondo che mi ha ispirato per il personaggio di Rico Trivelli.

Agli amici e colleghi Matteo Strukul, Romano De Marco, Giorgio Amendola, Fabiano Massimi e Valerio Cilio: grazie a ciascuno di voi!

A Enrico Terrinoni, semplicemente il migliore.

Alle mie amiche care, alle scrittrici che adoro: Ilaria Tuti (grazie!!!) ed Elisa Ruotolo. La vostra voce mi ha accompagnato in questo lungo viaggio al centro della Terra. Al centro del cielo. E del cuore.

Alle amiche libraie, ai miei amici librai, che hanno affrontato l'abisso di quest'anno col sorriso sulle labbra e le maniche sopra il gomito. Senza retorica: siete i nostri eroi. Ai giornalisti, ai blogger e ai traduttori che porteranno le mie parole, le mie storie, la mia *voce*, nel mondo. E oltre.

Ai miei lettori, che non hanno smesso un istante di farmi sentire amato. Questo romanzo è per voi.

Ai giorni di buio e alle notti in fiamme.

Ad astra per aspera, folks!